2016中国年度散文

王剑冰　选编

漓江出版社

目录
contents

娜 拿

——初进佤山

彭荆风

　　从力索寨去往南约河边的近二十公里山路都是下坡。虽然是初冬，河谷里的阳光却很炽热，而且越往下走越像火炉般烘烤人，我的脸手都被晒得热辣辣地作痛，里外的衣衫更是湿透了。

　　有些地段陡得如倾斜的峭壁，如果不用小碎步往下跑，略一迟延就会腿脚发软地摔倒，但我却见几个赤脚的拉祜人平稳地上行下走，那厚实的脚板和粗短的脚趾似乎有种吸力能稳稳地贴住地面，所以，他们不必费心来修整这条山道。

　　河上横着一道用藤条、竹竿、树皮扎成的小桥，桥下并不深却仍然具有山野个性的河水，发出轻微的咆哮冲击着岩石往下游流去。桥软而简陋，一次只能走一个人，还得伸开双手如同走钢丝般小心地调整重心，才能在晃荡中过往对岸。

　　这是冬春水浅时临时修筑的一条便桥，夏秋绵长的雨季，山洪一暴发，这桥就被冲得无影无踪了。

　　几个月前，我就几乎受阻于这河边上。

　　那是个雨后初晴的下午，我和连队的卫生员在河那边的南约寨给拉祜人开展巡回医疗，我们本来准备一起返回力索寨的，但刚走出寨门，又有一家人有急病来求医，我只得单独背着一支美式卡宾枪、四颗手榴弹先往回走，连长要求我，这天必须返回驻力索寨的连队，第二天还要赶往西盟营部开会。

　　天色阴暗得如一口厚实的铅灰色大锅覆盖着山野，还不断飘着细雨，山林被雨水一再洗涤，油亮葱绿，那些野草更是发狂地猛长，有的已高过了人头，掩埋了山路。

　　接近南约河时，天色已逐渐昏暗，河水上泛着可疑的白色泡沫，这是上游下了暴雨要涨水的讯号，山溪水就是这样来得快也退得快。我一阵猛跑来到河边，用最快的动作，把枪支、手榴弹横扛于肩上，再用防雨布遮住，找了根竹竿当拐棍撑着，裤脚也不卷地就往河水里走，河水一边冲击着我一边迅猛上涨，从淹过膝盖到淹过腰身，在它将要浸到我的胸部时，我终于冲上了岸。虽然大半个身子都是湿淋淋的，但回头一看那从上游狂吼着奔泻而下的浪涛，我吓出了身大汗，如果我的动作迟缓一点，就可能被河水冲走了！

兵贵神速，这句话真是有道理！

就在这时，一个拉祜族少妇急匆匆跑下了河岸。她似乎是急于过河去，也不仔细观察一下河水的变化，把那镶有银饰和红黄蓝紫花边的长衫往腰上一夹，露出两条壮健修长的腿，就急匆匆踩着泥水往河里走。

我大叫："水深！太危险了！"

她没理会，但只走了几步，正上涨的河水就漫到了她的腰部，人也被汹涌的水浪冲击得脚步踉跄地要摔倒，我赶紧跳进河里一把抓住她，拖着她往岸上走，两个人相互扶持才得以从浪涛中挣扎出来。

她吓得脸色苍白，好一会儿才神志略定，说了句："早上我从那边过来，河水还浅浅的呢！"

"山头上下大雨了！"我说。

河上游的山头被低矮浓厚的乌云笼罩着，似乎迤逦群山都化成了雨雾。

"你是南约寨的？"

"是。"

"回不去了！"

"那我怎么办？"她着急地跺着脚。湿透了的长衫紧贴在她身上，不断地往下滴水。

河水越涨越高了，汹涌的浪涛里还夹杂着大小石头和芭蕉秆往下游冲去，这一次山水来得猛，没有三五个小时是退不了的。我只能安慰她："有什么办法，只有等河水退了再过去了。"

"大军同志，你要去哪里？"

"我要回力索寨去。"

她又是一声哀叹："我怎么办？"

刚才我只是忙于把她从上涨的河水里拖出来，并没有想到她怎么办，我还有急事赶回力索寨呢!

南约寨在河对岸的山腰上,如果是平日,过了河,爬上坡走一小时也就到了,如今被洪水阻隔,那隐没在雨雾中的山寨可是咫尺天涯难以接近。

我望了望河这边,也是雨雾迷蒙山林起伏,见不到一户人家,想为她找个歇宿的地方也没有。我也只有暗暗为她发愁:"怎么办?"

她那姣好的细长双眉皱到了一起,是那样可怜、无助。

这时候,我才看清楚,这是个二十四五岁的少妇,虽然在愁闷中,那如同一泓秋水的晶莹大眼睛、细长的眉毛和脸颊上时隐时现的酒窝仍然是那样妩媚,透露出她的善良与温柔。

我想了想说:"你和我一起去力索寨好不好?那里会有你的亲戚熟人吧?"

力索和南约都是拉祜族人聚居的村寨。

她摇摇头:"我才从那边下来,走不动了。"

从河边往力索寨走全部是上坡,这又是雨天,山路泥滑,确实是难以行走。

下雨天夜色来得早,周围山野逐渐隐入了黑暗中,远处有猿猴的啼声、野猪的吼声,雨也越下越大了,河上翻起的浪涛在向四处扩展,似乎要把沙滩、河岸都汹涌地吞没。

面对这少妇的求助,我也不知该怎么办。

"我要怎么办?怎么办?"她恐惧地四望,又一次哀声向我求助,"大军同志,你不要丢下我哟!"

我只能点头,但也很茫然,总不能这样长久站立在大雨滂沱的河边上吧!我问她:"附近有躲雨的地方么?"

她想了想,说:"那片苞谷地边上有个小窝棚。"

我想,只有先把她送到那里再说,看来,我只有摸夜路回力索寨去了。

我们在雨水泥泞中,深一脚浅一脚地往上走,终于找到了那个被一大片青翠的苞谷围绕着的小窝棚。

这是用茅草做顶竹篾做墙的一座低矮的三角形小屋。里边有个离地二三十厘米的窄窄小床,床前有三块石头支起的火塘。棚屋里积满了灰尘,如今苞谷还没有结粒,不必担心野物来践踏,也就没有人来守夜。

大雨中只有这里还干燥。

我们都像从水里爬上了岸似的呼了口气。

我想，我该走了，连队还等着我呢！

但我只说了句："阿嫂，你就在这里歇着吧！我……"

她却一把紧紧抓住我的手："你要走？不行，不行！"

"我还有急事。"

"不行，不行！"她几乎要哭了，"让我一个人在这里，我怕！"

是的，怎么能让她一个人在这里？可能有野兽闯过来，听那边的野猪吼得多凶，还可能遇见歹人来欺侮她……

"求求你哟！大军同志……"她把我的手抓得更紧了。

我也不忍心丢下她，作为一名人民解放军战士更是有责任保护她。我只好随她进了小窝棚。

她是个手脚利索的能干少妇，很快就把散落在窝棚里外长长短短的树枝聚拢到一起，又从棚屋的横梁上找到了从前守庄稼人特意留下的火镰火绒，在火塘上燃起了火。

有了火，这小天地里也就很温暖了，她那白里透红的脸上更是如涂了一层油彩似的艳丽闪亮。

火烤得我们身上的湿衣服直冒轻烟。

"脱下来烤烤吧！"她关切地说。

我却忙着先检查卡宾枪、子弹盒、手榴弹有没有进水。幸好擦枪油上得厚，枪管、弹匣都没有进水，我又用纱布蘸着油擦了一遍。

她解下包头在火上轻巧地烤着。拉祜妇女的包头布要用整整一匹布来缠裹，这样才厚实庄重，所以，刚才在雨中，她的头发也没有淋湿。如今松开了，也就如同青丝织成的瀑布流泻在胸前背后。

烤干了头巾，她想烤身上的衣服。这一带的夏秋气候炎热，妇女们里边可能只有件薄薄的短衫，怎好当着我这个年轻男子脱外衣？她解开了衣领上的一个扣子，微露出脖颈下白嫩的皮肤，又羞怯地停下了。

我看出了她的为难，站起来说："阿嫂，你放心烤衣服吧！我去外边解个手。"

她想拦住我："外边雨大。"

我已快步走出了这小窝棚，跑到远远的一棵大树下，抖开我那块四方形军用雨布披在身上，像平日站哨一样，在树下伫立着。

雨水一会儿大一会儿小，天空还不时有如万缕银线倾泻而下的惊雷闪电掠过，附近的几只猿猴在冷雨中吼叫得更凄凉了。我从燃着火的温暖小棚屋里出来，被这冷雨夜雾所围裹，只觉得全身发冷发抖，真想赶快进去，但一想到她如今可能正半裸着身子在火塘前烤衣服，我怎么能进去？这年我才二十二岁，长期的军旅生活，从来没有和女性有过较亲密交往，更不要说挨得那么近地面对一个半裸的美丽少妇，那不仅会使她难堪，更难堪的是我，给连队知道了，会狠狠批评我……

雨越下越大了，打在那些鲜嫩的苞谷叶子上发出沙沙的响声，我还在雨中大树下站着。

她在喊我："大军同志！大军同志！"声音好妩媚甜润。

我没有作声。

过了一会儿，她又在喊："回来，大军同志，外边冷！"

我还是不作声。

又过了一会儿，她喊得更大："你快回来。我的衣衫烤干了。"

我这才迟迟疑疑地往小窝棚那边走，快接近时，又放慢脚步，我真担心她还在赤裸着上身，想先在外边看一下也不敢，偷窥妇女那也是不道德违反纪律的啊！又过了一会儿，透过火光看见她穿着已烤干了的长衫站在窝棚门口焦急地寻找我，才敢进去。

她埋怨地说："喊你也不答应。"

我只好说："我走远了。"

"唉！你呀！"她叹了口气，"我真怕冻坏了你呢！"

我笑了笑："我们当兵的风里来雨里去，习惯了。"

她摇头："不是这样，不是这样。我知道，你是一片好心，让我放心烤干衣服。"

我老实地点头。

几颗晶莹泪珠从她美丽的大眼睛里淌了出来，她一把抓住我的手，感动地说："小兄弟你是规矩人……"

"我们人民解放军都是这样。"

"太让你受苦了。"她深情地紧紧抓住我的手，长久不肯放开。

我试图抽出手，没想到这看来柔软的手是这样有力。心有些慌，一再想，如果连队领导知道了，可会挨批评呢！不过是她这样做，我可没有主动亲近她……

她看出了我的紧张，叹息似的松开了手："你真好！"过了一会儿又问我："你几岁了？"

"二十二岁了。"

"比我还小两岁呢！"她笑着说，"你虽然是'大军'，可是小兄弟呢！"

我只能点头。若不是严格的军纪约束，我还是很喜欢有这样一个美丽的阿姐呢！这时候，我却不敢说，在那个年代，部队给我们的教育是"自觉""慎独"，特别是在这边地独自一个人外出执行任务时，更要严格地约束自己的言行。

相互离得这么近，她偶尔发出的轻微呼吸，肌肤之间特异的香气我都能感受得到。我有些头晕目眩，想离开她远一些，但窝棚是这么窄小，往哪里挪？我知道，在这个时候，我们之间，只要有一个人有点亲密的动作，就可能搂到一起。想到这些，我吓得眼前一阵发黑，猛地一抖，几乎要蹿起来！

她又轻声地笑了："你怕什么？怎么带着枪的大军同志，怕和一个拉祜女子在一起？"

战斗中，枪响得那样激烈我也没有害怕过，这时候怎么会这样？我却脱口而出："阿嫂，你太漂亮了！"

她笑得更加妩媚动人了，细长眉毛下的那双清澈如水的眼睛漾出了万千温柔。

过了一会儿，她又故意地问："你们讨厌漂亮的女子？"

"不讨厌。只是我们有纪律，不能和姑娘们特别是漂亮的姑娘往来。"

"真的？"

"真的！"

"难怪远近的拉祜人、佤族人都说你们好是好，只是有点木！"

我点头："我们都必须守纪律！"

"你们都还年轻呀！"

"年轻也得守纪律。"

她叹息了一声："真难为你们了！"她又抓起了我的手轻轻抚摸着："小兄弟，你们真好！"

我没有作声。我知道，在这样一个四野无人的深夜，我的规矩让这美丽少妇可能难以理解，但有什么办法，我是一个兵呀！

外边的雨逐渐停了，这江边的夜晚还很冷，我借口要出去捡拾柴火，一次次走出小窝棚，在冰凉潮湿的空气中让我烦扰的心情得到平静。

她也不拦阻我，开始是低声哼着拉祜人的歌，不断地拨弄着火塘里的柴火，把火烧得更旺些，哼着哼着却疲困地睡着了。她睡得很坦然、放心，这里虽然有个男子，但她知道是个可相信的人！

第二天，小河的水涨得更高了，混浊的山洪如一条米黄色的长龙在山谷间冲击腾跃，看来，她一时间是过不了河了。我问她附近有没有地方可歇宿，因为我不能再耽搁了，得尽快赶回力索寨然后再去西盟。

她说，离河边约十五里的山那边有个小寨子，只能去那里了。

我们在半坡的岔路上分手了，她又一次深情地抓住了我的手，流着泪喊着："大军，好兄弟……"

这时候我不怕了，也紧紧和她握手："阿嫂，你好走。有时间来我们连队做客。"

她只是哽咽地流泪，走远了才回过头喊了声："莫忘了，我叫娜拿！"

如今，冬日天干水浅，河上还有这竹制便桥。我又想起了几个月前那个令我紧张、尴尬，但也有点自豪的夜晚，那真是个令人难以忘怀的美丽、温柔女子，可惜我不是拉祜人……

今天我们去南约寨是再一次劝说头人扎依去北京参观。

前几天，我们派了民族工作组的拉祜族战士李新培去。我以为他们都是拉祜人，相互信任，容易说话，哪知道，扎依问了问，去北京干什么？有多远？要走多少天？听了回答后，就冷冷地说："路太远了，来回一两个月，我不去。"任由李新培再磨破嘴皮地劝说，也不再理会。

李新培空手而归，西盟方面又催得紧，力索民族工作组的组长张玉廷很着急，恰好我奉了西盟工委书记侯立基的命令来这里搞调查，他说："你文化水平高，又做民族工作时间长，你帮我们去劝说，可能会起作用。"

我为难地问："他有什么顾虑呢？"

李新培是个憨厚的人，也说不出。

我只好和张玉廷带着李新培一起来南约寨。

过了河上了坡，进入了被黄竹林、木瓜树、大榕树遮掩的村寨。拉祜人一向整洁，竹楼里外都打扫得很干净，给人感觉这地方很恬静、舒适。

我们在李新培带领下，直奔扎依家。

竹门虚掩着，扎依头人恰好在家。这是个性格内向的人，见我们来了，只低声说了句："辛苦了！"就去烧开水给我们泡茶。

气氛似乎有点冷，是不是他知道我们的来意而故意表示冷淡？张玉廷和我相互望望，怎么办？

我趁扎依出门去抱柴时悄声说："直接向他说。他若拒绝了，再根据他的顾虑慢慢开导。"

张玉廷点头，同时示意李新培先说。

李新培苦着脸用拉祜话说："头人，我们这次来，还是请你去北京参观……"

他没有立即回答，而是慢吞吞地把在瓦罐里烤得脆香的茶叶分在四只土碗里，小心地冲上开水。

这短暂的沉默令人窒息，他怎么不说话呢？

他把散发着清香茶味的碗一一端给了我们，才不紧不慢地说："好嘛！歇一晚上，明天一起走好不好？"

这干脆的回答真令我们意外，没想到事情会这样顺利、简单，真是不费吹灰之力！

李新培更是愣在那里半天说不出一句话来，他大约还在想上次来，磨破了嘴皮反复劝说也不见效的事吧！

张玉廷高兴得找不到合适的词句，只能说："这就好，这就好。扎依头人，你放心去，一路上我们会把你照顾好，平平安安去，平平安安回来……"

他依然是不紧不慢地回答："我晓得，我放心。"

说着又去屋里边拿酒葫芦、牛肉干巴，要请我们喝酒。

拉祜人酿的白酒一向在佤山内外闻名，劲大，浓香，如今秋收刚过，家家都藏有几罐好酒。

李新培对我和张玉廷说："还是你们领导来了好，往这里一坐，不说话，就把事办成了。"

张玉廷安慰他："你上次把工作做到家了，所以他终于想通了！"

这才让李新培脸上露出了微笑。

我们正说着话，门外人影一闪，一个身材苗条的漂亮女子进来了，一见我们就热情地扑过来："哈！是大军同志，欢迎，欢迎！"当她看清了坐在火塘边的我时，更是高兴地说："你也来了？稀客，稀客！我还对阿爸说，过几天忙完了地里的农活，背上蜂蜜、粑粑、白酒去看你呢！"

她就是娜拿。今天她穿的是件洗旧了的青布长衫，没有银饰、包头，这份朴素把她衬托得更加清新美丽。

我也向她问好："阿嫂，你好吧？"

"好，好，就是老想你呀！"

扎依头人看看我又问她："他就是那个规矩得很的大军同志？"

她笑吟吟地说："就是他。我叫你去谢谢的就是他。"

扎依又提起了酒葫芦给我碗里斟满，说了声："多谢你了，好大军！"

张玉廷、李新培都不知道是怎么回事，迷茫地望着我。

我也不好细说，只说了句："一个偶然机会，我尽了一个人民解放军战士的责任。"

娜拿问我们："又是来劝我阿爸去北京吧？"

我们点头。

扎依忙说："我已经答应了。"

娜拿高兴地说："该答应，答应得好。"停歇了一会儿又对我们说："前几天，我从地里回来，听阿爸说，李新培大哥来过了，请他去北京，他怕路上不安全，没有答应。我埋怨他，怎么能这样不相信人家解放军？人家都是规矩人，说话算数的，对我这个年轻妇女都不欺侮，还照顾得好好的，会亏待你这个老人？"

扎依又提起酒葫芦往我碗里斟酒，感动地说："娜拿回来就把那天在河边的事说了。真应该谢谢你。"

我也端起了酒碗："不要谢。这是我们应该做的。"

娜拿催着大家："喝吧！放心喝吧！我阿爸答应了就不会反悔的，明天，我送他上路！"

说完就下楼去忙着抓肥母鸡来杀了。

晚餐，我们喝了不少酒，吃了娜拿精心煮的瓦罐鸡，都很高兴。饭后，全寨子的人又聚在一起欢送扎依明天远行。扎依喝了酒后，神情兴奋多了，他要寨子里的人好好搞生产，不要为他担心，有事就去力索寨找民族工作组的大军同志。他会平安地去平安地回来……

拉祜人爱唱歌，特别爱唱新歌，要我教他们唱，我教了他们唱《你是灯塔》还有《白毛女》中的插曲，他们也唱了自己的拉祜民歌，娜拿的歌喉圆润婉转，唱得好也唱得最多，只是她用拉祜语唱，我听不懂歌词却能感觉出那份真挚的情感，就问李新培她唱的什么。他却困惑地说："我也听不明白，好像唱给她心爱的人，但又不完全像，好像是唱给她佩服的人！"

我明白了，却不便说。

每唱完一首歌停歇时，她就会深情地望望我，似乎在问，听得懂么？

我点点头或热烈地鼓掌，表示我心领了。

夜深了，我们还在欢乐地唱，歌声飘过南约河，散向远方……

刊于《黄河文学》2016 年第 1 期

沧海何尝断地脉

贾平凹

　　十年前一夏无雨，认为凶岁，在西安城南的一个出租屋里，我的老乡给我诉苦。他是个结巴，说话时断时续，他老婆在帘子后的床上一直嘤嘤泣哭。那时的蚊子很多，得不停地用巴掌去打，其实每一巴掌都打的是我们的胳膊和脸。

　　人走了，他说，又回，回那里去了。

　　那一幕我至今还清清晰晰，他抬起脑袋看我，目光空洞茫然，我惊得半天没说出一句话来。他说的人，就是他的女儿，初中辍学后从老家来西安和收捡破烂的父母仅生活了一年，便被人拐卖了。他们整整三年都在寻找，好不容易经公安人员解救回来，半年后女儿却又去了被拐卖的那个地方。事情竟然会发展到这样的结局，是鬼，鬼都慌乱啊！他老婆还是在哭，我的老乡就突然勃然大怒，骂道：哭，哭，你倒是哭，你妈的×哩，哭？！抓起桌子上的碗向帘子砸去。我没有拦他，也没一句劝说。桌子上还有一个碗，盛着咸菜，旁边是一筛子蒸馍和一只用黑塑料筒做成的花盆，长着一棵海棠。这海棠是他女儿回来的第三天栽的，那天，我的老乡叫我去喝酒，我看到他女儿正往塑料筒里装土。我赶紧把咸菜碗、蒸馍筛子和海棠盆挪开，免得他再要抓起来砸老婆。我终于弄明白了事情的缘由，是女儿回来后，因为报纸上电视上连续地报道着这次解救中公安人员的英勇事迹，社会上也都知道了他女儿是那个被拐卖者，女儿被人围观，指指点点，说那个男的家穷，人傻，×多，说她生下了一个孩子。从此女儿不再出门，不再说话，整日呆坐着一动不动。我的老乡担心着女儿这样下去不是要疯了就是会得大病，便托人说媒，希望她能嫁到远些的地方去，有个谁也不知道女儿情况的婆家。但就在他和媒人商量的时候，女儿不见了，留下个字条，说她还是回那个村子去了。

　　这是个真实的故事，我一直没给任何人说过。

但这件事像刀子一样刻在我的心里,每每一想起来,就觉得那刀子还在往深处刻。我始终不知道我那个老乡的女儿回去的村子是个什么地方,十年了,她又是怎么个活法。我和我的老乡还在往来,他依然是麦秋时节了回老家收庄稼,庄稼收完了再到西安来收捡破烂,但一年比一年老得严重,头发稀落,身子都佝偻了。前些年一见面,总还要给我唠叨,说解救女儿时他去过那村子,在高原上,风头子硬,人都住在窑洞里,没有麦面蒸馍吃。这几年再见到他了,却再也没提说过他女儿。我问了句:你没去看看她?他挥了一下手,说:有啥……看……看的?!他不愿意提说,我也就不敢再问。以后,我采风去过甘肃的定西,去过榆林的横山和绥德,也去过咸阳北部的彬县、淳化、旬邑,那里都是高原,每当我在坡梁的小路上看到挖土豆回家的妇女,脸色黑红,背着那么沉重的篓子,两条弯曲成 O 形的腿,趔趔趄趄,我就想到了她。在某一个村庄,路过谁家的碱畔,那里堆放着各式各样的农具,有驴有猪,鸡狗齐全,窑门口晒了桔梗和当归,有矮个子男子蹴在那里吃饭,而女的一边给身边的小儿擦鼻涕,一边扭着头朝隔壁家骂,骂得起劲了,啪啪地拍打自己的屁股,我就想到了她。在逛完了集市往另一个村庄去的路口,一个孩子在草窝里捉蚂蚱,远处的奶奶怎么喊他,他都不听,奶奶就把胳膊上的篮子放在地上,说:谁吃饼干呀?谁吃饼干呀?孙子没有来,麻雀、乌鸦和鹰却来了,等孙子捉着蚂蚱往过跑,篮子里的那包饼干已没有了,只剩下一个骨头,那是奶奶在集市上掉下来的一颗牙,她要带回扔到自家的房顶去,不知怎么,我也就想到了她。

年轻的时候,死亡对于我,只是一个词语,一个概念,一个哲学上的问题,谈起来轻松而热烈,当过了五十岁,家族里朋友圈接二连三地有人死去,甚至父母也死了,死亡从此让我恐惧,那是无言的恐惧。曾几何时报纸上电视上报道过拐卖妇女儿童的案件,我也觉得那非常遥远,就如我阅读外国小说里贩卖黑奴一样。可我那个老乡女儿的遭遇,使我在街上行走时常常就盯着人群,还怀疑起了某个人,每有亲戚带了小儿或孙子来看我,我送他们走时,一定是反复叮嘱把孩子管好。

我出生于农村,十九岁才到西安,我自以为农村的事我没有不知道的,可 20 世纪 80 年代初和一个妇联干部交谈,她告诉我:经调查,农村的妇女百分之六十性生活没有快感。我记得我当时目瞪口呆。十年前我那个老乡的女儿被拐卖后，我去过一次公安局，了解到这个城市每年被拐卖的妇女、儿童的具体数量无法得知，因为是不是被拐卖难以确认，但确凿的、备案的失踪人口有数千人。我也是目瞪口呆。

留神了起来，在城市的大街小巷，总能看到贴在路灯杆上的道路指示牌上的公用电话亭上的寻人广告，寻的又大多是妇女和儿童。这些失踪的妇女儿童，让人想得最多的，他们是被拐卖了。这些广告在农村是少见的，为什么都集中发生在城市呢？偷抢金钱可以理解，偷抢财物可以理解，偷抢了家畜和宠物拿去贩卖也可以理解，怎么就有拐卖妇女儿童的？社会在进步文明着，怎么还有这样的荒唐和野蛮，为什么呢？

中国大转型年代，发生了有史以来人口最大的迁徙，进城去，几乎所有人都往城市涌聚。就拿西安来讲，这是个古老的城市，满城到处却都是年轻的面孔，他们衣着整洁，发型新潮，拿着手机自拍的时候有着很萌的表情，但他们说着各种各样的方言，就知道了百分之八九十都来自农村。在我居住的那座楼上，大多数的房间都出租给了这些年轻人。其中有的确实在西安扎下了根，过上了好日子，而更多的却漂着，他们寻不到工作，即便寻到了也总是因工资少待遇低或者嫌太辛苦又辞掉了，但他们不回老家去，宁愿一天三顿吃泡面也不愿再回去，从离开老家的那天起就决定永远不回去了。其实，在西安待过一年两年也回不去了，尤其是那些女的。中央政府每年之初都在发一号文件，不断在说要建设社会主义新农村，可农村没有了年轻人，靠那些空巢的老人留守的儿童去建设吗？我们是在一些农村看到了集中盖起来的漂亮的屋舍，挂着有村委会的牌子，党员活动室的牌子，也有医疗所和农科研究站，但那全是离城镇近的，自然生态好的，在高速路边的地方。而偏远的各方面条件都落后的区域，那些没能力也没技术和资金的男人仍剩在村子里，他们依赖着土地能解决着温饱，却无法娶妻生子。我是到过一些这样的村子，村子里几乎都是光棍，有一个跛子，他给村里架电线时从崖上掉下来跌断了腿，他说：我家在我手里要绝种了，我们村在我们这一辈就消亡了。我无言以对。

大熊猫的珍贵在于有那么多的力量帮助它们生育，而窝在农村的那些男人，如果说他们是卑微的生命，可往往越是卑微的生命，如兔子、老鼠、苍蝇、蚊子，越是大量地繁殖啊！任何事情一旦从实用走向了不实用那就是艺术，城市里多少多少的性都成了艺术，农村的男人却只是光棍。记得当年时兴的知青文学，有那么多的文字在控诉着把知青投进了农村，让他们受苦受难。我是回乡知青，我想，去到了农村就那么不应该吗？那农村人，包括我自己，受苦受难便是天经地义？拐卖是残暴的，必须打击，但在打击拐卖的一次一次行动中，重判着那些罪恶的人贩，表彰着那些英雄的公安，可还有谁理会城市夺去了农村的财富，夺去了农村的劳力，也夺去了农村的女人？谁理会窝在农村的那些男人在残山剩水中的瓜蔓上，成了一层开着的不结瓜的荒花？或许，他们就是中国最后的农村，或许，他们就是最后的光棍。

这何尝不也是这个年代的故事呢？

但是，这个故事，我十年里一个字都没有写。怎么写呢？写我那个老乡的女儿如何被骗上了车，当她发觉不对时竭力反抗，又如何被殴打，被强暴，被威胁着要毁容，要割去肾脏，以及人贩子当着她的面和买主讨价还价？写她的母亲在三年里如何哭瞎了眼睛，父亲听说到山西的一个小镇是人贩子的中转站，为了去打探女儿消息，就在那里的砖瓦窑上干了一年苦力，终于有了线索，连夜跑一百里山路，潜藏在那个村口两天三夜？写他终于与女儿相见，为了缓解矛盾，假装认亲，然后再返回西安，给派出所提供了准确地点，派出所又以经费不足的原因让他筹钱，他又如何在收捡破烂时偷卖了三个下水盖被抓去坐了六个月的牢？写解救时全村人如何把他们围住，双方打斗，派出所的人伤了腿，他头破血流，最后还是被夺去了孩子？写他女儿回到了城市，如何受不了舆论压力，如何思念孩子，又回去被拐卖的那个地方？我实在是不想把它写成一个纯粹的拐卖妇女儿童的故事。这个年代中国发生的案件太多太多，别的案件可能比拐卖更离奇和凶残，比如上访，比如家暴，比如恐怖袭击、黑恶势力。我关注的是城市在怎样地肥大了而农村在怎样地凋敝着，我老乡的女儿被拐卖到的小地方到底怎样，那里坍塌了什么，流失了什么，还活着的一群人是懦弱还是强横，是可怜还是可恨，是如富士山一样常年驻雪的冰冷，还是它仍是一座活的火山。

这件事如此丰富的情节和如此离奇的结局，使我曾经是那样激愤，又曾经是那样悲哀，但我写下了十页、百页、数百页的文字后，我写不下去了，觉得不自在。我还是不了解我的角色和处境呀，我怎么能写得得心应手？拿碗在瀑布下接水，能接到吗？！我知道我的秉性是双筷子，什么都想夹来尝尝；我也知道我敏感，我的屋子里一旦有人来过，我就能闻出来，就像蚂蚁能闻见糖的所在。于是我得重新开写，这个故事就是稻草呀，捆了螃蟹就是螃蟹的价，我怎么能拿了去捆韭菜？

现在的小说，有太多的写法，似乎正时兴一种用笔很狠的、很极端的叙述。这可能更合宜于这个年代的阅读吧，但我却就是不行。我一直以为我的写作与水墨画有关，以水墨而文学，文学是水墨的。坦白地讲，我自幼就写字呀画画的，喜欢着水墨，在20世纪80年代，我的文学的最初营养，一方面来自中国戏曲和水墨画的审美，一方面来自西方现代美术的意识，以后的几十年里，也都是在这两方面纠结着拿捏着，做我文学上的活儿。如今，上几辈人写过的乡土，我几十年写过的乡土，发生了巨大改变，我们习惯了精神栖息的田园已面目全非。虽然我们还企图寻找，但无法找到，我们的一切努力也将是中国人最后的梦呓。在陕西，有人写了这样一个文章，写他常常怀念母亲，他母亲是世上擀面最好的人。文章发表后，许多人给他来信，都在说：世上擀面最好的人是我妈！我也是这样，但凡一病，躺在床上了，就极想吃我母亲做的饭，可母亲去世多年了，再没有人能做出那种味道了。就在我常常疑惑我的小说写什么怎么写的时候，我总是抽身去一些美术馆逛逛，参加一些美术的学术会议，竟然受益颇多，于是回来都做笔记，有些是我的感悟，有些是高人的言论。就在我重新写这个故事前，在一次论坛上，我记下了这样一段话：

当今的水墨画要呈现今天的文化、社会和审美精神的动向，不能漠然于现实，不能躲开它。和其他艺术一样，也不能否认人和自然、个体和社会、自我和群体之间关系的基本变化。假如你今天还是画花鸟山水人物，似乎这两百年的剧烈的、根本的、彻底的变化没有发生，那么你的作品就是脱离时代的装饰品。不过水墨画不是一个直接反映这些变化的艺术方式，不是一种社会现象，不能为任何主义或概念服务。中国20世纪的水墨画的弱点在于它是一个社会现象，不是一个艺术现象，或更多是社会现象很少是艺术现象。水墨对现代是什么意思？跟其他当代艺术方式相比的话，水墨画有什么独特性？水墨的本质是写意。什么是写意？通过艺术的笔触，展现艺术家长期的艺术训练和自我修养凝结而成的个人才气，这是水墨画的本质精髓；写意既不是理性的，又不是非理性的，但它是真实的，不是概念。艺术家对自己、感情、社会、政治、宗教的体验与内心的修养互相纠缠，形成不可分割的整体，成为内在灵魂的载体。西方"自我"是原子化个体的自我，在中国文化中是人格，人格理想这个东西带有群体性和积累性。在西方现当代艺术发展过程中，纯粹个体的心理发泄是主要的创作动力，这是现代主义绘画包括后现代主义的观念艺术和装置艺术的主要源泉。而在中国，动力是另一个，就是对人格理想的建构，而且是对积累性的、群体性的人格理想的建构。但它不是只完善自我，而是在这个群体性、积累性的理想过程中建构个体的自我。

他们的话使我想到佛经上的开篇语：如是我闻。嗨，真是如是我闻，它让我思索了诸多问题：人格理想是什么，如何的积累性、群体性的理想过程，又怎样建构文学中的我的个体？记得那一夜我又在读苏轼，忽然想，苏轼应该最能体现中国人格理想吧，他诗词、文赋、书法、绘画又应该最能体现他的人格理想吧。于是就又想到了戏曲里的"小生"的角色。中国人的哲学和美学在戏曲里是表现得最充分的。为什么设这样的角色：净面无须，内敛吞声，硬朗俊秀，玉树临风？而《红楼梦》里贾宝玉又恰是这样，《三国演义》中的诸葛亮、《水浒》中的宋江、《西游记》中的唐僧也大致是这样，这类雌雄同体的人物的塑造，反映了中国人的一种什么样的审美，暴露了这个民族文化基因的什么样的秘密？还是那个苏轼吧，他诗词、文赋、书法、绘画无一不能，能无不精，世人都爱他，但又有多少人能理解他？他的一生经历了那么多艰难不幸，而他的所有文字里竟没有一句激愤和尖刻。他是超越了苦难、逃避、辩护，领悟到了自然和生命的真谛而大自在着，但他那些超越后的文字直到今日还被认为是虚无的消极的，最多被说到是坦然和乐观。真是圣贤多寂寞啊！我们弄文学的，尤其在这个时候弄文学，社会上总有人非议我们的作品里阴暗的东西太多，批判的主题太过。大转型期的社会有太多的矛盾、冲突、荒唐、焦虑，文学里当然就有太多的揭露、批判、怀疑、追问，生在这个年代就生成了作家的这样的品种，这样品种的作家必然就有了这样品种的作品。却又想，我们的作品里，尤其小说里，写恶的东西都能写到极端，为什么写善却从未写到极致？很久很久以来了，作品的一号人物总是苍白，这是什么原因呢？由此，我在读一些史书时又搞不懂了，为什么秦人尚黑色？战国时期的秦军如虎狼，穿黑甲，举黑旗，狂风暴雨般的，呼啸而来灭了六国，又呼啸而去，二世为终。而20世纪的中国，"中华民国"的旗是红色的，上有白日，中华人民共和国的国旗更是红色，上有五星，这就又尚红。那么，黑色或红色，与一个民族的性格是什么关系呢？文化基因里是什么样的象征呢？

2014年的漫长冬季，我一直在做着写《极花》的准备，脑子里却总是混乱不清。直到2015年春天过去了，夏天来了，我才开始动笔。我喜欢在夏天里写作，我不怕热，似乎我是一个热气球，越热越容易飞起来。我在冬天里乱七八糟的想法，无法完成于我的新作里，或许还不是这一个《极花》里，但我闻到了一种气息，写《极花》时，也会把这种气息带进来，这如同妇女们在怀孕时要听音乐，好让将来的孩子喜欢唱歌，要在卧室里贴上美人图，好让将来的孩子能长得漂亮；又如同一般人在脖子上挂块玉牌，认为能与神灵接通，拳击手在身上文了兽头，便自认能更强悍凶猛。这个《极花》中的极花，也是冬虫夏草，它在冬天里是小虫子，而且小虫子眠而死去，而在夏天里长草开花，要想草长得旺花开得艳，夏天正是好日子。

我开始写了，其实不是我在写，是我让那个可怜的叫着胡蝶的被拐卖来的女子在唠叨。她是个中学毕业生，似乎有文化，还有点小资意味，爱用一些成语，好像什么都知道，又好像什么都不知道，就那么在唠叨。

她是给谁唠叨？让我听着？让社会听着？这个小说，真是个小小的说话，不是我在小说，而是她在小说。我原以为这是要有四十万字的篇幅才能完成的，却十五万字就结束了。兴许是这个故事并不复杂，兴许是我的年纪大了，不愿她说个不休，该用减法而不用加法。十五万字多好呀，试图着把一切过程都隐去，试图着逃出以往的叙述习惯，它成了我最短的一个长篇，竟也让我体验了另一种经验和丰收的喜悦。

面对着不足三百页的手稿，我给自己说：真是的，生在哪儿就决定了你。如瓷，景德镇的是青花，尧头（在陕西澄城县）就出黑釉。我写了几十年，是那么多的题材和体裁，写来写去，写到这一个，也只是写了我而已。

但是，小说是个什么东西呀？它的生成既在我的掌控中，又常常不受我的掌控，原定的《极花》是胡蝶只是要控诉，却怎么写着写着，肚子里的孩子一天复一天长着，日子累起来，那孩子却成了兔子，胡蝶一天复一天地受苦，也就成了又一个麻子婶，成了又一个訾米姐。小说的生长如同匠人在庙里用泥巴捏神像，捏成了匠人就得跪下拜，那泥巴成了神。

2015 年 7 月 15 日的上午，我记着这一日，十五万字画上了句号，天嘭里啪啦下着雨，一直下到傍晚。这是整个夏天最厚的一场雨，我在等着外出的家人，思绪如尘一样乱钻，突然就想起两句古人的诗。

一句是：沧海何尝断地脉，朱崖从此破天荒。

一句是：乐意相关禽对语，生香不断树交花。

刊于《人民文学》2016 年第 1 期

乡贤在否，文脉谁续？

李 辉

一

有的故事，一旦听过，再也无法忘记，总有一种冲动，想去见见故事主人公，遥想故事发生的场景。

安溪文庙得以保护的故事，就是如此。

十多年前，2003年新春，诗人舒婷组织泉州石狮元宵笔会，我应邀参加。笔会期间，我第一次走进安溪。当时的安溪，远没有如今这么大，除了新起的茶都之外，印象中县城街道不多，也不宽，更没有什么高楼。

知道安溪，两个原因。

一是铁观音。我当知青时，是在家乡山区的宋家茶场。将近三年时间，我们开荒、种茶、采茶、炒茶。我们种绿茶，但茶叶的种类，略知一二，铁观音名声大，也就知道了安溪这个地名。

二是黄永玉先生。认识黄先生许多年，总是不断听他讲述早期的漂泊，而抗战期间在集美与安溪的少年亲历，最为生动有趣。从他那里，知道集美学校从厦门迁至安溪，就在文庙之中居住、上课。文庙、洞头村、李光地、清水岩……虽未到过安溪，那里的山水与文化，好像一点儿也不陌生。

第一次到安溪，住在县委招待所。推开窗户，没有想到，正与文庙相对。来泉州之前，我查阅资料，才知道，中国县城一级的文庙大多消失，安溪文庙却保存较为完好，并被确定为南方一带格局最大的一座县城文庙。历尽沧桑，尤其是经过"文革"浩劫，安溪文庙居然可以存留下来，令人赞叹。人虽未到，却仿佛已经感觉到文化的力量，感觉到青山绿水之间，如清水长流一般的文脉涌动。

走进文庙，已有四百多年历史的主体建筑，呈现闽南建筑艺术之美。八根高大的镂空石雕龙柱，堪为文庙精华。不过，相比而言，我更喜欢墙上那些彩色花卉砖雕图案，精致而完美，怎么看也看不够。石雕龙柱充满阳刚，砖雕花卉漫溢柔美，不同气韵，装点文庙的丰富与生动。

曾经去过不少地方，过去都曾有过文庙，但基本都荡然无存。漫步文庙时，我问当地一位陪同朋友，安溪文庙怎么会保留下来？1966 年"红八月"开始的"破四旧"，"红卫兵"没有来砸吗？这位朋友说：当时有"红卫兵"要冲进去砸，一位老人站在门口，挡住不让进。"你们除非把我打死，不然别想进去！"僵持很久，安溪人知道了，都跑来，这才保护下来了。

听了这故事，很感动。在此之前，我曾写过一篇《残缺的窗栏板》，讲述1994 年在婺源农村看到的窗栏板，如何被串联而来的上海"红卫兵"砸得破破烂烂。在安溪，这个老人的挺身而出，让我看到了另外一番景象。之后，在不同场合如果谈到文化保护，我总爱说说这个偶然听见的故事。

故事流传，主人公，人在何处？

二

未到安溪，已有十二年。

2015 年 11 月初，我前往厦门陈嘉庚纪念馆，商量举办"我的文学行当——黄永玉作品展"事宜。此前，我与陈呈馆长谈到第一次的安溪之行，询问他能否帮忙找到故事中的主人公。一番努力，他终于找到！

叶清琳，抗战时期集美学校的安溪学生，20 世纪 50 年代之后，一直在安溪县文化馆工作，曾担任馆长。叶先生已是九十岁的老人，与儿子住在厦门，听说我很想见他，他特意让儿子叶雪锋驱车陪同前往，再次走进安溪，走进文庙。

这消息，让人兴奋。急切地，我又一次走进安溪。同行的有八十高龄的集美校友会会长任镜波先生，陈呈先生，颜如璇女士。

叶清琳老人，个头不高，人清瘦，眼睛炯炯有神，声音洪亮，精神矍铄。唯一的遗憾是听力差。聊天时，把问题写在纸上，他看过后，侃侃而谈。浓重闽南口音的普通话，我只能猜出若干。后来，幸好有陈嘉庚纪念馆的人士代为整理，并由颜如璇女士校订，我们的对话，才有了一份相对完整的记录。

我首先想问的，当然是听到的故事是否属实。叶先生坦率而真诚，回答："没有那件事。"他说，没有"红卫兵"要冲进去。文庙当时是一所学校，他是把要破坏文庙文物的学生往外赶。似乎没有那么悲壮，可是，在一片混乱的动荡日子里，他的这一举动，依然令人敬重。

那天在安溪，吃午饭前听老人漫谈，饭后，我们又一起走进文庙，如今的安溪县博物馆。

九十岁的老人，有一种回到家的感觉。生于斯长于斯，他在这里念书，在这里管理安溪文化，在这里为保护文庙而不遗余力。文庙，与之相伴九十年！

走进文庙，叶清琳不要人搀扶，一个多小时陪着我里里外外慢慢细看。文庙的屋顶、地砖、龙柱、栏杆，他指指点点，不停地说出文庙发生的那些零零星星的故事，那些难忘的场景，过往一切，又在他的眼前。时间碎片，串联而成，蔓延为心底的地方文化长卷。

听他娓娓而谈，才发现，安溪文庙得以保存，其实闯过一个又一个关口。每一次，如不坚持，文庙就完全可能不是今天的面貌。

叶清琳的漫谈片段，略加整理，且让我们听听他讲述的故事。

　　时间：2015 年 11 月 3 日
　　地点：安溪县三德酒店及安溪县文庙
　　内容：采访安溪县博物馆原馆长叶清琳老先生，谈保护文庙的曲折往事
　　人员：叶清琳、李辉、陈呈、易曙峰、叶雪锋、颜如璇等

　　李辉：我想了解这个故事，我前些年来过安溪，听说当年"红卫兵"要砸文庙，有人躺下阻拦，是你吗？

　　叶清琳：说我躺在文庙前阻拦"红卫兵"破坏文庙的故事，只是传说而已。我告诉你，"文革"开始时，我是第一个被拉出来批判的。"红卫兵"说安溪文化馆收藏的这些东西、这些文物都是地主富农反革命分子的东西，你收这些是为了准备反攻倒算。他们要把这些文物全部拿出来烧掉。我说，周恩来总理说文物不是封资修的东西。他们说不行，一定要批判、要拿出来烧。对我白天也批判晚上也批判。

　　后来我考虑了一下，我们文化馆还有收藏一些道士的东西，我想应付一下他们，就把这些道士的东西拿出来烧，其他的我说不能烧，他们说不行，还要批

判。文化馆的隔壁就是文庙，文庙里的龙柱年代久远。当时安溪第一中学设在文庙，那些学生要破坏，我跟他们说，这些龙柱是全国少有的，它是浮雕。你们要是破坏这些，你们就成了历史罪人。我劝他们不要破坏这些东西。后来他们就到社会上去闹革命了，还分成两派，一派是"一二五战斗队"，一派是"八二九"。学生忙着到社会上闹革命，文庙放空城，就没有被破坏。

说到文庙的龙柱，早在1958年，陈嘉庚校主扩建集美学校的时候，大年初一陈校主他们开车来安溪，要看文庙里的八根龙柱。说我们建学校需要什么，他都可以出钱帮我们建，就是想换取龙柱。当时一中校长姓傅，傅校长赶紧来叫我去，说陈校主想要我们八根龙柱。我说这样不行啊，全安溪五十万人口不会同意的。陈校主就这样点点头了。那天拿不到龙柱，陈校主就开车到湖头去了，去看李光地的房子。他发现按照当年宰相的规格本应该建得更漂亮，而李光地的故居非常朴素。他们发现有一根梁柱横跨五间，非常长，陈校主说这个杉木不是我们闽南的东西，一定是福州一带的东西。陈校主他们去湖头参观了一下就回来了。是他的秘书张其华跟他一起来的。张其华曾在安溪打过游击，陈呈，你伯父也在安溪打过游击。

"文革"期间，我下放山区，有次回城我路过科名，正逢当地基建挖出几十斤古铜钱。科名是农民起义的旧址，这批铜钱有重要的文物价值，而"红卫兵"要把整箱古铜钱当废物按一斤两块多钱卖掉。我赶紧找到中国银行的人，我说你们赶紧把古钱收了保护起来。

这时还发生过一件事。有一次，县委书记要把文庙改成县委会，要在文庙的两旁盖宾馆，为什么要盖宾馆呢？就是想把宾馆卖掉，因为他要盖县委会没有钱，准备把卖宾馆的钱用来盖县委会。我那时已下放到山沟劳动了，那天刚回来，发现文庙两旁要盖两栋楼，是用石头建的。我回来时刚好听说有个孩子到这里玩耍摔下来死了，街道上很多人在议论，我听了说文庙那里怎么可以建房子呢？马上跑去看，真的已经建一层了。我就问那里的馆长，这个人叫李乌象，现在还在，也老了，挂拐杖了。我就问他乌象啊，文庙边上在建什么啊，建宾馆吗？他说你还不知道，人家文庙要建县委会，要把明伦堂拆掉，盖会议厅，要围起来以文庙为中心，还要把城厢农具厂整个规划进来，蓝图已经画好了。

我听到这个消息，当天就找到县委书记朱江水。他刚吃过饭走出来，拿着牙签剔牙,问我老叶你来了?我说朱书记啊,我们文庙要建什么?他说要建县委会。我问要建几层?他说起码要四五层,目前先暂时建宾馆,以后再建县委会。我说那不行呀,顶多外面建两三层。他说现在你不要再提了,已经确定了,你再提也没有用。最后他站起来,我看他一边卷着烟卷,我知道他在想怎么说服我。他说,老叶啊,你说安溪是不是叫凤城?我说,是啊。他说,既然是凤城,我们建两个翅膀来飞一飞,不是更好吗?后来我问李乌象,李告诉我蓝图画出来了,准备弄成半圆形包起来,要建高楼大厦。我一惊,哇,怎么这么大胆?整个县委会没有一个人敢提意见,我第二次又去找朱书记,我说朱书记啊,这种做法安溪人民不会同意的。你做好事以后大家会怀念你,你把宾馆和县委会建到别的地方,不要在这个地方建吧。他不大高兴,嘟囔了一句粗话,说你再提也没有用。后来还要把位于文庙东边的文化馆拆掉,平整土地,要给他们建宾馆,又没有拨钱来。我说文化馆就不拆。当时文化局局长叫我停职反省,说,叶清琳啊你是鸡蛋碰石头。文化馆馆长王鼎南(音)吓得发抖,说,清琳啊,让他们拆,你千万不能跟他们斗,快出来让他们拆吧。我说哪有平整土地让他们建宾馆的事?他说算了算了,横竖也不是花你的钱,他一直安慰我说,反抗也没用,也斗不过他们。后来真的就拆了给他们,建东楼,其实东楼这个地方是当年集美学校卫生院的所在地。

这时的厦门市委副书记肖枫刚好回安溪。肖枫是安溪龙门人(注:肖枫是印尼归侨,抗战期间与诗人蔡其矫一起投奔延安),这次回来主要是来研究集美学校原校董叶渊的墓地,要选在同安天马山或是安溪凤阁山或是安溪山内的三岭。那时是夏天,六月天,肖枫刚吃饱饭,出来散步,走到文庙看到建筑工地,大惊,举手一直拍头,顿足捶胸,从蓝溪一直往上走,要去县政府,找到县委书记刘明益(音)(朱江水已经离开,换刘明益任书记)。刘明益认识肖枫,肖枫不认识他。刘说肖书记啊进来喝杯茶。肖枫边走边粗口开骂,说:"安溪搞什么啊,搞文庙啊?快把文庙边上的大楼拆掉。"还叫也要把官桥戏院边上的一些建筑一起拆掉。

这时又正好在周恩来总理手下工作的集美校友陈乃昌从北京回安溪,看到文庙边上建高楼大厦就更生气了。那天刘明益等领导都来接待陈乃昌,陈乃昌坐在文庙墨池的栏杆上,也是捶胸顿足:"安溪怎么这么干?文庙是国宝,怎么把国宝当作垃圾对待?"刘明益赶紧解释说,不是我干的,是前任搞的,陈乃昌与周总理是专线联系的,刘明益他也说要拆。不只肖枫、陈乃昌反对这个事情,当时很多海外回来的华侨看到这么做也都感到非常的伤心。

当初朱江水要在文庙边上建宾馆,就叫作"贫下中农招待所",还要建宾馆的膳厅,规模更大。因为搞建筑,文庙的大门口板车、汽车来来往往,运载建筑材料,把文庙前庭院的石板压坏了,很多塌陷了。后来我回到文化馆负责文物这块,我向省里申请一笔经费进行修缮,因为整个照壁都毁坏了,庭院也破坏了,很多建筑构件都毁坏了。我找计委批大杉木,不给,批给我四厘米粗的小木头。正好刘明益组织各乡镇的干部来"贫下中农招待所"开会,有人问我,清琳啊,你一直在忙什么呀?我说,要修文庙,找不到大杉木。刘明益说,你修文庙没有木材啊?就让我去找他。我不认识他,问旁人,他是谁呀?人家告诉我,是新来的县委书记。后来我就找他了。

现在你们看到的这些很多都是重新修建、修补的。我把那些要撤换的构件拆下来,依次编号,这些都是重新修、重新补的。我找来大柱子,换下蛀掉坏掉的,是偷梁换柱,偷梁换柱啊!哈哈!

讲述这些故事时,叶清琳声若洪钟,指着文庙替换的构件,哈哈大笑。兴奋之情,溢于言表。

2003年我们第一次走进安溪,三年之后,安溪文庙于2006年被确定为全国文物保护单位。叶清琳,功不可没。

安溪文脉守护人,终于笑到了最后。

三

我与安溪有缘。

第二次来到安溪,又一次走上清水岩。第一次上清水岩,山路狭窄曲折,如今,已是宽敞公路,抵达十分便利。第一次上清水岩,我曾抽过一次签,居然一直没有丢掉,此次前来,一下子找到,带在身边。当年这张签为清水岩第二首:"水绿与山青,扁舟快去程。任他风浪静,瞬息达蓬瀛。"十二年后,再上清水岩,又抽一个签。这张签为清水岩第六首:"帝里极奢华,楼台云雾遮。许多人叹仰，此处是仙家。"拿出当年旧签与新抽之签，交给寺庙和尚看，他也为之惊奇，我居然会一直留在身边。

缘分所致。

的确，我与安溪如此有缘。11月之后，1月、3月，短短五个月，竟然三进安溪，只为一件事：举办黄永玉的《无愁河的浪荡汉子》第二部《八年》上册的首发式。九旬黄永玉，在《八年》上册中，以二十多万字的篇幅写他安溪的三年生活。在他人生漂泊的第一站安溪，在他就读过的文庙，举办这部作品的首发式和插图展，多么美妙！

每次走进安溪，都会结交新的朋友，让人更为真切地感受一个地区文化的不可替代性。在一个个朋友身上，分明可以看到文化如何成为心底无法割裂的部分，这是文脉，如山水之间的清流，缓缓流淌。

第二次走进安溪，安溪博物馆馆长易曙峰参加与叶清琳的谈话，并陪同我们一起走进文庙。学习美术的他，毕业归来，把一个县级博物馆打理得有声有色，风生水起。他在民间四处搜集散落的文物，文庙庭院里，陈列着"文革"期间那些被破坏的残缺碑石、雕像，诉说着文脉的断裂。这样一个县级博物馆，举办全国当代艺术的文献展与雕塑展，将三十多年以来，当代艺术从酝酿到硕果累累的全过程，呈现于当地观众面前。

二上清水岩，一直与易曙峰坐在一起交谈。他擅长书法绘画，告诉我，他的一本书画集即将出版。书法部分，他抄录安溪历代名人雅士的诗句，意在传递文脉的流淌。他希望我能帮助起个书名。从清水岩下来，我与他商量，书名不妨就叫"清水长流"。清水岩远近闻名，安溪文脉恰如一条潺潺溪流，即便一时堵塞，最终依旧向前流淌。他欣然同意。我主动请缨，回京后请黄永玉先生为他题签。少年黄永玉在安溪生活三年，也曾登上清水岩，他在《无愁河的浪荡汉子》第二部《八年》上册中，写透安溪的风土人情与闽南人的温暖，漂泊在此的他，以晚年之作融于安溪文脉。果然，回到北京，见到黄先生，请他题写两幅字，一是"我的集美，我的安溪"，一是"清水长流"，他当即题写。前不久，厦门陈嘉庚纪念馆举办"我的文学行当"展览，黄永玉特地写下《招呼》一文，其中写道："最初到厦门我才十二岁，闽南人的宽怀给我的情感打下健康良好基础，所以我正在写的这部漫长的小说里都具有一些这类善良精神……"安溪与闽南，与他的情感不可分离。

为筹办《八年》首发式，我再去安溪，意外地遇到十二年前曾经陪同我们参观的谢文哲先生。当年，他刚从安溪中学调至县委宣传部，十二年过去，如今担任宣传部副部长。故乡一切均在他心中，写铁观音历史渊源，写安溪特有的民间宗教与宗祠文化。与之聊天，语调谦和而从容，没有陈词滥调，安溪的方方面面，如数家珍。就在他讲述的一个又一个故事之中，我感受着他心底的那份浓郁人文情怀。他说，藏书很多，一直想让更多的人读到。他萌发一个想法，建一个书院，并且已在四处寻找合适的安静地方，可以让安溪人闲暇时，走进书院，品茗，读书，漫谈。多么好的一个设想！听说后，我很快说，你的名字就非常适合做书院名称：文哲书院。

千百年来，对许多地方来说，书院曾是文脉传承的载体。大学同窗王兆军，是小说家和报告文学家，几年前，他从北京回到山东沂蒙山区，在故乡临沂创办一所书院。他吁请各地同学捐献图书，希望以文化为故乡注入活力。谢文哲萌发创办书院的想法，正与之相吻合。

一个地方的文脉，只有在一点一滴的细水汇入之后，方得以长流。

我想到了千百年来中国历史文化衔接绵绵不断的"乡贤"。

"乡贤"，这个称谓，很少再被提及，与我们久违了。文脉的传承与延续，当然与体制、政策密切相关，但是，如果没有富有人文情怀的地方乡贤参与其中，怎样传承，怎样延续，极有可能只能是一句空话。回望历史，任何一个地方的文脉延续，很大程度上仰赖于一代又一代的乡贤，热爱故乡，热爱故乡土地滋生而出的文化点滴，将之呵护，使之蔓延，由小草而成大树。去年，我写过一篇《腾冲硝烟处，名士风流时》，叙述抗战期间云南腾冲李根源、张问德两位晚清秀才的故事，民族危难之际，他们挺身而出，保一方平安，保民族尊严。他们的一言一行，彰显乡贤的威望与分量。同样，走进安溪，在叶清琳老人的身上，我看到的同样是久违的乡贤风范。如果没有这样一位乡贤的拍案而起，仗义执言，安溪文庙恐怕已经消失。

乡贤不再，将是地方文脉延续的悲哀。幸好，在安溪，在泉州，在闽南……看到一个个乡贤的重归。不久前，因呼吁恢复徽州地名，我接受人民网强国论坛的访谈。在问及如何保护地名背后的传统文化时，我谈到对安溪、泉州以及闽南文化的印象：

　　传统文化的保护，很丰富，面也很大，每个区域也不一样。最近半年我连续三次去闽南，泉州、厦门一带。譬如泉州就是一个很特殊的区域性文化，第一，它有它自己的闽南语，它的方言保留了。另外，它有很多的侨民，每个县都有几百万的侨民在海外，侨民对地方的地名和传统文化的认知是超出生活在这儿的人的，因为他们在国外，唯一想的就是家乡这些东西。由于它有方言，有侨民文化，有很多深厚的宗祠文化，一个家族有很多家祠，祠堂还不止一个。比如我们在安溪参观谢家祠堂，在安溪旁边叫厚安（又称后垵），厚安的几万人都姓谢，他们的祠堂很丰富，而祠堂里有很多志愿者，所谓的志愿者就是票友，他们演南音。南音是传承中国文化的最重要的地方戏曲之一，中原过去当时到福建的，所以保留了中原很多音，南音高甲戏，他们都会，那次去的时候，当地的家族里面祠堂里面谢家里面自己的人在组织一个演出队演出南音，演出高甲戏，这就是传统文化。他们很重视教育。一个传统文化的延续，就在于生活在这个地方的人对教育是否重视，所以，整个宗祠立了规矩，很多侨民捐了钱，凡是姓谢的人，在厚安这个地方上学，成绩好的，都由宗祠一个叫作家族的基金给他们奖励。不光这样，外地很多人在安溪打工，也住厚安谢家，只要租谢家房子的人，小孩在本地念书，成绩好的，他们也给钱，让外地人融入他们文化里面去。所以传统文化不是虚的，第一，有一个特定的区域性文化，对特定区域性文化的凝聚力是在语言、在文化、在教育，还有美食。我们不能谈虚的东西。教育是让生活在这里的孩子们知道这个地方是你的家，这里的语言是你一生的语言，这里的戏你要听，这就好。所谓保护传统文化，我觉得没有别的，从自己的事情做起，包括他们一到节假日就有祭祀活动，这就是文化。过去我们拜祖先、拜祖宗，过去一度"破四旧"，现在都恢复了，都允许了，这是传统文化的力量所在。这就是靠具体的事情来推动传统文化的保护，当然也要有资金，但资金不是主要的，要有热心的人。

　　这里我所说的"热心的人"，就是我所理解的"乡贤"——学识修养、人品威望、故乡之爱、敬畏文化，执着于付出点点滴滴的努力，这大概是乡贤身上应有的品质构成。一个地方，如有这样的乡贤出现，故乡有幸，文脉有幸。

乡贤何在？文脉谁续？

后代的目光，在遥远的未来注视着今天……

刊于《上海文学》2016 年第 7 期

1976 年记

蒋子龙

　　提起 1976 年，我脑子里的反应首先不是时间概念，而是各种奇怪的意象：疯牛、惊马、搅拌机、过山车、山崩地裂……还有就是一些经典作家的著名思想，譬如："一个人的智慧只能是他那个时代的智慧，无知也只能是他那个时代的无知。请注意，最伟大的头脑也不得不在某种程度上屈服于他所处的时代的迷信。"……总之，1976 年真是一言难尽！

　　凡事都有因，有因才有果，谈我的 1976 年，先得对上一年说上几句。经过十年折腾，工业生产已近崩溃，1975 年秋天全国工业战线以"工业学大庆"为由，掀起了一股抓生产的潮流——几个月后被称作"资本主义复辟和右倾翻案风"，沾这股潮流的光我的日子开始好过一点了，在一吨蒸汽锤上被"监督劳动"近十年，虽然没有明确宣布"监督"结束，却让我代理工段长，负责甲班整个车间的生产。车间共有三个工段，分早（甲）、中（乙）、夜（丙）三个班，其实当初把我由厂部送到车间生产第一线"监督劳动"，也不是"组织下文"，不过是造反头头的一句话，现在当个小工头也是他们一句话的事。由于"天津工业学大庆会议"上涉及大型发电机转子，将由我们车间锻造，便让我列席这个大会。

　　鬼使神差从北京来了个温和的老大姐，在会场上找到我，自报家门是原《人民文学》的老编辑部主任许以，说毛泽东亲自下令，停刊多年的《人民文学》要在 1976 年年初复刊，许以约我为复刊第一期写篇小说。不知是大气候有转暖的趋向，敏感的文学先复苏，还是国将大变，由文学发端？抑或是一种什么预兆、藏有什么玄机？《人民文学》是"国刊"，是业余作者梦寐以求想登上去的文学圣殿，可我当时没有受宠若惊，甚至不敢太过兴奋，心里没底，只是谨慎地答应试试看。

当时住在宾馆里的条件太好了，两人一个房间，有写字台、台灯，那时候开会要不断地写材料，发言必先写好稿子，我就以写材料和写发言稿为名，没黑没白地干起来了，夜里干个通宵都没人管。就这样鼓捣出了短篇小说《机电局长的一天》（下文简称《一天》），发在1976年复刊第一期《人民文学》的头条。那时候流行出简报，编辑部寄给我的第一期简报上，选编了读者对我这篇小说的反映，几乎是一片赞扬声，其中还有叶圣陶、张光年等文学大家的肯定。但几乎同时国家又发生了另外一件大事，周恩来总理去世，一种被称为"中国风度""男人的优雅"似乎一下子都没有了！"文革"把人搞得疑神疑鬼，由此想到《人民文学》生不逢时，很可能会再次停刊，连同我的小说一齐被"国丧"淹没。但曾出席了陈毅追悼会的毛泽东，却未参加周恩来的追悼会，令全国狐疑，一向让百姓觉得只有一个大脑、一个步伐的中央司令部，似乎并非铁板一块。

《人民文学》继续出刊，连简报照出不误，《一天》的影响也随之继续发酵。不知是不是受这篇小说的影响，天津市"宣教组"奉市委文教书记指示，让工厂给我一周的假期，到天津人民艺术剧院"掺沙子"，帮助写个话剧，遂成立"三结合创作组"，组长是《歌唱祖国》的作曲家王莘，还有人艺的导演方沉等名家。我报到后立即随创作组到全国著名的农村先进典型小靳庄深入生活，正值深冬，可想而知北方的农村会有多冷。第二天清晨我被冻得难受就到村外的河堤上跑步，跑热了把棉袄脱下来挂在河堤的小柴火垛上，等我跑了一圈再回到柴火垛跟前，棉袄不见了。呀？这哪是先进典型，简直就是贼窝嘛！

我报告了王莘，在屋里裹着棉被等消息。村里可能也觉得这事不光彩，大喇叭一遍又一遍地广播，村干部挨家挨户地去问，如果找不到这个棉袄那就是给全国的先进村抹黑，是"阶级斗争新动向"。到傍晚，村头才把棉袄送来，说有个农民早晨去赶集，看见柴火垛上有件棉袄，四周又没有人，怕丢失就先给收起来了。我觉得奇怪，去赶集的大道在河堤下面，真有赶集的人一定能看得到河堤上有人只穿着绒衣跑步，不用问就知道那棉袄是谁的，再说我跑步的时候并没有看到一个赶集的人……王莘毕竟是老同志，不让我多说反而感谢村头和那位拿了我棉袄的人。因为出了这个棉袄事件，加上我的心思根本没在这儿，在村里没待几天就回厂了。

到了3月，编辑部寄给我的简报上，读者来信就有一半认为《一天》有严重错误。当月文化部要召开一个文艺座谈会，编辑部想保我，试探"上面"对我的态度，便把我的名字也报了上去。文化部居然没有把我的名字砍去，看来事情还有救。我心情不无紧张地随《人民文学》常务副主编施燕平走进会场，在第一天文化部部长于会泳的报告中就给了我当头一棒，他说："有人写了坏小说，影响很大，倾向危险。一些老家伙们看了这篇小说激动地掉泪，难道还不足以引起我们深思、说明这件事情的严重性吗？当然，如果作者勇于承认错误，站到正确路线上来，我们还是欢迎的。"我注意到他给《一天》定性是"坏小说"，心里愈加忐忑，"坏小说"等于"毒草"，还是比"毒草"略好一点？在这个会上做出决定，让我在《人民文学》上公开做检查。

那个年月虽然明知一公开检查，就等同于政治上被枪毙，无奈编辑部多次派副主编一级的人物到天津劝说，苦口婆心，我感觉到他们是为了我好，并许诺我在发表检查的同时，再配发一篇我的小说，以示我虽然写了"坏小说"，却并没有"倒"。于是我很认真地写了检查，自以为已经狠狠地触及了灵魂，给自己上纲上线也够高的了，寄给编辑部后却不能令他们满意。我不知是编辑部这一关就过不去，还是编辑部的上边不满意。检查一改再改，老是过不了关，后来从天津帮助我"提高认识"的另一副主编刘剑青口中知道了"上边"要求我上纲上线到什么程度。那等于让我自杀，我不干了，索性等着被枪毙算了，且一时压不住火当场说了句以后在京津文化圈流传甚广，并被批判我的人反复引用的粗话："真是哑巴叫狗×了有苦说不出来，我一不再写检查，二从此不写小说，顶大还回生产一线被监督劳动，还能不让我干活?!"这句话一传开，从编辑部到天津宣教组都知道了我态度不好。5月初我接到了最后一期简报，上面清一色地批判我炮制了大毒草，并为其定性是"宣扬阶级斗争熄灭论和唯生产力论""替走资派翻案"……编辑部不再找我，而是由天津市"宣教组"的头儿向我传达市委文教书记王曼恬的指示："你必须公开做检查，你写不好由编辑部替你写，如果不做检查你以为还能在车间干活吗？"我心里一激灵，反问他："你什么意思？还要抓我？"那位姓孙的头儿不吭声，旁边站着个跟他一起来的人插话："这个不好说，你自己琢磨吧。"

1976年5月9日晚上，妻子有临盆的感觉，我将7岁的儿子反锁在家里，骑自行车把妻子驮到医院，顺利产下女儿，随即返回家熬好小米粥，灌在暖水瓶里，让儿子睡下，继续锁好门，将暖水瓶挂在车把上急忙往医院赶。赶到医院门口被一人拦下，让我立刻去市委，王书记在等我，《人民文学》的副主编带着替我写好的检查等我签字，还说他的一个同事到产房做我妻子的工作，叫她帮着劝说我同意这个检查……我一阵怒火攻心，骂他不是东西，我妻子刚生产，经得住你们这么吓唬吗？今晚除非你带警察来抓我……越说越气竟抢起那一暖瓶小米粥向他砸去，那小子早有提防，躲闪及时只伤到了一点腿脚。我跑到产房，妻子已经吓坏了，旁边一个面目可憎的女人还在跟她絮絮叨叨……产妇最怕惊吓，一受惊吓奶水就下不来了，那个年月物质极度匮乏，没有奶水孩子大人都遭罪了。我当时的表情大概相当恐怖，只喊了一声"滚"，她就哧溜一下出了产房。我劝慰了几句妻子，她则让我别跟上边闹得太僵，得考虑他们娘仨……我冷静下来直心疼那个暖水瓶和一瓶小米粥，在那时侍候月子这就是好东西了！妻子产后还滴水未进，只好回家又重熬了一瓶。

以后的状况确如我所担心的一样，能想到的办法全试了，妻子的奶水就是下不来。我每天耳朵都支棱着，听到哪儿卖牛奶或来青菜了，骑车就奔过去。幸好我在工厂还是三班倒，当时也确实觉得天津市很小，全市几个主要的副食店，我几乎每天都能骑着自行车转一圈，但十有八九都会空手而归，真苦了我的女儿。尽管如此，我仍然给她取名叫"一巍"，寓意《一天》巍然不动。其实怎么可能岿然不动？第二天市里派来一辆吉普车，把我拉到一个门口没有悬挂任何牌子的地方，宣教组的头儿和北京来的两个人在等我，经介绍其中一个竟是《人民文学》副主编、因挑战大人物批评俞平伯而受到表扬的李希凡，是他代我写了检查，并亲自读给我听，听得我一阵阵后脊梁发冷！读后宣教组的头儿问我同意不同意。我说同意不同意不都得签字吗？我签上自己的名字后，二话不说就离开了。

很快《人民文学》发表了这个检查，同时还有我的一个短篇小说《铁锨传》。我和编辑部都认为这件事到此就该画句号了，孰料大麻烦才刚开始，且不断升级。首先是"上边"对我和我的小说的态度变了，从天津市宣教组传出的风声是："要在全国范围内批倒批臭！"一开始我以为是被李希凡和编辑部骗了，后来才觉得连编辑部也被于会泳或更大的头儿骗了，曾两肋插刀替我上纲上线起草检讨书的李希凡冲着主编袁水拍拍了桌子："人家写了检查还要批，你们说话不算话，叫我怎么向天津市委交代？怎么向蒋子龙解释？"袁主编大概从文化部得到了什么指示，口气更硬："现在形势变了，蒋子龙是毒草小说的作者，对他也要跟对俞平伯一样，该批就得批！"

当时国内的文化类刊物不是很多，凡我在报刊门市部能见到的，都展开了对《一天》的围剿，甚至连离我很远的广西一家社会学类的刊物和一个大学的校刊，都发表了批判《一天》的长文。新华社 1976 年 6 月 25 日的《国内动态清样》上转载了辽宁分社的电稿："辽宁文艺界就批判《一天》的事请示省委，省委一领导说中央有布置，你们不要抢在中央的前边，蒋子龙是反革命分子，《一天》作为大毒草批判，编辑部敌我不分……"这一切都说明"上边"的确下了指令，乃至有过统一的部署。我仍在车间里三班倒地抓生产，也不敢去主动打听消息，只在歇班的日子到处踅摸牛奶和青菜时路过报刊门市部，进去匆匆翻翻各地报刊，获得一些各地批我的信息。

最令我想不到的竟然还有人打上门来，他们穿着绿军装，胳膊上戴着红袖章，拿着内蒙古生产建设兵团的介绍信，自称是一个排长带着两个战士。声言："天津阶级斗争的盖子没有揭开，要彻底查清蒋子龙的背景，不把他彻底揪出来我们不走！"那个时候天津市主管文艺的宣教组下面，有个具体管事的部门叫"创评室"，此室的人如临大敌，年轻人赶紧找出当年的红袖章戴在胳膊上，以示自己也是造反派，好与对方在政治上显得是平等的。奇怪的是那三个内蒙古的造反勇士，只在市里闹腾，明知我在天津重型机器厂，却不到厂里来揪我。后来市宣教组一个劲将他们往工厂推，他们也就真的找到了我的工厂，被大门口的工人造反派一拦，没说几句话就拨头向后转了。工厂的掌权派理由很简单，我们厂的人我们自己会解决，用不着外人来多管闲事。这实际是在我最困难的时候保了我，我若被那三个内蒙古造反派带走，就生死难料了。所以我对工厂一直有很深的感情，至今感念不忘。我还曾被关过十几天牛棚，因我只是"黑笔杆子"，犯的是路线错误，跟造反派没有私人恩怨，可以坐在耐火砖上写检查，耐火砖上面还可以垫稻草袋子。而一个犯流氓罪的"坏分子"，让有些戴了绿帽子的人总想置他于死地，牛棚的看守又对他的犯罪细节感兴趣，就让他坐在冰块上写检查和接受造反派没完没了的审讯。这个人后来大小便失禁，下半身瘫痪。

那三个内蒙古造反派后来又进京找到《人民文学》编辑部，声色俱厉地宣布："不彻底揭开文艺界阶级斗争的盖子、不揪出蒋子龙批倒批臭就不撤离编辑部！"我是在《文艺战线动态》第31期上见到了这个消息，当时《人民文学》主编袁水拍写的"交代材料"上还有这样一段话："1976年3月18日，于会泳在西苑旅社召开创作会，于说，蒋子龙的错误主要责任在邓小平，作品受邓的流毒影响，胡说什么在天津开工业学大庆会，刮风就是这个会……小说配合了右倾翻案风，把走资派当一号人物来写，影射美化邓小平，把主人公霍大道写成平头，个儿不高，老战友姓刘，老婆叫庄林，还有小万的名字也影射，霍大道就是豁出去不怕被打倒……"我真佩服那个年代的政治想象力，而且让你有口难辩，越描越黑。我为什么让一号人物姓霍记不清了，八成是姓这个姓的人少一些，显得新鲜。"大道"则根据我当兵时副大队长的名字演化来的，他自小给地主放牛，有小名无大号，丢了牛为避祸就拦住部队当了兵。当了兵就得有个名字，接收他的营长当场说："你在大路上参军，就叫王大路吧。"如果非要找一个霍大道的模特出来，应该是我们厂的第一任厂长冯文斌，他原是团中央书记，曾是胡耀邦的上级，偏巧也是"个儿不高"。我给他当过秘书，冯头讲话极富鼓动性，每逢他做报告，大礼堂里比看电影人还多。我有个非常尊敬的老大姐叫庄欣，就改个字搬来做了他的妻子。至于为什么要把"走资派当一号人物"，非常好理解，那个时候的文艺作品几乎无一例外的都是用"小将""年轻的造反派"做主角，我只是想出点新。还有什么老刘就是影射刘伯承，小万就是万里，等等，简直匪夷所思，现在说起来像闹着玩儿，那个时候却可以借此就能毁掉一个人。

先在天津最堂皇的剧院——"中国大戏院"召开对我的全市批判大会，过去梅兰芳、马连良等名角来津，只在这个戏院演出。我不知是该感到荣幸，还是该觉得亵渎了那个舞台，对不起前辈艺术大师？据工厂派去参加批判大会的代表回来传达说，会上呼喊"打倒蒋子龙""踏上一只脚，永世不得翻身"等口号一百多次，其中"发言最有水平"的是曾经跟我一起参加"三结合创作组"的话剧团专业编剧。随后是工厂的批判会，召集上早班和正常班的人参加，共计7500人。听起来声势很大，真正在会场坐到底的我看连一半都没有，许多人到会场打个晃就回家了，等于放半天假，说起来还是沾了我的光。工厂对这一套似乎有些疲沓，前几天连朱德委员长去世全社会都无声无息。他可是曾经威震天下的"朱总司令"，当年提起来都是"朱毛、朱毛"，朱在前毛在后，后来给人的印象也是个忠厚长者。身处国家领导层的顶端，还能让人觉得是个厚道人，非常难得，却就这么轻描淡写地走了，谁还对批判一个"烂秀才"有多大兴趣？顶多是其他车间的工人对我的臭名有所耳闻，却未见过我这个人，借着这个批判会想看看我长得什么样。刚开场时他们从大礼堂两边的过道排着队从台前绕一圈，为了让大家看得清楚我只好向看我的人行注目礼。大会主持人不管不问，也没有对我动手动脚。

祸不单行，几天后唐山大地震。我被震醒后下意识地将两个孩子从床上抓起来掖到床底下，见震动越来越强烈，已感到我住的老楼咔吧咔吧地摇摇欲倒，又从床下夹起两个孩子向楼下跑，慌不择路将右脚的大拇指指甲踢掉，竟全然不知。随后在黄河道路边胡乱搭起一个抗震棚，一家人总算有了遮风避雨的栖身之处，由于饥饿刚出生两个月的女儿彻夜啼哭，我抱着她整夜在马路边上溜达。地震后别人都可以不上班了，我自知身份脆弱不能不去，第二天到工厂一看，全面瘫痪，厂里看不到几个人，交换台的电话员却正在找我，总机接到军队的紧急电话，让我寻找一位老首长的女儿甄影颖。影颖在唐山当兵，本来休假到7月底，因为刚提干非要提前归队，27号下午我刚送走她，28号凌晨地震，父母就联系不上她了。幸好我们厂里就有火车，我通过火车司机的关系，搭乘往地震灾区送食品的火车，在震后的第四天好歹到了名义上的唐山，眼前一片废墟，原来的唐山已不复存在。没有了建筑便失去坐标，好不容易找到影颖所在的部队，我心中的一线希望也彻底破灭，找到埋葬她的地点，在坟前立了一块木板做记号，匆匆搭车回津，向她的父母报信。

谁料一周后，我自己也死了一回。工厂要恢复生产先得检修被震坏的设备，回家不得休息，上班还得带头苦干，在检修24米高热处理炉时一脚踩空从上面摔了下来，瞬间只觉得暖风擦过我的脸，火光在身边一闪而过，跟着就失去了知觉。如果就那样死了，也很惬意，无痛苦也没有什么可怕的。醒来时发觉自己躺在正往医院疾驰的救护车上，守在旁边的厂医说我福大命大，正好掉在几个装炉件的稻草袋子上，若稍偏一点摔在铸钢的炉件上，很难想象是什么后果。医生的话让我一腔苦涩，"福大命大"是不敢指望了，若能扛过《一天》这一关，或许能算得上"命硬"。不久，毛泽东主席去世，有那么一个短暂的时间我甚至忘记了自己的处境，有种天塌地陷的感觉，不知这个国家没有了"伟大领袖"今后将怎么办。

各单位每天上班第一件事，就是集体站在四边加了黑纱的毛泽东遗像前默哀，放哀乐。哀乐一响就会有人落泪、哽咽，甚至哭出声，我很想随大流也能掉几滴眼泪，但内心惊虑不安，怎么也挤不出眼泪，又不敢像别人那样假哭，只好低头静默。全厂的追悼大会就更隆重，明确宣布全厂停产，生产第一线的三个班的工人全部参加，但"牛鬼蛇神"除外。我眼下虽然实际上干的是工段长的活，却还不敢说自己就不是"牛鬼蛇神"了，因为刚对我开完了全厂的批判大会，那些"地富反坏右"以及"走资派"等反而好长时间没有挨批判了，"牛棚"也早就拆了。车间的头头对我不错，不能让他们为难，在召开追悼会的时候车间要留值班的，我便主动要求留下值班，头头们痛快地答应了。事后《人民文学》的编辑来信告诉我，追悼会那天，编辑部先开批判会，承认《机电局长的一天》是大毒草、并做了批判发言的，才可以去参加毛泽东的追悼会。

国家向来被叫作"国家机器"，当"机器"失控时极容易酿成大事故，在国家出大事故的时候像我这样的人最容易先被碾碎。因我是惊弓之鸟，遇事先往坏里想，忽略了另一句经典："物极必反。"国家大势竟急转直下，随着"四人帮"的覆灭，工厂恢复党委领导，老干部落实政策，重回领导岗位，全厂各车间开始起用老的生产骨干。各级造反组织一夜之间土崩瓦解，大大小小的造反头头该抓的抓、该管的管，其他的作鸟兽散，不等人下令便纷纷离开各个"总部"，从哪儿来的又回到哪儿去，原来干什么还干什么，迅速隐身于群众之中。

我却没有重回厂部，而是被任命为锻压车间主任。记得刚上任没几天就险些出事，一次是柬埔寨的西哈努克亲王来车间参观，赶上那天刮大风，车间顶部的天窗被打碎，一块大玻璃斜楞着从高空劈下，只差一点儿就把亲王的随从的脑袋给开了。我吓出了一身冷汗，事后爬上30多米高的车间顶部，一块一块地亲手检查玻璃。另一次是国务院副总理纪登奎来，6000吨水压机正在锻造一个170吨的钢锭，干得正紧张的时候锻造天车的兜链断了，通红的大钢锭就晾在砧子上。幸好当班的工人技术不错，只用了几分钟就换上了新链子，正围着看热闹的头头们都没有看出有什么不妥，想不到当过洛阳矿山机械厂厂长的纪登奎倒很内行，当场问了一句让厂部头头下不来台的话："你们的设备有定期检修制度吗？"厂部领导满脸怒气地看着我，我知道这是转嫁责任，索性实话实说："检修制度是有，三年一大修，一年一中修，有故障随时修，但有许多年被当作修正主义的东西丢掉了。"纪登奎摇了摇头："这么大的厂子，这么好的设备，管理制度一定要跟上，该建立的建立，该恢复的恢复。"

制度可以恢复，人却回不去了。无论工人还是干部，人还是那些人，却不是原来的样子了。也包括我自己。原有的洁净、信仰、忠实都变味了，即使没有全部丢失，也大打折扣。因此我常常心生晦暗，瞧不起自己。就像精神和感情都被强奸过一样，此生再也硬朗不起来，干净不了了。无论是跟自己相处，还是跟社会的关系，都跟原来不一样了。其实，社会又何尝没有被伤及五内？若想痊愈恐怕难了。即使还有那一天，也不知要等到什么时候。

2016 年 2 月 12 日

刊于《同舟共进》2016 年 4 月号

点滴未敢忘 [外一篇]

张承志

其一：点滴未敢忘

王元化的《清园书简》(湖北教育出版社 2003 年 1 月第 1 版)，414 页—415 页给北大张少康信中，有一段信息如下：

时间：1990 年 1 月 4 日，信的正文后又缀了一句：

"兹有一事相托，上海作协李子云同志函告，张承志(经日本'亚洲文库'约请)现在日本，拟找一工作，希您和晓光转托日本友人鼎力相助为感。我已函告李直接写信给您和晓光。——又及"

晓光，指陆晓光，当时正在日本跟冈村繁学习；张少康，看给陆晓光的信件内容(1990 年 1 月 20 日)，应该是在京都大学做访问学者。

——以上抄来的楷体字段落，记载了那个时期一些长辈与我的一瞬之交。那是在历史的特殊折点，我遭遇的高尚者的关怀。对他们的感激心情久存于心，我却一直没有表达。

元化先生的这段文字记载了那个时间折点。1989 年年底我脱离了海军创作室，1990 年年初正企图东渡日本。一顾前途茫茫，生存难关正在临近。我和一些最信任的长辈商议，至少其中有李子云大姐和俞伟超老师，希望他们能帮我介绍关系，争取在日本获得机会。

我在 1990 年 11 月抵达日本。东洋文库的外国人研究员只是一种身份，可以利用珍贵的藏书，但并无一文收入。我置藉于东洋文库，同时开始打工。

令我感动的是，长辈们一直记挂着我。从上面楷体字的引文中，不仅能看到元化先生的劳心，更看到子云大姐对我的惦记。

如今读着回想着，我咀嚼出了一股滋味。我的事，确实让子云大姐担心了。她不仅为我委托了王元化，甚至为我找了夏衍先生。

夏衍先生后来请子云大姐转告我：旧时友人多不在了，新人又不熟悉，暂时没有找到什么办法，但他会留意机会，要我在日本注意健康。

我已经记不清，是1992年夏天或1993年李子云大姐来北京开会我去宾馆看她的时候，还是更早时她写信告诉我的。只记得有过一股害羞的感觉。确实，甚至打扰到夏衍先生，就应该批评自己了。强人担忧，绝非善习——然而懂得这些，于我还需要时日。

不仅夏衍，我的事还惊动了张光年先生。先是听到王蒙先生在电话里说过，后来见面，王蒙又亲自对我说：张光年同志听说了你的情况后很惦记，问你有什么困难，需要不需要帮助。

我有些吃惊，也很木讷，不记得是否托他转达过道谢。

——还不算我的恩师、那时恰值进入暮年的俞伟超老师，他为我不知托了多少日本朋友！我和那些考古学教授们谈得很多，话题经常就是俞伟超。一个人被两国的知识分子敬重，这种例子也不是很多。后来我们醉心于把俞伟超老师请到日本旅行由我充当翻译的计划，可惜连这一点也没能落实。

那是一段艰苦的日子。

我坚持了下来。不仅吃饱了饭，还完成了对未来取道的摸索。

正是在日本我恍然大悟：稿费才是我命定的收入。至1993年归国，我不仅在日本的岩波书店和中央公论社各出新书，而且已经能用日文写作。最后用一种叫"TeconoMedo ノート中国語 Ⅲ"的软件（还须注明是老友德地立人买了这价格20万日元的软件送给了我），静心写了一本半是翻作中文的散文集《鞍与笔》。待到它的出版，已经是我回国之后的事了。

似乎今天我才突然意识到：在1990年前后，曾有一小批德高望重的长者，曾经因为听说了我的弃薪退职远托异国，为我担心，向我伸出援手，给予过我贵重的关怀。

也似乎今天我的心里才猛地涌起感激。回溯追忆，对那些于我有过恩谊，甚至对我进行过救援的人，他们多是知名的人物——在他们活着的时候，我没有当面道过一次谢。

曾经觉得不必，后来又暗觉遗憾。此刻一字一字写着，好像在向辞世已久的他们追述。

我好像在对他们说：士为知遇，点滴未敢忘。我可以等人们都遗忘以后，再悄悄命笔，作文祭谢。

更重要的是：我要遥向他们独自起誓——以自己文学的品质，卫护他们高尚的名字。

谨记于 2014 年 12 月

其二：悼李子云

①

多年以来常常接到作家逝世的讣告。我毫无例外，没有写过一篇追思文，也没去参加过一次悼念会。

有时是因为自己正身在旅途，有时是因为自己与逝者并无深交。但更有一些，是因为他们——缺乏使残存的生者尊敬的理由。

这么说，有些像是在盼着"值得尊重"的人去死——自私的作家！慢慢地我开始不能容忍自己无情的形象。因为不仅是情谊的问题，还有更大的道理。它朦胧遮漫，在我的心底，宛如在激烈地争论。我似乎在等着一个机会，表达自己的如上思绪。

这么一想，我又回到了沉默。确实，如果人真的思念某一个逝者，思念会真实得如视如触。它会一直纠缠着你，久久与你同在，但你并不一定能写出来。

上海对于我比外国还陌生。我去上海从来只停三五天便急于离开。但哪怕只停两天，我也一定去看子云大姐。甚至还要去上海的原因之一，即是因为李子云大姐在那儿住。

即便如此，我仍然并不具备资格去描述她。虽然她对我的培养，以至于保护的小事一直令我难忘。她显然结交过更重要的人物、做过更重要的好事。唯一诱我琢磨的是这么一个问题：她对于我，究竟是一位话语相投的大姐，还是一棵遮挡危险的大树？

接到她的讣报，一股再无遮蔽的感觉袭来。我明白了。

不管我多么不愿意，一个时代结束了。就像必须习惯没有李子云的上海一样，我也必须习惯没有荫凉掩护的时代，以及持续肆虐的曝晒。

但我已不是那个"胡涂乱抹"的青年，哪怕持续地烈日当空，我能把自己的路走完。

——谨把这一决意，当作献给子云大姐的挽词。

②

以上是 2010 年 9 月 25 日于甘肃写下的、给李子云大姐的追悼短文。

但是它被结集后，我感到，刻意把文字写短的结果，是话没有说清。

对死者悼念的行为，如现世一样形形色色。把李子云形容成"一朵雅云"的说法，如一幅不伦不类的蹩脚画像。

作为李子云老师生前的一个朋友和受过她培养甚至掩护的作者，我有纠正的责任。她对我多次讲过：她对自己青春立志投身革命的选择，一生从未后悔。我与她之间的几度交谈，每次都涉及了这个题目。但每当谈及拜倒于西方价值的人与作品，子云大姐总是说："他们不懂，对那些我们早已了解，我们早已选择过了。"

人们的见解处处不同，包括对都夸赞的李子云也是观点分裂。我想，对一位面对社会的编辑家，谁都能举出一些私人例子议论解说。但人物评论最基本的依据，是她的轨迹与她的著作——主导着李子云评论的一种思想，与她在 40 年代末的理想与选择一线相牵。

我怀念的子云大姐，并不是一朵中产阶级的"雅云"。

她是一名出色的编辑家和批评家，是一个温柔且修养丰满的知识女性。她更是在 1949 年前后投身中国革命的那一群人的一员，是一个永远怀抱着初衷的理想主义者。她住在上海，冷静地看着世态百相。她淡出文坛，但保留着自己的异议。作为一个思想者她感到孤独，但她不露声色地微笑着。她就这样寄身上海，迎送了自己的最后日子。

为着长者的恩谊，我要补此一笔：

子云大姐和她那一代"四九年人"尤其知识女性——虽然沉默，但她们存在。她们不能接受对她们形象的不确描画。

作为我，一个子云大姐扶助过的很多年轻知识分子中的一个，一个对感激无语表达的作家，至此一笔写下，我找到了报答的方式。

子云大姐，愿你清洁的灵魂，在天堂里享受永久的安宁！

2014 年岁末，谨作补记

刊于《人民文学》2016 年第 10 期

梦回祁连

雷　达

一

　　哦，民乐，留下我青春身影的地方！仰头可见天神般威严的老君山雪峰，低头可见冰冷刺骨的融雪水在灌渠里澎湃。一年四季疾风尖啸，从不停歇，风神呜呜地，似在捉拿并拷打一个脱逃的魔鬼。男人和女人们每天绕过村头的涝坝，踏过芨芨草的枯黄，扛着农具，向光滩深处如野马浮动的雾浪走去。我也曾是他们中的一员。在这里留下过我二十一岁的容颜。

　　老君山是祁连山北麓的主峰之一，矗立在民乐县城南面，云雾在山腰拉起了带子，显现出山的雄姿。夏天，老君山若起大雾，山下的庄稼就要遭殃了，不出一刻，大雨滂沱；冬天，雾幛拉严到山根下，天地骤然变色，大雪纷纷扬扬，雪深三尺。人们说，老君变了脸，杀羊祭神山哪。而我所在的村子就叫洪水村。

　　压在记忆深处的东西，好像永远沉埋了，其实蛰伏着，有一天会冲开重重淤积，清晰地显露自身。比如"四清运动"，简称"社教"，不能说它没有整顿农村基层的混乱，整治自大跃进以来，乡村干部的专横霸道的某种积极意义，但它却又迅速转向了以血统论为基础的阶级斗争扩大化，在思想体系上，它与"文革"思维是一致的。它是一次"文革"前的操练，也是后来声势浩大的知青运动的一次彩排。但让我纠结的似乎并不是这些，而是隔着历史烟尘的各种亲切的面影，是那个久远年代里，人性的淳朴与异常，残酷与美丽。

二

　　1964年国庆一过，我们就奔赴"四清"前线。地点就是老君山下的民乐县。这次运动历时八个月，于第二年，即1965年5月初返回兰州。说实话，当时的我其实是兴奋莫名的，像一匹撒欢奔跑的马驹子。再也不用坐在闷暗的宿舍里没完没了地开会了。

拂晓时分，火车过了乌鞘岭，白雾渐渐散去，再往前行，过了古浪峡，眼前忽然现出广袤的戈壁滩。久闻大名的河西走廊终于现身于眼前，让我无比激动。那个年月，人的流动概率极低，基本哪儿也没去过。千里河西走廊对我很有诱惑力。从车窗下望，只见天朗气清，红叶欲燃，荒滩上不时出现一座座长方形的古老土堡，越往后走堡子越多，有的堡子四角升起"堞垛"，还有炮眼。但不见人，土堡大部分已倾塌了，不由引人遥想古代。

进入黄羊镇以西地面，土地肥沃，村舍连亘。河西地区收获季节晚，场院上还有人在"碾场"。收割过的田野上有堆堆粪肥，有人煨起了粪饼，蓝烟袅袅升起，若隐若现，状如指路的仙人或婀娜的女神。毛驴颇多，当地社员穿光板老羊皮袄，斜跨驴背，嘚嘚蹀行，从火车上看下去，是迅速移动的小黑点，别有一番古意。

这时我们发现了古长城的遗骸，一段段残垣断壁，在秋风中独卧于沙丘之上，如伏虎，如怪兽，中间还杂有烽火台墩。这带来了大欢喜，我们一个个狂喊着看啊，看啊，后来火车的另一侧也发现了古城墙，它几乎一路陪伴着我们。懂行的人说，这叫"断壁长城"，属于明长城，其苍凉的况味难以形容。这就是1964年秋天的河西走廊给我的第一眼印象。

我们在张掖下了火车，住了一晚，第二天换乘解放牌卡车向民乐进发。四清工作团有两千人，据说那天正好用了一百辆卡车，其场面之浩大，用遮天蔽日，排山倒海，地动山摇，都不算过分。我们穿戴着兰州军区以极低的价格配给的棉军帽，旧皮军大衣，军用大头鞋，一个个好不威武。除了没枪，什么都有了。想到几天前还在恭恭敬敬地"检讨"，现在忽然一身戎装，男女同学相视而笑，不觉豪情满怀，忘记自己是老几了。

车队构成了一条长达数里之遥的长蛇阵，中外战争巨片都没见过这样大的阵势。从张掖到民乐，一百多里，主要在戈壁滩上行进，过了东乐镇后折转方向，我们可以不断回首观赏车队曲折逶迤，烟尘滚滚的景象，还有人说他看见了传说中的"海市蜃楼"，激动得不得了。那一天，民乐大地在颤抖，寂寞了亿万斯年的戈壁滩似乎从没这么喧腾过。试想，一百辆卡车，数千之众，突然涌进一个只有七八万人和只有一条小土街的小县城，怎能不构成"雷公打豆腐"之势？老乡们一个个看傻了，有的半天合不拢嘴，有的啧啧叹道，1949年王震的队伍过民乐，阵势也大，可也没有这么大啊。车辆因为一时疏散不开，我们不得不长久地与路边的群众车上车下默默对视，有些尴尬。这一天的晚上，民乐全县就有五个"四不清"因为惊怖或有问题而自杀了。我要分配去的那个大队的会计，吊死在老戏台上。

四清工作团由三方面人员构成：一方是兰州大学师生，一方是武威地委机关及所属单位干部，一方是武威炮校的军官们。在后来的日子里，我越来越感到武威地委的干部人才济济，有老革命，有智囊人物，有笔杆子，还有农村工作的"老手"——他刚一张口农民们就笑了，真是藏龙卧虎；而武威炮校的军官，大都腰挎手枪，个个精神，他们人虽年轻，资格却老，那时距离解放战争胜利才十四年，他们中许多人都是四野的、一野的，有过参战经历，但你不问他绝对不提。我们大队的刘参谋就带我到河滩打过五四式手枪，他紧抓住我的手，怕我乱动，让我向荒崖连开了三枪，看弹壳冒着青烟蹦出枪身，真来劲，我过了个枪瘾。

三

在大队部住了第一夜。清晨，风小了，出门望去，我发现一个穿红袄的小姑娘，颠簸在小毛驴的背上，半弯着腰肢，一起一伏的，甩打着小腿儿，小驴蹚过了一条清浅的小河。这画面让我沉醉，感动，刻印在我脑海里多年。

当地老乡个个头顶着一种毡帽，表情沉默木讷，这帽子呈铲子形，帽舌伸出老长，它有个费解的名字，叫"牛吃水"。看起来怪怪的，恍然有进了罗刹国似的感觉。后来才明白，此帽样子虽难看，但平日挡风，夏天遮阳挡雨，再毒的太阳也晒不透，再大的雨水都会沿两翼流出，一抖即干，冬天拉下帽檐可防耳冻，故而冬暖夏凉。这里的河西女人外出必蒙面，为的是防风防晒防寒，一个个用头巾缠住头，只露出一双骨碌碌转的黑眸子，你无法探知那后面的表情，除非你跟进家门，看她们卸了装。

然而，让我万分惊愕的是，五十多年后，我曾碰到过一位在京的民乐籍的大学青年教师，聊天中我问他，你们那儿老乡都戴牛吃水毡帽吧？他摇头。我问，你们那儿女人外出都是蒙面的吧？他更摇头。他甚至根本不知道"牛吃水"是什么。我的天，这个世界真是变了，地变天也变，从风俗到气候，变得无法辨认了。我不服气，又问，你们那儿把父母叫"娘老子"，把"跑掉了"叫"排掉了"，对吧？这他点头。当我说，你们那儿把不务正业的流浪汉叫"五二鬼"时，他哈哈大笑，连连说对、对、对！

且说，我们住进了老乡家以后，才知道这里有多贫穷。我住进的那家人少，一个瞎眼老汉和他的儿子，两条光棍。儿子叫李希林，人长得挺拔精干，曾在钢厂干过，母亲病逝多年，他对老父亲极孝顺。这个家真是空空如也，推开四面漏风的破门，就是一盘炕，土炕上的被子补丁摞补丁，色泽污暗。为了我的到来，李希林换上了他准备结婚用的一领新炕席。这应该是很大的事。我很久以后才知道。

李希林说，挑选可以住工作队的人家可难了，既要是贫下中农，还得家境过得去。有的人家根本不敢让你们住啊，那些家就在炕上铺一层麦草，睡觉时往草里一钻，清早起来赶忙抖净头上身上的草渣儿。有的人家女人只有一条裤子，她和女儿谁出门谁穿，在家的就窝在炕上，当然，真穷到这个份上的也不多。我听了吸一口凉气，心想，谚语里不是说"金张掖，银武威"吗，怎么穷成了这样？

只有吃了"派饭"，你才能真正体会到老乡们生活的艰辛。这里要对"派饭"这个历史性名词略加解释。那些年头，运动多，临时任务多，上面经常抽调一些干部组成工作组、检查组，到农村指导或检查工作，简称"驻队干部""蹲点干部"。驻队时间或十天半月或三月半年不等。这期间，"驻队干部"轮流在各农户家吃饭，每顿每人付四两粮票和两毛钱。对农家而言，管"派饭"是一种负担，但又是一种荣耀，一种"政治待遇"，"地富反坏"是无权管"派饭"的。农民们常年吃糠咽菜喝清汤，每逢给干部"管饭"，却互相攀比，要提升一下档次。工作队严令必须与老乡"三同"，伙食水平保持一致，不得超标，但老乡们还是有做白面拉条子的、蒸小馒头的、炒小炒的，甚至个别还有过包饺子的，最不济的也是油泼蒜泥土豆，外加酸菜花卷儿。当地产优质红皮大蒜，每顿饭都会摆上。

每次吃派饭，都是刘组长带着我。刘组长是法院的，我的顶头上司，他高个儿，面容坚定，语速慢，说话严谨，他对我却好，总叫我尕雷子。我们出门调查，座谈，开会，总在一起。我们坐在老乡的炕桌边，老乡把好吃的端给我们，一个劲儿地劝我们多吃，然后老乡自己躲在外面喝青稞面拌汤或野菜汤。我们的心情是矛盾的，吃惯城里饭的我们，也饿，甚至馋，也需要补充营养，可老乡吃得这么差，让我们吃不下去。老刘总是举着花卷儿或夹起菜来正色道，以后你们吃啥我们吃啥，千万不能给我们单做。主人总是谦恭地堆着笑说，好我的书记嘞，我们十天半月才管一次派饭，哪能让你们喝洋芋拌汤子呢。老乡把工作队的人都叫书记，或者干事，我都享受过书记的尊称。

孩子却不管这一套。我们不止一次地遇到，脏兮兮的小男孩小女孩，流着双管鼻涕，端着自己的汤碗，死死地盯住桌上的饭，盯得我们发毛，无法放开吃。更有一次，一个小男孩嗖地翻上炕，用小脏手迅如闪电一般抓起饺子就吞，主人进来大怒，一个耳光把孩子扇到炕下打旋，孩子号啕大哭，我们一再护住孩子。这顿饭我们哪里还吃得下，只能落荒而逃。在我，真是吃出了一种犯罪感。

这个地方，或因半农半牧，或因边远蛮荒，历来男女关系比较随便，开放，所以工作队有严明纪律，规定与女社员谈话，必须由两个或以上工作队员在场，谈话时必须敞开房门，晚上一律不得找女社员询问。在开头的一段，执行得很坚决，于是在县团的一份内部简报上，出现了这样一条"情况反映"："由于工作队进村后作风严肃，有的落后妇女就说，工作队的男人没长屎。"我们的主要工作本是扎根串联，依靠"根子"们，揭开阶级斗争盖子。但打开局面很难，家族关系盘根错节，后来还发现，我们倚重的某些"勇敢分子"，其实是依靠错了，这更增加了工作的难度。倒是在生活作风问题上打开了缺口，发现各队的村干大都存在"嫖风"问题，听说某公社有个队长和会计互换老婆睡，生的娃名字就叫"换换"，成为笑谈。战果迅速扩大，案子越扯越繁，这使工作队队员们很兴奋，因为那个年代男女关系也是严重的问题啊。可是武威地委的同志们太了解相邻地区的土风了，工作团团长、地委书记程雪同志马上就发现大方向有所偏移，他要求各工作组立即停止追查男女关系，重点要放到清政治清经济上来。

那时原则上要求工作队每周与老乡同劳动两个半天。因老刘和其他人都有更重要的事，每次都是我去，渐渐老乡也不拿我当外人了。洪水河边的原野上，最习见的就是芨芨草，长在地边路边，高尺余，黄灿灿的耀眼。木轮牛拉车也是一景，轮子极大，很像俄罗斯列维坦油画里的大车，打场时装麦草用，或用它往地里运肥，颇具田园风味。

红红绿绿的成群妇女，扬起榔头打胡基，我也夹杂其中。我因不得法，榔头把儿攥不紧，腰太硬，据说姿势很滑稽，手上起了几个大泡。正狼狈间，环子这丫头，猛地从后面向我冲来，冲了我一个大跟头，众皆大笑。环子姓郝，是团支部副书记，爱唱歌，一见面就推搡我，说，雷干事，今晚上你总该给我们教新歌了吧？我那时附带负责给青年教歌，半月左右教一次，在土堡里。那年代唱的歌有《勤俭是咱的传家宝》《打靶归来》《汾河流水哗啦啦》。

环子皮肤微黑，很水灵，一笑就露出雪白的牙齿，两颗又大又亮的眼睛毛茸茸地扑闪着，两颊照例有紫外线强照射后形成的两片红晕，俗称"红二团"，但这反而使她透出一股子野性美。她一会儿咯咯地大笑，一会儿挤眉弄眼，调皮地捉弄人，一会儿又噘着嘴发脾气。她那样子，用现在网络名词就叫卖萌。有一晚教歌，我靠着墙睡着了，她掐醒了我，说为什么不教了？我说困啊。当时我很恼火，为什么对别的工作组你那么恭敬？为什么在我面前这么放肆？

叔本华说，人是这么一种动物，既要吃面包，也要看马戏。说得太对了。你看欧美国家看足球的，看篮球的，看网球的，万头攒动，老头老太太儿童也不例外，时间再宝贵，这乐子是不能缺的。人确是需要娱乐的，哪怕再苦再穷再累；只是，贫困会把娱乐的方式扭曲和变形。一天，秋阳高照，风也柔软，我们在干沟里小歇。我躺在避风处盖着外衣迷盹，忽听咚咚咚一阵急促的跑步声、追喊声，随后就传来了一声高过一声的爆炸般的哗笑。我好奇，走近前一看，原来女社员们，也有男社员，把一个中年男子撂倒，褪下裤子，并把其脑袋不断往裤裆部位按压，说这叫"苏秦背剑"，也叫"弯弓射雕"，然后围着他大笑，笑出了眼泪，有的人喜得直跳脚。据说被示众的苦主一般是不会恼的，往往一笑置之。有人喊，雷干事来了，快跑。一女社员却说，雷干事来了来，怕啥哩。我只能面露尴尬的笑，扭头装没听见。后来，我听到过一个顺口溜，专道甘肃某些地方的贫穷落后，说是"开会靠吼，种地靠牛，点灯靠油，娱乐靠尿"，这再一次让我发出苦涩的笑。

那时还有一种难言之隐是，浑身长虱子，奇痒难当，开着会不由人不摇头摆尾，歪肩扭臀，样子难看。女队员也有相似表现。有人说后半夜奇冷，能冻死的，我试过，冻不死，衣缝里虱子虮子仍然结成团。还是李希林有办法，他找来几大包六六粉，倒进大铁盆，再将我的衣裳放进去，反复煎煮。这一招果然灵，虱虮们遁形了，我人也清爽了许多。

有一天，我去大队部，看见环子坐在大门槛上，用木盆洗衣服，手冻得通红。她家就在这长着一排白杨树的大道边，道边有条小溪。我边走边嚼着李希林给我的干沙枣，顺手递给了她一把，她接过枣子，扭过头，再转过来，却眼含着泪，我说你怎么了？她说心里难受，忽然没了平日的嬉笑。午后，我从队部回来，她老远就向我奔来，直撞到我怀里，喘着气说，你又回来了。我忽然觉得哪儿有点不对劲，忙推开她。她并不是小丫头，快十八岁了，叫别人看见多不好。我急忙向大路两头望去，幸好中午没人，只有白杨树在风中拍着手儿喧哗。

四

进入 12 月，天寒地冻，北风怒号，洪水村的斗争形势渐渐推向了高潮。工作组和贫协的"根子"们天天开会到半夜，终于敲定了斗争对象名单。其中有一人漏网，他叫郝得全，会一点兽医，也会一点人医，在最饥饿的那一年，他伙同他人杀了队上的一头驴，煮熟了卖钱，分得 25 元。他还伙同饲养员，偷过一袋豆料，那本是牲口的口粮。他还帮人从青海贩过牛。他的"罪行"已构成破坏生产资料罪，因为他的成分是贫农，又与"地富反"不沾边，只能定为坏分子。他人现在青海俄博的什么地方，给队上缴一点钱，算是批准搞副业的。我万万没想到，郝得全竟然就是环子的父亲。

环子和她的母亲已被通知，不准再参加贫协的"根子会"，环子也不得再参加团支部活动，那还意味着，什么刷标语啦，喊口号啦，会前拉歌比赛啦，都没环子的份了。这对这个活跃分子来说是多么大的打击，甚至意味着"政治生命"的结束。

有天早晨，下着雪，我伏在被褥卷上写工作日志，那时我和老刘搬进了这间空房，不在老乡家住了。听见门外有隐隐约约的抽泣声，我一惊，忙跳下炕打开门，是环子！她头发蓬乱，满脸泪痕，原先的圆脸似乎拉长了，显出尖下巴颏了，这使我震惊。她哭着说，我大大是好人，那驴是自己死的，不是杀死的，是队长叫杀的，不是我大大要杀的，她反反复复说着这样的话。我无语，也不敢把她让进屋，就这么一个门外一个门里地对峙着，任雪花儿飘舞。这时老刘夹着办公包回来了，他寒着脸，冷冷地看了一眼环子和我，谁都不理。他扭头对环子说，你父亲的问题是上级批准的，你要划清界限，带头积极揭发，不要想着翻案，翻不了案。

环子忽然开口说，刘书记，明天该轮到我家管派饭，我们还管吗？她充满期待。她做饭的拿手好戏是搓青稞面鱼鱼，两手并用，一只手下搓五根，一次搓十根，搓两次就能下一碗；煮熟后拌点油泼蒜泥，甚是好吃，屡获老刘夸奖。老刘还用当地土话说，青稞青稞，不吃了饿得慌，吃饱了肚子胀，惹得大家哈哈大笑。可是现在，老刘沉着脸，缓缓地说，派饭嘛，我看，今后你们就不用管了。环子一听急了，忙说，我东西都备下了，现在换人来不及了。老刘说，来得及，你回去吧。这好似最后一击，环子呜呜地大哭起来，抖动着肩膀，斜着身子出了院门。

老刘反身关严了房门，严肃地对我说，尕雷同志，组织考验你的时候到了。经研究，决定由贫协主任郝得福同志带着你，去青海把郝得全弄回来。路上可能比较辛苦，你有决心吗？我当然深深地点了点头，连说有决心、有决心。

那时各大队都在把外流人员召回。我的同学何某，爱写诗，疯疯癫癫的，绰号何瓜子，这家伙入冬前曾到青海祁连县搞过外调，据他吹嘘，他见过穿红袍的藏女，歌喉婉转，直入云霄，骑马飞奔，快如闪电，似乎还对他有意思，情节略似后来听说的王洛宾故事。我明知有虚假成分，但仍有些向往。两天后，我和贫协主任一起在县城东头的汽车站，上了去青海的班车。那是一种带帆布篷子的道基卡车。我们穿过了著名的青甘之间的咽喉孔道——扁都口峡谷，一路上，过冰大坂，过冰大沟，寒气逼人，冷风割面，茫茫大雪密集到让人喘不过气来，天暗时仿佛世界末日到了。在俄博没找见人，我们忍着冻与饿，立刻反身转乘一种小卡车颠了一整天，在一个所谓的金矿，在一间歪歪斜斜的土屋里，找到了郝得全。

原以为郝得全又杀驴，又贩牛，又偷粮食，一定是个能人，强人，三头六臂式的，谁知是个光头老汉，青白面皮，奇瘦，寡言，慈眉善目。郝得福一见他立刻低声下气，说，二哥啊，我接你来了。不料郝得全说什么也不回去。郝得福苦着脸说，二哥，你哪怕点个卯再回来，不然我交不了差啊。他暗示我站出来说话。郝得全一直不敢正眼瞧我，似有点怕我。我就说，郝得全，这是组织的决定，任何人都得服从，都得参加四清运动。他无语了。我们用了三天时间，再次穿过扁都口，吃的苦就不提了，终于回到了民乐，回到了洪水村。民乐与俄博虽分属甘青两省，却是邻县，五十多年后的今天，新疆到兰州的高铁正从扁都口通过。

斗争郝得全的会是老刘亲自抓的，经过精心策划，发言顺序也排好了。那晚汽灯雪亮，会前猛喊了一阵口号，气氛酝酿得很足。县工作团还派了人来。问题却出在"杀驴事件"的一个具体细节上，到底驴是病死的，还是好端端被人杀死的，如果是病死的，那性质就够不上破坏生产罪。老刘是搞法律的，却忽略了这个重要细节，一味听信"勇敢分子"的揭发。会上老刘也急了，厉声喝问，当时驴到底还有没有气？老饲养员被推出做证，他磨了半天，才吞吞吐吐地说，这驴它是自己病死的，可这驴它还有最后一口气。"还有一口气你把它杀了，这是什么问题！"老刘变得有点不讲理了。

贫协主任郝得福对着台下说，继续批斗，继续，谁发言？谁上来？快一点。他眼光扫过去，像机枪扫过，一个个低下了头，扫了两遍，人们低了两回头。郝得福很窘，自我解嘲说，你看你看，乡里人一见省上的大领导，连话都不会说了，其实他们憋了一肚子的话呢。这时一个积极分子站起来质问道，郝得全，1960年你偷粮食呢，你总不敢说你没偷吧？郝得全沉默着，紧闭双眼和嘴唇，好像发誓一辈子永不张口。天冷极，冷得让人发抖，这时有人说了，二爸，你就睁好说上两句吧，娃们媳妇子们冻得实在招不住了；二爷，你就说上两句呗，我们扛不住了。良久，郝得全才叹气似的说，哎，你们叫我说啥呢嘛。那年环子她妈眼看着就快断气了，心口都凉了，得亏了这一口救命的粮啊。这时人群里有妇女抽抽搭搭起来。这一来，气氛变得对斗争会不利。我感到，从会场最后面的一个暗角里，不时有一道锐光射来，那是环子在看我，我赶快躲开，不与她目光接触。这些天我一直躲着她。

斗争会没有达到预期效果，很无力地散场了，老刘铁青着脸。幸好另外两个会，斗老队长的和斗老地主的，都开得比较有声势。那次会后，我被抽调去写村史，人也搬到大队部，与老刘分开了。

那个时候，全国有股写村史、家史、厂史的风，各地在寻找当地的刘文彩式人物。工作队决定也要写一本村史。我每天跑到据说是方圆二百里内最大的地主庄园，一个巨大的土堡，去搜集材料，访贫问苦。它叫烧房庄。在那儿我大开了眼界。郝氏庄园围墙高达五丈，内有房屋三百多间，曾经骡马成群，拥有自己的武装，像个小社会，以酿造烧酒和种植鸦片为业，富可敌国。每天出烧酒二百多斤，销往整个河西走廊，远至新疆、中亚各国。据说那种烧酒极火烈，极好喝，比现在的茅台和最高度的衡水大曲都过瘾，惜配方已失传。大堡子1915年曾遭祁连山土匪抢掠，双方血战数日，郝氏败，庄园付之一炬，满门被灭，儿媳遭轮奸后，喝大烟水自杀了。这个庄园的历史，使我对河西走廊的堡子文化有了新的认识。

春节前，接到通知，要求我们到武威过春节，集训半月，一律不得回兰州。地委的人和炮校的人，自然可以回家了。那天，我们坐在去武威的大卡车上，车未开，在等人，我们倚着行李闲聊。忽听说，下面有个大姑娘，低着头，问她找谁她也不说。这引起了车上人的好奇，互相打问，她是谁？送你们谁的？无人回应。我起先没在意，伸头一看，吓了一跳，原来是环子，且隐约觉得她是为我而来的。我知道工作队纪律极严，决不许队员与本地女性有染。这使我心跳如鼓，尽量看别处不看她，只当她不存在。过了一会儿，一看，她仍蹲在车边，我有点慌了。车终于发动起来了，送别的人们在摆手，环子忽然站起来，一跃，就蹬住了汽车的大轱辘，扳住车帮，立了起来，她把两盒新建牌的纸烟拍在了我手上，说，雷干事，这两盒烟你拿上路上抽，我等你回来。她一跳下，车就开了。

等我？等我什么？莫名其妙！我有点恨她了。后来才明白，是我误会了。她说等我，是她有一肚子委屈要说，她等我，还因为她春节就要投靠远在酒泉金塔县的小姨家，那里距此遥远，在那里她将出嫁给一个玉门的石油工人。这是我们最后一次见面，却是这样的场面。

当时我像个被人现场抓住的小偷，恨不得找个地缝钻进去。车上的人看我的眼光很复杂，有怀疑的，有询问的，有谴责的，有诡谲地笑着的，使我百口莫辩，我不想解释什么，也不可能解释什么，只能涨红了脸，手捏着两盒烟发呆。新建烟每盒一毛一，属于劣质烟，但对一个农民而言，价格不菲了。车渐渐颠簸得厉害起来，黄尘一阵阵卷来，人们才不再看我了。所幸，事后并无组织找我谈话。

五

1965年春节在武威度过，住在马步芳军队驻扎过的一座三层木楼上，楼呈回字形。假日那几天无事，有多个晚上，我反复去观看武威歌剧团演出的歌剧《江姐》，为之深深打动，于是立志要成为这个剧团的编剧。恰好地委书记程雪就在我们大队蹲点，看过我编写的村史的一部分，表示满意，我就去找他，他答应我毕业后调我到武威歌剧团当编剧。我激动不已，天天设想着深入生活的一大套计划，并想先写个关于西路军的大型歌剧，想象着演出的盛况，想象着多少人被我的作品感动得热泪盈眶。其实，我只看了两本回忆录，没啥准备，纯属心血来潮。我没有意识到，当时的中国，山雨欲来风满楼，"搞创作"一词已近乎痴人说梦。因兰大毕业生是由国家统一分配，武威够不上，我分到了北京。我在北京的工作很不如意，我一直闹着要回甘肃武威当编剧，北京的组织不太理解我。1966年春天，"文革"眼看起来了，我还在申请调回去。有一天终于等到了远在武威的程雪书记捎来的一句口信："好好在北京工作，不要来武威！"至此，我热念遂消。现在回想，是程书记有远见，在保护我。我真要跑到武威，下场难以意料。程书记是长辈，他在"文革"中遭遇了怎样的命运，他是否还健在，我一概不知，问人也问不出来，就在我写这篇文章的时候，还是不知道。

春节后回到大队，听了不少传达文件。文件批评了王光美的桃园经验，批评了"四清与四不清的矛盾"这个"错误提法"。当时四清有小四清与大四清之别。小四清是清账目，清工分，清仓库，清财务；大四清则是清政治，清经济，清思想，清组织。当时小四清基本停了，不太追究了，而特别强调"反修防修"，揪出党内走资本主义道路的当权派，警惕中国的赫鲁晓夫式人物。运动渐呈收场之势，各队要求原先的村干部"洗热水澡""轻装下楼"（都是当时特有的政治术语），大部分官复原职。这使很多"根子"或冲在前面的人不干了，纷纷到工作组讨说法，说你们走了，我们怎么办？但无果。

在这里，我必须要把我的一个极独特的经历说出来，那就是我在洪水村入了团，又遭遇后来的不被承认。有天，多日不见的老刘找到我说，孕雷，我发现你还不是团员，这要影响你以后的前途，我给你弄了张表，你填填，明天晚上就发展你。我半信半疑地说，我们大学里入团可难可难了，这不可能吧？老刘说，没问题，县工作团是一级独立党委，有权发展党团员，可以火线加入的。我说我一向自由散漫，老刘说不不不，我认为你表现得不错。

第二天晚上，我鼓足勇气，拿着填好的表走进土堡里的会场。我一出现，就受到农村青年团员们的热烈欢迎，我脸都红了。为什么说鼓足勇气呢？我是工作组的，在社员眼中是领导，平时戴着面具指手画脚，人五人六的，可是现在，暴露了我连团员都不是，我得接受青年社员们的审核和表决。我的自尊心受到了很大的挑战。但是我深受感动，他们没有一丝轻看和嘲笑，完全把我看成他们中的一员，甚至因我的参加而骄傲。都说雷干事好，雷干事好，同意，同意，齐刷刷地一致举手通过了。我有一种回到母亲怀抱的感觉，我想流泪，心里说，我有很多很多毛病，你们知道吗，我是不是欺骗了你们？还想，环子若在场她该多高兴。但是，"入团"以后，我心里总是不那么踏实。果然，回到学校，政治辅导员就找我，她吊着脸说，你在下面入的团不算数，你还得重新讨论。入党入团是她控制的领地，我的迂回入团使她很恼怒。我一想到深挖祖孙三代、抽筋剥皮式的"讨论"，想到临分配前同学之间的某种贬损和嫉妒，就不寒而栗。我说我还有很大差距，就不用讨论了吧？这是她需要拿到的回答。哧的一声，她把我入团志愿表最后一页，也就是盖着县工作团图章的组织批准的一页，撕去了。1985年，没有入过团的我加入了中国共产党。

还有一事需要交代。撤离前，环子的母亲把我叫去，从炕桌深处掏出了一个红色的塑料笔记本，说这是环子临走时留给我的，还说环子最相信我了，说我是好人。本子的封面是万里长城，里面有些风景图片，这种塑料本在当时还很稀罕。扉页上的字认真用力，笔画稚拙，写的是：送给亲爱的雷干事，郝玉环敬赠，1965年2月某日。我表示，衷心祝福郝环子婚后生活幸福美满，然后赶忙把本子藏进了内衣口袋。走到门外的白杨大道边，我又一次向两头看了看，依然没人，只有呼呼的风声。宽广而粗犷的河西大地啊，你永远护佑着我。

工作组撤离的时候，没有再搞"车海战术"。老乡们厚道，都出来了。我的青年农民朋友李希林、李升、李清林出来了，环子的老父亲郝得全没事了，也出来了。老队长官复原职，也出来了；他在"洗热水澡""下楼"的检查中，反反复复自称是走资本主义道路的"挡箭牌"——他把"当权派"误说成"挡箭牌"，不知是故意，还是不识字造成的。我心里好笑，你就能把党内的走资派都给"挡"了，你真伟大。人们摇着手告别，显得很平静，没有依依惜别之感，却有种潜在的冷清和漠然。那以后，我们回到兰州，我们填各种政审表，我们面临毕业分配，我们各奔报到的城市，再后来，"文革"爆发了，我们信誓旦旦而又人人自危，谁还会想起民乐呢？民乐像一个梦，突然来了又突然去了，无踪无影。明日隔山岳，世事两茫茫。

梦与现实，哪个更真实？当然是现实，可在某种情景下，虚实难辨，如花似雾，梦反而更真实；当曾经发生的事裹上了一层梦幻般的雾，就更加扑朔迷离了。半个世纪前的这段经历，在某一时刻，蓦然浮上心头，让我心惊，让我沉思，让我苦笑。我怀疑一切是否真的存在过。郝玉环送我的那个红皮笔记本，起先我好像还见过，后来就不知去向了。它没入历史的深海里了。

刊于《作家》2016 年第 11 期

双城记：飞去来的滋味儿

陈建功

　　这几年常往北海跑。北部湾畔的那座小城，是我的家乡。记得 1957 年初到北京的时候，人问"哪里人"，一说"北海"，人皆茫然，闻所未闻的样子。有些牛哄哄的同学还装傻充愣，说："北海公园？"令我悲愤了很久。没想到到了 1993 年，那里竟"火"了起来。好几位做房地产的朋友听说我是北海人，问："没回去拿块地么？"或问："能回去帮拿块地么？"……"拿地"，我肯定是没招儿的。不过，遥远的家乡，让那么多双眼睛突然放出了光，倒也令人豪情万丈。

　　随父母移居北京那年，我还不满 8 岁。上北京，是我朝思暮想的。虽然我爸回北海之前，我都没见过他。见面没几天，因为我的骄蛮，还挨了他一顿揍。即便如此，为了"上北京"，我甚至不惜做了我爸的"同谋"：为动员心存疑虑的祖母一同北上，我爸到珠海路上去找了个卦摊儿，我看见他和算命的"盲佬"嘀嘀咕咕，还偷偷给他塞钱，后来就看见我爸把他带到祖母面前，说北京的风水怎么怎么好，富贵寿考长宜子孙……在成人眼里，孩子的智力永远是被低估的，先父在天之灵，恐怕万万也不会想到这个"诡计"早已被我识破。我的祖母当然也不知道里面的故事，但富贵寿考的梦想，最终也填不满思乡的寂寞。只一年，祖母就回北海去了，几年后终老故乡。屈指算来，那都是近一个甲子之前的事了。当年那个 8 岁娃娃，早已被北京"同化"。被"同化"的证明是，我成了所谓的"京味儿作家"。当然我知道深浅，对这"封号"老有点儿战战兢兢。唯一有信心的是，说"京片子"还是够格儿的。我的一位老乡到北京闯荡了好几年，至今那儿化音，还拿捏不好，时不时就把"倍儿棒"那个"儿"，说得"字正腔圆"，要么，就把"特好"说成个"特儿好"。闹得我忍无可忍，说："您就别费那个劲儿啦，就算把'儿'闹明白了，您离'京味儿'也还远呢！"我说的是实话。弄明白京味儿，儿化音也好，双声叠韵也好，还都是皮毛。要是会夸饰会自嘲呢，这才沾上点边儿。说起来应该是 20 几年前的事了，电视连续剧《编辑部的故事》播映之前，剧组举行了一个记者会，有记者问编剧王朔对此剧自我感觉如何，他说，顶不济也是本儿《飘》，闹不好还是本儿《红楼梦》呢。结果到了第二天，报纸上满是对王朔"狂言妄语"的嘲笑和批评。记得后来我还写文章打抱不平，大概意思是，你们怎么就没听明白那是自嘲，人家压根儿就是跟你们开玩笑呢。

弄明白北京话哪些是正话反说，哪些又是反话正说，还不算明白了北京人的"精气神儿"。

北京人的"精气神儿"，在他们的活法儿。

宠辱不惊的处世哲学，有脸儿有面儿的精神优势，有滋有味儿的生活情致，自信满满的神侃戏说……这活法儿从一个"制度笑柄"里孕育出来——"大清国"凋零落幕，"铁杆庄稼"自然就雨打风吹去，甭管您祖上是皇族贵胄还是八旗兵丁，当您把最后一只扳指抵给了赊账的绸布庄或酱菜园，你就得盘算着，全家的嚼谷该上哪儿淘换了。要么，您得悄没声儿溜到天桥去，找个茶馆唱唱子弟书、"什不闲"；要么，您就赁辆洋车拉个晚儿……皇城根儿"老辈儿"波峰浪谷的人生遭际，"挂不住"的脸面与贵族的"死扛"，扔不下世代传承的子弟"玩意儿"，却不得不做起士农工商，一边吹嘘着过往的繁华与体面，一边又与引车卖浆者流请安唱喏……渐渐地，它被敷衍成一座城市的生活态度，一种有滋有味儿的活法儿。它造就了平民北京文化的魅力。

我是在"寻根文学"风生水起的时候，感受到其中魅力的。

我在"人民大学"的大院儿里长大，其实离老北京还隔得很远。18 岁到 28 岁之间，到京西挖煤，算是混到了京郊的底层，但对北京的了解，也边缘得很。那时忽然读到一本张次溪先生著《人民首都的天桥》，感到发蒙启蔽的震撼。这本书是张次溪对旧京游艺场天桥的调查。它一一列数了近半个世纪的"天桥人物"——几代"天桥八大怪"和其他"撂地抠饼"的艺人们，它还记录下尽可能搜集到的相声段子和俚曲唱词，一首一首地读下来，你仿佛能看到那暴土扬烟人头攒动百艺杂陈嬉笑怒骂的现场……重要的是，这本书，引领我读到了"平民北京"的生活哲学。记得这书是李陀从北影图书室借出来的，文不对题的书名，倒让我看出作者欲借"正能量"的名义，保存旧京民俗的苦心。据说，这苦心，好像也没修得"正果"——李陀告诉我，此书只有50年代初"内部发行"的一版，数量极为有限。"内部发行"的理由是：这哪里是"人民首都的天桥"，分明是旧社会的天桥！……平心而论，这"判决"倒是准确的，尽管它遮蔽了一个学者沉潜于平民文化而焕发的心灵之光。

我却循着这光，找出属于我的激情来。

30年前，我沉浸于"京味儿"中探胜求宝的时候，做过一个演讲，题目是"四合院的悲戚与文学的可能性"。我描述了"四合院"那牵儿携女的家庭序列的瓦解，叹息传统的情感方式和思考样式所面临的挑战，当然，最终那话题谈的是，文学在这进程中可能做些什么。

30年后，我发现当年采访过的人物已经先后离去，曾经名满天桥的艺人"大狗熊"孙宝才、由我介绍为金庸先生表演过"叫卖"的臧鸿、给我讲过家史的"爆肚冯"第三代传人冯广聚……和他们一起消失的，是我曾经非常熟悉的那些胡同和大杂院。用一个北京"老姑奶奶"的说法，现如今城圈儿里哪还有北京人哪！姑奶奶家由皇城根儿搬到了天坛根儿，现都搬到六环根儿上去啦……

那些有滋有味儿的地方和有滋有味儿的人，仿佛一夜间没了影儿。

就像那句老歌儿所叹，不是我不明白，是这世界变化快。

我问自己，是不是应该到"六环根儿"上的公寓楼里，找那些"皇城根"的老街坊们？我去过几次，发现真正的京味儿，还可以在楼上楼下邻里之间感受得到，但可以预见的是，它马上就消失在历史的天空。

我为自己的失落而胆怯，这是落伍于时代的信号。

最终我发现，只有回到北海，才能找到那种暌违已久的滋味。这是一种"落伍者"的欢喜？

其实北海并没有"落伍"，它的变化也是吓人的。我不想沿用某些写新闻的朋友欢喜的句式——欢呼北海由一个名不见经传的"小渔村"，发展成一个什么什么样的城市。"满满的正能量"，固然令人振奋，但这"泡沫时期"的误读，已被国家确认的"历史文化名城"所正名。我欢喜的是，北海虽变，仍有许多足以唤醒内心波澜的东西留在那里。

"少小离家老大回"的我，已经不被人看作是北海人了。在公共场所，好几次都听见当地服务员之间用北海话来喊话："喂，给那桌的'捞佬儿'上壶茶！""捞佬儿"是北海人对北方人的统称，据说新中国成立之初来自北方的汉子们，逢人便称"老兄"，被北海人听成"捞泅"，便称他们作"捞泅佬儿"，久之，便以"捞佬儿"名之，其中并无不敬。每逢此时，我常常出其不意地用北海话问他们："有没有搞错？哪个是'捞佬儿'？"北海乡亲见俚语被我戳破，先大窘，后大笑，我几乎猜得出他们的心思，定是惊叹：这"老嘢"咁"肥"，恘解仲系北海人！（这老家伙这么胖，咋地还是个北海人！）事后回味此事，笑自己：就为这"嘚瑟"，你才时不时往北海跑？

当然这不是主要原因。人在故乡所感受的那种更深层的得意，实在是很难一言以蔽之的。譬如那条老街，在我看来，真是一个百看不厌的所在。每次回去，我会到街口的一家咖啡馆喝杯咖啡，俨然要先品品"百年"的醇香。然后就站在当街，眺望那由近而远的、中西合璧的骑楼。曲曲折折的屋脊，在湛蓝的天空上勾勒出一对棱角起伏的线条，延伸向遥远的天际。除了大长假，一般的日子里，老街并不熙熙攘攘。三三两两的游客，在自拍或者被拍，有的则用塑料袋裹着刚出锅的虾饼，一边吃一边闲逛……而我，更愿意在夜半更深时走进这里，好像还能听见石板路上的木屐声和木栅的关门声。每走过一个路段，或想，这个骑楼底下，就是 60 年前那个"盲佬"的卦摊呀；或想，当年这栋楼里住着我的外公外婆，或许现在还供着他们的遗像呢……借郭德纲岳云鹏的口气："我是有故事的人！"走这街上你不能不自恃优越，你自认为比所有"到此一游"的人都有滋有味儿。

但我知道，更吸引我的是，回到这里，有重新回到 8 岁的快乐。

顿悟是在刹那间产生的。

那天清晨，我骑着自行车，到不远的侨港海滩游泳。惯常的做法是，我在家里换上游泳裤，骑车到海滩。脱下套在外面的短裤和 T 恤，锁在车前的网筐里，再把单车锁在一个牢靠的地方，通常是海边的铁栅栏或电灯杆吧。我一般会在海里游一千米左右，耗时 35 分钟。这是我在游泳馆里测出的速度，因此我也会在 35 分钟后回到岸边，套上短裤 T 恤，骑上车回家。可是这天的"35 分钟"过后真令我尴尬：游泳裤小兜儿里装的钥匙，竟少了一把——那个装衣服的网筐的钥匙，丢了。那挂锁虽小，弄开并不容易，也没工具，再说家里还有一把，我何苦在海边劳神。我毫不犹豫地选择——也只好选择——穿着游泳裤回家了。就这样，我光着膀子，面无愧色地穿过了侨港镇，又面无愧色地骑上了金海岸大道，最后面无愧色地骑入了我所住的小区。如果不是这"面无愧色"被人发现，我会永远面无愧色。有趣的是这一切被一个女大学生在她家的阳台上看见，此即冯艺张燕玲夫妇的女儿，也是陈思和教授的博士生相宜。冯艺夫妇在北海和我邻居，这次趁着暑假，携女儿前来小住。相宜见她熟悉的"陈叔叔"骑个单车，赤膊膊出现在小区的甬道上，花容变色，惊叫道："爸妈快看陈叔叔呀！"……适逢当晚我们与北海的文友们小聚，大家在海边排档烹鱼灼虾把酒言欢，冯艺夫妇就把这当笑话说了出来。张燕玲说："哈，原想讹一笔，忙着去拿手机来拍照呢，结果你进了楼！"相宜说："陈叔叔好爽，如入无人之境！"

听着故事我和大家一起笑，说："到了北京，警察会以为'行为艺术'又出来了呢！"

这时该用方清平的口气收场了："我当时以为自己还是 8 岁呢！"

（注："盲佬"系旧时对失明男性不尊敬的叫法，今已不妥。——作者）

2016 年 3 月 5 日
刊于《文汇报》2016 年 3 月 25 日

边缘与跳脱
——有关 HAYA 的传说

张抗抗

有关 HAYA 的传说，以音乐的形式，已在年轻人中流传了很久。

鲜花在盛开，故事在风中流淌——这是《HAYA 传说》的开篇歌词。狂风旋风台风微风、风雪风暴风物风情，草原马头琴与风马牛不相及的爵士乐架子鼓……精灵般的主唱歌手黛青塔娜，从遥远的故乡青海湖走来，一架通红的篝火，在晚风中闪烁飘忽，照亮了周围的黑暗……

我与 HAYA 专场音乐会相遇的那一刻，整个世界倏然沉寂。偌大的北展剧场，顷刻安静得没有任何一种可以被称为声音的声音了。HAYA 自创的乐曲骤然而起，从天穹如瀑布倾泻而下，由脚底如暖泉喷涌。它们拥抱我亲吻我撞击我淹没我，泵入我的胸膛，穿透我的血管。空气被 HAYA 的音乐一寸寸挤走，呼吸被 HAYA 的乐曲掌控，我陷入了无边的皑皑雪原，又从绿色的山谷中升起。

这个北风呼啸的冬夜，是我第二次听 HAYA。上一次，那个无风的秋夜，在黄勇持续举办了十年的"北京九门国际爵士音乐节"上初识 HAYA，它钻入我耳膜的那一刻，也席卷了我的心灵。

HAYA 的音乐呈现，以苍凉深沉的传统蒙古乐曲为基调，散发着浓郁的草原气息，充满了大自然蓬勃的生命力。美丽的蒙古族女歌手黛青塔娜，淳厚高昂透明的嗓音、优美丰富的肢体语言，展现了蒙古族艺术家极致的情韵。然而，乱云狂风、雄鹰盘旋——在 HAYA 的音乐中，我听见了西班牙吉他、电吉他、手鼓、康佳鼓、爵士鼓、贝斯……那些用于现代摇滚乐演奏的乐器，昂然介入了古老的蒙古乐曲。短促有力的鼓乐、吉他强劲的拨弦、贝斯宏阔的低音，呼应着烘托着悠扬的马头琴声，低沉而又慓悍的"呼麦"时断时续，分明仍是蒙古的底色。如此大幅度的两极跳跃，带来了新奇鲜活的乐感——古老的草原，正伸开它健硕的双臂拥抱世界……

爱上 HAYA，不仅仅由于 HAYA 音乐源自蒙古，而因为 HAYA 已经跳脱了蒙古。

黛青塔娜在 HAYA 最新的专辑《疯马》，也是 HAYA 最具代表性的极品《疯马》中唱道：……你的良知如胚芽般大小。但我相信这坠落的泪水，会灌溉他、灌溉他长大……"长大"一词的音高如异峰陡然拔地而起，直入云霄。紧接着进入最关键的曲段：你将我刻在红色的山脉，去崇拜飞翔的鹰奔跑的马，在那片荒芜的原野中，鼓声阵阵，鼓声阵阵鼓声阵阵……乐队的鼓点越来越急促，她的歌声越来越激昂，犹如高空霹雳闪电，声声叩击人心。小黛在险峻的高音区徘徊回旋长达一分多钟，那是绝望的呐喊与灵魂的呼唤，高亢宛若来自苍穹，飞扬在纯净的冰山绝顶，歌者似已灵魂出窍，听众亦身心俱裂。那一段淋漓尽致的高音之后，忽而一个柔美的滑音，好似从高山雪场的滑道飞速俯冲，流畅得连一丝雪沫都没有溅起，她已平缓滑入一片宁静的山谷，我们听见了清泉飞瀑、风之叹息、鸟之呢喃，催人思索世间万物的生息与共。歌声渐渐低下去，低至难以分辨的丝丝细微气息，沉入大地深处……

"疯马"以如此高难度的唱奏水准，成功炫酷黛青塔娜与 HAYA 乐队的完美技艺。

HAYA 著名的《迁徙》，野性奔放的另类构思。乐曲开场，静默中传来黛青塔娜哭泣般的呻吟与挣扎，诉说如今的草原，游牧人与动物迁徙中断、人和动物再也无处可迁的悲哀与无奈。至乐曲高潮处，黛青塔娜发出了愤怒的吼叫与痛苦的哀号，如同一声声刺耳的警钟，在《嘎达梅林》忧伤的旋律中久久哀鸣。《寂静的天空》用蒙古语演唱，旋律带有蒙藏俄杂糅的抒情风格，天生一个返璞归真的黛青塔娜，浅吟不忸怩、低唱不做作，声音结实通透而又放松自如。《飞翔的鹰》充分展示了黛青塔娜宽广的音域，她用蒙古语反复诵唱的歌词，像是藏传佛教的六字真言，具有喇嘛教诵经的节奏。《真言》一曲中，小黛席地而坐，捧拥并敲击洁白的玉钵，鼓乐中的神秘氛围亦含有虔诚的佛教意味。《啦哩》中的小黛变得轻快潇洒，曲调的节奏频率、舒展的舞姿、蒙古语男声小合唱、隆重质朴的呼麦，纯正的蒙古气息扑面而来。《莽古斯》一曲，打击乐与呼麦都极为出色，小黛的多才多艺更是"原形毕露"，灵巧娴熟的蒙古族抖肩膀舞蹈动作，令人心生欢喜。《风的足迹》中，开场即小黛的一段印第安笛，腔腔粗重而笛声优柔，犹似秋风驰于原野……

就这样，HAYA 将华夏民族以单音为主的传统音乐，与西方音乐的和声复调与配器相融合；把蒙古音乐宽广悠扬的音乐元素，与来自黑人民间音乐的爵士乐率性激越的特性，进行了神奇的重组，有一种超然世外的辽阔与纯净。HAYA 的音乐理想，是让歌声直指心灵、指引心的方向，以此开启对人与自然的省思与祝祷。在 HAYA 所有的原创乐曲中，蒙古马头琴、长调、呼麦、萨满舞、非洲打击乐、印度鼓、印第安笛等世界各地美妙神秘的声音，以先锋音乐的表现手法、大胆的实验性诠释，完成了传统蒙古文化精髓与现代艺术精神的互相渗透。

HAYA——汉译"哈雅"。在舞台的背景天幕上，HAYA 四个英文字母中的 Y，被略加修饰，设计为成吉思汗当年征战的长矛"苏鲁定"的简洁图形。这一象征勇气与胜利的草原符号嵌入了英语，意味着对西方世界的参与。HAYA 取自蒙古语"边缘"之意，亦即"跳脱"规则的束缚，摒弃传统的抑制，具有包容、开放的特性，由边缘走向泛主流，使蒙古音乐跳脱为世界音乐。

何为"世界音乐"？

世界音乐的含义为"跨界"与"融合"。

不再是单纯以民族音乐取悦西方听众，不再仅仅是展示"民族艺术"供人欣赏，而是寻找国际化的音乐语言。只有那些能够引发人类共鸣的音乐，才能从此与世界平等对话。

早在 2006 年，主唱黛青塔娜与马头琴手张全胜、吉他手陈希博、呼麦手兼鼓手宝音，组成了 HAYA ——哈雅乐团。2011 年，来自法国的贝斯手 Eric Lattanzio 加盟 HAYA 。

十年过去，那盆篝火始终暖暖地亮着，照亮着人类也照亮了 HAYA 自身。

五位视音乐为生命的年轻人，HAYA 五人小乐团，就像一只饱满的手掌，每一根手指都不可缺。

HAYA 的创始人、英俊持重的音乐制作人全胜，一个吉祥如意的名字，也是乐团的灵魂人物，兼任乐团的词曲创作及马头琴演奏。托"全胜"的才情与福分，HAYA 建团以来，每一张专辑发行、每一场演出，几乎每每"全胜"。女神一般聪慧沉静的黛青塔娜，长发如飘逸的青草，长辫如缠绕的青藤，无论默立行走舞蹈静思，都是一首无声的歌。她用无所不能的音乐技艺，传递出美善的内涵与空灵的意境。她曾说："我们每个人内心都是有灵性的，我们用音乐唤醒灵性，让它和我们的天地、家园做一个链接。不管走到哪里，音乐传递的都是和万物相连的感觉。"

HAYA乐团的吉他手陈希博，毕业于中央民族学院。其父为蒙古族，母亲是锡伯族，故起名"希博"。他出生于艺术之家，在马头琴声中长大，那双专注凝神的眼睛，沉浸于对音乐的痴迷；希博由马头琴手转而成为吉他高手，吉他好像长在他的手上，没有他完不成的高难度技巧，《重生》一曲中，一把吉他几乎可比一个乐队。HAYA的呼麦手兼鼓手宝音，生于赤峰，自幼学习打击乐，曾赴日本深造音乐演奏技巧，目前已成为国内顶级的鼓手之一。宝音宝音，一个天生献身音乐的人，看起来有些憨厚羞涩，然而世上各式各样奇怪的鼓，都能在他手下发出不同凡响的节奏；宝石宝马宝藏宝塔宝瓶般宝贵的音乐，成为HAYA与听众的宝贝儿。来自法国的贝斯手 Eric Lattanzio，7岁学习音乐，2001年以贝斯演奏第一名的成绩毕业于法国国际现代音乐学院。2011年因志趣相投而加盟HAYA，可谓"洋为中用""中西合璧"。当他穿上华丽的蒙古袍子，在舞台上抱着大贝斯淡定演奏时，看上去就像一位真正的蒙古王爷，沉稳而高贵……

在某次音乐节上，全胜曾深情诵读海子的诗歌《九月》：

> ……远在远方的风比远方更远/我的琴声呜咽泪水全无/我把这远方的远归还草原/一个叫木头一个叫马尾/……明月如镜高悬草原映照千年岁月/我的琴声呜咽泪水全无……

HAYA的音乐理念与海子的诗歌精神相通——虽然草原万物还在为我所用，可人类终究无法逾越世界的极限——远方只能被涉足，却无法被占有；远方的风甚至挣脱了远方的边界，吹向了更远的永恒。草原上斑斓的鲜花，好似破损的"伤口"，撕开了沉睡的大地，因而"琴声呜咽，泪水全无"。HAYA和海子都想把远方的远归还草原，音乐与诗歌携手成为"黑暗中的舞者"。

在当代多元文化的背景下，HAYA在传承和弘扬本民族音乐的同时，以探寻心灵的方式去发现人类音乐的共性。建团十年来，HAYA自由行走于世界各地，唱遍日本、法国、瑞典、加拿大等国家，横扫金曲、金钟、华语音乐传媒大奖等诸多奖项。每每一曲未落，已被热烈的掌声、起立致意的欢呼淹没。曾多次应中国文化部邀请，代表中国在国外举行专场音乐会。2012 年 6 月，HAYA 专辑《迁徙》获得第 23 届台湾金曲奖最佳跨界音乐专辑奖。2015 年 8 月，HAYA 第五张专辑《疯马》再次获得第 26 届台湾金曲奖最佳跨界音乐专辑奖。HAYA 乐团始终坚持自己独有的音乐风格，从不受传统作曲法的约束，自觉挣脱传统音乐的边界，在一次次突围中升入新的艺术境界。HAYA 发行新的音乐专辑，每一张都是原创精品，总是给人以出乎意料的惊喜。其国际名望和业内声誉远盛于在国内的知名度，成为当代世界音乐艺术精神的标志。

十年了，HAYA 蓬勃红旺的篝火燃遍了东西方音乐节。

我爱 HAYA， 爱它的走心与创新。就以《风的足迹》的歌词，作为本文的尾句：

我消失在旷野的尽头，追寻着风的足迹……

刊于《文汇报》2016 年 7 月 5 日

远处的墓碑

彭 程

那个地方，蓦然间变得临近了。近得仿佛就在身边，伸手就可以触摸到。

此刻，掌心中有一丝轻微的寒凉之感，分明是当初手贴在大理石墓碑光滑的碑面上时的那种触觉。但此时的感觉，十分确凿地来自眼前的骨灰盒。因为这个物体，因为抚摸它而产生的感觉，使得长期以来藏匿在意识深处的那个影影绰绰、飘忽不定的东西，一下子变得确切和坚实。灵魂受到一种突兀的叩击，仿佛身体被飞来的石块击中。

我说的是对死亡的感知。

两个多小时前，在八宝山殡仪馆火化室门口，家人亲属一同迎接了岳父的骨灰盒，驱车带回家中，放置在他生前使用的那张书桌上。八十六岁的岳父，生命化为另一种形式，寄寓在这个长方体的木质匣子里。青黑的颜色，也和墓碑近似。因为它的存在，在观念中那一道横亘于生死之间的巨大鸿沟，一瞬间化为乌有，仿佛强风掠走一缕云烟。

骨灰盒后面的书架上，摆放着岳父的遗像。不久之后，遗像将被烤制成瓷像，镶嵌在五十公里外的那一处墓园中，属于他的那一块墓碑上。

仅仅是一夜之间，将来容纳这个匣子的地方，那个仿佛不真实的远处，变得生动真切，如在眼前。

是在前年的岁末，预购了这一处墓地。那时岳父做完肿瘤手术不久，大夫对疗效不乐观的预期，让我们意识到这是一个需要考虑的问题了。

这个地方与十三陵山脉相接，驶出京藏高速公路不远。墓园视野辽阔，坐北朝南，背倚层峦叠嶂，地势由高到低舒缓地延伸。初冬时分，空气寒冽清新，阳光明亮澄澈，勾勒出山体刚性硬朗的线条。而经霜后的松柏和草地的绿色，又平添了一种凝重。整体的气氛肃穆、宁静、高远，合乎心意，所以当时就确定购买了。

岳父查出顽疾是在单位组织的例常的体检中。在那之前，他身体一直颇为健壮，极少生病，每天至少步行一万步。家里人都相信他肯定能够活过九十岁。虽然得知病情后，观念中的死亡开始萌生出了明确的形状，但由于他手术后一段时间恢复得不错，加上作为亲人都会顽强地抱持的期望，因此在多数时候，想到那个地方时，潜意识中仍然把它当作一个不甚确切的存在，一个远处。

　　直到两个月前，仿佛断裂一般，他的病情急遽恶化，一周之内两条腿先后瘫痪。然后是辗转于三家医院的病房间，各种抢救手段轮番使用，除了一步步地增加痛苦之外，没有效果。一周前的那个黎明，在熹微的晨光中，他呼出了最后一口气息。

　　现在终于明白了，对岳父来说，以发现病情为起点，他到那个地方的距离，是十七个月。

　　最后的数日，在高烧不断引发的意识谵妄中，岳父口齿不清地反复念叨两个字：回家。

　　此刻，他终于如愿以偿，回到了自己的家，回到这间他度过生命最后几年时光的屋子里，栖身在他生前阅读和写作的那张书桌上。房间里一应陈设，都是他最后离开时的样子。只是骨灰盒前面摆放的一碟数种水果，一缕袅袅飘荡的燃香的青烟和气味，让人意识到已然是生死暌违，物是人非。但情感自有自己的执拗，面对岩石一样坚硬的事实仍然不愿相信，迟迟驱散不尽那一阵阵袭来的恍惚。

　　这里只是他暂时的寄居之地，是迈向另一段旅途的中转站，一个承前启后的旅舍。那个远处，才是他的长眠之所。

　　已经确定了下葬的日子，是三月下旬的一天。西北方向的那一座陵园中，那个位于东区竹园中的墓穴，覆盖墓穴的石板将被移开，在家人的目送中，在哭泣和泪水中，在深深的鞠躬中，骨灰盒被缓缓地放入。

　　那时正值生机盎然的时节，满眼都是从冬眠中醒转过来的大自然蓬勃淋漓的活力：野草青翠鲜嫩，树枝摇曳新绿，迎春、玉兰、连翘等一批开得早的花卉也已经竞相绽放。在这样的背景下举行生命告别的仪式，显然更容易让人体会到生与死互相接续、彼此融渗的意味。

　　遗像上的岳父，笑容爽朗欢畅。这样的笑容，即将被镌刻在墓碑上，凝固成为一种超越了时光的永恒。

但将来，在漫长的日子中的绝大部分时间里，遗像上的那一双眼睛所望见的，将不会是下葬仪式上亲人们的悲恸和依恋。他看到的将会是另一种风景，缓慢，静默，递嬗往复。那是春天恣肆的新绿，夏天骤至的暴雨，秋天飘坠的落叶，还有冬天寂寞的积雪。在这一处远离尘世喧嚣的山坳中，时光的流逝和表现，充分依从自己的法则。

每年的清明节前后，还会有另外的日子，家人会来这里看望他。可以肯定的是，这样的场景会在此后的多年中反复出现。而悲痛将随着时光推移而逐渐减弱，等到多年后，每次的祭扫，更像是一次家庭的郊游踏青。当鲜花和水果摆到墓碑基座上，家人们肃立鞠躬时，每个人眼前都会闪现出当年他的样子，某一句话，某一个表情或者动作。哀伤不复汹涌和持续，但缅怀会在心中年复一年地叠加。

还有一点不同的是，前来祭奠的亲人们，会渐渐地变老。

某一天会有人不再前来，某一天来的人中也会有新加入的人，那是现在还没有诞生的孩子，他的孙辈的子女，这个家庭的第四代。最让人难堪的，是必将会出现的一幕：这些前来祭奠他的亲人们，在难以确定的年月之后，也将一个接一个，次第消逝，不复存在。那时，如果墓碑还在，遗像犹存，那双眼睛所望见的，将会是一片虚空。

我努力让自己的思绪，止步于这一道虚无的边界。

但这真的需要躲避吗？既然已经越来越多地目睹真切的死亡，既然这样的事实每时每刻都在发生，那么，仔细端详一番那个必然会降临的日子、每个人最终的归宿，不也正是一件值得去做的事情？

如果将生命的过程给予一种形象化的呈现，岂不是可以说，不分你我彼此，每个人的一生，其实都是在向着那个地方，向着某一个墓碑所在之处，移动脚步？那是他的远方，他的终极目的地，他一出生就注定了会抵达的地方。

每个人都走在路上。通常这会是一个缓慢的过程，仿佛电影镜头中，一个人的身影渐行渐远，越来越模糊，最终走到了视野之外。在相当长的时间内，行走者对于自己所奔赴的远方，或者浑然不知，或者只是一种观念上的了解，仿佛一道虚幻飘忽的色彩。随着他拥有的岁月的增多，那个地方也会变得越来越近，越来越清晰，遮掩它的神秘面纱也被一寸寸地抽走。最终，每个人都将与它直面相向，真切地体验到一种贴近感。

行走者的步伐，同样是千姿百态。有的人要走很久，走得踉踉跄跄精疲力竭才能抵达；有的人却到达得爽快麻利，某一条血管破裂，顷刻间绊倒了他的脚步，訇然倒地，来不及说出一言半语。当然，也还有那些因为坍塌、火灾、撞车等飞来横祸猝然离去的，更是以一种尖利的方式，直接被一双冥冥中的手臂投掷到了那个远方。天涯变作咫尺，只在一瞬间。

于是，每一个生命与所对应着的那个远处的墓碑，在这样的想象中，便呈现为两种面貌的距离。一种是空间的，一种是时间的。前者是刚性的，仿佛岩石一样坚硬实在。后者却具有不确定性和伸缩感，仿佛岩石上缭绕着的雾霭，经常变换形状。谁能说得清相互之间的那种纠结和缠绕，那种神秘和诡谲？

所以，那一句话才广为传布："一个人应该在从墓地回来的路上成为诗人。"

因为诗歌是语言的闪电。它的形象凝练的语句，以一种特异的感性力量，瞬间照亮了生活和存在的天空，使其幽昧中的本质得到显影。引发这道闪电，需要一些特别的机缘和触媒。而因为绾结了生与死这个人生最大的话题，墓地显然是一个诗与思、情感与思想的合适的催化之地。

陵园很大，逝者按照生前的职业身份，埋葬在不同的区域。园中的主要道路旁，一处醒目的位置，是一个知名曲艺艺术家庭的墓地，两代家庭成员的几座雕塑，参差排列又彼此相望，形成了园中园的格局。这种家族墓地想来还会有，只是逝者不那么出名，未被人们注意到。

岳父的在天之灵，不会感觉到孤寂清冷。他的岳母、我们称呼为老奶奶的外婆的骨殖，不久前已经从西山旁的一处墓地迁来，葬进了这个三人规格的墓穴。我至今清晰地记得，二十年前，九五高龄的外婆辞世后，遗体移到复兴医院太平间保存，岳父将自己关进外婆居住的那间屋子里，来回地走动，眼角挂满泪痕。共同生活了四十多年，他们两人的关系胜似亲生母子。在数十公里、二十来年的时空距离后，他们又将厮守在一起，从此天长地久，再也不会受到任何的阻隔。甚至妻子退休的姐姐姐夫，也在这里为自己提前预订了墓地，为了将来能够长眠在父母身旁。

想象一下那种超越了时间的相伴相守。

那更像是一场变换了地点的聚会。如今在这间屋子里言谈走动，将来移到那里安静相处。两代人之间，距离也就是百十来米的样子。同样的一片星光照耀，同样的一阵雨水浇淋。从这个墓碑上方吹拂过的风，到达那边的墓碑时，摇动树枝的强度是同样的，发出的窸窣声是同样的。这样的想象，会让人感到一种深长的安慰，即便他是一位彻底的唯物论者。

以半百之龄，行走于生命路途的中段，我们的生活还可能有一些变数，还不能确定属于自己的那一块墓碑，最终会安放在哪一个地方，哪一处山陬海隅。但我在此为自己年过八旬的父母预购了墓地，为了应对那个必然会到来的结局。他们退休后搬来京城，接近二十年了，已经成为故乡的异乡人，不可能更不情愿将来把他们送回冀东南的家乡。他们将来长眠于这里，方便分散在天南海北的几个兄妹前来祭扫，也可以和多年来默契友好的亲家继续相伴。

没有告知父母这个安排，但相信一旦他们知道了，内心会感到慰藉。

岳父即将入土为安。近和远，此处和彼处，这些曾经对应着他的距离，随着肉体生命的消失，也即将消弭无痕。而家里活着的每个人，仍将面对各自的远方。

最核心的问题，对每个人其实都是一样的：这段距离有多远？

譬如说，我的父母。

这样想时，地理的勘测倏忽间转换成了时间的度量。他们现在住在城里，和我同一个小区，离这一座陵园差不多六十公里，开车走高速，也就一个多小时的样子。但他们移居到这里，需要多少年？或者说，时间的距离是多长？

作为人子，当然期盼这是一段漫长的距离。二十年，三十年，多多益善。属于他们的那一块墓碑，黑色大理石碑面的底端，简约地镂刻了一朵莲花图案。期盼莲花上方的空白处，将来要刻上他们名字的地方，能够年复一年，空旷如斯。期盼不得不搬动覆盖墓穴的石板的那一天，遥遥无期。

然而这不可能。于是，问题就转换成，面对一天天减少、越来越有限的时间，我能做什么？当望着他们的身影不可阻拦地渐渐远去，难道仅仅是叹息？

显然不是。虽然最终的结局无法躲避，我们仍然可以做出自己的抵抗——

用耐心和细致，用呵护和眷顾，时时刻刻。这样，就会有一种力量生长出来，虽然肉眼难以看到。这种力量揪紧他们朝着那个方向倾倒的身躯，让倾倒更慢一些，再慢一些。让掌心更多地触摸到他们的体温，让脸颊更多感受到他们嘘出的气息。不要过多地戚戚于他们的眼神日趋昏花，声音日益嘶哑，步履日渐蹒跚——因为，连这一切都将彻底失去。

将这一段望得见的距离，尽可能地抻长，让那远处的墓园，尽可能地，总是在远处。让那黑色的墓碑，只是偶尔在意识中闪现，而迟迟不会面对目光的直接投射。

努力让这一切，接近最大值。

刊于《光明日报》2016 年 4 月 1 日

那片多彩的土地

——滇东纪行

谭 谈

　　走过了祖国的名山胜水，数不清有多少甜蜜的记忆。在我心灵的深处，是滇东那片多彩的土地……

一

　　进入这座小城的时候，夜色很浓了。只见一片灿烂的灯火，亮丽在广阔的夜空，包围着我们入住的酒店。

　　一觉醒来，天已大明。我俯在窗边朝外眺望，心中一阵惊喜。啊，自己此刻竟置身在一片花海之中。正是阳春三月，漫山遍野，金灿灿的油菜花迎着春风竞放。从窗外吹进的风里，挟着浓浓的芳香。深深地吸入一口，甜美极了。直到这时，我才发现，我们落脚的这整座小城，毫不夸张地说，是坐落在一个偌大的花海里。

　　早餐以后，我们登上一辆面包车，热情的主人，领我们去这个花的大海里观花赏景。一片一片、一垄一垄、一山一山的金灿灿的油菜花，在我们的车前展开、展开。只见远处，一个一个的山头，在花海里屹立；看到近边，一个一个村庄，在花海中醉卧。有些山峰上，山腰间很规则、很整齐地开满一线灿烂的菜花，俨然像在腰间佩戴着一个美丽的花环。开阔的田野上，这里，那里，不时耸立三五株壮实粗大的翠柏青松，像是一个个花海卫士，威武挺拔。一座一座高高的铁塔，牵着一根根高压电线，从山谷的远处走来，也站立在这花海之中。而一座一座输送现代文明的电视信号塔也在这花海中骄傲地挺立。大自然的田园美景与散发着现代生活气息的文明景物，在这个偌大的花海里争雄着，表演着，最终和谐地拥抱在一起。

我们走下车来，漫步在花香扑鼻、花景养眼的油菜花海里。一群一群采蜜的蜂虫，在花丛中嗡嗡地舞蹈着。隔不多远，就有它们的巢舍。养它们的主人，在花田里搭一个小棚，整整齐齐地摆放着几十、上百个蜂箱。每一个小棚前，都放有一张长桌，上面摆放着大小不一的装满刚刚割下的原始蜂蜜的瓶瓶罐罐，供游客选购。

一条小河，从开满金色花朵的田野里游过。河岸边，大片大片的花丛，倒映在河水里，把整个一条河流装扮得五彩缤纷。轻轻吹来的河风，挟着浓浓的花香，送出很远很远的地方。

啊，这真是城池坐落在花海里，村庄醉卧在花海里，山峰挺立在花海里，溪河流动在花海……整个县城，全部在花海里。

"我们县，到底有多少亩油菜花呀？"

立在一个高坡，面对着无边无际的油菜花海，我问陪同我们的县委宣传部部长。

"800万亩。"那位资深美女粲然一笑，答道。

"那，年产多少吨菜油呢？"

"十六七万吨。"

"又产多少菜花蜜呢？"

"三四万吨吧。"

这位部长每一个回答，都是一个骄傲的数字。接着，她很热情地邀请我们，说："你们春天来，是花香；你们夏天来，是蜜香；你们秋天来，是油香；你们冬天来，是酒香。我们这里香飘四季！"

这里，就是被人们誉为滇东大花园的罗平县。

二

有人说：到罗平，是养眼；而来师宗，则是养心。

这天，我们登上了海拔2600多米的菌子山。山上，成片成片的古树，郁郁葱葱。这是我们中华大地上最古老的杜鹃花自然群落。一万多亩自然生长的数百上千年前留存下来的高大的杜鹃花树，仍在这一个一个山上顽固地显示它们的生命。其中一种，它是世上七八种杜鹃花中最令人骄傲的一种，当地人称为马缨花。杜鹃，分为两大类，一类是灌木，一类是乔木。灌木杜鹃，长不大，长不高，而乔木杜鹃，却是可以长成大树的。马缨花，就是乔木杜鹃的一种。

也许是我们太性急了一点，行程安排早了几天。此时成山遍岭的马缨树和其他乔木杜鹃树上的花，还羞答答地躲在一个个花苞里。有些，刚刚张开了一线小眼，不时窥视一下这些性急的观赏人。春风劲吹，正在催促那漫山遍野的花神从冬眠中醒来。

山顶挺平坦，没有陡坡。我们漫不经心地在山间行走。来到一处坪地，只见一株一株粗大、挺拔的黑皮松迎风挺立。树林下，平坦坦地铺满了野草。眼下，这些本该青翠可爱的草神，也还在冬眠之中，全部蔫蔫地躺卧在那里。

这时，陪同的朋友问我："你到过欧洲的阿尔卑斯山吗？"

"去过。"

"这里，是不是有一点那里的味道？"

不说没去想，一说还真是。我点点头。

朋友说："这里，叫黑松林。"

树林里，平坦坦的草地上，不时有木板搭着一个一个坪台。这引起我们的好奇。友人告诉我们："这里供游人搭放帐篷用的。夏天，到这里来的游客还真不少，这树林里到处是帐篷呀！这林子里，一是凉快，二是氧气足，负氧离子多。"

我们不觉站在树林里，深深地吸着气。空气鲜美极了，能洗净肺叶里的一切尘埃。这真是一个养心净肺的地方啊！

走过菌子山，我们直奔凤凰谷。如果说，菌子山是大山里一位纯情的村姑的话，那么这凤凰谷，则是山野间一位彪悍的汉子了。立在山顶，紧紧攀扶着粗大的铁栏杆，朝下一望，立刻头晕目眩。只见石崖垂直而下，深达一两百米。下面，是一个狭长的山谷，山谷尽头，崖岩下边，躺着"天下第一高洞"。许多恐高者，不敢靠边去望。沿着山脊走上一段，就有3700多个石级迎接着我们。我们要下完这3000多台阶，才能到达谷底，进入这天下第一高洞。一行人中，我最年长，已是古稀之岁，却也雄心不已，要与年轻人一道，下高崖，闯深谷。

终于到达了谷底。只见右边岩崖下，一挂银瀑泻下，汇入谷底潺潺流动的清溪之中。溪水流到洞边，竟神秘地消失了。行家告诉：溪水下到地下阴河了。洞真大，真高。这天下第一的称号，大概是名副其实的。洞中景物，与大多数喀斯特地貌中的溶洞相似，当然也有它奇特的地方。一个多小时后，我们走出了这个天下第一高洞，一个清清的水潭等着我们。我在心里想：这潭里的水，是不是从地下阴河里冒出来的呢？很快，这潭清水通过一个闸门，进入一片广阔的水域，形成一个天然的游泳池。夏天，这里是当地山民、外地游客的一个水上乐园。

如果说罗平是今天的滇东人培植的一个人间大花园的话，那么这里，则是天地的造化，是老天爷的绝美创造，是造物主留给滇东人们的厚重财富，它静静地躺在这里多少亿年了！昔日，这片长不出稻米、长不出苞谷的山地，被人们咒为穷山恶水。而今，时代不同了，人们不愁温饱了，却需养眼、养心的美景佳地。聪明的滇东人认识到了它的价值，掀开了它神秘的面纱。这里，每年接待多少远远近近赶来睹它芳姿的游客呀！这个昔日的穷山恶水之地，如今成了这一方山地人的一个聚宝盆。

朋友，这里叫师宗。

三

由于孤陋寡闻，才疏学浅，有一个字，我对它十分十分生疏，一直到这里，才和它算第一次见面。这个字叫"爨"。

在曲靖市第一中学的校园里，我们见到了一块高大的石碑，人称爨宝子碑，全称《晋故振威将军建宁太守爨府君之墓》，简称《小爨碑》。因在陆良县的一个村庄里，还有一块爨龙颜碑，因碑体比爨宝子碑大，人称其大爨碑。因这大小两块碑石上，承载了这一方土地厚重的历史，尤其是这两块碑石在书法艺术史上的价值，备受后人的珍视。碑石上的字体，记录了人们从隶书到楷书转变的历史过程。康有为评其为"上为隶分之别子，下为真书之鼻祖"，"正书古字第一本"。这两块碑石，记录了一个爨字家族，统治这块土地长达五百多年，他们"开门称臣，闭门天子"，在这里率先制定了"一国两制，爨人治爨人"的方针，在这中华历史上，形成了一种独特的文化现象。现代人称之为"爨文化"。每年，都有一些日本书道者前来拜谒、观赏。他们在见碑之前，都要净手、跪拜，再近前观看。其虔诚、崇拜之状，可见一斑。

真恨自己学识浅薄，长到古稀之岁，才第一次观其碑、识其字。主人盛情相请，要我留下一句话，写下自己的感言。拿起笔来，双手发颤。在这么厚重的碑石面前，哪有勇气下笔呀！再三推托不成，我诚惶诚恐地提笔写下了"前人的碑，后人的书"，并注明"大小二爨字碑，是一部厚重的书，供我们后人景仰与研读"。

如果说，爨字碑是前人留给我们的一部大书，那么会泽古城，则是前人留给我们的一笔重要的财富。明清时期，云南产铜占全国的 80%，而会泽县产铜，则占云南的 72%。清乾隆、嘉庆时期，年产量达 1000 万公斤以上，为全国铜产量的 65%。会泽铜成了当时清政府的一项要政——铜政。每年运铜 600 万公斤到京师铸币。一批一批铜从水陆两路运经四川泸州，后往长江运至扬州，再由大运河抵京城，全程万余里。会泽因其始发地的地位而获誉"万里京运第一城"。这给这一座小城，带来了勃勃生机。这里，每年酝酿着多少商机，诱惑着东西南北的商人，纷至沓来。一时间，承载各地文化的同乡会馆，在这座小城林立。光城边的一个小小的白雾林，就建有五个会馆，云南、四川、江西、贵州、湖广、江南……一座一座建筑风格别具、建筑规模不一的会馆，亮丽了小城的大街小巷。这里，是游子的精神家园，是倾诉乡愁之所，是同乡的救助站，是上级的汇集地，是各地建筑风格的大展厅。当年的会泽城，是那个时代的国家特区，其火热的程度，不亚于今天的深圳。

数百年过去了，当时红火的会泽，后来由于世道变迁，铜矿资源枯竭，铜业衰落，而在历史的长河里沉沦了多少年了，成了全国贫困县。然而，智慧的会泽人，他们守住了前人留给他们的这份财富。一处一处古建筑，一个一个老会馆，都完好地保存下来了，今天，它们被修饰一新，迎接一批又一批南南北北的外地人。他们不是前来寻找商机，却是前来寻访前人的足迹，观赏前人的业绩。

夜幕降临的时候，我们漫步在小城中央的文化广场，只见宽阔的广场上，大妈、老汉们在欢快地跳着舞，一对对领着孩子的年轻父母也在广场漫步。一张张笑脸，不时闪动在我们面前。外地来的游客们，则健步走在广场中心的小石桥，穿过那屹立在桥心的巨大的嘉靖通宝铜钱的钱孔，似乎要从这里走进当年的那座小城，那个红红火火的被国人称为钱都的会泽……

在历史的长河里，红火过、沉沦过的会泽小城，如今，又红火起来了，又焕发蓬勃的生机了。

祝福你，滇东美丽的小城！

刊于《湖南文学》2016 年第 6 期

去南海栽一棵树

刘醒龙

认识陈忠实是在海边。

那是 2003 年 12 月底，俗称圣诞节的日子里，一百万字的长篇小说《圣天门口》初稿终于完成了，带着闭关数年间对家人的亏欠，偕妻子和女儿到海南岛休息。本意是想悄悄地不想惊动朋友，一家人离开海口时，才发短信给蒋子丹，说自己来了，不想打扰她，但还是知会一声，现在去三亚了。谁知蒋子丹马上来短信和电话，她正在三亚陪着陈忠实，还有李国平等人。且不由分说，在我们一家到三亚后，硬是接到与陈忠实等人同住一家酒店。原计划私下的家庭休闲变成了公开的文学活动。印象很深的是，女儿见到陈忠实后非要喊爷爷，我不同意，让喊伯伯，女儿又不同意，觉得陈忠实比爸爸老很多，只能喊爷爷。实在没办法只好由她去。那天我们搭乘警备区的交通艇去一座没有对外开放全部由部队驻守的小岛，从满是贝壳的沙滩码头上岸后，一队被海风吹得黑亮的年轻士兵在木栈道上列队迎接，冲着走在最前面的陈忠实齐声喊道："首长好！"背着一只黑色单肩包的陈忠实一时没有反应过来，陪同上岛的警备区政委在他身后小声提醒一句，陈忠实才像有点羞涩地大声说了一句："该干什么干什么去！"惹得跟在身后的我们想笑又不敢笑。那座神秘小岛除了军人再无他人。动物也只有两条狗，一条是公的，一条是母的，士兵们给这两只狗男女取了台湾岛上那对中华民族永远公敌的名字。我们如此叫着两只狗，两只狗马上跑过来。陈忠实也学着叫，那两只狗却不大听他的。大家就说笑，陈忠实的陕西话很深奥，它们听不懂，正如台湾岛上的某些人听不懂我们的善意。

岛四周的海却是懂得一切。女儿在环岛的沙滩上，欢天喜地地捡着贝壳珊瑚，大人们面对深蓝的大海时唯一的选择是沉默。天水茫茫，巨浪无边，那些不同于别处的海水，仿佛看得见年年月月台风刮过的痕迹。一般人上不了这岛，上了岛后任何人都要种下一棵树，这既是责任，也是纪念。我们一起在岛上的人工树林中合力栽下一棵树那次，是这辈子栽树事例中最神圣的，能在祖国的最南端，栽下一棵将个体荣耀与民族兴盛紧紧联系在一起的命运之树，实在令人激动，也令人感慨。只是女儿还不到五岁，不懂得人间还有比快乐淘气更为紧要的庄重与庄严，硬是从一脸严肃认真的部队首长那里拎过那如黄金般珍贵的淡水，用自己的小手浇灌给小树，弄得在场的官兵们不知如何是好。半年后，陈忠实成为我们一应作家的团长，率队重走长征路，从南昌出发，翻过贵州境内的梵净山后，我们在住处的院子里，面对一棵小小的红枫叶树，突然说起在南海的小岛上一起种下的那棵树，还有我那淘气的女儿。女儿的情况我当然尽知，但是那棵树，那棵我们一起栽下的树，我们一起种在国土最南端的那棵神圣而庄严的树，虽然相隔只有半年，那些摧毁力超乎想象的风雨对我们栽下的那棵树有过何种的滋润？那里的海涛对我们栽下的那棵树有过怎样的侵袭？我们共同的想法是，只要那棵树能活下来就好。

2006年4月20日在汉口百步亭又见到陈忠实，之所以要特别提及这个日子，是因为那天他从东湖边归来，冲着我发了一声感叹，说东湖哪里是湖，完全是海！屋里的人很多，陈忠实是看着我说的，他一定是又想起南海空阔无边的波涛，还有被波涛团团围住的那棵由我们四只大手栽下去、再由我女儿那双小小手浇水灌溉过的杳无音讯的树。多年之后，我才想起，在那一刻，我本当要回答一句的，却没有回答。也是在这次见面的前前后后，因为《圣天门口》的出版，我接受了不少于百次的访谈与采访，我多次说过自己读书的真相，却没有一家媒体如实登载过，原因也是为了我好，害怕我这大实话一出来，会得罪一排人。我说过这样的话，当代中国作家的作品我读过三遍的只有《白鹿原》。那次见面后刚刚二十天，陈忠实就寄来我代朋友索要的他的书法："胸中云梦波澜阔，眼底沧浪宇宙宽。丙戌书古诗原下陈忠实。"这样的诗句也是海一样的情怀了。当陈忠实说东湖是海时，我本当要告诉他，《白鹿原》的文气像海洋一样！

为人当胸怀江海！生长在滴水如金的黄土高原上的陈忠实，慨叹东湖如大海时，是用自己的心胸装着宽广的海洋。

2008年元月7日正好是周一，我在西宁参加由《芳草》杂志推出的青年作家龙仁青的作品研讨会。早上9点整，正是北京那边的上班时间，忽然一连串地接到中国作家协会几个朋友的电话。几位一上班就分别收到由武汉市钟家村邮局寄出的匿名信。经历"文革"等种种运动,他们普遍痛恨写匿名信的行为,也不相信匿名信,所以才告诉我当心小人。元旦前后,中国作家协会颁布了第七届茅盾文学奖评奖条例,面对与此相关的不正常的文坛躁动,我只能说无聊,甚至连无德都不想说。话虽这么说,心情还是相当不好,曾经很自信,这辈子没做什么能遭人泼污水的事,却还是遇上了。原本打算回家的,便改了行程,第二天去了九曲黄河第一弯的循化,忽然发现黄河之水也能如此清澈。所住的循化宾馆201室,隔着两堵墙就是十一世班禅参拜十世班禅故居时住过的205房。那天下午,我们一起前往十世班禅母亲的家。接下来的一些事情,当地人评价说,是非常吉祥的。于十分复杂的心情下,我写了一首歌不是歌,词不是词的文字:雪山想念天鹅,哈达想念卓玛,彩云一样梦幻的姑娘,是雪莲中的雪莲。酥油灯点亮千年高原,吉祥湖畔开满花朵,啊雪莲中的雪莲,你的眼睛是我的错,你的泪水是我的错。草原想念羊群,白云想念情歌。羊圈中生下你的阿妈,是卓玛中的卓玛,小小女儿要牵苍老的手,忧伤的爱禁不起祝福。啊卓玛中的卓玛,你的泪水是我的错,你的眼睛是我的错。写完之后,也不知为什么,忽然想起来发短信给陈忠实。陈忠实不会发短信,他马上来电话,说自己高原反应严重,一直不敢来这些地方。听说我们回程要路过西安时,他很高兴,还特别说,很想见见与我同行的朱小如,他那一声说,多年不见朱小如了,不知有多少情怀在其中。

2008年1月10日从西宁飞西安的航班一再延误,一直到傍晚18点20分才起飞,到西安后,正在取托运行李,女儿来电话,祝爸爸生日快乐。在三亚认识的李国平已等候多时,陕西省作家协会办公室主任杨毅亲自驾车。到了市内,径直去餐馆,陈忠实率红柯、周燕芬和李清霞等已等候多时。

见面后我将在西宁曹家堡机场买的一盒雪茄送给陈忠实。见面不一会儿,陈忠实就主动提及《圣天门口》,他用那天下独一份的陕西话,说起马上要评的第七届茅盾文学奖,并说《圣天门口》肯定会如何。可以肯定陈忠实这样说,不是送了一盒雪茄的原因,在陈忠实眼里,天下雪茄都不如被关停的宝鸡卷烟厂出产的七元钱一盒的雪茄好。借着高兴,我先说,第四届时,我的长篇小说处女作《威风凛凛》就与《白鹿原》一道入围初评的前二十部。接下来我再将前几天有人写匿名信的事当众说了,形容这是前途险恶的凶兆。陈忠实闻听哈哈大笑,然后说了两个字：喝酒！一杯酒喝下来，陈忠实再次冲着我笑，这一次笑却是意味深长。2011 年 8 月，《圣天门口》之后创作的长篇小说《天行者》获第八届茅盾文学奖之际，想起当初陈忠实的笑声，顿时明了个中滋味。

说话间，朱小如透露今天是我的生日。陈忠实连忙让李国平安排，人在旅途，遇上这样一群好朋友，既吃上了寿面，又吃了蛋糕，一位在西安很红的民间歌手，追着陈忠实而来，也顺便唱了一首生日歌，真的很是惬意，一时间就将那匿名信的不快丢到九霄云外。在西安的第二天，李国平带我们去陕西省作家协会转了一圈，得知陈忠实的办公室是当年西安事变时，张学良用来关押蒋介石的地方。我也找到机会难得大笑地说，这就对了，这样的房子只有像陈忠实这样的人住在里面才镇得住，别的人待在里面怕是要出问题的。2008 年 10 月 28 日下午，从北京传来第七届茅盾文学奖终评结果的消息，在许多打来宽慰的电话中，让我既觉得意外，又觉得感动的是陈忠实。妻子和儿女们正在一起吃晚饭，陈忠实的电话来了，在话筒里长叹一声，说简直不敢相信，前些时，他还在《西安晚报》的访谈时，预估《圣天门口》最有可能获奖。陈忠实也不知如何说好，只是一声接一声叹息不停，就这样说了近十分钟，而不肯放下电话。那样子就像是陈忠实自己犯了错，明明公开对记者们发布了个人预测，而今又没有兑现，陈忠实说，这叫我如何与记者们说呀！到头来反而是我劝他，说自己的作品，一定有写得不好的地方，让人揪住了，而当初敢于替《白鹿原》担当的像陈涌先生那样的人又没能出现第二个，出现如此结局也是可以理解的。这一次，我算是又与陈忠实合力栽下一棵树，只是这棵树是无形的，用肉眼看不见，用文字也难叙述，但她是文学的风骨气韵，更是人格的清洁爽朗。

曾经收到一封电邮，落款是陈忠实，内容则是推荐某个青年作家的作品，粗读一遍发现不是那回事，再细看信又发觉多有不对，比如对方称我为"您"，这显然不符合我与陈忠实一向交流的语境。于是打电话过去问。陈忠实没有直接表示什么，只是说曾向一些青年作家推荐我编的杂志，却从未推荐过具体的作品。换了别人可能会不高兴，发发脾气也是正常的，陈忠实在电话那边不轻不重地说了几句，就将此事一笔带过，再没有表示要追究对方一类的意思。如何对待这种成功心切、时常使些小手段的青年作家，陈忠实又像在海边栽小树一样，在风狂雨暴的季节，重要的是呵护。

2012 年 5 月 26 日，我开车去甘肃参加一个文学活动，要经过西安，途中约陈忠实，到西延路上的一家酒店小聚。我们刚到，陈忠实就来了，还令人惊艳地带来一箱白鹿原出产的樱桃。正是收获高峰季节，那樱桃特别红艳，而我又是格外喜欢樱桃口味，一口气吃下许多，甚至还约有机会去白鹿原，坐在树下吃那樱桃。陈忠实很高兴，历数陈世旭、刘兆林、舒婷、张炜等朋友，都去他家塬上吃过樱桃。第二天一早，我开车继续去往兰州。天黑前，到达兰州城外一处度假村，一帮当地与外地的作家先到了，在那里美美吃着烤羊肉，喝着鲜啤酒。我将自己吃剩下的半篮红樱桃拿出来，初时无人动手，待我说起这是陈忠实在白鹿原上亲手摘下的红樱桃时，不知从哪里伸出来那么多的手，眨眼之间就被抢得精光。吃完以后还有人盯着汽车后备厢，以为那里面还有。

2014 年 8 月 19 日，杂志到西安办一个活动，那天西安城内发生了一件令人啼笑皆非的事情，有两拨人在同一酒店喝酒，因为口角进而互相打起来，其中一方打了对方的人后，发现被打的人是区委要员，打的人是个小官员，也没有人逼他，自个儿主动下跪道歉，而那区委要员也下跪请对方起来，等等。大家说笑话时，我给陈忠实打电话，告知自己来了西安，因为日程太满，只有第二天中午有空，问能否见面聊一下。陈忠实稍一迟疑还是同意，找好地点后，告诉他，他说自己会准时来。回头再给李国平打电话，要他届时也到场聚一下。李国平听后，一连两遍问是不是明天中午，还说老陈中午有午休习惯，是绝对不见任何人的。听我也说绝对不错后，李国平很感叹，说你的面子太大了。这是他认识老陈以来，头一回见他中午出来见朋友。李国平的话说得很严重，我想想也觉得太严重，为什么要生生破坏他人多年养成的良好习惯呢？第二天早餐后我发短信给陈忠实："中午就不打扰你了，你好好休息，我们在酒店吃过自助餐后赶着去华山看看！"那天上午我有讲座，9 点 30 分结束时，陈忠实刚好来电话，说过遗憾，又约下次见。中午李国平来小坐，说起来才知，老陈情况不太好，陕西省作家协会党组织正要向省委报告，让老陈到医院仔细检查一下。那一刻，我们的心情突然沉重起来，当然，也更加觉得，自己主动取消的本该是中午的小聚，不管成与不成，于情谊是何等珍贵。

2015 年 7 月 7 日，我去北京参加中宣部一个活动，在八大处报到后，正在无所事事地乱串门时，红柯拖着行李进来，三言两语之后，便告诉大家，陈忠实患口腔癌了，正在做化疗，吃东西很困难，完全靠鼻饲。我心里一着急，明知自己没办法帮忙，但还是请红柯回西安时，带去几句话。几天后的晚上9点，红柯来电话，他将我托转的癌症靶向治疗方法转告给陈忠实。陈忠实要他一定代他表示感谢，这时候还有朋友惦记。红柯当时在电话里说，老陈对治疗很有信心。再往后，与知情的朋友打听，也说情况恢复得不错。却不知，再得到消息时，自己只能沉重地写上一句：西去永西安，大道送大贤！那天也是从游泳池里起来，得到消息，人着实有些不肯相信。时间不长，电话就不停地响起来，都是媒体的朋友，心知他们的意思，却不愿接听，我很清楚自己心里还没做好接受这一事实的准备。直到终于可以面对时，我终于接听了一家媒体记者的电话，刚刚开口，说我知道你是为什么事，接下来本要说陈忠实三个字，只是这名字还没说出来，自己已泪流满面哽咽着半天说不清一个字了。

2009年11月6日，陈忠实曾打电话，要我给他寄一本《天行者》，他说他当年也当过民办教师。在《天行者》的扉页上，有这样一句话：献给在中国大地上默默苦行的民间英雄。这句话用于陈忠实同样不错。2016年4月7日下午，在江西于都红军长征纪念碑前，我代表重走长征路的作家们发言，开头的一段话是说给陈忠实的。我说十年前重走长征路时，陈忠实是团长，十年后再次重走长征路，陈忠实身患重病无法成行，有于都这样曾经庇护过十万红军的偌大福地，希望于都将太多的奇迹赐予一些给陈忠实，希望能庇护长征精神的最好诠释者陈忠实平安长在，养好身体再当团长，再与我们一道继续这将政治与军事的长征融合为文学精神的长征。

这时候，我记起那些撒在兰州城外的来自白鹿原上的红樱桃，按照童年的经验，那些从嘴里吐出来的红樱桃核不可能全部入土发芽，但也有足够的比例让这些来自白鹿原的红樱桃长成小树苗。正如南海小岛上那棵由不同的手共同栽的那棵树，有天地护佑，一定可以长成祖国最南端的最坚强的硕大之树。

我不记得南海上那小岛的名字，也不记得与陈忠实共同栽下的那棵树的名字，更不记得那位同意我的不懂人间艰辛的幼小女儿亲手将一桶如黄金贵重的淡水浇在小树上的军人的名字，但是我无论如何也不可能忘记，白鹿原和大别山、东湖和南海、南海上不知名小岛上不知名的小树和在兰州城外被朋友们一抢而空的白鹿原上的红樱桃，她们都有一个共同的名字。

用我长江边故乡的话说，男人的泪水是金贵的，因为她是南海上那能浇灌初生树苗的淡水，因为她是那被人生酸甜苦辣泡过的醇酒，因为她能够结出苍黄莽莽的北方大地上灿烂的红樱桃。天下文学莫不是在南海种下的一棵树，天下人等莫不如艳丽的红樱桃，好看固然重要，还要做得到在北方黄土高原上也能好看，也能作为他人的生命营养。

2016 年 6 月 6 日于宜昌
刊于《当代》2016 年第 4 期

吴中访山记

王巨才

　　在太湖西岸的隐隐山峦中，有座也叫"华山"的山峰，海拔 171 米，属苏州吴中区，别称天池花山。山与西岳同名，而风光殊异。一隽秀，一雄奇。一典雅，一险峻。一若江南佳丽，一如关西大汉。一南一北，各擅胜场，各美其美。

　　由西安去吴中，是在清明节前游人较少的时候。朋友心细，安排的住处就在华山脚下。这是一家叫作"花山隐居"的旅舍，面积不大，总共两层，十多个房间，但布置整洁清爽，室内盆景几案，户外花木池鱼，仿佛一所苏式风格的私家庭院。客人不多，服务员也少，见到的几位，穿着都如旧时乡下人家，说话也都轻声慢语，彬彬有礼。旅社没有电视机，没有无线网络，故从早至晚，除黎明时分的风动鸟鸣，整个院子听不到嘈杂的声音。有这样安静的环境，放松下来，休整休整，品品茶，看看书，翻翻资料，为隔日的寻访做点案头准备，也算一件难得的赏心乐事。

　　据清代刊印的《华山书》，吴中华山自东晋僧人支遁开辟道场，两千余年间，名刹古寺，香火不绝，高僧大德，相率驻锡。又因林壑深秀，泉池清幽，向为骚人墨客酬酢雅聚之地，白居易、范成大、黄公望、文征明、王世贞、钱谦益、沈德潜、毕沅等诸多文坛巨匠都曾慕名而来，留下脍炙人口的名篇佳作。明末清初政权更迭之际，更有大批文人士大夫绝意仕进，来这里结庐隐居。他们或滋味经籍，潜沉学问；或寄情山水，诗酒唱和；或皈依佛门，讲经弘法，给这方著名的游览胜地进一步营造了芬芳馥郁的书卷气息，增添了优雅厚重的文化色彩。我揣想，在环列太湖的众多名山中，华山自唐宋起就有"东南第一净土""吴中第一名山""西山第一佳境"的美誉，且至今游人如织，络绎不绝，是与人们踏访历史遗迹、追怀先贤往事的文化情结不无关系的。

　　游华山，"鸟道"是必经之路。"西当太白有鸟道"——这很容易让人想到李白的《蜀道难》。而实际上，它只不过是一条随形就势蜿蜒而上未经人为修砌的坎坷坡段。也许是生活在小桥流水间的吴地学人乡亲走惯里弄小巷，稍遇低丘高坡便心生畏难，望而却步，才有"鸟道凌空步跰迤""悬崖飞蹬不可攀"的浩叹。但说它怪石诡树，参差森立，泉声清越，发如金石，却是真的。特别是那些横亘在道路中间和两旁的花岗岩巨石，不知何纪何年从山体崩裂下来，或交错叠压，危若累卵，或孑立散处，超然物外，仔细端详，意趣横生，倒不失为一道引人遐想、耐人琢磨的风景。此外，在这些造型各异、"神态"判然的石头上，每每见有前人的题字镌刻，如"出尘""隔凡""龙颔""吞石""邀月""且坐"等，落笔简捷，想象奇特，似在点睛，兼寓禅意，字体多为篆、隶、楷书，皆出当年僧俗名流之手。其中最醒目的一处，刻有"华山鸟道"四个反书篆字，行笔流畅，洒脱中略呈怪异，有人解读为意在讽刺朝政的倒行逆施与黑暗腐败。此书作者赵宧光，字凡夫，明万历人，为赵宋王室后裔，与同乡好友朱鹭、王芥庵以"皆负忠孝大节，并怀高蹈之操"而被称为"吴下三高士"。万历二十三年（1595），他携全家筑室先父墓旁，"三十年不入市"，泛览经史，贯穿百家，精六书，工诗文，著《说文长笺》《六书长笺》等数十种，名重朝野，却终生不仕，不沾朝廷俸禄，在隐居华山的士人中颇具代表性。

有人统计，这些镌刻在浑朴原石上的题字，全山至少有100余处，均字迹高古，造语生动，在我看来，不啻为一座散布在山野间的书法碑林，别具一格，独此一家，十分难得。想不到的是，就在我对此热情洋溢大加赞赏的时候，有朋友从旁指点，对这种"一路奇石皆镌大字而朱涂之"的现象，早在300年前就有人有过指责，认为大煞风景，俗不可耐："盖山川洞壑之奇，譬见西施，不必识姓名然后知其美。今取天成奇石而加之镌刻，施以丹腰，是黥鼻西子也，岂非洞壑之不幸乎？"并写诗道："吴中名胜数莲峰，黥鼻青山怪蘖翁。"这位性情爽直的批评者即是明代散文大家归有光的曾孙，与顾炎武同为复社成员并相互推许的吴中名士归庄。诗中所说蘖翁，名熊开元，原为朝廷命官，以文章、气节著称，明亡后出家为僧，法号正志，住持华山寺多年，饶有建树，常以"华山主人"自称。对归庄等人的责难，他也有专文申述，虽旁征博引，辩驳有力，但毕竟都是饱学儒雅之士，语言平实，分寸得体，不伤和气。

300年前华山隐逸之间这场"凿字涂丹"是耶非耶的切磋争鸣，只能以仁者见仁，智者见智，各抒己见，不了了之。但它对我们今天如何保护自然文化遗产不无启示。毫无疑义，人类的审美活动有很强的主观性，同一事物因各人经历、学养、情趣、价值取向的差别而会有不同的感受。但"美"是客观的，自然之美高于一切。所谓真即美，美即真，"地球不需要人为的珠宝为她增添娇艳"（西谚）。那种怀着功利目的，弄虚造假，任意"开发"，破坏自然风貌，损毁文化遗存的行为，结果必然是着粪佛头，黥鼻西子，倒人胃口，扫人兴致，这样的例子当下屡见不鲜，尤需引以为戒。

由鸟道一路上行，过凌风栈、礼佛坪，不远处便是康熙、乾隆皇帝曾经巡幸瞻礼的翠岩寺。华山作为苏州著名风景胜地，又集中了那么多声名远播、广有影响的知识精英和政治遗老，这两位对汉文化衷心推重，并以杰出的文治武功开创康乾盛世的有为之君，在他们督导工作、体察民情、安抚百姓、宣恩示威的南巡日程中，是不会落掉这个地方的。以巡游为名，广泛接触、联络地方士绅和宗教、文化界高层人士，是他们致力消弭满汉对立、促进民族团结常常采用的得体而自然的方式。玄烨皇帝康熙二十八年（1689）视察姑苏，曾传旨要巡幸华山，并召见翠岩寺和尚晓青禅师，唯因山道崎岖，天阴苔滑，未能成行。他在行宫召见晓青时，见其果然学养深厚，遂命即兴赋诗记感。这晓青虽年过六十，但自幼博闻强记，文思过人，略一沉吟，提笔写道："翠华临幸万方春，草木恩沾雨露新。岩壑岂能逃至化，白头犹得奉金轮。"康熙帝见此，自是欣喜不已，除赐以宝炉、宝瓶、香盒、香籫而外，也当场题诗一首，抒发了"欲向花山涧壑行，春云又变晓阴晴"的遗憾。为表达对这次"九霄忽降，玉露深恩"的竭诚感戴，晓青在康熙离开仅一月之内，缮写绫字 20 幅，金素扇 11 柄，文集一套，语录、诗稿两套，派徒弟昼夜兼程，送往朝廷。此后，又作《恭和御制诗一百首》。虔敬之情，一至于此。第二年，晓青和尚于华山圆寂，终年六十二岁。这是否与那次觐见的劳累与激动有关，因并无确证，只能任人推测、惋叹。

十年之后，康熙皇帝第三次南巡，驻跸姑苏期间，仍不忘那座潜隐了大批江南才俊的"就隐之山"。四月初三，巡游成行，一路见闻，令他欢欣无比，心情大好，有题诗为证："警跸来初地，青山鸟道深。风生松涧合，云暗石苔侵。静昼飞闲蝶，余春噪晚禽。空留支遁迹，物外托宸襟。"在翠岩寺小憩时，又应住持敏膺奏请，追封当年接见过的晓青"高云禅师"谥号，并赠给敏膺《金刚经》

一卷，为寺庙题写"翠岩寺"和"闲起溪云下，诗清山雨归"等匾额联语。这种至高无上的宠遇，敏膺等一众佛门弟子自然是感激涕零，过后，和晓青一样，敏膺连作《恭和御制诗二十首》，里面多有"山色晴初丽，红云紫气深""圣王垂顾盼，草木展芳襟"之类的虔敬感戴之辞。而这种收复人心的效果，正是这位万乘之尊不惜舟车劳顿，一再巡游江南，礼贤下士，联络各方，体恤民情，广布恩泽，所要达到的目的之一。

又过半个世纪，大清乾隆皇帝弘历首次南巡。这位时正盛年、意气风发的帝王循着祖父足迹来到华山，舍舆跨马，挥鞭驰逐，"登峰造极览全吴""高矗青霄俯太湖""处处仰昔踪，起爱复起敬"，写下多首仰怀乃祖宸章，抒发豪情逸兴的诗作，并亲赐方丈谛信为"高云禅师四世孙，住持华山翠岩寺"。一处山脉，一座寺庙，与朝廷、皇室有如此持久密切的渊源交往，其地位之特出，声名之显赫，自不难想象。

山川陵夷，世道沧桑。翠岩寺自万历甲申年（1584）创治殿舍，后增扩倾圮，几度兴废，现有规模不显宏大，但布局规整，气象肃穆。山门由民国时期代总理李根源先生书额。这位于清末创办云南讲武堂，培养了包括朱德、叶剑英在内的大批革命将帅，抗日战争中又以一纸气吞山河的《告云南父老书》振奋全国的辛亥元老，退隐苏州期间对保护地方文化古迹多有建树。有道是江山也要名人扶，寺额请他题写，也是用当其人，堪为古寺增色。走进山门，院子里粉墙苍壁，旧迹斑驳，古藤老树，生机犹然，只是那些佛殿僧舍，年代并不太久，一问，是"文革"后移位重建的。原先的大殿遗址仍在，高高的台基上几根雕镂精美的粗重石柱横架竖立，看去直如北京圆明园西洋楼残迹；注目凝望，总能触发人们纷繁的感想和深沉的思索。对此，同行的朋友交口称赞，说能把这些柱石原地原样保留下来，就足见当地政府和管理部门眼界不俗，应算得一大功德。

出翠岩寺，越过当年僧众为迎接康熙帝而于一夜间突击修凿的53级蹬道，便到了华山最高处的莲花峰。峰以山巅巨岩中裂，状如莲花而得名，攀缘至顶，远眺太湖孤帆远影，烟波浩渺，俯瞰山后天池横浸，翠微深护，骋怀游目间，心旷神怡，宠辱皆忘，不禁顿生纵浪大化，归隐林泉的妄念。因时已过午，原定的天池游已来不及，于是抓紧时间，直奔山下的寂鉴寺。此寺紧邻天池，寺内有仿木石构堂殿三处，一曰西天寺，一曰兜率宫，一曰极乐园，为元代至正年间修建，历经 650 多年风雨，苍苔旧貌，至今保存完好，则苏州民众良好的人文素养，于兹可见，令人感佩。

寂鉴寺旁新建别院一所，名"洗心山房"，院内林荫蓊郁，泉水映带，是供香客游人品茶休憩的地方。清明前夕，正是洞庭新茶刚刚应市之时，蒙主人雅意，安排大家在露天茶座稍事休息，习习凉风中，捧着一杯青翠芳馨的碧螺春，回顾大半天行程中所看景点，似无一处败笔，一事扫兴，更觉口颊生香，神情快慰。这正如观赏一幕唯美的情景诗剧，那余音缭绕的尾声，尤其耐人品咂，回味。

清人黄昌寿在考察游翠岩寺后曾经慨叹："夫华山开创千余年矣，其间兴废隆替，一系乎人之贤否。"这无疑是见地深刻、思虑高远之论，但再细推想，天下事系乎人之贤否者，又岂独一山一寺……

如此说来，这座风光旖旎的吴中名山，又何尝不是一篇情采丰盈、题旨悠远的经典美文，一则"一代对另一代精神上的遗训"（赫尔岑）！

2016 年 5 月 15 日

刊于《文艺报》2016 年 8 月 5 日

云朵之上

叶 梅

一

伴随着公路而行的那条河叫神农溪，一听就是从高高的神农架流淌下来的，是那位伟大的祖先洒下的生动甘甜的水，又仿佛是他的孩子，从他宽阔的胸前一跃而下，欢快地蹦跳着一下子就好远好远。炎帝神农巍然慈祥地站立在云端，胡须化作茂密的丛林以及藤蔓，想挽住溪流的脚步，但只是搂住了，小溪转瞬间又调皮地挣脱开来，一直往前奔跑，直到流入长江。

所以，从长江那里就闻到了神农架的气息，清凉的、洁净的，带着万千树木和药草的芳香，只有片刻就让人的心静了下来。从喧哗的都市里忙碌奔波而来的一行人，好生疲惫，好多头绪，见人就想说话，但其实自己也觉得大多是废话，但却像刹不住的车，好累却又停不住。城里人都这么一天天生活着。而进到这山里，突然觉得轻松了，即便不说话，旁边的人也能从各自的目光里读懂彼此，就像一块原本丢在尘土里的布，唰地被淘洗干净。

但住在神农架的第一夜，好几次却猛不丁醒了过来，久违的安静已让人陌生了。

原来，北京家的楼下大街车水马龙，昼夜从不停歇，人的神经早就被嘈杂所麻木，到得寂静的山林里便苏醒活跃起来，居然难以入睡。不禁索性披衣起床，面窗而立，啊，人说神秘、神奇、神农架，可知这里的夜才是最为神奇的。朝窗外一眼望去，墨汁一样的黑，万籁俱寂，只有穿行在山林里的风，将树的琴弦轻轻拨响，站在窗前好一阵，依稀从夜色中辨认出远方群山的影子，它们就像一个个挽着手的巨人，以亿万年不变的姿态屹立在那里。

但其实这里曾经是汪洋大海，而后才成为高山。

屈原在他的《天问》里首先问道："遂古之初，谁传道之？上下未形，何由考之？"两千多年前，诗人诞生于大巴山神农架下的秭归，他昂首问天的高度，或许正对着云朵之上的那些神秘山峦，因此而引发他无穷的奇思妙想，试问远古开始的情形，究竟是谁传播下来？那时天地尚未形成，从何处得以成形？

一部《楚辞》成为世界经典，而民间话语就如深山的灵芝顾自生长，在神农架发现的《黑暗传》便是一部讲述天地和人的起源的民间歌谣唱本。这次来到神农架，一开始让人惊喜的就是主人赠送的这本蓝色封皮的线装书，打开来知道，是由一位名叫胡崇峻的民间文艺家搜集整理，一位曾在神农架当过修路工而后成为书法家的袁学林近年行书撰写而成的。温厚的纸张，稳健灵秀的书法，35000字的歌谣，一字字一行行散发着墨香，在这个难眠的夜晚，与我对话。

天地合德日月合明，盘古辨混沌苦难救众生，夜有雨露昼为晴，千秋万代转金轮。盘古老祖来分水，手拿一个葫芦瓶。分开葫芦瓢与把，连忙舀水忙不停。一瓢水叫天上水，化作天河雨淋淋。二瓢水作江河水，向东流去永不停。三瓢化为湖中水，湖水不干水族生。四瓢化作大海水，大海鱼龙好藏身。五瓢化作无根水，在山为雾在天云，万物为它养性命。

这部被称为汉族首部创世史诗的《黑暗传》融会了混沌、盘古、女娲、伏羲、炎帝神农氏、黄帝轩辕氏等许多历史神话人物事件，可谓远古时期的"活化石"。有趣的是，《黑暗传》里充满了口语化、生活化的叙述，诸多神仙圣人在这里都成了有血有肉的人，他们吃喝拉撒，交媾生子，扯皮打架，赌狠斗法，跟常人一样的喜怒哀乐，凝聚着芸芸众生对世界的解释与想象。

始于明清时期就开始流行的《黑暗传》在许多年里悄无声息，藏匿于民间，它几乎就要重新归于大自然，混同于那些永久的秘密，所幸当代人的挖掘而得以重现。

捧书夜读，眼前的黑暗中似见到点点星火，人说比风还要快的是思想，最能覆盖大地的是黑暗，在这一片黑暗之中才会愈加感觉光明带给人的鼓舞，这书正是光明之物。人类从天地不明的混沌中走出，那些了不起的民间歌者忠实传递着遥远的过去，将那些隐语似的神话世代相守，人们又从中获得种种暗示，而得以坚韧向前。

"民生各有所乐兮，余独好修以为常。""路漫漫其修远兮，吾将上下而求索。"由长江与汉江相拥的大巴山一带沟壑纵横、层峦叠嶂，是浪漫主义的生长之地，也是必须艰辛求索才会有所收获的险峻山地，炎帝神农架以木为梯、尝遍百草，屈原上下求索，《黑暗传》代代相传……

这一切，都在我眼前的天地之间。

二

虽然我只是一个行者，但神农架在我心里已相知多年。

小时候住在巴东县城嘎嘎的木楼里，三峡一带的人都将外婆叫作嘎嘎，嘎嘎老人家时常指着长江对面远处的神农架，说那里有"野人嘎嘎"，娃娃要是不听话，野人嘎嘎就会来抓娃娃。跟《格林童话》里的"小红帽"故事有些相似，但说装成外婆的不是大灰狼而是野人嘎嘎，一直躲在屋跟前的杉树林里，等娃娃的嘎嘎一出门，就包上头巾捂住脸去敲门，嗡着鼻子说："嘎嘎回来了，快开门。"娃娃才刚把门打开一条缝，野人嘎嘎就一把将娃娃抱走了。抱到哪里去了呢？抱到很远很远的山洞里去了。

后来呢？娃娃最怕听又最想知道的是到山洞里以后怎么办。

我嘎嘎这时候会停下来，然后根据娃娃的表情再接着说：野人嘎嘎把娃娃抱到山洞里一口就吃掉了。啊！这是最坏的结果，是娃娃最不愿意听到的。那还有一种：娃娃饿了，野人嘎嘎就给娃娃喂奶，娃娃吃了之后也变成了小野人，浑身长满了黑毛。

还有呢？娃娃不甘心，她知道还有一种最好的结果，就像吃甘蔗，最后那一节才是最甜的。哦，真正的嘎嘎回来了，一看屋里娃娃不见了，一猜就知道是野人嘎嘎干的坏事，赶忙就敲起了锣。"快抓野人嘎嘎哟！"在很大很大的山里，喊话是听不见的，所以有事就要敲锣，锣声一响人就都来了。"抓野人嘎嘎哟！"

结果呢？野人嘎嘎跑了，但娃娃被救回来了。嘎嘎说到这里，会紧紧地将娃娃抱在怀里，听到没有？嘎嘎不在家的时候，别人敲门不能开啊！一开野人嘎嘎就来了。娃娃会听话地连连点头。

听我嘎嘎讲这故事的时候，我才几岁，神农架发现野人的说法还远远没有形成轰动，这说明大山里早就有过关于野人的传说，只是到后来，随着人类活动越来越频繁，越想弄明白反倒越难用事实来证明。"野人嘎嘎"到目前还只是一个传说。

1983年的秋天，我第一次走进神农架，只见山路弯弯，路侧的河沟里躺满了被砍伐的树料，等着春季山洪来时冲到长江边，然后再由那里的人扎成木排，一直放到长江下游一带的大小城市。山上不时可见穿蓝色工作服的林业工人在紧张地劳动，他们拉动电锯，放倒一棵又一棵松柏冷杉，秃下一片又一片山头。那些没了树的山坡上种着些玉米，长得有气无力的，瘦小的秆子，一阵风便吹倒了。那一行使我对原始森林的向往大失所望，打那以后，我一直怀疑神农架的森林是否还能在工业化到来之时得以存在。

历史上，神农架因为沟谷幽深，高低落差，既有3000多米高的"华中屋脊"，也有100多米的低谷平地，气温悬殊，四季花开，早在19世纪因为极其丰富的植物而在世界上为中国赢得了"园林之母"的称号。

一位爱尔兰籍的英国人奥古斯丁·亨利最早注意到神农架的植物，他1881年来华，在好些年里担任英国驻宜昌海关的医务官。他显然是一位兴趣广泛的人，不仅学会了汉语，还在三峡、神农架一带采集了大量的植物，之后将500多种样本带回英国，送给了大英帝国有名的基尤花园，其中的许多珍稀物种经过培育，后来成为世界著名的园林植物。

这位医务官一生的辉煌不是在医术上，而是因为在中国的惊人发现而名声大噪。他在英国《皇家亚洲社会》期刊上发表了一篇关于中国植物物种名单的论文，宣称自己在遥远的中国内地发现了一个"惊人的地方"，那是人类梦想中的"伊甸园"。他所指的惊人的地方就是神农架。

医务官的论文很快吸引了科学家们的注意，英国当时最为著名的自然学家、植物学家、探险家欧内斯特·亨利·威尔逊便于1899年开始了他的中国西部之行。

当时大巴山的崇山峻岭车马根本无法通行，人的攀爬都极为艰难，但这位执着的科学家吃尽了苦头，先后四次深入神农架的茫茫森林里，冒着随时都可能受到野兽伤害的危险，前后收集了4700多种植物，65000多份植物标本，其中有人们最为喜爱的"鸽子花"——珙桐，以及中华猕猴桃的种子。威尔逊雇用了20多个当地人，用三峡人的大背篓将这些数不清的植物背出了神农架，又运到了英国。

后来，中华猕猴桃在这位英国植物学家的改良培育下，成为苏格兰最重要的出口水果，且是后话。在当时的 1913 年，他很快发表了《威尔逊植物志》，其中有四个新属，382 个新种，323 个变形的木本种。这些大多来自中国西部的植种立刻在世界上声名远播。神农架再一次造就了一位科学家的辉煌，威尔逊不久应聘担任了美国哈佛大学植物研究所所长，并于 1926 年在美国出版了激动人心的著作《中国——园林之母》。

神农架，中国为你骄傲。

毋庸讳言，"园林之母"在其后的岁月里曾经遭受过几次大的重创，但中国人对生态环境的危机感终于苏醒，神农架人在 20 世纪的 80 年代中期彻底意识到该说"不"了，他们放下电锯和猎枪，林业工人由伐木人变为守林人，狩猎者变成了动物保护者。

眼前的事实是，由木鱼镇到大九湖、华中第一峰……当年所有那些光秃秃的山头已然是绿树葱葱，放眼望去，满山遍野十分醒目的清雅挺拔的冷杉林，还有倔强蓬勃的乔木映山红、粉白杜鹃、灯笼花，以及无数叫不出名字的藤萝野草。而人们能走进这些地方只是神农架的一小部分，在我们的视野之外，还有大部分山峦和森林都在被封闭的保护之中，被科学家们认定为当今世界中纬度地区唯一保存完好的亚热带森林生态系统。

面对那些未曾开发、难以逾越的由森林覆盖的山峦，我想除了科学家，我们宁可多一些敬畏，允许无尽的猜测和想象，而少一些进入。

或许，野人嘎嘎就藏在那些人迹罕至的林子里？

三

当地朋友提示：想到神农架可以乘车来，可以坐飞机来，可以高铁换动车再坐车来，还可以坐着游船来。

汉代的绝世美女王昭君，当年从她的家乡——神农架流下的香溪河去到京城长安，从春走到了夏，回眸一望，桃花水已成满溪清荷，山高路远，昭君从此再也没有能够回家。而如今的千里之遥只在几个小时之间。现代化给这个被联合国授予世界地质公园的地方带来无数变化。

从宜昌进山的高速路穿过一个又一个长长的隧道，车灯映着洞壁上蓝底白字：3500 米、2800 米……风驰电掣，过去翻山越岭大半天如今只是一眨眼的工夫；神农架顶上建着卫星接收台，穿红披绿的游客们用手机拍着美景，瞬间就用微信将所照的图片发到了朋友圈，苍茫的大山与世界的联系只在分秒之间。

万千变化，但科学用另一种语言，证实着大自然的变与不变。1983 年，出席国际地质学会的法国、英国、联邦德国、加拿大、澳大利亚、苏联和中国的 23 位学者对神农架地质进行了考察，认为此地完好地保存着前寒武纪的地质结构。原来如此，神农架的顶天立地浩然之气，有着自亘古而来的巍然不变，它俯瞰华中大地、长江东去，养育着万千生物。

神农架的大龙潭周围，愉快地生活着伴随人类从远古走来的金丝猴群，目前全世界的金丝猴已所存不多，但神农架的猴儿有增无减，与善待它们的人相处甚欢。这些聪明的猴子善解人意，当并无恶意的人走近时，它们会毫不戒备，成群结伙地或蹲或跳，喂猴人站在它们中间，一把把抛撒玉米，猴儿们也不争抢，绅士般地捡起来不慌不忙地塞到嘴里。身材高大的猴王面目威严又颇自得地蹲在高处，小猴儿在母猴身上拱着吃奶，一些调皮的猴子在树上嗖嗖地跳来跳去，一片太平景象。

那天我们来到大龙潭，经过猴群时，一只皮毛光滑的大猴突然就跳到了散文家丹增身边的木栏上，按住了他的肩膀。丹增曾在西藏和云南工作多年，对动物和植物都自有一番心情，他马上笑着说："你好哇！"猴点头，似已会意。丹增再开口，用了藏语，我们听不懂，猴却听得入神。我走过去为他们照相，猴也不怯生，只是与丹增对视着，像是有万语千言。好一阵，猴都将手搭在丹增身上，不愿意放下。人们催促再三，丹增对猴儿说："我走了，有机会再来看你。"猴嚅动着嘴唇，再次点头。

丹增与大家走出老远，那猴还一直动也不动地蹲在原处相望。人们无不称奇。

二日晚在与当地朋友座谈时，丹增感慨道："那猴子或许是我的祖先，又或许是我前世的恋人。"语惊四座，却是话出有因。在藏文史书《西藏王统记》中，有一段"猕猴变人"的传说记载，相传普陀山上的观世音菩萨命其猕猴徒弟，由南海到雪域的西藏来修行，为了度化西藏，猕猴与当地的女子结合，生下 6 只小猴，小猴长大后，又生下了 500 只小猴，如此愈生愈多，眼看树林间的果子也渐渐稀少，观世音菩萨便命老猴到须弥山中取来天生五谷种子，撒向西藏大地，这才长出了各种谷物。猴子改吃五谷，尾巴渐渐缩短，逐渐进化成人形，这便是藏族的祖先。

在西藏有一处名为"泽当"的地方，"泽当"在藏语里即是"猴子玩耍之地"，就在泽当东方的贡布山上，传说还留有当年猴子们栖息的"猴子洞"，而离泽当不远的撒拉林，正是传说中老猴在那里撒过谷，有"藏族第一块田地"之称，至今每逢春耕时节，藏族人民仍要到这里抓一把"神土"，以保佑丰收。

金丝猴与丹增的亲密相处，使大家增添了对猴儿们的珍惜怜爱，也增添了对那些曾精心呵护猴儿的神农架人的敬意。从过去一些老照片里，我们看到一位工程师身背一只金丝猴，那猴儿趴着的样子就像一个撒娇的孩儿；还有一位中学校长拿着奶瓶给小金丝猴喂奶，他盯着猴儿的目光慈祥得就像一个老爸爸。这位名叫廖明尧的校长，后来又做了多年的宣传文化工作，目前是神农架旅游集团的老总，几番接触下来，廖先生山里人的性格毕现，他每当说起那些猴儿，还有神农架的一草一木都如数家珍，语言鲜活，带足了感情，他爱它们。

我们为神农架的猴群庆幸。那些珍贵的猴群在神农架的山林里逐渐增多，且自由自在，温饱无忧，相比之下，世界上还有不少动物因为人类的捕杀和虐待濒临灭绝，21世纪的生态问题日渐严重，早已到了刻不容缓的地步。在我们秋季来到神农架的日程里，一个重要的话题是建立"全国多民族作家生态写作营"，朋友们从美国作家梭罗的《瓦尔登湖》说到神农架，在这片净土之上，我们有更多的理由呼唤人类对植物、动物的保护，对天空河流山川的敬畏，对生态的了解、研究和书写。

当我写着这些文字的时候，北京正面临着这个冬季最为严重的雾霾，窗外是一片几乎伸手不见五指的灰蒙蒙，楼群瑟缩在雾霾的包裹之中，所有的人走上街头都戴上了白色的口罩，网络上关于雾霾的段子令人哭笑不得："半城白雾半城灰，汽车慢得像乌龟，三米之外不见人，任你鸟儿也难飞。"还有某医院感染控制科主任建议："这两天必须要出门的话，进入室内后就要将附着在我们身体上的霾及时清理掉，以防止PM2.5对人体的危害。清理的方法是一进门就做三件事：洗脸、漱口、清理鼻腔。"

我整整一天没有出门，我庆幸通过手中的笔，让自己又回到了空气无比清新的神农架，并在阳光下，看到那些快乐的猴儿，与它们共舞。

四

神农架的大九湖传说是天神撒下的九颗珍珠，在高山顶上，这些水色幽暗的湖泊就像蓝色的宝石，不时可以感觉到它们闪动的光芒。湖里还可见到一些秋荷的残叶，更多的却是金色的芦苇，迷茫的花絮招摇着人眼，湖的上空布满了火烧云，大团大团地漂浮着烈焰似的云朵，映得湖水半是碧蓝半是红晕。

入夜，一所民居旁搭起了戏台，先是一家网络公司与神农旅游集团宣布共建平台的消息，一位西装革履的年轻人在台上用普通话描述了此番事业的前景，台下的场坝里聚集了一些来看戏的当地村民，似懂非懂地听着。他们之中大多数人是等着看戏的，戏台两侧早已有一些穿着彩服的演员走动，道具箱堆放在民居的土墙旁，有一个套在脖子上的围鼓让人看了新奇，有朋友上前忍不住试了试，旁边一位老人说："你拿倒了。"

大家都笑起来。

演出的节目有流行鄂西一带的山歌《妹妹你来看我》，皮影子戏《穆柯寨》，堂戏《七仙女和董永》，但最为郑重的是神农架的梆鼓，四个穿着白底黄边对襟褂子的中年男子上得台来，一边敲起手中的锣鼓，一边唱道："锣儿本是黄铜打，暗合太阴与太阳，锣槌一个鼓槌一双，让我四人进歌场。"接下来唱的正是大书《黑暗传》中的片断："神农出世生得丑，头上长角牛首形，父母一见心不喜，把他丢在深山里，山中遇着一白虎，衔着神农回家门。"

夜里的大九湖寒气上升，温度与白天相比至少低了 10 度，我们一行人坐在露天的长板凳上，听着梆鼓子，却不觉夜色已浓。与丹增同坐在一条板凳上的是散文学会的会长王巨才，他俩一个西藏人，一个陕西人，都不太听得懂台上的唱词，但也都坐得稳稳的，显然是浓郁的民间气息让他们如鱼得水。同来的一行人中，只有我与这片土地最为熟悉，乡音让我解得其中的好些妙处。梆鼓唱到白虎救了神农，便是一件大事，须知土家人将白虎奉为图腾，神农在这一带也被土家人认为是自己的祖先。这里面有许多讲究。

这些只能留给自己慢慢咀嚼。

但见一轮明月渐渐升起，斜挂在这民居房顶后的树梢上。房顶已有些破烂，一蓬野草冒出房檐，但屋后的天边，那冉冉升起的月亮，将这幢茅屋勾勒如一幅奇美的古画，让人不禁想起明代著名画家沈周的一些传世之作，如《夜坐图轴》，画的正是松林之下一茅舍，于奇峭山色、小桥流水之间。那古画的清雅天然，恰似这眼前的情景，让人叹息，究竟是那画高妙，还是眼前的山水高妙呢？

茅舍旁却是这户人家修的新楼，一位头上裹着帕子的农妇倚在门前多时，一边看台上演戏，一边照看着房前屋后，她显然就是这家的女主人。见她转身进屋的当儿，我也跟了进去，只见屋里火炕烧得正旺，土墙上挂着一排腊肉，吊锅里热气腾腾。她招呼我们坐下，问喝不喝茶。神农架的人都是见客进门就要筛茶的。于是跟她聊起来，问她为什么不住新屋，她说让给儿子一家住了，她觉得还是旧屋好。

话说着，门外的戏台上一阵锣鼓铿锵，不由跟了出去，一抬头，屋顶上的月亮已升得更高了。月亮周围浮动着白白的棉花般的云朵，湛蓝的夜空，云朵那细密的绒毛也竟然是一清二楚，仿佛一伸手，就全都能揽在了怀里。

在神农架，果然天地与人近了好多啊！

刊于《人民政协报》2016 年 1 月 18 日

淳厚的一切都值得回忆

石　英

我亲历的"夜不闭户"年月

在中国传统语汇中，"路不拾遗""夜不闭户"往往是用来形容世风良好的最高标准，也是心地质朴的子民过上安定舒心日子的良好期望。也许，在很多时期，尤其是新中国成立前，这一目标基本上是不可能实现的奢望，但也并非绝对如此。很长时间以来，我就想写一写这个特殊的例外情况，写一写亲历的故乡胶东解放区曾出现过的类如"夜不闭户"这样良好世风的时段，是不无意义的。

这样的状况曾有过两个时段：一个是 1945 年日本投降至 1947 年秋蒋军大举进攻我们家乡解放区，持续了约两年半的时间；另一个是蒋军逃窜之后的 1947 年冬至 1948 年。我参军离乡后数年未回，此后的情况知之不详。我只记叙我亲眼见到与亲身体验到的真实情况。尽管也许还只是幅员不太大的一个范围。

第一个时段的东风实际上自 1944 年深秋即开始吹拂。那时，国际上反法西斯战争节节胜利，在国内抗日战场我八路军、新四军已展开局部反攻。当时我县的县城尚未解放，但武工队和地方民主政府工作人员已在县城周围的农村进行活动，县城中日伪军事实上已成瓮中之鳖，其中伪军除最顽固的八中队偶尔还敢出城搞点动作，大都已成为缩头乌龟。以我所在的村庄而言，距县城虽仅仅六华里，我党政军的影响已深深渗透进来。村小学已为抗日进步分子和地下党员所掌控。张校长是村中首富的公子，却早已是一位热情澎湃的进步青年，教"修身"课的女老师我后来知道也是地下党员，"大饱学"战老师为人正直，从未向汉奸恶霸低头。村里的佃户老梁是外县来此定居的老党员。以他们为"内应"，我南山根据地的"包袱客"夜间基本已可自由进出。"包袱客"者，是因为区县工作人员习惯以深色包布裹着书报之类，故人们便以"包袱客"作为八路工作人员的代称。

这时，东风所吹拂和渗透的内容包括村小学成了进行抗日爱国教育的基地；音乐课时教唱进步歌曲；"修身"课"掺"进反法西斯战争形势的内容；"包袱客"们以各种巧妙的形式宣传减租减息的政策，合理解决租佃关系和突出矛盾。与社会秩序关系最为直接的是：将原来由各家轮值、老弱病残充数的夜晚"打更制"加以改造，逐步渗入由素质较好的青壮年组成自卫团，每晚执勤巡逻。此项措施使肆虐数年的顽伪游杂流氓盗贼对中小户农家的夜间抢劫风得到有效抑制，许多中小户得到了安定踏实的生存环境。他们互相传颂："城里的鬼子、二鬼子还没跑，咱们就尝到了解放的滋味！"

日伪投降，县城解放后，广大群众扬眉吐气，正风劲吹，邪气下降。民兵、自卫团组织得到强化，劳动光荣、勤俭持家的价值观得到张扬。村、乡镇、区、县各级都涌现与评选出劳动模范。记得在我村举行的劳模表彰大会上，有位姓纪的勤俭忠厚的老农民戴上大红花，被请到台上，由村长和农会长奖给他一把钢口上好的大镢头。这位平时说话都有点结巴的"老庄户"，也当众讲出了"要做好人，做正经人，做勤劳的庄稼把式，靠歪门邪道祸害人的人没有好光景"的话。他这番老实巴交的心里话，提升了正气，潜移默化地震慑了不务正业、游手好闲、小偷小摸的二流子混混之流。与之同时，还适当打击了坑害良善的恶行。本村有个邢姓的混混，自年轻时就横行乡里，人不敢惹，1946年第一轮土改开始，他自以为他既非地主又非富农，似乎可以浑水摸鱼。有天晚间，他趁本村马姓富户之妻独自在家时，翻墙入内，巧言诱惑，欲行非礼，这位妇女拒之，喊声惊动了街上巡逻的民兵，将施暴未遂者抓获。村农会为此召开批斗大会，该邢在众人指斥下只好诺诺表示："以后不敢了，一定重新做人。"但他却恶习难改，几年后听说又"犯事儿"，那是后话。

正反两面的事例及有力措施，极大地教育了各阶层群众，一时间，和谐互助之风，感激党和政府土改等利民政策之风，影响深远。就连多数的懒汉、二流子也认真干活了。记得有一刁姓中年男子，半生不务正业，邻里人等视若害虫，但自从分得三亩水浇地后，一反常态，对庄稼活不仅愿干了，而且会干，竟使人们对他刮目相看。

由此，社会秩序良好，以往发生的盗抢、截道剪径、勒索拐卖等案件可谓绝迹。许多人家不再将门户看得那么紧了。一个细节我终生难忘：有天晚上睡前我照例去上门闩，挂上"门吊"，母亲自自然然提示我："把门推上就行了，啥事也没有。"其实，闩上门本是举手之劳，也不多费事，而母亲却认为多此一举，充分说明一种对环境完全信赖的心态。

但随后不久又是蒋军的疯狂进攻，烧、杀、抢、奸，滥施暴行，故乡解放区陷入灾难之中。

幸而灾难不久即已过去，敌军为收缩战线，相继放弃了一些地方，至1948年初，仅余烟台、潍坊、青岛等城市尚为敌盘踞（稍后烟台又告收复）。鉴于胶东解放区遭受严重破坏，生产亟待恢复，上级领导又发出"节约度荒，恢复生产，提倡互助组，大力支援解放战争"的号召。军民同心协力，生产逐渐恢复，人民生活得以改善，社会秩序、人们的生存环境又渐渐恢复到前年的良好状态。这时地主、富农也相对得到妥善安置，同样是"耕者有其田"，自食其力，得以温饱。但也有个别的不劳而获者，如分浮财时因其穷而享受一等"果实"的二流子、混混，又挥霍成一贫如洗的"穷人"，故态复萌，手持空口袋到安分小户去勒索财物而被抵制，自感好景不再而绝望。我记得有一张姓无赖在妻子与其分手后又不肯"学好"，无奈而服毒自毙。对此无人怜悯，只有感叹而已。

总之，我们那片地方又恢复了并不富裕却欣欣向上、社会安定而共享清平的"夜不闭户"的日子，至于是否达到"路不拾遗"，我当时并未做调查，何况在那时候，纵有人不慎而所遗，恐也没有值钱的物件。

回想当年，仍不难得出这样的认识：只要方向对头，措施有力，政策把握得当，必然大得人心，社会风气向上，邪行空间紧缩，如此一来，所谓"夜不闭户"，不会只是一个美好象征而已。

村边苇席上的课堂

我在故乡解放区上小学直到上初中时，应该说是有两个课堂的。一个课堂在学校教室里，这里的主讲当然是老师们；另一个课堂在村边田头，夏秋之间坐在苇席上纳凉，纳凉的时刻其实也是在"听课"，有那么几年的时间里，主讲人是我的叔伯二舅曰润和我家东邻的三胖哥。二舅大半生走南闯北：下关东，去北平、天津，在大上海洋人餐馆当过两年学徒；还是一位京剧票友，地方戏剧种中，起码评戏、梆子、河南坠子也能唱两口，年将半百回乡结婚生女，又成为种地的把式，再也离不开家乡土地了。三胖哥年轻时在青岛榨油厂干过"外城客"（即跑供销），在德国经营的胶济铁路小五金门市部当过几天"账桌先生"（即会计），故乡解放后反而回到家乡，赶集下店做个小买卖，平时也是在家门口的两亩水田里种菜和水果树，尤其对莳弄樱桃和"高丽果"（草莓在我乡的俗称）很有一套技艺。但不论是二舅还是三胖哥，都是名副其实的"故事篓子"，曰润熟谙本地历史掌故，而三胖哥对于胶济、津浦铁路沿线地理风物耳熟能详。

我作为一名虔诚的学生，是每堂课（亦即每个晚上）都到的。还有两个学生，一是我的表弟，还有一个叔伯表弟（曰润二舅的侄子）。这课堂说小也真小，只有一领苇席的见方；说大也真够大，村边东西五十米，北南一直深入幽绿的青纱帐。哦，其实师生也不止眼前这几个人，看萤火虫灯会，听蟋蟀伴奏，还有夜风五味杂陈，我一面听讲，一面也在嗅觉中分辨着各种正在旺长着的作物的味道。

二舅、三胖哥演说的具体内容非常丰富、广泛。有的是历史故事，众所周知的如关公、岳飞、戚继光等还是百听不厌，因为旧的内容中还有新认识，表面上都明白了，细想还有疑问。与在课堂听讲不同的是：听者能够随机插话，总是有来有往，彼此都能受到启发，增加了不少乐趣，远比课堂上的气氛平等、民主。还有一些反面的和有争议的人物如韩复榘、吴佩孚、张宗昌和刘珍年，他们中大都是军阀，而且几乎都跟本乡本土关系紧密。吴佩孚是蓬莱人，在我县东面；张宗昌是掖县人，在我县西面，都是相距不远的邻县。二舅说吴是前清秀才，文人当了武将，外号"吴大舌头"；张宗昌是无赖出身，不过年轻时也卖过几天豆腐，他自己曾说过，我一生都要成为"带刀的"。年轻时刀切豆腐，发迹了以后挥刀砍人。二舅还念了两首据说是张自己写的丘八诗，"学生"们都忍不住笑，这次我母亲也出来纳凉，她听了也觉得好笑。韩复榘是山东省主席，至于刘珍年知道的人好像不多，其实也号称"胶东王"，他与比他还大的军阀张宗昌、韩复榘都交战过，很难说是为什么，无非是狗咬狗、争权夺地而已。一个有趣的现象是：韩复榘和刘珍年原籍都是河北，韩是霸县人，刘是南宫人，可后来都跑到山东地盘上较量，而最后却又都死在那位骂溜了"娘希匹"的蒋委员长手里。三胖哥曾在青岛和胶济线与德国人打过交道，他说德国制造"成色"比较可靠，就拿胶济铁路来说，修得就挺"瓷实"，道轨铺得很平，水杯搁在小桌板上，水一点洒不出来，可见车体晃动得很轻。但是，他也亲眼所见，德国鬼子也很残忍，为了修铁路占地，高密一带的农民起来抗争，德国兵开了枪，这场血案实在是惨。"忒惨！"三胖哥一再重复着这两个字儿。他最自豪的是对胶济、津浦和陇海铁路的熟悉程度：每一个车站，就连芝麻粒小站，所有的名儿他都记得，特别是蒋介石和阎锡山、冯玉祥中原大战的时候，他还要冒着枪林弹雨到河南那一带去收购黄豆和花生，什么民权、兰封、考城、马牧集，都打得很厉害，有一回没办法他只好钻进一大车黄豆里才躲过了枪子儿……（过后许多年，我才悟出焦裕禄同志工作过的兰考县就是当年兰封和考城两个县归并的。而兰封、考城这两个地名就始于听三胖哥讲课所得。）我最难忘有一次是我主动向二舅提问而引发出来的，这就是关于我县老县城当年的气派是啥样子。

曰润二舅对这个话题，一开口就眉飞色舞，他将老黄县的沿革也先交代了一番，自豪地说："咱们黄县是秦始皇建三十六郡时就设立的，起先在如今县城东面的黄城集，现在还是一个大镇，《三国》书上那个东吴大将太史慈就是这个疃的人。直到北齐天保七年才迁到现在这里建新城，城墙外面还有一道围子，城门里边还有阁门，讲究着哪！"他说县城最兴旺的时候是在抗战前的 30 年代，西阁外的老戏楼常有名角上演，赶上庙会时周围人山人海，多么牛的富家子弟票友想在这里票戏，至少也要先付三十块大洋才能露一手。西面三十里的龙口港的戏园子，北平和天津的名角常来演。别看龙口这港不大，可离天津不远，有定期的火轮船，来去方便，所以四大名旦、四大须生中有好几位都来过。他说老县城顶兴盛的时候有两千多家商号，大都"整"得很势派。甭说绸缎庄，就拿药店来说，西围门里的"登仁寿药局"，门前是小河、拱桥，河岸两边是用成千上万颗经过精选的鹅卵石铺的，有坡度有形，远远看去，嘿，漂亮，艺术！那时就有人说：来登仁寿抓药，还没进门病就好了一半。二舅说他对比了上海、北平、天津的中药房，也没见到有登仁寿这般气派。他的话还真不是夸张，因为我也亲眼见过。日本投降后我进城，登仁寿还在，就是 1947 年秋天蒋军进攻胶东，侵占我县城，为了修工事，铲平碉堡的射击线，便把"登仁寿"全平毁了。

以上是我压缩了又精简的叙述，便不难看出当年村边苇席上的"课堂"，两位"讲课"人所讲的内容，举凡史地、人文、经济、民俗种种，有许多是我在学校课堂上听不到的。而且只要讲者在、听者在，就没有学年，也没有"毕业"之说。

但对我而言，是止于参军之日，不得不终止了这"天地人"课堂的知识所获，而不得不作为村边苇席课堂的一名"肄业生"。

　　从此，我不见了那领苇席，也久别了两位义务讲课人。当我追忆时，已无法完全分清我所拥有的知识哪些是源于村边苇席上所得。但我只知道，多少年来，任我西至霍尔果斯边境口岸，东至普陀山顶，南迄三亚海滨，北到黑龙江抚远渔村，再也没有机会重回当年苇席课堂听讲的情景。后来我才发现，其实我一直没有放弃席子，哪怕不再听课，只是看一眼我和本村长辈坐过的席子也好。因为，故乡的一尺地，心中的一丈天哪！

　　终于有一天，我在新疆赛里木大草原珍爱地仰卧望天，突然一片白云飘来，与我的视线直上直下地凝住了。幻觉中，我觉得它就是我当年与长辈们坐过的那领席子，也许它一直在随着我的神思追踪着我（只是不知道席上有没有二舅和三胖哥），而我这么多年无暇注意罢了。

　　是它，我假定就是它，不，我确信就是它。它驮着时光，驮着人生，带着体温，穿过云烟。哦，这席子——云朵，洒下几滴雨星恰好落在我的唇边，我细品着，清甜，也有点儿酸。

刊于《散文百家》2016 年第 8 期

陈年旧事

邵 丽

　　小凡的母亲活到九十多岁才死，我不知道这是不是一件好事，因为小凡比她母亲早死了近三十年。这三十年她是怎么熬过来的，不得而知。如果不是小凡母亲的死，我真的也想不起小凡的死来。这事儿当时闹腾得挺大，沸沸扬扬的，成为全省一大新闻。不过，一直到最后也没有弄清前因后果，以不了而了之。

　　那一年很多事情阴差阳错，现在想来的确吊诡。我中专毕业，工作还未就绪，就又接到省城一所大学的录取通知。想着终于离男友近了些，交通也方便了。谁知好日子没过多久，到了秋天开学的时候，他也接到通知，要到上海一所法学院进修。我们见面更难了，写封信要好几天才能收到。

　　会不会因此而郁闷，现在想不起来了。反正在记忆里，那一年的秋天好像没几个晴天，天空总是阴沉沉的，让人心里格外不舒服。到了冬天，一个飘雪的傍晚，我和闺蜜到校外吃兰州拉面。回来发现男友给我留的一张字条，说是他有急事，回来了，让我在寝室等他，一会儿办完事过来。

　　我斜躺在被窝里看书，很晚了才听见他在楼下喊我。趴窗户上能看到他站在昏黄的路灯下，头上身上都是雪。我赶紧拿了把伞下楼，还没到跟前，他就急切切地跟我说，是邹主任把他召回来的，她家出事了。

　　出什么事了？我问。

　　他用奇怪的眼神盯住我，说，她的女儿被人杀了！

　　一团寒气攫住了我，在昏天暗地的雪幕里，我觉得简直像在梦境中，莫名其妙地浑身发抖。就在前几天，隔壁农学院也发生了一起命案，一个女生被人用砖头砸碎了脑袋。还没等公安开始侦破，凶手，也就是另一个女生，在学校门前以自杀的方式撞上了一辆载重卡车。

　　当时，我们闻风而动，蜂拥着跑去看热闹。警戒已经拉开，我们被挡在现场警戒线外。出事的两个人不住学生宿舍，租住在宿舍楼前的小平房里。后来我才知道，这自然是由于被害人家庭背景的特殊。那时虽然是冬天，但空气中弥漫着一阵阵热甜的血腥。血是从小平房的木门下边渗出的，黑乎乎的一摊。围观的人群中有死者的同学，他们在议论她。说她漂亮，穿戴时尚，挺和气的一个人……不爱交际，平时只和一个同班的女生出双入对。由于我们两个学校只隔着一条马路，学生间过往甚密，我们会串联到彼此的校区会友、吃饭，或者洗澡。洗澡是最为密切的交集之处，公共澡堂让我们很容易结识到新朋友。这是那个时代的特色，寒冷的日子，除了洗澡，想不出我们还能干些什么。

死者究竟长什么模样？我有没有见过？

对死亡的反应是恐惧大于震惊。反正我们好些日子不敢朝农学院跑，晚上熄灯后会有陌生女孩子的脸孔在床铺上方漂浮。

说起农学院的杀人案，我男友说，死的就是他们邹主任的女儿，叫小凡。天啊！小凡我是见过的。我男友在机关办公室当秘书，我去看他，很偶然地与她相见。女孩伴在妈妈的身边，男友说是主任的女儿。她和气地冲我们点头，戴着厚片眼镜，白白净净文文气气的一个女孩子。虽然谦和有礼，但那种骨子里的尊贵还是能感觉到。

小凡！怎么可能有人杀了她？我震惊的程度不亚于那天的案发现场。

一

小凡的父母都是高级干部，父亲是从东北南下的。母亲是湖北红安人，家乡是著名的将军县，她也是很早参加的革命。她是小凡父亲的第三任妻子。小凡也是他们俩唯一的孩子。

当时小凡的父亲是地委书记，一个近千万人的地方的一把手。据说他在新中国成立前就有很高的职务，因为婚姻问题，也有人说是作风问题，连着降了好几级。这在那个年代，在他们这些老革命身上，都是很正常不过的事儿。小凡的母亲是地区司法处的办公室主任，能写会画，据说过去在文工团待过。

邹主任有几次安排我的男友和司机过来接送小凡，他可以趁机来看看我。但我和小凡却一次都没再遇见过。关于那个叫小凡的女孩，男友也极少谈起。恋爱中的年轻人，见面热切，我们不可能把时间浪费在别的人身上。

因为接小凡，男友认识了小凡的同学，也就是后来杀死她的那个女孩。她叫王梅，据男友讲，她个子不高，胖胖的，圆圆的饼子脸，鼻梁上散落着不太明显的雀斑。

她为什么对小凡痛下杀手，到后来也没弄清楚。据说是小凡的父亲不让公安继续调查下去了。杀了小凡之后，这个孩子也自杀了，钻到一个正在拉水泥的载重卡车轮子底下，据说死相惨不忍睹。

对于小凡的父母来说，老年丧女，而且是他们唯一的孩子，这种打击带来的绝望别人是不能体会万一的。尤其是小凡的母亲，身体不好，神经衰弱，饮食也很差。小凡死后，她几乎变成了一个木头人，很少说话。

邹主任让我男友赶回来，是帮助他们家整理、修订来自全国各地的亲戚朋友怀念小凡的文章和诗稿的。他们的家族特别大，朋友战友也很多，寄来的诗稿、文章叠床架屋。我男友那时候是一个小有名气的诗人，文章写得也好。也正是通过男友，我对小凡的死有了大概的了解。

男友说，小凡和王梅是高中同学。王梅家庭困难，从和小凡做同学开始，她的学费和日常穿用，都是由邹主任资助的。后来高考报志愿，也是邹主任包办，说是为了相互照应，让她们报了同一所学校。但王梅那一年的考试成绩，比小凡高了二十多分。

在小凡的遗物里，最多的就是她和王梅的合影，两个人的头靠在一起，像亲姐妹一样。只是小凡太过于漂亮，更衬得王梅有点呆。小凡的家里人说，每次小凡买衣服，都会有王梅的一份。在学校里，开始她们住宿舍上下铺，后来因为王梅的孤僻和神经衰弱，邹主任应小凡的要求，每个月出二十块钱，给她们租了学校的小平房。两个人天天形影不离，每个周五，小凡的妈妈派人把她们接回去，周日下午再把她们送回学校。小凡的父母也确实把王梅当成自己的闺女了。

让小凡的家人最不能接受的，是王梅对小凡和她家人莫名的仇恨。她在遗言中连着写了几十遍"我受够了！我受够了！我受够了！"。那种绝望和愤怒，现在想来依然令人毛骨悚然。所以，这事儿发生后，小凡的外婆，一个精神矍铄的老地主婆，不断地絮叨小凡的母亲，说一碗米养个恩人，一斗米养个仇人。过去咱们老家，越是对长工好的地主，最后死得越惨。

"包括你爹！"她恶狠狠地用手杖敲着地板。

"所以啊，人，就没有满足的时候！"她总是要补上这一句。

莫非，王梅是因为嫉妒杀死了小凡？这个说法当时几乎是大家的共识。

每当听到岳母的这些话，小凡的父亲便会严厉地制止她的胡说八道。这个从战争中走出来的高级干部，对人民群众的阶级感情压过了他的悲伤。他安排秘书给王梅的村人送些钱物，让他们给孩子善后。他认为，两个孩子之间，不管谁对谁错，人已经不在了，就都是受害者。

二

事情过去很久，那时候男友已经从上海进修回来当了律师，我们也结婚了。有一次我们聊起这件事，他说为了做案例分析，后来他曾认真地调查过王梅的家庭出身和成长背景。

他说的情况让我很是吃惊。

王梅的父母都是阀门厂的工人，他们为什么离婚，王梅到死也不清楚。那时她只有四岁，父母有一天说要分开。妈妈收拾行李，她蹲在门口看热闹。那时候离婚，家里也没什么财产，房子是单位的公房，所以两人大路朝天各走一边。只是临到跟前，仿佛才想起有个孩子，两人都不肯要。推脱不下，直接把还没搞清楚事端的王梅扔在了大街上。

那是寒冷的冬天，在寒风里瑟瑟发抖的王梅根本不知道发生了什么。行人和街坊邻居都立在街边看热闹，没有人同情关心她，他们只是等待着故事怎么结尾。站在人群中的王梅，最终从周围的讥笑里，知道了羞愧二字。她还不到分辨是非的年纪，把父母的羞愧完全承揽于自身。"羞愧"这两个字，几乎影响了她短暂的一生。

后来有人通知了她的祖母，一个面恶心善的老太婆。她赶过来把孙女领回了家。祖母寡居多年，儿子结婚后，她独自生活。祖母先把那对狗男女骂了千遍万遍，回头又骂王梅是扫帚星。但毕竟祖孙之间还是打断骨头连着筋，王梅被祖母领回家中，总算有了栖身之所。

妈妈给了她什么呢？她爱她吗？爱多少？王梅还是想妈妈，小小的人儿已经有了心机，她竟然打听到再婚的妈妈住什么地方。有一次她偷偷跑去看她，躲在破败肮脏的墙角。等一天，才看见妈妈从外面回来。她发疯般地跑向妈妈，扑过去抱着妈妈的腿痛哭。妈妈慌慌张张地把她领到一个小卖部里，买了一盒饼干给她，再三嘱咐她说，再也不能过来了，否则她也会被赶到大街上的。

王梅怀揣着那盒饼干回到祖母家，招致的是一顿暴打。并被警告说，再敢去见那个不要脸的女人，还把她扔在大街上！

从此，她再也不敢在祖母面前提及妈妈。她又偷偷地去过几次，站在暗处看那个神色惶恐的女人。她憔悴、疲惫，脸上从来没露出过一个母亲应该有的慈祥。从心里，王梅觉得离她越来越远。极有可能，她的妈妈也是这种想法；不久，妈妈就随着新家庭迁去了外地。

哪个"外地"？有多远？王梅再也没有得到她的任何信息。

祖母睁开眼睛就骂人，骂她的爹，骂她的妈；骂她吃得多，骂她穿鞋子太费，骂她头发辫难梳，骂她睡觉磨牙……小妮子却在祖母的咒骂中一天天水灵起来，衣服穿得整齐，辫子梳得周正，祖母的骂里又加了新内容：小死妮子，你也会笑啊！

确实，她只有那个时候会笑，后来再也没有过。

祖孙俩相依为命，王梅过了几年温馨的日子。十岁那年，祖母正在烧火做饭，一头栽地上死了。

奶奶死了，王梅一滴眼泪都没落，跟着父亲回到了他的家。只是出于无奈，父亲收留了她。继母指着她对她的父亲说，白眼狼，谁养也白瞎！父亲是一个懦弱的人，日子过于艰辛，三十几岁就谢了顶。卑琐的穷男人，每天全部的愿望就是晚上的二两劣质白干。喝了酒，两个眼睛才会泛出光亮，才会对他的女人有了身体的欲望。为了每天那一瞬间的快活，他对他的新妻唯命是从。结婚这几年，又连着生了两个孩子，日子紧得喘不过气，又总是穷着。王梅几乎承包了一家人的活计，洗衣做饭什么都干。后妈不打她，只是指示父亲打她。放学回来的路上跟同学多说一会话，父亲提着耳朵能把她扔出老远。很长的时间里，她的一只耳朵是没有听觉的。她熬下来了，对于她来说，有个屋檐，就是最大的福分。她不恨她的父亲，后来他死的时候，她也不曾为他哭泣。但她一直都记得，有一次放学回家，无意间看见父亲蹲在路边的树丛里，狂热而专注地吞咽着一块猪头肉。吃完了，把手埋在土里使劲揉搓，唯恐留下痕迹。他在偷吃，馋急了，若是被继母发现，绝对又会是一场大闹。王梅的眼泪夺眶而出，她不再恨这个男人。

祸不单行，在一次工厂事故中，王梅的穷父亲遇难了。继母领到赔偿金，直接把她送回到父亲的老家。村干部出面把她收留了，交给一个五保户寄养。靠着村民东拼西凑，她终于坚持把中学上完。王梅也争气，没有辜负大伙的期望，考上了市里的重点高中。

　　小凡是在高中结对子帮扶的时候认识王梅的，这个出身于官宦之家的千金小姐，被王梅的独特性格深深吸引。她天不怕地不怕，独立，外表自尊，说话办事总是胸有成竹的样子。可能更重要的还有她的贫穷，那贫穷握在王梅手里，像一件闪闪发光的利器，夺人眼目。在那个时代，富裕就是耻辱还是一种共识，而安贫乐道则是一个比较被赞美的词。

　　小凡衣来伸手饭来张口，对轻而易举就能实现的愿望麻木不仁，甚至有些倦怠，她从来不懂得贫穷意味着什么。但从王梅身上，她看懂了。

　　两个人做成朋友，是小凡锲而不舍追求的结果，这让王梅有种被逼无奈的感觉。小凡第一次把她领回家中洗澡，当她看到王梅穿着两条内裤的时候，大惑不解。王梅在她面前大方地脱去内裤，平静地告诉她，两条内裤都有破洞，但是不在同一个位置上，两条一起穿才能遮住屁股。

　　当时，不是王梅，而是小凡，感觉到羞愧难当，为自己生活在一个锦衣玉食不劳而获的家庭。

　　从此，作为独女，小凡就把王梅当成自己的亲姐妹，而且这个空旷寂寞的革命家庭也乐意接受她——我常常揣测，这到底是爱还是怜悯？是小凡喜欢感受王梅被爱包围的样子，还是喜欢因为对王梅施爱而崇高的自己？

　　开始的时候，王梅还故意躲避这一切，随着时间的推移，尤其是小凡家庭的积极介入，王梅逐渐适应了这一切。但面对突然来到眼前的东西，王梅并没有喜形于色，更没有那种无法跨越阶级的休克感。

　　任谁都不可能想到，会发生后来的一切。

　　从这个故事的内在逻辑看，始终不能解释王梅为什么要杀小凡，而且，她们的同学也从没有看出她们之间有什么芥蒂。在出事那个星期，王梅和小凡是在小凡家一起吃过晚饭去的学校。王梅爱吃包子，小凡的妈妈还专门给她们带了一兜包子。

　　据后来大家比较一致的意见，说王梅是因为在与小凡的比较中，看到了自己未来日子的全部，因而产生绝望而杀人。这样说虽然全是猜测，但也未必不是道理。我曾经看过一个资料，意思是说很多人认为，个人所获得的社会经济地位是由其能力和努力所决定的。其实真实的情况并不如此，个人的努力虽然重要，但不是决定因素。尤其是所谓的富二代、官二代，他们的优势并不仅仅在于对物质财富的继承，更重要的是，通过家庭所传递的文化资本和社会资本，是贫穷家庭的孩子几乎接触不到的，而这种不平等，才是他们根本难以逾越的。所谓"我奋斗了十八年，就是为了跟你一起喝咖啡"就是这种心酸的现实写照。父母的文化涵养、社会交际这些无形资本看似无关宏旨，但这种家庭环境的耳濡目染能够让子女见多识广眼界开阔，文化上捷足先登，使得他们最后的成功表面上看起来完全是个人努力的结果。所以，对于文化资本、社会资本都极端匮乏的社会底层子女而言，他们永远不可能与优势阶层子女置于同一起跑线上，也就很难取得所谓真正的成功。也就是说，真正残酷的现实是，人从一出生，就基本上决定了自己的未来。

莫非，王梅就是看到了这个巨大的黑洞而感到了恐惧和绝望，才愤而杀人吗？

其实，时过经年，我越来越喜欢从世俗的意义上思考这个案件，我宁愿相信，它是"爱"惹出祸端。小凡拥有那种与生俱来的爱与被爱，与父亲母亲的亲近，即使上了大学，回家仍然可以坐在父亲的膝头撒娇；还有众星捧月般的呵护，尤其是那么多优秀的男孩环伺左右，他们为小凡的一个表情欢喜或忧伤，在意她些微的情绪，刻意放大并反馈给小凡。所有这些，打造了一个密不透风的金钟罩环护着小凡。而始终在她左右与她形影不离的另一个女子，却被人漠视到几近于无。对于王梅来说，一辈子见不着这些，也就无所谓了。但离"爱"如此之近，她却感受不到丝毫温暖，甚至还可能是一种冰凉刺骨的感觉。也许在那一刻，她真的被"爱"伤害到窒息了。

三

有些情谊，若不是被另一些局外人拆穿，可能一辈子都深信不疑。但是某一天，你突然看到了真相，被震撼的疼痛要延续很长一段时间。不过，时间久了，慢慢就麻木了，就像我此刻坐在这里书写，如同讲述别人的故事。

我的生长环境不及那个叫小凡的女孩。我的父母是地方干部，他们都是不善对孩子施展温情的人，但我们不至于缺少父母之爱。与别的孩子比起来，还算是在不错的家庭环境中成长吧。我和小凡大抵可以划成同一类人，我们的缺点是，不会设身处地去考虑别人的感受，一厢情愿地以自己的思维去理解周围的事物。我们也有优点，心中没有恶，遭遇到的幸或不幸都对我们构不成大的影响。感性、轻信、容易被感动。哪怕有失望，很快就会点燃起新的希望。不记得在哪里看过这样一句话，童年成长的环境，可以奠定一个人一生的生活态度。

上大学时，八个人一间宿舍，六个人都是来自农村。另外的那个城里的女孩，父母是下岗工人，比农村的孩子只是多了更多的不平和怨怼。她们对我客气着，却像私下商量好一样，都不与我多说一句话。学校先是指派我当班里的团支书，接着又让我做系里的团委书记。我能感觉到我的优越让她们反感。我极努力地想与大家搞好关系，买水果、买点心给大家吃。她们当我的面都不吃，若我出去一会，顷刻之间就没了，什么都不给我留下。不知道都谁吃了，更不会有人说一句感谢的话。宿舍脏得让人掩鼻，谁都看不见，卫生几乎都是我一个人包揽。我真诚地想要和大家做朋友，她们却视而不见。

青青是那个时候帮助了我（请原谅我不能说出她的真实姓名，这是对一个人的尊重），我曾经多次对我的女儿谈及青青，称她是我大学时期最好的朋友。某一天，她从汗流浃背的我的手里接过拖把，帮助我一起承担为集体服务的工作。青青对宿舍里的人说，她在家里什么农活都做过，她身体棒，不干活会歇得骨头疼。我觉得她那时是真心想要帮我，是看不惯大家对一个人的孤立。

后来的一切都是我强加给青青的，我死缠烂打地做了她的好朋友。青青良善，她拗不过我。青青的家庭状况不好，姐弟四个，她是老大。父母除了种庄稼，连村子以外的地方都很少走动。她是完全靠着每月十八元助学金生活的孩子。她自尊，吃饭总是一个人躲在角落处，一份咸菜将就一天。我每顿饭多打一份菜，一定要腻着和她一起吃，并骗她说吃不完就要倒掉，而且还真倒了两次。于是，她只好吃掉剩下的那一半。我送给她生活用品，担心她的棉衣不能抵御郑州干冷的冬天，把妈妈新做的棉袄送给她，回家谎称丢了，让妈妈给我另做一件。我吃任何零食，若是青青不和我一起吃我就觉得不香。她不在，我就留下一份给她。我喜欢这个女孩，善解人意、淳朴厚道，说不上有多漂亮，但看久了，觉得哪里都是好看的。青青是个懂得感恩的人，后来几乎包揽了我所有的劳动，洗碗洗衣服，换洗床单被褥……无论我怎么阻拦，哪怕闹到翻脸，她仍然去做。我们几乎是形影不离，看电影逛街，包括她相对象，都要我跟着拿主意。我不喜欢的男孩，她再不肯与人家见第二次面，她绝对听从我的意见。

毕业的时候我们都哭了，舍不得。那时是大学生稀缺的年代，我分到了机关，青青分到老家的县上。我从未怀疑过她的能力，聪慧，勤勉踏实，又善于学习。踏入社会，我们各自成家立业，对她的每一点滴消息我都在意，为她高兴，为她的成就骄傲。但毕竟天各一方，几乎很少见面。

毕业二十年同学会的时候，青青已经做了一个地市的副市长。我注意到了她的变化，衣着讲究，搭配得体，外套里面的小背心都是名牌，细节处更见功夫。我们相见甚少，难得有坐下来聊天的机会。好容易聚在一起，我一直看着她，难掩内心的激动，想着有很多话要说。可不知道为什么，她始终躲避着我，不给我说话的机会。终于趁她起身去洗手间的时候，我尾随而至，热切地揽住她。她也表达出欣喜，但很快便挣脱开。她几乎是急切地、略微有点祈求地对我说，她不想再回想过去的事情，毕竟都过去了；弟弟妹妹都考上学进城了，父母亲也被接进城里。感谢老天，现在的生活很好了。

"过去的一切，都别说了，好吗？"

过去？一切？我陷在一种迷茫之中，一场聚会都不知道再说什么。聚会结束后很久，我遇到同宿舍的另一个同学，我记得大学四年我们几乎没有说过几句话。她说，现在我们越来越知道了你的好，你是真的真诚、单纯，我们中间任何一个都比你想法多。唉！那个时候，我们都觉得你是在欺负青青。

几个月，甚至几年之后，我才慢慢平复。放在彼时彼景里，是我在利用青青，还是青青利用了我？我和她的友情之间，是她伤到我，还是我伤害她更多？

记不清楚是哪一年了，在北京遇见小玲，我和她曾经一起在某学院进修过。见面很意外，但是小玲非常热情，虽然时间短暂，但她执意要和我聊聊往事。她说，你和某某联系过吗？我回答说没有。她说你知道吗，当初某某还给你的两千块钱是我们大家凑的。

某某？还我两千块钱？我本来因为赶时间而不想聊天的急躁一下子被这句话冲散了。我们在酒店大堂的茶吧坐下来，点了两杯龙井。

我慢慢记起某某的一些往事，一个从偏远省份来北京寻找生计的女子。说起那种为某种个人偏好的进修，大家都是从全国各地蜂拥而至，然后像退潮的海水一样，哗啦一下就散了去。而且散就散了，散得彻底，绝大多数人可能一辈子都不能再见面。某某是一个热情的女人，渴望温情，善于倾诉。很可能在某一个下午的私密诉说中，某一个故事的某一个节点打动了我。我与她做了朋友，倾听她的诉说，安慰她。我们那时无话不谈，一起吃饭、睡觉，相处得闺蜜一样。她是两个孩子的母亲，两个孩子不是一个父亲，现在她独自带着两个孩子生活，没有固定工作，大约是在某个单位帮人搞个策划写点文章什么的。她自己这样说，但是至今，大家都不知道她写过什么。有一次，大家聚在我的房间聊天，我忙着泡茶，就请求她帮忙，把一个柚子剥开给大家作茶点。我转身的工夫，她就把事情搞定了，完整的柚子被她用刀连皮切成了细碎的小块。所有的人都笑了，我开她玩笑，亲爱的，柚子是剥开一瓣瓣分开吃的，咱没吃过柚子啊？完全是无心之语，又加之亲密。她后来跟很多人控诉，说我看不起她。我听说这件事情后，没有心生芥蒂，反而向她道歉，我真不知道她从没吃过柚子。即使没吃过，又能如何呢？反正这件事情没有影响我对她的友谊，我有时逛街，遇到喜欢的书或者孩子用的东西，还会给她带一份。

过了这许多年，通过小玲的叙述，我才知道我所有对某某的关爱，都成了我的罪状。她一边受之无愧，甚至表现得感激不尽，一边却不住对别人控诉我的施舍羞辱了她。就在这中间，她哭着向我求助，说她与第一个丈夫离婚时，女儿是判给她抚养的。她这次来北京进修，女儿寄养在前夫那里。前夫不停地打电话写信威胁她，如果不按照双方商定的条件，每个月给他五百块钱抚养费，就把女儿给她送到北京来！她无计可施。后来，她让我借给她两千块钱，先应应急。那时候没有银行卡，汇钱也非常麻烦，我身上的钱不够，就跑着找朋友凑了凑，给了她两千。而我却断了花销，几乎好几天都是靠方便面打发的。后来这钱她一直没还，我也根本没想着要，更未对任何人说起过。若不是被小玲提起，早已经被我忘到九霄云外了。

小玲惊得眼珠子差点掉落，她张大了嘴巴惊叹，天啊，她没有还你钱？我点点头，不知道说什么是好。小玲叹道，她在我们面前控诉，说自从借了你的钱之后，看到你就像脖子上勒了绳子，你高高在上地压迫着她，她每天呼吸都很困难。大家出于对她的同情和对你的愤怒，凑了两千块钱，让她立马还给你！

我悲愤填胸，却又无言以对。只是分手的时候我对小玲说，若是我再见到某某，我一定讨回那两千元。我觉得那不是钱的问题，那是钱根本解决不了的问题，它比钱要大很多！

谁能想象，几年后，某某竟然找上门来。她来这个城市，要写什么电视剧，一定要和我见一面。她是要还回那两千块钱吗？我心中吃了虫子一般厌恶，几次三番推脱不过，碍于面子，请她吃了个饭。

她这些年过得肯定不好，生活艰辛留下的痕迹都堆在脸上身上。我不知道该怎样形容她的穿着，总之是一副霉相。她说，来我们这里写剧本，因为有我，让她觉得这个城市很暖心，她希望能在这里一如既往得到我的帮助。但她丝毫未提还钱的事，一个字都未提。到底是硬不起心肠替自己找回公道和为小玲他们讨还那份欺骗。其实仔细想想，对她的惩罚，生活已经兑现了。眼下，我只想远远地逃开，再也不要见到她。

再也不！

四

我们家属院就在单位楼下，所以上下班很方便。最近因为劳动力紧张，单位换了几个年龄大的保安，还找了一个进城的农民看车棚。没有多久，这个农民就把老婆和孩子搬了过来，一家人就住在车棚里。夫妻俩很勤快，打扫院子和楼道，有时候还帮助大家搬提一些大件的东西，所以院子里的住户，对他们都很客气。

他老婆没什么工作，就在院子里靠收废品增加些收入，有时候还在门口挂个牌子，收外面的废品。开始院子里的人颇有微词，害怕不安全什么的。后来时间长了也没觉得给我们的生活制造什么麻烦，大家也就不再说什么了。

我们家人少，有时候有些旧书旧报或者快递发来的纸箱子什么的，我都让家里的保姆送给他们，从来没收过钱。有时候家里吃不完的东西，不喜欢存放在冰箱里，也送给他们。一来二去，他们一家人跟我家保姆建立了很好的关系。有时候保姆回家休假，会把狗狗寄养在他们那里。家里的花花草草快养死了，保姆也会搬到他们那里，让他们把花盆当废品卖掉。

有一次，因为天气骤变，我回家取一件衣服，发现那个农民正在我们家中忙着往外搬东西。原来是保姆收拾东西，一些过季的衣服，鞋子什么的，她都做主给了他们。

　　过去这些东西也都是保姆负责处理的，我从来也没过问过，所以当时我没说什么，取了衣服就走了。中午回来，我对保姆大发雷霆。自己也不知道哪来那么大火气，反正总觉得有一股无名火在心里顶着，不吐不快。说些什么我都忘了，主要意思就是，她不该把一个我们并不了解底细的农民领进家。最后警告她，不经我允许，今后不能把任何人领到家中来！

　　发过脾气，我也没怎么把这件事放心上。过了不久，保姆说是家里有事，辞职走了。新来的保姆人不错，很快就跟那家人处得很好。但我没忘记提醒她，不要往家里领陌生人。

　　那年临近春节的某一天早上，我刚刚起床就听到有人敲门。开门看看，是车棚的农民和他老婆站在门口，两人都是满头大汗。他们的身后放着十来盆花木，都是过去保姆送给他们的，谁知道他没扔掉，都细心替我们养着。男人站在我家门外，把花一盆一盆地搬进我家门内，任我怎么让他，他就是不肯进来。

　　那一阵，我真的很惶惑，也很愧疚。

　　终于搬完了。男人一直跟我津津有味地介绍着几盆花，说当时人家卖花的怎么黑心，盆里的土下面都是塑料泡沫，他只好跑到工地上淘些土。还说起那两盆牡丹，要多少时间浇一次才能按时开花，水不能太多，太勤。

　　我走出门外，坚决把他们俩往屋里让。他现出一副被烫着似的表情，拉着老婆逃也似的走了。

　　那年的大年初一，因为女儿一家要回来过年，我特意提前几天在楼下的饭店订了两桌年夜饭，其中有留给这个农民一家的一桌。谁知道没等过年，他们就回乡下去了，说是大儿子要结婚。过了年，他们也没再回来，看车棚的也换了人。我也曾打听过他们的消息，院子里的那么多人，竟没一个说得清楚他们从哪里来，又去了哪里。

刊于《莽原》2016 年第 6 期

响云香纱

韩小蕙

　　到冼星海故乡广东南沙榄核镇时，意外地撞见了香云纱。

　　和这个美丽尤物的渊源，似乎前世就已注定，眼前立即出现了几位仪态万方的女性，比如宋庆龄主席，比如赛珍珠女士，比如林巧稚大夫，仿佛都留有身着香云纱衣衫的美丽倩影。另外在命运深处，好像还模模糊糊回到了童年烟黄色的印象里，我奶奶也有这样一件外黑内焦、往右大幅度扣帕的夏衫，只有在重要场合才会穿上它。摸一摸，硬硬的，沙沙响。不过奶奶会打手，说金贵，不让摸。诡异的是，那时我们家是工薪阶层一员，柴米油盐处处都要很节省，对于那贵族专用之香云纱的来历，大人们皆像回避鬼魅一般，不准问。

　　当然也还有文学的份儿——记得王安忆的作品里，王琦瑶们也穿过香云纱的。更不消说张爱玲，她笔下的老爷太太少爷小姐们，也绮丽地穿着它们登上场来……

　　如今社会上盛行一股风气，怀旧。无论是绫罗绸缎，还是桌椅板凳，更兼一切农耕文明时代的工具器皿老物件，比如锹、镐、锨、铲、斧子、凿子、刨子、钳子、杯、盘、碗、碟、牛车、马辔、羊鞭、磨盘、辘轳……只要是手工制作，皆属上等好货色，令人心向往之，甚至传说能像在草原追寻到牧歌一样心旷神怡。这从大概率来说是有道理的，看看我们身上身下、身前身后的所有物质，还剩下一些什么没被"化学工业"染指？说来，人类的"堕落"在加速度，早年是塑料魔王为代表，今天的"大敌"是手机。

　　工业化就已经够呛啦，网络化、大数据则越来越让人喘不上气来。只有绿色农业的果实，才是天使的孕儿。

　　香云纱便姓"农"。它的缺点是显而易见的，就像农家蜂蜜里沤着几只小蜜蜂一样，让人的视觉不爽。它厚厚的，硬硬的，一副僵滞的"倔驴表"，一点儿也没有最潮流丝绸的那种如影随形和歌波诗浪；它的颜色是死板的烟黄加土黑，即使近年试制出了一些鲜艳的花色，却也缺乏天上流云和水中鱼儿的灵动，而这股机灵儿早已成就了现代衣料必备的魅惑力；它的易皱性也是一个绕不过去的麻烦，在人人争分夺秒奋做低头族的 21 世纪里，谁还愿意像四十年前的家妇那样浆洗熨烫？而且它实在是太贵了，动辄上千元一米，穿衣成本这么高，就不得不导致了着装时的不流畅和不自由，还得加上在众人面前炫耀它所付出的心机与口舌……

大抵它唯一的优点，就是具有农耕文明的朴实与憨厚。

一白遮百丑，这倒成了它所向披靡的力量。同祖，同宗，同源，同理，这也是所有最本真的自然物在今天的高贵之所在——在我们这个超级疯狂的大众消费时代，唯有这最本色的朴憨是大众所消费不起的，因为它的数量实在太少太少，那个叫"大自然"的小村子，远远接纳不了这么多蜂拥而至的游客！

话说制作香云纱的过程，真是比种稻子还艰苦得多！要经过反复多遍浸莨水、煮绸、过河泥、摊雾等繁缛的工序，才能使原来柔软的绸缎变为敦厚的香云纱底料，打包成为商品。首先要做的，是需备好三样原料，一是经过煮练的真正土丝绸。二是薯莨，一种南方的藤本植物，它生长在地下的茎块形似芋头，但比芋头个儿大许多，外表紫黑内为棕红色，含有单宁酚基的氢键可与真丝织物中的丝素胶朊多肽键结合，使得绸缎表面形成一种涂层；先期是要将那些长着尖刺、形象怪异、桀骜不驯的茎块粉碎、榨取、过滤，然后取其汁液，以备晒莨。三是取来广东佛山地区，包括南海、顺德、三水等地的河泥，以灰黑色为佳，不可受过污染，这是保证"过河泥"这道工序的关键；而"过河泥"又是晒莨的关键，必须在日出前进行，首先要将河泥均匀搅拌成糊状，平涂在绸面上，再用刮板刮均匀，抬到草地上平摊开，以保证河泥与薯莨充分接触起化学反应。

这就对晒莨的场地要求很高。何谓"晒莨"？我的俗解就是一个"晒"字——把那高贵的薯莨纱晒出来。"薯莨纱"即"香云纱"，最初由于穿着走路会沙沙响而得名"响云纱"，到了江浙一带讹传为"香云纱"，特立独行的上海人以其近似香烟的颜色俚称为"香烟纱"，到了北京又糊里糊涂地被叫作"靠纱"，其实最早在它的原产地广东是被正宗地称为"莨纱"的。晒莨地必须是篮球场那么大的一片平地，先糊上河泥，再铺上一层细砂，再在上面密植 1—2 厘米厚的青草，草身不能过软，因为过软就承受不了绸匹的压力。绸匹放在草皮上晾晒时，既可使绸匹保持清洁，又因草类受天地雾露滋润而得到的湿度便于充分吸收薯莨水，使纱品达到柔润亮泽的效果——这做法、这原理、这成功的奥秘，不知是祖祖辈辈中哪个智慧的老祖宗发现的。整个晒莨工艺全部是手工，工人们不分昼夜劳作，直到气候和温度条件再不宜于晒莨为止……唉，请注意，是不适合"晒莨"而非不适合人的工作条件，恰正符合中国这个古老国度的传统价值观：物为上，人为下；香云纱少少而价贵，晒莨工人多多而命贱！

一百年就这么过去了。不，从目前发现的最早薯莨麻织物算起，那块诞生于晋朝太宁二年（324）的出土宝物，证明薯莨染整技术已至少传承1700多年了！

2015年暮秋，我就因为这一系列传奇，在榄核镇参观了一间小小的晒莨作坊。我似乎惊讶又不惊讶于它的简陋，愕然又不愕然于它与1700年、与我美丽的想象之间，有着那么辽远的差距：也许是刚出生的创业阶段吧，它很像20世纪农村大包干初期的家族制小染坊，只有三间开放式屋子，一只灶台好像是在煮丝，热气熏天地冒着白烟；一个角落里堆着薯莨茎块；所有烟黄色"粗布"也都堆在地上——它们将在痛苦的涅槃之后变身为通体金贵的"火凤凰"。

2008年是个里程碑，"香云纱"正式入选国家级非物质文化遗产名录。紧跟着而来的是香云纱的价格不断被推向新高，我觉得，这回似乎是含有某种社会进步的因素在其中，因为它就像辛苦种田一样，已经没有几个青年人再愿意忍受这份大苦了——大太阳地里晒，大桑拿天里烘，大暴雨中淋，大风中鞭打，大毒虫叮咬，大湿气熏沤，大师傅叱骂……黄河九曲十八弯，历史惊人地回了个头，人与香云纱再度同命运，而不同的是这回终于走了一个螺旋形，纱的价格越来越昂贵的同时，人的价值也相应在上涨——哦，如何能既保持非物质文化遗产的传承，又免去其中的劳作痛苦呢？白云悠悠，飞去又飞来，它们为什么就已获得了汪洋恣肆的任性？

真是无巧不成书，回到北京，恰有一女友来电，说时装店里有新品香云纱上市，非常漂亮，无比华贵，要不要去看看？我想起那满是薯莨残渍的小作坊，想起在青草地上发生的数十遍"晒莨"以及沉重传出的喘息声，想起T型台上那些穿着香云纱飞来飘去的仙女们，心一紧，冲口说出了三个字："谢谢了！"

刊于《人民日报》2016年5月30日

沉鱼落雁花愁颤

马瑞芳

中国古代历史长河和文学描写中，美女如云。为什么人们对美女话题百说不厌？除了爱美是人之天性外，还因为"美人和江山"这个规律性问题，成为深刻的文化现象、社会现象、政治现象。美女话题，不是世俗甚至庸俗话题，也不单纯是女性话题，而是重要的文学话题、政治话题，是国粹，是传统文化。

那么，美女有没有标准？中国和外国的标准相同还是不同？

中国和外国对美女的标准有时候好像不同。1986 年在哈尔滨国际红学会上，纽约大学历史学家唐德刚教授说：如果拿西方标准衡量《红楼梦》，十二金钗没有一个符合西方对美女的要求。西方讲究三围，要求胸围 32 英寸，腰围 22 英寸，臀围 36 英寸。拿这个标准来对照《红楼梦》的人物，林黛玉肯定不够，晴雯也不够，薛宝钗可能还是不够，大概只有傻大姐够。当时我就反驳唐先生：傻大姐不可能够，因为傻大姐傻吃闷睡干粗活，她的腰像水桶，哪儿可能有玛丽莲·梦露那样的水蛇腰？这番"论争"把来自五湖四海的中外红学家都乐坏了。中国最美的小说《红楼梦》美女成群，但是拿西方观点衡量，一个美人儿都没有！岂不成了笑话了？

西方对美女要求是什么？黄金分割。要求身体各部位有固定比例：头部、颈部、肩部、胸部、手臂、手、腰、腹、臀、腿、脚，互相之间有非常严格的数字比例，不符合比例，就不能算美女。

其实，西方黄金分割的要求和中国古代对美人的要求一致。中国古代对美女形体要求达到两个字：美钧（＝美均）。美要和谐匀称、恰到好处。

西方美女哪一位可以拿出来作为看得见的标准？维纳斯。西方公认的美神。

维纳斯在希腊神话叫"阿佛洛狄特"。哪儿来的？从大海的泡沫中诞生的。西方认为，神仙都住在奥林匹斯山上。《神谱》一一叙写这些神仙从哪儿来，他们之间的亲缘世系，长什么样儿，什么脾气，分管什么职责，如管智慧的智慧之神，管美丽和爱情的美神和爱神，管战争的战神。《神谱》这样写维纳斯的诞生：地神该亚和天神乌拉诺斯有很多子女。三个儿子威力无穷，他们长着100只胳膊，50个脑袋。儿子这么强势，父亲很嫉恨。儿子们一降生，父亲把他们藏到大地深处，不见阳光。最小的儿子克洛诺斯鬼心眼儿多，想抢班夺权。他在母亲的帮助下准备了一把镰刀，埋伏起来。当父亲乌拉诺斯来时，克洛诺斯飞快地割下了父亲的男根，把这块肉扔进翻腾的大海。这块西方谓之"不朽的肉块"，在海上漂流很长时间。忽然，一簇白色浪花在肉块周围扩展，在浪花中诞生了一位绝美少女，她来到塞浦路斯，成了美丽可爱的美神。在她娇美的脚下，绿草成茵。因为维纳斯在浪花中诞生，希腊语浪花叫"阿佛洛斯"，所以希腊人把维纳斯叫"阿佛洛狄特"，意思是"在浪花中诞生的女神"，在罗马神话中叫维纳斯。

维纳斯是美神，西方画家画她，雕刻家雕刻她。要想知道西方美女标准是什么，看维纳斯的画和塑像就成了。最著名的是大理石雕像《米罗岛维纳斯》。19世纪20年代在爱琴海发现时，雕像已在海底沉睡两千多年。在发现过程中发生争夺，维纳斯两只胳膊断掉了。雕像现存罗浮宫。她是座大理石雕像，看上去却好像有温度。看她就知道，西方美人美得如何和谐靓丽。

米罗岛的维纳斯少了两只胳膊。全世界很多画家、雕塑家就一个劲琢磨，能不能把它补上？有人想象，维纳斯的两手正往上举着梳妆；有人想象，维纳斯的手正和她的情人战神波塞冬的手拉在一起；还有人把维纳斯雕像和金苹果之争结合起来，说维纳斯一只手拿着那个引起特洛伊战争的金苹果，一只手提着裙裾……

维纳斯身边常有个小男孩，金发碧眼，长着一对小翅膀，手里拿着弓箭。这是维纳斯的儿子，小爱神丘比特。被丘比特的神箭射中，就产生爱情。丘比特是西方美少年的标准。

西方社会对女性美讲究三围：胸围，腰围，臀围。说穿了就是中国人常说的丰乳肥臀和杨柳细腰结合。好莱坞性感女神玛丽莲·梦露是三围标准的最著名代表。玛丽莲·梦露1961年参加美国总统肯尼迪四十五周岁生日宴会，高歌一曲，祝亲爱的总统生日快乐。她当时穿件透明长袍，只用些珍珠把敏感部位掩盖了，长袍把她美人鱼般的魔鬼身材完美表现出来。电视直播轰动了美国。玛丽莲·梦露当年穿的长袍在她去世后卖了七十五万英镑。玛丽莲·梦露是"性感"化身，不少美国影星而且不只美国影星，也不只是影星，跟她学，做手术，隆胸，吸脂，甚至切肋骨。据说玛丽莲·梦露为求"蜂腰"效果切掉两根肋骨。

西方对美女面部也要求黄金分割：额头、颧骨、下巴、眼睛、鼻子、嘴巴，有严格数字比例。据说韩国已出台美的标准，就是按照这种前额、颧骨、下巴比例设计。埃及艳后克里奥佩特拉，号称世界第一美女。有两位当时世界上最有权势的人物，都是古罗马著名统帅，恺撒和安东尼，两个赫赫有名的大英雄，先后拜倒在克里奥佩特拉的石榴裙下。克里奥佩特拉的美丽决定古埃及历史的走向，也决定古罗马的历史走向。所以，有人就说：如果克里奥佩特拉的鼻子再长一分，世界历史就要重写。那么克里奥佩特拉的鼻子到底什么样儿？罗马帝国废墟发掘出的钱币上雕刻了克里奥佩特拉的侧面雕像：她的鼻子挺拔，嘴的轮廓很美。

除了黄金分割这些数字化要求之外，面容姣好是西方对美女更重要的要求。西方永恒的美女蒙娜丽莎，是文艺复兴时期艺术巨匠达·芬奇的名作。蒙娜丽莎神秘的微笑迷倒了全世界。旅游者到法国，大多数都要亲眼看看这幅迷人的画像。有朋友说：我曾在蒙娜丽莎画像前来回走动，不管走到哪个角度，蒙娜丽莎的眼睛还是看着我，她的甜蜜微笑也随着我的角度变化。有人形容蒙娜丽莎的微笑是：三分柔情、七分迷离；远看觉得她在笑，近看又觉得她没笑；她的笑容是温柔的，舒畅的，还多少带点儿忧伤，微露一点儿像嘲弄什么人的神情。

几个世纪以来全世界的画家、心理学家、科学家，甚至全世界的医生们都对蒙娜丽莎的神秘微笑研究，分析，推测。有的研究成果，一般人听了，会笑掉牙，会说，这帮人，吃饱了撑的。

有位美国博士认为，蒙娜丽莎压根就没笑。她之所以有那么一种怪怪的，近似于微笑的表情，只是因为，她想掩饰自己没长门牙。

有位法国脑外科专家认为，蒙娜丽莎并不是微笑，而是因为蒙娜丽莎刚刚中风了，她的半个脸肌肉松弛，因为她的脸在侧着，才显得像在微笑。

有位英国名医坚定地相信，蒙娜丽莎怀孕了，她脸上露出满意的表情，她的皮肤鲜嫩，她的两只手交叉放在腹部，整个形象是一个幸福的孕妇。

对蒙娜丽莎微笑的最新研究成果是荷兰阿姆斯特丹大学用"情感识别软件"分析出来的。这"情感识别软件"是荷兰阿姆斯特丹大学和美国伊利诺伊州大学联合开发。软件通过分析面部表情特征，如嘴唇的弯曲度、眼部周围的皱纹等，评估人常有的六种情绪占什么比例。这六种情绪是：喜悦，悲伤，恐惧，愤怒，惊讶，厌恶。分析软件能把这六种情绪占的比例准确计算出来。用这个软件分析的结果是：蒙娜丽莎的微笑包含83%的高兴、9%的厌恶、6%的恐惧、2%的愤怒。

这些研究，实在太离奇也太离谱了。照我看来，根本就不必用什么美国博士，英国医生，荷兰情感分析软件。拿中国三千年前《诗经》两句话，完全可以把蒙娜丽莎的微笑分析得透透的。

哪两句？"巧笑倩兮，美目盼兮。"

"巧笑倩兮，美目盼兮"什么意思？美人的轻巧的笑意飘逸在她嘴角，美人的黑白分明的美丽眼睛秋波流动。

西方对美女的要求，要身材和面部的黄金分割，要面容姣好。中国古代对美女的最高要求是什么？不是黄金分割，是他人对美人的感受，浓缩成八个字、四个典故："沉鱼落雁闭月羞花。"

"沉鱼落雁闭月羞花"不是具体写美女怎么美，美女的眼睛什么样，鼻子什么样，身材什么样，而是写外界对美女的感受，而且不是人的感受，是大自然其他生物对美女的感受，这是拟人化描写。写的是大自然的鱼、鸟、月亮、鲜花对美女的感受。大自然的鱼、鸟、月亮、鲜花，本来不可能有人的感情，但是古代文人想象，美女使它们产生羞愧之感，鱼儿羞愧地沉入水底，大雁羞愧地从天上掉下来，月亮羞愧地挡住了自己的光辉，花朵羞愧地凋谢了。

我们首先要澄清一种广泛误解，很多书、很多辞典都解释：沉鱼、落雁、闭月、羞花这四个典故分别来自中国古代四大美女，那就是：

沉鱼来自西施：西施在水边浣纱的时候，水中鱼儿惊叹她的美丽，羞愧地沉到水里。有的书的封面就说有"沉鱼"之貌的是西施。

落雁来自王昭君：昭君出塞，天上的大雁看到她的美丽，羞愧地从天上掉下来。有的书的封面上写有"落雁"之貌的是王昭君。

闭月来自貂蝉：貂蝉在月下祈祷，月亮看到她的美丽，偷偷地藏到云彩后边。还有种说法更夸张：月中嫦娥看到月下的貂蝉，觉得自己不如她美，就把月宫的门关起来。有的书的封面写有"闭月"之貌的是貂蝉。

羞花来自杨贵妃：唐玄宗和杨贵妃在御花园赏花，花园的花朵因为看到杨贵妃，羞愧地凋谢。有的书在封面上写有"羞花"之貌的是杨贵妃。

这样的说法很流行，书上网上铺天盖地。对不对？不对。

"沉鱼落雁闭月羞花"是写女性美的经典词句，也可以看成是中国古代对女性美的标准。要知道词句的来龙去脉，必须追根求源，找到最早的源头。就像长江和黄河，要找它的发源地，得一直往上走，找到青藏高原的巴颜喀拉山，这才是长江黄河的发源地。你不能说半路哪条河是它们的发源地。而把"沉鱼、落雁、闭月、羞花"说成分别来自西施、王昭君、貂蝉、杨贵妃，就好比把金沙江说成是长江的源头，把渭河说成是黄河的源头。

那么，"沉鱼落雁闭月羞花"四个典故从何而来？

"沉鱼落雁闭月羞花"在中国古代，被三流小说家戏剧家用成套话，最早用这八个字形容美人的，却恰好是几个文学史上赫赫有名的大师：庄子、曹植、李白。这四个典故和四大美女有没有关系？有一个典故和西施有关系，其他典故和四大美女毫无关系。具体地说：

"沉鱼落雁"典故的是庄子创造的。《庄子·齐物论》："毛嫱、骊姬，人之所美也，鱼见之深入，鸟见之高飞，麋鹿见之决骤。"什么意思？毛嫱和骊姬是人们公认的美女。水中的鱼儿看到毛嫱和骊姬，自愧不如，游到深水躲起来；天上的鸟儿看到毛嫱、骊姬，自愧不如，远远地飞走；麋鹿，就是现在所说的"四不像"，看到了这两个美女，赶快跑开。如果把庄子的话简单用现代汉语来说，就是毛嫱骊姬这样公认的美女一露面，大自然的美丽动物都感到羞愧，鱼沉、雁飞、鹿奔。

毛嫱和骊姬何许人？她们是春秋前期的著名美女。骊姬，是晋献公宠爱的美人，春秋早期在政治上起很大作用。毛嫱，古代学者对她解释是：古美人。清代郭庆藩《庄子集释》说毛嫱是"越王美姬"，没说是哪个越王哪个美姬。按一般习惯，古人提真实的历史人物，总是把时代早的放前边，时代晚的放后边。庄子既然把毛嫱放到骊姬前边，说明毛嫱比骊姬早，是真正的古美女。所以，庄子创造的"鱼见之深入、鸟见之高飞"，也就是后来的"沉鱼落雁"，比西施至少早三百年，是用来形容春秋前期、公元前 8 世纪的美女毛嫱和骊姬。不是用来形容春秋后期、公元前 5 世纪的西施。更不可能是用来形容比西施晚几百年的王昭君。

"闭月"典故是曹植创造的。曹植《洛神赋》写美丽的洛神出现，像光彩四射的明珠，周围一切黯然失色："髣髴兮如轻云之蔽月。"洛神出来，月亮的光辉都被遮住了。所以"闭月"典故来自三国时曹植的《洛神赋》，不是来自貂蝉。貂蝉是元代末年才虚构出来的形象。那时"闭月"典故早就有了。是曹孟德那个才高八斗的儿子曹子建创造的，比貂蝉早一千多年。

"羞花"是大诗人李白创造的。李白诗《西施》："西施越溪女，出自苎萝山。秀色掩古今，荷花羞玉颜。"什么意思？西施是越国的美女，她是苎萝山出来的，她的美丽穿越了古代到今天，她的美丽连荷花都因为她而感到羞愧。按照李白的认识，吴国灭亡，西施有责任，所以李白后边还有这样的句子："勾践征绝艳，扬眉入吴关。一破夫差国，千秋竟不还。"李白也写过杨贵妃的美丽。唐明皇到御花园赏花，一边是国色天香的牡丹花，一边是有倾国倾城之貌的贵妃，李白写"名花倾国两相欢"，用牡丹花与杨贵妃相比。人和花是对等的。但是"羞花"，人和花就不对等了。花是因为人的美而羞愧。而使得花羞愧的，是西施。看来李白认为西施比杨贵妃更美一些。

第一个用鲜花形容美人的是天才，第二个是庸才，第三个就是蠢材了。传说，苏东坡曾给欧阳修念他的朋友文与可的诗句，说：您看，这两句诗写得多漂亮！"美人却扇坐，羞落庭下花"，什么意思？古代的婚礼，新妇得用扇子把脸挡起来，拜堂后移掉扇子，叫作却扇，新妇去了扇子，露出美貌的容颜，堂前鲜花一看，感到惭愧，凋谢了。苏东坡觉得，这写得多好哇。欧阳修很有学问，他说：这有什么好吹的？"羞花"哪儿是你的朋友创造的，早就有了，他那是拾人牙慧。

后来《五代史》用"花见羞"称呼一位美女，从此，小说，戏剧出现无数的花见羞和百花羞，一直到《水浒传》还有。

最早把"沉鱼、落雁、闭月、羞花"连到一起用，是元代南戏《宦门子弟错立身》："可叹你沉鱼落雁之容，闭月羞花之貌。"也就是到这个戏里，"鱼见之深入，鸟见之高飞"变成了"沉鱼落雁"。"沉鱼落雁闭月羞花"从此连起来，成了古代文人的口头禅了。

《洛神赋》不仅创造了"闭月"典故，曹植对洛神的具体描写，还应看作对中国古代美女标准做"规范"。曹植写洛神出现时，"翩若惊鸿，婉若游龙，荣曜秋菊，华茂春松。"什么意思？洛神好像是扇动着美丽翅膀的小鸟儿，好像是游动在天空的活泼的龙，好像是秋天的雏菊一样光辉，好像是春天的嫩松一样丰茂。这四句，没有具体描写洛神长什么样儿，都是比喻。接着，曹植写：洛神出来了。"远而望之，皎若太阳升朝霞；迫而察之，灼若芙蓉出绿波。"什么意思？远看这位美女，好像是太阳刚刚升起带来的一片彩霞，靠近前去看美人儿，好像是美丽的芙蓉花在碧波之上迎风摇摆。仍然没有具体描写，还是比喻。然后，曹植才具体写洛神到底什么样子："秾纤得体，修短合度，肩若削成，腰如约素，延颈秀项，皓质呈露。"什么意思？"秾纤得体"，就是不胖不瘦；"修短合度"，就是不高不矮；"肩若削成"，就是肩膀灵巧秀美；"腰如约素"，字面意思就是，洛神的腰像一束紧紧捆起来的白色绸缎，引申意思是，洛神杨柳细腰；"延颈秀项"，是洛神的脖子线条优美圆润细腻；"皓质呈露"是洛神的皮肤细嫩白皙，美玉一样。用现代汉语简单地说：洛神不高不矮，不胖不瘦，削肩细腰，肤色如玉。美丽极了，和谐极了。你就是拿西方黄金分割要求，也找不出一点儿毛病。这样的美人一出来，月亮的光彩都被她遮住了。

多年来，很多学者探讨，洛水女神有原型吗？她是影射哪位美人儿？有人说，曹植写的，是他的梦中情人，也是他哥哥的妻子甄氏。我觉得这说法不是很可靠，曹操攻克邺城，曹丕趁乱纳甄氏的时候，甄氏二十三岁，曹丕十八岁，曹植十三岁。不管甄氏怎样的国色天香，曹植这么个十三岁的娃娃，能不能和十八岁的哥哥去争夺一个美人？这很值得怀疑。二十多年前，我曾到曹植墓所在地、山东东阿实地调查，听到这样的说法：曹丕去世之后，曹植做了东阿王，他住在鱼山上，每天晚上有个美丽的渔姑来陪伴他，《洛神赋》就是写这个渔姑的。也有人说，那渔姑并不是真正的渔姑，而是天上的神仙下来安慰不得志的才子。

曹植的《洛神赋》其实受到战国时宋玉《登徒子好色赋》影响。宋玉《好色赋》写了个非常美丽的美人儿。这个美人既符合中国"美钧"的要求，也符合西方"黄金分割"面目姣好的要求。宋玉怎么写呢？"增之一分则太长，减之一分则太短。着粉则太白，施朱则太赤。眉如翠羽，肌如白雪，腰如束素，齿如含贝，嫣然一笑，惑阳城，迷下蔡。"什么意思？这个美人儿身材恰到好处，加一分就高了，减一分就矮了，皮肤的颜色和嘴唇的颜色恰到好处，如果抹粉就太白，如果涂口红就太红。她的眉毛像翠鸟的羽毛美丽而有光泽，她的皮肤像白雪，杨柳细腰，嫣然一笑，露出牙齿，像小贝壳一样闪闪发光。笑容可以把几个城市迷倒。

《登徒子好色赋》与《洛神赋》的具体描绘，与"沉鱼落雁闭月羞花"的典故合一起，中国古代美女标准就珠联璧合了。中国古代美男具体标准似乎不如美女详细。古代文人也喜欢对美男做拟人化描绘，如：挺立如岩上松，醉倒如玉山倾。古人也喜欢写他人对美男的感受。东晋作家潘岳（潘安）是美男子，他坐车外出，车子常被不同年龄的女人拦住细瞧他，把各种水果送到他的车上，成了"掷果满车"典故。

既然大自然的鱼，大自然的鸟儿，大自然的月亮，大自然的花，都被美女吸引住了，那么，"沉鱼落雁闭月羞花"的美女，能像潘安那样引起众人感受吗？戏剧大师王实甫的《西厢记》写莺莺小姐赴水陆道场，就把这种感受写得像油画一般。

崔莺莺到寺院参加给父亲做佛事的水陆道场。她走到佛殿跟前，先遇到在寺院借住的张君瑞。佛殿相逢，张君瑞一看到崔莺莺，马上唱了一段："颠不喇的见了万千，似这般可喜娘的庞儿真罕见，则着我眼花缭乱口难言，魂灵儿飞向半天。"

美女使青年书生着迷，可以理解，最不可思议的是，崔莺莺让做佛事的高僧傻了眼："大师年纪老，法座上也凝眺；举名的班首，真呆僗了，觑着法聪头做金磬敲。"德高望重的，老态龙钟的大师，不转眼珠地看着这个美女；著名的高僧，看崔莺莺看呆了，看迷了，明明是他的弟子法聪在他的跟前来回地晃，他竟然把弟子的脑袋当成金磬，"唰唰唰"，敲起来了！一场庄严的佛门圣事就给美女搅黄了："老的小的，村的俏的，没颠没倒，胜似闹元宵。"老和尚，小和尚，聪明的和尚，笨和尚，都忘了自己是干什么吃的了，只顾看美女，忘了做佛事，好像元宵观灯一样热闹。

一些本来应该六根清净的佛门子弟，见了美女，这样忘情，这样痴迷，我们还需要问：崔莺莺三围多少？面部够不够黄金分割？一概不用。王实甫通过写常人和僧人对美女的感受，把美女的千般袅娜、万种风流，写活了，写绝了。这才真是"沉鱼落雁花愁颤"啊！

刊于《文史知识》2016 年第 1 期

出入都正街

何立伟

　　写下这个题目，是因为都正街乃长沙的一条颇有代表性的老街，我在这街上的断断续续的出入，已长达一个甲子。一个甲子，世界该有几多的巨变，而这条古旧的老街亦躲不过去，出入之间，顿生慨叹，这慨叹里，既有喜新，亦有怀旧，总之如古人所谓：人事有代谢，往来成古今。这都正街正是昨日依稀，今日清朗，坐观着岁月春秋、历史嬗变。

　　我是在长沙的老街老巷中长大的，骨子里有一种对长沙街巷文化同风物民情的依恋。我念的小学在浏城桥下的浏正街完小，同学皆住在左近各条小街小巷中，马王街、东庆街、织机街、郭家巷、东茅街、芋园里、都正街、菜根香……而我住过落星田，又住过藩后街。这一片长沙老城区，各角隅皆留下了我童年少年的身影、足迹、欢声与笑语。都正街是我时常出入同路过的老街。我有男同学与女同学住在这条街上，而我每个星期去天心阁城楼下谢家塘我姑妈家，必又经过都正街，回来路过时，嘭嘭敲同学的门，在街上麻石路上无端地走来荡去，于是岁月就在鞋子底下流过去了。

　　都正街一带，昔年市声喧闹，街肆繁华，我们放了学，四散去串巷子玩，往马王街，往都正街，沿途是看小人书的书摊，卖槟榔的小店，炒货店，当街补锅的，当街弹棉花的，叫卖扯麻糖，炸糖油粑粑的，卖白粒圆同麻油猪血的，又轰的一声打人参米引我们垂涎三尺的，还有染布的染房里工人穿大裆扎头裤小腿肌肉像铜球一样在眼前滚动的，做糖人做出龙凤呈祥又做出鸡羊鱼兔买来只舍得看舍不得吃的，总之一寸一寸皆是热闹，又皆是诱惑。若落雨天气，街上尽是撑油纸伞穿木拖屐的，满街麻石是囊囊地响，如同马帮衔枚疾过，我们就在屋檐下打油板，玩洋菩萨，背后是一声断喝：小鬼崽子让开让开，莫挡了老子生意！那一定是开槟榔摊子的王老板，一脸的麻子，相极凶恶。但是你若排了两分钱，买了他一口点桂子油的槟榔，他立即满脸是笑，牙龈是墨紫的。我们发声喊，就冲到都正街的詹王宫去。听得背后王麻子喊：小鬼崽子啊，打得一身津湿的咧！

詹王宫是行业的祖庙。什么行业？厨房大师傅。长沙饭铺酒店，但凡入行学厨艺，皆要来此烧香拜祖。如今长沙有名的酒店玉楼东，依然供着詹王的塑像。据说詹王原叫詹鼠，是隋文帝的御厨，因厨艺高超而被封为詹王。两湖等地厨师后尊詹王为其祖师，每年皆要祭拜。都正街出名厨，长沙昔年但凡有点声名的餐馆，掌勺的大师傅多半是住在都正街的。最有名的厨师是住在詹王宫小巷的石荫祥，他是毛泽东的厨师，还一位彭长贵，曾为蒋介石的主厨。

雨住了，我们就在詹王宫前后的小巷子里玩打游击的游戏，穿清香留，穿千总巷，穿凤凰台，穿斗姥阁，麻石街上是我们的足音同笑声，而我们俨然是一群在瓦屋檐下飞来飞去的小麻雀。黄昏夕照，油漆一样刷在街上的板壁同青砖墙上，街上家家户户炊烟起了，巷子里皆是饭菜香，猛然想起，要回家了，于是回去，结果是爷娘劈头盖脸一餐臭骂，又要拿鸡毛掸子来打手板。这就是在都正街玩得不亦乐乎的代价。

旧时长沙街道，许多以处官署衙门位置来命名，衙署前头的街，皆叫"正街"，譬如县正街，藩正街，院正街，府正街；衙署后头的街，皆叫"后街"，譬如府后街，臬后街，又譬如我住的藩后街。都正街当然在衙署前，它的一侧与它成丁字形交接的县正街，正是古代善化县的县署所在。地虽近衙署，昔称"官街"，却无半分官气，满街如前述，盈盈的却是市井气。长沙地域文化我向来认为有两极，一极是精英文化，一极是市井文化。精英文化以岳麓书院为代表，核心是两个字：天下。亦即文化精英们对于天下兴亡的道德承担与求仁取义。市井文化则以包括了都正街在内的南门一带街巷为代表，核心也是两个字：日子。亦即把现世的快乐活色生香地过在每一寸光阴里。前者求改朝换代，历史推进；后者求安居乐业，人财两兴，构成了长沙地域文化的热血奔涌的头颅和元气饱满的身躯。

我非常痴迷长沙的市井文化，活泼响亮，生气勃发，长沙大街小巷的生活日常，无不充盈了本土市井文化的热力与喧阗。我小时走都正街过身，两侧小巷，人声是哦嗬喧天，门铺是五花八门，男女是忙忙碌碌，老少是福乐无边。都正街有许多小巷名字很有趣味，譬如一条巷原来叫铁铺巷，原因是巷口人家是开铁匠铺的，又譬如二条巷原名叫香铺街，原因是巷口有人家开香铺。想想因这两条巷子，铁铺是都正街小巷中听觉上的叮叮哐哐，香铺是都正街小巷中嗅觉上的叠叠迷香。再加上街头巷尾的各色商铺，开卤味店的，开米粉店的，开豆腐店的，蒸蒸腾腾，真是有声有色，有滋有味。这便是这条街上的市井日常，让平头百姓把日子过得坦坦荡荡，开开心心。我有位小学同桌女同学叫谢三毛的，就住在都正街的易家巷，每天来上课，花衣口袋里总是装着零食，要么是一把蚕豆，要么是一把川豆，要么是紫苏梅子，要么是酸枣粑粑。我在多年前的一篇散文中写到过谢三毛，描写了她的零食对我构成的诱惑。我在课桌上拿粉笔画了三八线，不许她的手肘过线，不然我就拿手掌来砍她，其实就是报复这种让我流口水的诱惑。谢三毛口袋里的零食，是她家里的外婆自己做的。那时长沙街巷里的妇女，皆自己来做好吃的零食，譬如制伏姜，制盐水豆，炒红薯片，做糯米糍粑……四季皆有，样样好吃。家里来了客人，就端出自制的零食待客，还要泡上姜盐芝麻豆子茶。所以昔年长沙街巷里的妇女，是晓得如何样把日子过出滋味来的。按现在的话来说，她们人人皆是生活家。

都正街就在天心阁的下头，我姑妈也在都正街左近天心阁城墙下的谢家塘，我最喜欢去姑妈家的原因，是我姑妈烧得一手极好吃的红烧肉。她烧红烧肉，要文火中又焖又烧长达几个钟头，放大蒜籽，放八角茴，放桂皮，又放稍许的糖，吃到口里，那真是南面王而不为，神仙亦不为也。昔年长沙街巷中家家户户，皆有做得一手好饭菜的人，因此长沙是一座人人有口腹之乐的城。又都正街既然出厨师，那街上的饭店粉店小吃店，自然样样东西皆是好吃得很，尤其都正街的卤味，那是长沙赫赫有名的。好远的人都跑过来买，拿荷叶包了，带回家去，下酒，那是要吃得舔盘子的。

都正街因清代都司署设于此地而得名，昔年街上有游击、都司、千总三署。街上亦有刘猛将军庙同定湘王庙，后者亦即善化县城隍庙，是古城长沙三座城隍庙之一，我儿时经过城隍庙，远远地就闻得到香火味，庙门里人进人出，很是热闹。这情景"文化革命"后就没有了。"文化革命"，就是革了文化的命，包括古老的街巷文化。

都正街南靠天心阁，北接马王街，西往织机街，东邻凤凰台，皆是长沙的名胜地。这些胜地团着都正街，蒸腾着昔年长沙的市井繁华，昼夜热闹。在此地出入，就是出入着长沙的街巷生活，岁月日常。

　　早些天我又去了一趟都正街。如今的都正街，周遭发生的变化，简直令人咋舌。环绕她的，是长沙最大的 CBD 商圈，高楼林立，商铺比肩，道路交通，繁密穿梭，节假日里，人流如注，喧阗莫名。北向香港九龙仓此刻在建，巨大的围挡中，吊臂起落，钢筋林立，不日竣工，又将为五一商圈添一壮观景致。相比街外的繁盛热闹，都正街倒是像一位百岁老人，静静地端坐，无喜无悲，看着眼前的日新月异，看着远处的湘水，正是西南云气来衡岳，日夜江声下洞庭，逝者如斯夫。

　　都正街在百年沧桑中，经历了多少往事，从文夕大火之后的浴火重生，从民国到解放，从"文革"前到"文革"后，改革开放前到改革开放后，她一直固执地保持着自己旧时的容颜。市、区、街各级政府，亦乐于看到长沙仍有这样的存留着历史风貌的老街，来比对长沙今日的巨变。一个地方的文化，应当有她自己的载体，而最好的载体，莫过于一条像都正街这样的有漫长历史的老街。街上一切如旧，青砖黑瓦，木板壁，麻石街，千总巷在，清香留在，詹王宫在，斗姥阁在，城隍庙在，文昌阁在……都正街仿佛是岁月的容器，盈满了往岁的旧时光，亦让人感受着昔年长沙人的生活样貌同文化质感。我在这条只有三四百米长的天心阁城楼下的老街走着，回忆扑面而来。我仿佛看见了玩"躲摸子"游戏的同学从詹王宫戏台下拱了出来，又仿佛看见谢三毛站在易家巷的口子上，伸出小手，手上是一把喷香的炒蚕豆……但是我的躲摸子的同学都不知哪里去了，谢三毛亦不知哪里去了，街巷依旧，人事全非，我站在写着"都正街"三个字的石牌楼下，真是不知今夕何夕。时光恍惚，岁月模糊，这是过去的都正街，但又不是过去的都正街。我看到有 90 后的年轻人在街上的木楼房里开了喝咖啡的书吧，我走进一家当街的小店，小店里是卖手工艺制品的，一位细妹子笑容满面，请我坐下来喝茶。茶是煮的黑茶，而我从前到这街上，到同学家里，人家端上来的，是姜盐芝麻豆子茶。细妹子长得好看，茶也煮得好喝，我问她下头那一块整理出来的空地要做什么，她告诉我说那里街道上打算建一个巨大的立体停车场，车从北边进来，从南边出去。像这细妹子一样，许多的年轻人入驻了都正街，在这条古老的麻石街上开小店创业，开启他们年轻而朝气的事业和生活。真好。我喜欢变化，世间的一切变化，无不是让生活变得更加的美好、人性化。但我又有些怅然，我眼前飘过一些熟悉的面容，老的、小的、男的、女的，他们现在都在哪里呢？我想起了一首歌的名称——《时间都去哪儿了》。我读过的唐诗宋词，无数的诗句亦都是感叹时间，而时间在都正街流逝，亦在都正街驻留。这就是如今的都正街，往日在这里有旧貌，今日在这里有新颜。我想以后若有外地的朋友来长沙，要我带他们看看长沙昔年的生活遗存，我会带他们来都正街，在出入之间，他们或许多多少少能感受到，长沙人的日子，是什么样的颜色，什么样的声音，什么样的味道。

而我自己呢，我真想在都正街租一套老木楼民居，来做我的工作室。这地方，坐定站定，皆有一种心安。

刊于《长沙晚报》2016 年 1 月 28 日

等你在西湖

李贯通

等你在西湖，惠州那个天然幽雅、义薄云天的西湖。

"东坡太糊涂，西湖复西湖。"赖少其先生的这句话，总会在文人心底激起无边的波澜。当初的调侃也好，叹惋也罢，却是对苏东坡命运的经典概括。中国古代的官员，有几人像他那样，揣了冷飕飕的任职文书，拖家带口，在中国的几十个州疲于奔命？有几人像他那样，阅尽宦海险恶，饱尝溺水之危？所谓经典概括，舍弃了大多的岁月烙印，只留下让他倾情以注的两个西湖。

一个是杭州的西湖，绰约天下，仪态万方，风流热烈，南宋大诗人杨万里的名句"接天莲叶无穷碧，映日荷花别样红"，更是把杭州西湖的美名推到了极致。

一个是惠州的西湖，湖山拥吻，景观掩映，萦绕一湖的诗意，吟喃着的是清奇贤淑的品格。也是那个杨万里，写下了"左瞰丰湖右瞰江，三山出没水中央。峰头寺寺楼楼月，清煞东坡锦绣肠"的赞赏惠州西湖的诗篇。

九百四十年前，杭州通判苏东坡携友载酒，泛舟湖上。不闻渔歌，不看鸥鹭，只将满腹的惆怅交与一水的茫茫烟云。正是无聊无奈之时，他的目光忽然与一个歌妓遭遇了，正是这彼此的凝眸，成全了三生石上又一场凄美绝伦的爱。女子就是十二岁的王朝云。碧水芙蕖，雨霁霭虹，空谷幽兰，蜡梅唤月……不足以形容她的美丽善良、清雅脱俗以及冰雪聪慧。而东坡的才冠华夏和磊落风骨，早已使朝云心授魂与。感恩上苍垂怜赐缘，感谢朝廷贬得良辰，三十七岁的东坡把朝云收养进家，做了妻子的侍女，身边也多了一个红颜知己。

二十年后，东坡被贬惠州。那些众星捧月般围着他撒娇卖萌的女人呢？两位王姓夫人先后逝去，姬妾们随着他在官场的跌跌不休与生活的茹苦无期，一个个悄悄离开了他。陪他一路颠簸来到惠州的，只剩一个王朝云了！进得苏门二十年，朝云经历的是饥寒之苦，抄家之祸，囹圄之灾，丧子之痛。少有的几个平静日子，也是提心吊胆地度过。让人难以理解的，以他和朝云的爱之深切，朝云为何至死仍是一个妾？或许只有一个解释：男女至爱，何须论什么名分？高山流水，青莲梵音，这世上有什么可以将之分割？

以朝云的聪慧，进入苏门的惨淡，当是意料之中。当年，姬妾们指着东坡的肚子，夸赞"满腹文章""满腹才华"，只有小小的朝云淡淡一笑，说是"满腹的不合时宜"。朝云此话如电，直射东坡精神的巅峰，直击东坡酬世的死穴。跟随一个不合时宜的人，除了相依为命，爱到地老天荒，别的任何欲望，都是痴人说梦，甚或是不洁之念了。

一贬再贬，变化着的只是职位，心系民生、造福一方的为官之道，东坡至死不渝。一到惠州，东坡就振作抖擞起来。他先是惊艳于惠州的美景，高唱"岭南万户皆春色"，继之为惠州包容的文化及淳朴的民风所感动。他庆幸因祸得福，暗自笑话皇上的龙足之短、龙目之昏，人云亦云、闻之色变的用以流放罪臣的蛮荒瘴疠之地，竟然是一个人间天堂。那种阔别已久、衣锦还乡的皈依情愫油然而生。他竭力筹措资金，兴修水利，迁造兵营，施药济人……为了西湖的筑堤建亭，他不惜捐了犀带，也不惜花甲弱质，亲临工地，日督夜巡。西湖修葺一新，他与民众欢宴相贺，"三日饮不散，杀尽西村鸡"。

"国家不幸诗家幸"，清人的这句话，一直被后人引用。其实，诗家之幸，不过是出了一些"国破山河在，城春草木深。感时花溅泪，恨别鸟惊心"的诗作。东坡贬惠州，却是一个"诗家不幸谪地幸"的典范。"一自坡翁谪南海，天下不敢小惠州"，东坡改善了惠州的民生，激活了惠州的文化积淀，使惠州成为一个具有大山水、大人文、大境界、大前程的名城。

最值得惠州自信和骄傲的，还是西湖。由东坡彼时的五湖六桥，再到之后的八景、十四景、十六景，西湖日益生机勃勃。它的天人合一的精神格局，古今互照的深刻意蕴，不仅仅滋养着惠州，也滋养着天下。长长的苏堤，就是融会天人、穿越古今的天路。堤被两排常绿的榕树簇拥着，抬头看得见树冠上的醉醺醺的白云，这白云都是东坡当年结交的酒徒，只要晴日就赖在那里。低头可见水中无数的明眸，它们因王朝云舒袖而生，闪烁的秋波给行人讲述当年筑堤时的热闹场面。堤上每隔几十米，一侧就有刻了东坡写于此地的诗词的石碑。如若细心品读，须小心把自己送进了宋朝，成为东坡的诗友，或者是一个赤膊砌石的民工，这般的神魂进去容易，出来就难了许多。苏堤苏诗，抒发的是旷达豪迈、超然物外的情怀，哪里能看到一个罪臣的萎靡与哀怨？走过苏堤，西山早已敬候。西山并不算高大，却是碧翠晶莹，如婴初洗，即便是朗朗晴日，也处处湿润养目；不要说花卉草木了，就连石阶砖墙也散发着沁人心脾的陈香。耸立在山顶的就是著名的建于唐代的泗洲塔。登临顶层，西湖的美景尽收眼底。几座岛屿把西湖巧妙地分割为五湖，五湖息息相通，又让景致俏皮地陈列，一景刚刚隐约，又一景猝不及防忽焉扑面。古人有"茫茫水月漾湖天，人在苏堤千顷边，多少管窥夸见月，可知月在此间圆"的诗句，明里赞了六桥和苏堤之美，暗里也透露出"待月桥拱下，半圆乞满圆"的旖旎心愿。塔顶环视，惊愕其烟波浩渺，湖面比杭州西湖大出许多倍，也会于瞬间悟出两个西湖美的差异。杭州西湖有着丰腴的美，茸茸可心；惠州西湖更具有婉约的曲线美，丝丝轻撩心弦。

遥想东坡当年，最喜西山的静夜。清风多情，婆娑着东坡的冠带和朝云的裙裾，粼粼的波光洗尽一天的劳尘，摇曳的竹影梳扫着上山的幽径。多病的朝云一手搀扶着东坡，另一手抱了古琴抑或提了酒壶，虽是一对弱质，竟也身若乘舟，潺缓而上。一会儿琴声幽幽，歌声低回，舞姿曼妙，间以酒香浮动，只管叫天地沉醉，互问今夕何夕。一会儿桂花簌簌，原来是玉兔东升，西湖美景又一番变幻。流传千古的诗句东坡脱口而出："一更山吐月，玉塔卧微澜……"当此之际，是西湖西山已成了东坡的俘虏，还是东坡成了西湖西山永世的囚徒？

绝佳的景观，必有刻骨铭心的伤怀之处，可称之"景魂"，否则，那只是一盘容易斑驳的浓艳，一团犬吠即散的腻霞。西湖的"景魂"就在西山之东的孤山。二十多年的风刀霜剑，才三十出头的朝云已是残花败柳，沉疴纠缠，世无良医，大好河山容不下一个大好女子。一个阴雨天，一把破旧的纸伞，一袭并不合体的褐衫，朝云走进孤山栖禅寺，拜比丘尼为师，吃斋诵经。然而，经书只可以超度，并没有增寿。三十四岁的朝云香消玉殒，芳菲阅尽又芳菲，孤山诵遍山更孤。始也西湖，终也西湖，孤山竟成了朝云的葬身之地。朝云聪颖悟道，临终口诵《金刚经》的偈语："一切有为法，如梦、幻、泡、影，如露，亦如电，应作如是观。"诵毕，与东坡握手永诀。依朝云遗愿，葬她于栖禅寺附近的松林中。晨钟剪空，暮鼓坠日，可怜白发东坡，在朝云墓前，长歌当哭："玉骨那愁瘴雾，冰姿自有仙风。海仙时遣探芳丛，倒挂绿毛幺凤。素面常嫌粉涴，洗妆不褪唇红。高情已逐晓云空，不与梨花同梦。"

　　既把惠州作为家乡，又因朝云长眠于此，东坡唯一的奢望就是终老惠州，与朝云同葬一处，长相厮守。然而，不合时宜者过于天真，他从不会韬光养晦，视韬光养晦为伪苦行僧伪君子的暗室小技。他的诗"白头萧散满霜风，小阁藤床寄病容。报道先生春睡美，道人轻打五更钟"，引起当年好友的忌恨，岂容东坡这般潇洒快活？告密皇上，龙颜一怒，再贬海南岛的儋州。这是仅次于死刑的惩罚。东坡最后一次拜谒朝云墓，沉默良久，说道："垂老投荒，无复生还之望。"他依稀听到墓中朝云的应答："等你在西湖。"东坡的话果真应验，三年后病死归途，而朝云的等待，已近千年。

　　等你在西湖，这是惠州人的一个美丽心结，更是对天下人的呼唤。在惠州人心中，朝云并没有死，她是照耀西湖的明月，用她的忠贞无私地驱除人间的尘霾，她是用高洁和善良守护着这方水土的女神。除了传统节日的祭拜，雨雪天气，依然可以看到朝云墓前的香火，这千年不熄的，不正是引领世人走近希望的光束吗？朝云的拱形的墓，如虹亦如弯月，一个既收又放的姿势造型。收藏的是亘古的忠义和贞操，子贡守墓的茅庐，五里一徘徊的孔雀，披发行吟的汨罗江，雷霆轰不倒的结盟桃园……向外推放的，是大江东去的气势，是千里共婵娟的博爱，是载了红颜锦书的兰舟，是指点迷津、消除苦厄的佛光。

　　等你在西湖，只消在朝云墓前一站，那袅袅而上的，岂止是隔世的紫丁香？墓旁为朝云而建的六如亭，当然是东坡撰联："不合时宜，唯有朝云能识我；独弹古调，每逢暮雨倍思卿。"

　　还有谁不明白，和氏璧易得，而知音难求！再读读一位法师咏六如亭的诗吧："苏堤留恨处，荒冢对沧溟；流水空千古，香魂倚一亭。波涵三岛绿，柳锁六桥青；寂寞栖禅寺，金刚何处听？"相比之下，而今泛滥于网媒的那些柔情蜜意、爱恨缠绵的心灵鸡汤，且莫笑它的牵强拼凑、语无伦次，让人可怜与无奈的是它的苍白虚伪！它又何尝不是一剂抛给青年男女的蒙汗药？西湖的东坡园，有一尊东坡朝云依偎的雕像。东坡一手抚琴，一手扶了朝云，老迈而不失傲岸。朝云粉面浅笑，若有所思。叫人唏嘘动容的，朝云的眼里，一线泪痕凝垂。不知是雕工的匠心一镂，还是日月的感伤一抹。千百年来，惠州西湖从未干涸，朝云多情的泪水正是西湖的源泉。作别东坡园，挥一挥轻轻的手，回一回沉重的眸，有句诗耳边响起："大胆文章拼命酒，坎坷生涯断肠诗。"

西湖的生命线是苏堤，苏堤是东坡卧身而成。走在苏堤上，步步都感受到东坡有力的脉动。世人不必念叨什么人生苦短、白驹过隙，只要重情义、守善念地过好每一天，也就获得了永恒。商人不必计较经营的盈亏，可知那亿万的资产，换不来一寸苏堤的美誉！身为官员的，不必埋怨风云多变、职位起伏，只要以民为父母，把民本民生镌刻在心，竭力做好每件事，你便是百姓心中的丰碑。读书做学问的，不必囚圄书斋，苏堤漫步，看看层层叠叠的湖面微澜，你可知那不只是唐诗宋词的平平仄仄，更有今人智慧的酬唱以及不懈奋进的前呼后拥。

等你在西湖。当北国冰天雪地、万木凋零的时候，当大漠飞沙走石、牛马哽咽的时候，当海南的烈日灼灼、挥汗如雨的时候，西湖是永远的人间四月天。

刊于《中华读书报》2016 年 1 月 20 日

在洞头过七夕

周晓枫

　　离温州市中心一个小时车程，就到了海岛洞头。五楼阳台，前面是高约二十米、绿意参差的缓坡，将视线里的海分成两个部分：左侧的扇形区域，和中间疏疏落落排布小岛的碗状平面。距离的关系，那些岛小得像礁岩，那里的海看似寂静；不像眼前，海把混合着泥沙和贝壳的浪，拍碎在因沧桑而嶙峋的礁岩上。波涛和潮汐，海不倦重复，并使这种单调成为令众生屈服的节奏。

　　陆地如船，带着显著的树皮色和木纹的纵裂，而生活在此的人类，从未离开置身襁褓般的摇晃，以及那种轻微的晕眩……所以面对海，人们迷恋且迷惑，如孩童，如轻微的中毒者。人们难有兴致观望不变之物，但在海的耐心面前，他们屈服。海边的观潮者数小时不动不语，仿佛被伟大的魔术师催眠。天荒地老，海永不衰减力量，蓝心脏迸发着强劲的脉动。

　　三面环山，一面临海，这样的地貌被称为"呑"——让我联想一只吐纳的贝，如何打开坚硬的外壳，让海水和光线同时从开口处涌入。洞头县，到处都是呑，在这样的地方观海，只是一粒沙的自己，错觉正在贝母的包裹中变成珠粒。

　　我喜欢海，无论是它庄严的沉静，还是它用狂暴的拳头打在礁石宣泄怒意。说喜欢已是轻慢，更像是迷恋与敬畏交混的感情：它漫不经心又肆无忌惮的美，它的温柔慷慨与残酷无情。恩威并施，却不像君王——海不需要我们的朝觐，也不在意我们的背叛。

　　来洞头的第二天早晨，四五点钟，我迷迷糊糊推开阳台门，立即清醒。白天我已见识过洞头的云，排布浩大，用笔挥霍，如在天空筑起巍峨的城，而此时天色未明的景象令我震撼。

　　临近海面的云是烟黑色的，如绵亘城池，环绕成带状。之上，是飘动在这里或那里数抹绛红的经幡。最后，天海之间，赫然立着几尊巨神！我从未同时见到如此接近人形的逼真云影，场面恢宏，气势孔武，有体积感的饱满肌肉，令我想起佛教的四大天王雕像。这些金刚怒目、降魔伏怪的护法天神，占据了我目力所及的整个天幕，令我满怀赞叹，又噤无一语。我看不到他们所持的琵琶、宝剑、龙蛇与伞盖，但依然深信他们无边的法力。

再仔细，我突然发现，不是四尊金刚，是五尊。那个隐匿面孔和身份的天神是谁呢？他踏浪而来，又擎天而往。他沉默，并正在抹除自身的轮廓以及与此有关的奇迹。

与海有关的地方，我愿欣然前往。除了精神的淘洗，我也垂涎大海赐予的美味。洞头拥有浙江第二大渔场，海产有名，慕名前来者众。

我曾在洞头跟随渔民网捕，嗅着船上柴油、铁锈和鱼腥的混合气味。即使颠簸中的海面有了上升的坡度，即使动荡摇移的海平线以及浪峰上破碎的耀斑令我不适，但看到绞轮上的缆绳渐渐收紧，渔网有了沉赘的收获，还是欣喜莫名。

倾倒在甲板上的渔获，有螃蟹、虾和鳗，最多的是龙头鱼。这种鱼全身晶莹，呈现矿物质般的通透感，几乎半透明；头却似龙，密布嚣张而尖利的齿锋。北方叫"九肚鱼"，其实它的学名优美，叫作"水潺"。这也近乎口感上的形容，肉质细腻嫩滑，在北京通常的做法是椒盐，洞头的水潺，鲜得直接从海里跳到锅里，清蒸、煮汤或者红烧都可，它在匙羹里颤动……没尝过那么无限接近液体的鱼肉。脂油丰富的水潺，晒干后直接插在灯台上，稳定的光苗就坐落在这根鱼蜡烛上。

在洞头，第一次吃到皮蛋似的海木耳，同行者纷纷误猜为人工制品。第一次见到那么象形的贝壳：龟足。侧扁的头部是由数个钙板组成的壳室，呈苔绿色；褐色柄部柔软，覆以细小的石灰质鳞片——太像乌龟慢吞吞的爪子了。这种贝固步于岩缝之间，也许从它的见识角度，乌龟拥有世间最自由且迅捷的行走，所以作为贝壳，龟足才长成此般样貌，它向自己所不能的生活表达克制却难以熄灭的渴慕。

来洞头，因为听说这里的七夕节有名。

很多的中国节日，中秋、端午、清明等，颇具东方韵味与浪漫色彩；七夕，最具童话感。天阶夜色凉如水，坐看牵牛织女星。那个故事里有失意的孤儿、越界的仙女、会说话的牛和用翅膀搭桥的喜鹊，有冷暖的人情、理性或非理性的天条以及星宿般在黑暗中闪烁的永恒或无常。

昆虫不会寻找方圆以外不可触及的配偶，对比之下，人类的情感多么复杂，仅凭特殊的好感或无望的想念就可以彼此守贞。每每七夕，仰望天际中那条浩渺的光带，我总是难以消除内心的种种疑惑。牛郎和织女的家境、见识和成长背景迥异，他们为什么能一见钟情之后忍受永无止境的折磨？是什么让他们的爱意一如生命本身的存在？难道他们善良到，即使对亲人也不存任何要求，哪怕是交流的心理需要？难道，所谓天壤之别不过虚妄之想，牛郎和织女分别在人间与仙界承受同样的劳役，两个被动的灵魂在彼此那里才能找到自由？怎样饱和的爱情，让他们能够在孤况中坚守诺言？为什么相隔遥远，他们依然享有恒温的怀念？还是在时间的耗损中、在缓降的热度里，他们等待重逢的拯救？——激情瞬间激活，并成为回忆新的燃烧能量，继续在分隔之后散发着悲伤的余温。天涯，也许是光年意义的无法抵达，也许并非地理意义的遥远，只在我看不见你的地方。

还有，牛郎和织女的一双儿女为什么永远长不大？甚至不曾自己行走，被一边一个挑在扁担两侧，孤单的父亲就这样去看望孤单的母亲。即使天上一日、地上一年，人间那些蹦蹦跳跳、指指点点、扎抓髻的孩童早已作古千百年，牛郎和织女的孩子依然在两侧的木桶里享受摇篮般的节奏。牛郎勤劳，织女惠巧，他们的孩子能否承继良好的基因？因为不成长、无作为，两个孩子甚至没有留下名字，他们的体重，压在父亲因负担而疲惫的肩头。

到了洞头，我才明白自己的无知与误读。此地七夕，含义更丰富，远比情人节色彩更强烈的，是孩子们的成人礼。

以海为生的人们，会把最好的木料用于甲板下面的底舱和侧板，用以抵击风浪——因为，男丁都在船上，他们是一家老小的脊梁。留在陆地上的老人、妇女和孩子，无数次张望，等海面上一叶孤舟遥远地归来，等结满盐霜的锚重新沉入岸边的沙床。自古以来这就是有代价的生活，为了把生活在海里的弄回陆地，有些生活在陆地的人永远留在了海里。尽管如此，渔民总是跟随早晨的光线一起出发，深入大海神秘莫测的腹地。习惯已使他们免于惊恐，无惧风雷；并且，他们深怀希望，因为岸上，他们眼神清亮的孩子正在等待中渐渐长大。

洞头的七夕传统由来已久：孩子到了十六岁，要办成人仪式。父母带着孩子，酬谢在七星娘娘的护佑下，孩子得以度过幼年、童年和少年时期，长大成人。这些孩子没有躺在母亲的摇篮中，不是父亲肩膀上增加的重量——他们感恩，并在船舷刻下时间的划痕。逝如流水，无法挽留青春韶华，但他们不因掉下去的剑，就不再划动手里的桨。成人礼，是对未来的庄重承诺。从儿童到成人，最重要的转变，是开始对别人负责，也是对更好的自己负责。

我倒因此解开同样与七夕有关的另外迷惑。七夕又叫乞巧节，夜色中的女性在庭院里向织女星祈祷，希望获得智巧与称心如意的婚姻。俗传七月七日是魁星的生日，因为魁星主掌考运，想求取功名的读书人也在七夕这天祭拜，希望运道亨通。

有意思的是，织女的婚姻算不得美满，且不说陈腐的门户之见，就是两情久长却不能朝朝暮暮，已是一种慢性的煎熬，而她又无法织网织出相逢的桥。关于魁星，也有一种不幸的说法，他虽满腹学问，可惜每考必败，最后悲愤投河，被鳌鱼救起才得以升天。如此看来，两个七夕的神仙，都是生活中的失意者。为什么人们要向他们祈求呢？祈求的是他们自己都向往却未曾获取的幸福与喜悦？

人，习于计较，易于妒恨；神仙慷慨，他们深知疾苦，宁愿那些苦难唯有自己承担和消化，不再成为对他人的惩罚……足够了，剩下的，只是悲悯和怜惜。好心肠、笨心眼的神仙，给予人们的不是琐屑之物，是他们渴慕一生却未曾享有的至宝。

七夕七夕，只有失意者具有赠予的能力。七夕七夕，听一听成人礼的誓言，只有弱小的孩子，才有支撑未来的强大。在这种秘密而令人震动的倾斜中才有奇迹……如七星闪耀，如银河流溢。

刊于《人民日报》2016 年 8 月

春雨醉

叶延滨

　　一下飞机，便被满目春色所醉。

　　这里是川东北的仪陇。4月的春风，在大巴山的群山里荡漾。春山如浪，波浪中青翠的春树婀娜婆娑，透出沁人的春意，让人沉醉。醉在如纱飘动的云雾中，来去无声的春雨，把醉人的春意，星星点点地洒进你的心田，让人动情。动情地望着这片青葱翠绿的山水，好像梦游一幅水墨丹青。

　　"一水护田将绿绕，两山排闼送青来。"一派和平安宁的景象。而我此行，却因为仪陇曾是血与火的苏区，曾为中国革命送出了数以万计的战士。在这些战士之中，有两名战士每个中国人都认识：一个叫张思德，一个叫朱德。从士兵到元帅，仪陇这块春雨滋绿的土地上，走出多么令人敬仰的士兵序列啊。张思德这个普通士兵，在仪陇城里有一座纪念馆。为一个烧炭而亡的士兵，修一座纪念馆，确实出乎我的意料。张思德只是一名普通战士，没有赫赫战功，身后却让家乡人民建起一座"张思德纪念馆"。原因何在？原因是这个士兵的死，引出了一篇千字悼文。这篇千字悼文有个大题目：为人民服务。为人民服务，这五个字让一个穷人的党坐了天下。这五个字的大题目，让一个革命造反党，变成了世界上最大的执政党。这五个字的题目，今天还摆在每个执政者的面前，像一块不可丢弃的压舱石！一辈子实践"为人民服务"这五个字的楷模，也是一位仪陇人，这个人从士兵到元帅，一步一步向前走，留下的足迹让后人景仰。他就是130年前在这块土地上诞生的那个人，那个叫朱德的仪陇人。

　　朱德此刻站在我的面前，站立的是"朱德同志故居纪念馆"前的塑像。高大的塑像背后是朱德纪念馆，纪念馆旁有泥墙瓦屋的朱德故居。纪念馆陈列的图片和实物浓缩了中华人民共和国元帅90年不平凡的人生。参观中，工作人员还向我们详尽地一一指点，这个山坳里一些有象征意味的景物。纪念馆前有一块山岩，解说员说："这是铁锤镰刀山，上面是一把铁锤，下面是一把收庄稼的镰刀。大家看，像不像？"按照她的指示，越看这山岩越像一把铁锤放在镰刀上。纪念馆背后有座琳琅山，解说员说："纪念馆建设中，有人从空中看这座山，它的五道山梁向外伸展，就像一个五角星。"风景总是有心人能看出味道来。说山如五星，还说巨岩如铁锤镰刀，透出来的是仪陇人对家乡出了个总司令那份自豪。还有另一种寓意，没说却让你领会，这个从仪陇走出去的穷人娃儿，能当总司令，坐了天下，是这块土地灵验有玄机啊。

　　要说朱德这个总司令经百战，带大军，得天下，最说明玄机所在的，还是展橱里那根"朱德的扁担"。这就是我小学课本上的那根扁担，放在仪陇，也就放稳了。古今中外，得天下的总司令和大将军，何其多哉，然而，能让 13 亿多人的国家，所有的孩子，知道他们的开国元勋的总司令叫朱德，就是这一根扁担！扁担不说话，但扁担比所有的语言更有说服力。在井冈山红米饭南瓜汤的艰苦创业时期，官位最大的朱德，欣然扛起扁担，和士兵一起挑粮担菜。我们常说，得民心者得天下。朱德就是以平等待兵之"德"，得所有士兵之心，带领劳苦大众得天下的总司令啊。回想朱德一生，在中国革命斗争的军事史，每个历史节点上，都有他的名字：护国运动、南昌起义、井冈山会师、万里长征、八年抗战、三大战役……但朱德好像没有气吞天地的豪言壮语，也没有惊动鬼神的奇谋神略，他就是一个带着士兵冲锋的兄长。我在贵州习水的青杠坡烈士纪念碑前听到这个故事：遵义会议后，红军北上想进入四川，在青杠坡与强敌遭遇。敌强我弱，红军总部有被包围的危急关头，朱德亲自率兵冲上前沿拼杀。急得毛泽东下令，把朱老总给我抢回来。朱德夫人康克清提着两把盒子枪，在火线上找到朱德，把他救了回来。青杠坡一仗拉开了四渡赤水的序幕。四渡赤水是长征中的重要战役，我到了青杠坡，听了年轻的讲解员讲了朱德的故事。这个故事告诉我，这是一个怎样的总司令……朱德的扁担，是朱德精神最实在的一笔，那深深嵌在扁担上的印痕，让朱德这个总司令有了一支与所有统帅不一样的"权杖"：一个农民的儿子，一个士兵的兄长，一个百姓的子弟——这就是朱德带出来的军队，能够得天下的根本啊！若是忘了，若是弃了，天下安在！

　　走进朱德故居，这是川东北常见的山区农家小院，青瓦土墙木梁，静静地守持着 130 年的安详。朱德的少年时代就在这里度过。主人引我走进屋里，扶着木梯登上朱德住过的阁楼。小阁楼窄小，摆放一床、一桌、一椅。桌椅边的土墙上，开了个方窗，透气并且引入光亮。我坐在朱德坐过的椅子上，倚窗朝外望。看到的大概也是当年的风景：远山如黛，山峦起伏，风轻云淡。这样的风景会引人的目光向着更远的地方眺望。近处是屋前的院坝，行走着来自四面八方的游客。当年不会有这么多人，当年映入朱德眼帘的是一个熟悉的身影，母亲忙碌着这一家人的生计，也让少年朱德感受到生活的甘甜与艰涩。

　　母亲是给朱德影响最大的人。朱德一生在战场上行走，他不可能把母亲带在身边，却在心里给了母亲一块最温暖的位置。朱德在我的印象中，是一个为革命伏下身子的人，像拉纤的船夫，更像拉犁的黄牛。做得多，说得少，善诗文，少发表。朱德留在这个世界被人们争相传诵的文章，是他写给母亲的祭文《母亲的回忆》。这篇文章最初发表在 1944 年 4 月 5 日《解放日报》上。我在纪念馆里看到了这张报纸的原件。这篇文章在 1983 年收入《朱德选集》时改为"回忆我的母亲"。我记得读中学时，语文课本中选了这篇文章。文章中许多段落让人难以忘怀："我家是佃农。祖籍广东韶关，客籍人，在'湖广填四川'时迁移四川仪陇县马鞍场。世代为地主耕种，家境是贫苦的，和我们来往的朋友也都是老老实实的贫苦农民。"记得读到此，我也才知道，我们叶家，也是客家人，也是曾祖父那一辈从广东来到四川荣昌，心里对朱老总有了一份亲切感。文章下面的文字，催人泪下，一生难忘："母亲一共生了十三个儿女。因为家境贫穷，无法全部养活，只留下了八个，以后再生下的被迫溺死了。这在母亲心里是多么惨痛悲哀和无可奈何的事情啊！母亲把八个孩子一手养大成人。可是她的时间大半被家务和耕种占去了，没法多照顾孩子，只好让孩子们在地里爬着。……母亲这样地整日劳碌着。我到四五岁时就很自然地在旁边帮她的忙，到八九岁时就不但能挑能背，还会种地了。记得那时我从私塾回家，常见母亲在灶上汗流满面地烧饭，我就悄悄把书一放，挑水或放牛去了。"朱德的文字朴实清畅，对佃农生活的细节，记得真实亲切："佃户家庭的生活自然是艰苦的，可是由于母亲的聪明能干，也勉强过得下去。我们用桐子榨油来点灯，吃的是豌豆饭、菜饭、红薯饭、杂粮饭，把菜籽榨出的油放在饭里做调料。这类地主富人家看也不看的饭食，母亲却能做得使一家人吃起来有滋味。赶上丰年，才能缝上一些新衣服，衣服也是自己生产出来的。母亲亲手纺出线，请人织成布，染了颜色，我们叫它

'家织布'，有铜钱那样厚。一套衣服老大穿过了，老二老三接着穿还穿不烂。"写出这样暖人心田文字的人，是世界上头等的大孝子，是最本分的农家子弟。朱德是仪陇这块土地养育的英杰，反复体会这篇文章，读出了朱德精神的根系，扎在佃农的土屋里，也读出了朱德的血脉中那份劳动者后裔的忠厚孝义。大孝之朱德，大忠于他献身的劳动阶级解放的事业，如拉纤的夫，拉犁的牛。

走出朱德故居，院坝外的山道两旁，种满了桂花树。猜想秋风起时，满园金桂飘香，令人心旷神怡。桂花树经春雨滋养，如沐浴后的少男少女，神采都在每张叶片上飞扬，由里向外透出青春的气息。走在花树丛中，不禁让人想起晚年的朱德和兰花的故事。

一位叱咤风云的元帅，偏爱那幽香清瘦的兰花，当年我从坊间听到朱老总的兰花故事，开初十分不解。朱德一直钟爱兰花。据朱德自述中说，他去考讲武堂，一路上看到有一种白色的花很漂亮，当时他并不知道那是什么，别人告诉他是兰花，他就挖了两株带在身上，从此他就喜欢兰花了。虽一直喜爱兰花，但晚年的朱德与兰花为伴，也有特别的意味。一种说法，兰花寄托了朱德对湘南起义时的妻子伍若兰的怀念。1929年初，红军途经江西寻乌县吉潭，遭国民党刘士毅一个团包围。朱德率警卫排同敌人展开了激战。妻子伍若兰为保护朱德和毛泽东等军部首长的安全，率战士从敌人侧翼进行突击，将火力引向自己。朱德和毛泽东等军部领导脱离了危险，伍若兰却陷入敌军重围之中，弹尽负伤被俘，押往赣州。八天后，年仅26岁的一代女英豪，在赣州被敌军杀害，她的头颅被押送湖南长沙城示众。她的牺牲令朱德十分悲痛，朱德曾向美国作家史沫特莱介绍说："她是一个坚韧不拔的农民组织者，是一个又会搞宣传，又会打仗，能文能武，智勇双全的难得女子。"朱德一生写了40多首咏叹兰花的诗，在新中国成立后重上井冈山的咏兰诗，是首绝好的佳作："井冈山上产幽兰，乔木林中共草蟠。漫道林深知遇少，寻芳万里几回看。"细品诗中的后两句，能让我们体味出老帅心中那份深情和怀念。朱德晚年喜爱兰花，还有另一种说法，也值得一提。朱德外孙刘建在《名人传记》杂志2014年第3期上的文章《我在爷爷朱德身边十五年》中写道："在一个解密的资料里，我看到过这样一个细节：在一个特定的会议上，一位老同志对爷爷说人不得志的时候喜欢兰花，爷爷说你说我不得志我就不得志吧。"这段对话意味深长。晚年的朱德，在"阶级斗争为纲"时期和"文革""四人帮"横行时期,从政坛渐渐退出人们的视线。壮士暮年,洁身守德,与兰为伴,君子大节。

春雨醉,醉了仪陇的山水,也醉了我这远来的游子。匆匆地来匆匆地去。春雨如在洗印记忆的胶片。在红军长征胜利 80 周年和朱德诞生 130 周年之际,拜谒仪陇朱德故居,在一位伟人一生光荣的生命长卷中,清晰地显影出:一根朱军长的扁担,一篇祭母的文章,一盆幽香的兰花。

春雨醉,纷纷扬扬的雨丝,织就醉人的思念,思念那个从这里走出去的,那个叫朱德的佃农儿子……

2016 年清明后完稿于北京
刊于《解放军文艺》2016 年 7 月号

永远的田园

熊育群

　　这个阳光如金的下午，挥之不去的一个人物，在意念里生灭，有时清晰，清晰到他疲惫地停下脚步的某个时辰。有时模糊，不过是朗朗乾坤下无形无影的一个念头。深处的时空激起我的幻想，虚空中布下了形迹可疑的网，似可追踪，似可跟随。

　　乙未年冬天，再入粤北，我迷恋于山川地理，却更迷恋于那些消逝的事物。现实生活的司空见惯，一览无余，让人麻木。

　　无意间我走进了一座村庄。一棵大榕树，我在它巨大的阴影下停步。树干伸向了小河上空。河面极其狭小。这是浈水，江面到这里变窄。榕树后面是大片青砖青瓦和红砂岩的房屋，它们密密地拥挤在一起，有的墙体坍塌，残瓦散落一地，木檩戳向天空，有的墙体倾斜。蒿草在地坪里疯长。

　　古榕横卧，老去的时间触目惊心，裸露在它苍老的身姿与斑斑绿苔里，粗壮的枝干，坚硬却无韧劲的纤维裸露了千年。

　　我意念里生灭的这个人叫李耿，他便是村庄的创建者。我惊讶于弃世如此之久的人没被汪洋的时间湮没，他像一颗撒播在大地上的种子，儿孙们是一茬茬的庄稼，大地上的事物在消失又在轮回。环顾四野，稻田广阔，参差相依，河塘穿错，古木点缀，阡陌间并无特别之处，经历如此之多的朝代更替，风风雨雨，村庄却一直在绵延——李耿的子嗣不断地传递着他的血脉他的基因。这是如此稳固之地，安全、隐蔽，超然于世，它反过来证明了李耿当年的眼光，就在他停下脚步的那一刻，他感受到了这种稳固带来的安宁气息。

　　新田村，位于南雄乌迳镇，夹于南北两道山脉之中，北面的南岭山脉气势磅礴，绵延千里。狭长的平原在乌迳终结，土地开始凸凹起伏。新田村的荒芜不过是这一二十年的事。这荒芜呈示的是另一种历史的开端——李耿的子孙不再聚族而居了，开始四散开来。家族的信息将在未来的时空里失落。作为一个家族的标志——祠堂——隐于纵横交错的街巷，虽然还能感受到一种旧日气派，却在迅速衰败，昔日的繁荣只能怀想。

公元 315 年，有一天，李耿走到了浈水边，蓊郁的古木，踏响的脚步，浈水上有一条船，他犹豫徘徊，没有上船；也许并没有船，他到了江边，就不想再往前走了。他想在这片荒野上隐居，要与他周旋的世界决裂。这样的决定是一时的冲动还是思考了很久？在翻越南岭山脉或是更早的时候，他就在想了？

找到县志，这样的人物也许会有记载。那时岭南远在中原视野之外，乃南蛮荒僻之地。本土的历史何曾有过记载。南雄，走来了一个人，一个中原文明的代表，一个早到者，他有足够的资格走进这片荒野之地的历史。

《南雄市志》"人物"一栏里，李耿果然赫然在目，位列第二，在他前面只有秦代的梅鋗一人。

李耿字介卿，秣陵后街人。315 年是西晋建兴三年，李耿官至太常卿，正三品官员。"因见朝政危乱，国事日非，乃叩陛出血，极言直谏。愍帝弗纳，而耿仍廷争不已，帝遂怒，左迁李耿为始兴郡曲江令。"直言上谏把头都叩破了，惹得皇帝不高兴，他耿直忠纯的秉性由此可见一斑。

建兴三年的秋天，李耿携家眷赴任，由虔入粤，经南雄新溪，"环睹川原幽异，宜卜筑安居"，于是萌生弃官隐居之念，想过肆志图书、寄情诗酒的生活。他叹息："晋室之乱始于朝士大夫崇尚虚浮，废弛职业，继由宗室弄权，自相鱼肉，以致渊、聪乘隙，毒流中土。吾既屏居远方，官居末职，何复能戮力王室耶！"不知这话出自何处，是否来自李氏族谱？他身居荒野心还在挂念朝廷。

隐居之事竟然也载入了市志"大事记"。翻读厚厚的方志，我想起了另一位隐居者——程旼。李耿虽方志有载，但他的影响只在南雄，甚至只在乌迳。他隐居岭南的时间比程旼早。程旼作为迁徙的客家人最早被记载，一千五百多年前，他带领族人到达了现今的平远县坝头镇官窝里。李耿的隐居距今整整一千七百年。他是我知道的最早隐居岭南的人。与官窝里"群莽密箐，轮蹄罕涉"相比，这里算得上平原。但都是荒僻的"寻得桃源好避秦"的地方。

程旼先辞官回原籍鄱阳湖湖口隐居。在他的不惑之年，帝室内争，揭竿起义者不断，他审时度势，毅然率领全家及部分族人，从鄱阳湖走水路，逆行赣江、贡水，走尽南岭山脉，翻越武夷山脉西端的项山甑进入岭南。

李耿隐居的缘由与程旼大体相似。在他隐居后的第二年，匈奴就攻下长安，西晋灭亡。他们都是具有先见之明的人。

程旼迁徙时已是一介布衣，他的影响在于他身体力行传播中原文明，特别是儒家文化。明末他被尊为岭南古七贤之一，与韩愈、张九龄、文天祥并列。清代葛洪的广东《通志》列出的古八贤，他排在第一。自宋以来，历代文人骚客来官窝里吊唁、瞻仰，写下大量诗词。地方官员也撰写了很多宅墓文、碑记、传记、簿序等。程旼渐渐作为岭南卓著的客家先祖被后人敬仰。李耿虽官至三品，留名于世，与程旼相比，却是寂寥得多了，犹如长河中的一朵浪花，他只在自己血脉的河床上波翻浪涌。

程旼迁徙岭南十三年，皇帝以其姓氏给他的居地赐名程乡县。万古江山与姓俱。他开办私塾，把敦本崇教之风带到了岭南。他将儒家"泛爱众而亲仁"的"仁"发展为和邻睦族。他乐善好施，周济贫苦人家，又建凉亭、辟山道、筑桥、修水利，至今当地还有程源桥、程公陂。一个人的名声看来与他的作为是密切相关的。

南迁者的路线是我一直迷恋的，曾经走过程旼迁徙的路，入粤之前他与李耿走同样的水路，由鄱阳湖入赣江，程旼向东逆贡水至于都、会昌，过筠门岭，走现今的澄江、吉潭，或走水路石窟河、普滩，抵达平远。那年夏天，在筠门岭的江边，我眺望大山深处的古道，程旼远去的背影仿佛还在山坡下晃动。李耿从赣江、贡水、桃江到信丰九渡圩码头，上岸后，翻南岭山脉进入岭南，他走的是乌迳古道。

乌迳古道是一条隐秘的不为人知的路，比梅关古道还要古老，它水陆联运，贯通了南北。翻南岭山脉，古道走焦坑里、梨木丘、老背塘、石迳圩、鸭子口、鹤子坑、松木塘到田心，从新田村下浈水再走水路。民国时期，乌迳古道还在发挥着作用，"日屯万担米，夜行百只船"，这样的历史离我们并不遥远。

在地图上寻觅乌迳古道的路线，眼里却跳出了西京古道的地名。我脑子里又有一个人影在晃动着，他从西京古道走来，也许正是他让我想起了那条古道。他是一位隐士。

于是，在西京古道的地理位置寻找自己熟悉的地名，不用闭眼它们独特的景色立马就浮现出来了。西京古道与乌迳古道大体平行，它在后者的西面，同样翻越了南岭山脉。古道修筑于东汉建武二年，北接湘粤古道，是一条骡马行走的陆路。秋冬交替之际，我专程寻觅它，石角、大桥、红云，这些人烟稀疏的石灰岩村落，周边山川地理怪异，常常孤峰耸立，难见树木，山间偶尔可见一段石铺的路，石板呈铁黑色。它由上腊岭过风门关，进入乳源，走龙溪、大桥、均丰、白牛坪，由乐昌出水岩、梅花、老坪石等地。

两千年的岁月眼看要将它湮没，那曾被脚印踏平的石板深陷枯槁的荒草，浸淫了遥远的信息。我的目光沿着它的方向往南北眺望，空茫一片的时光里，曾经的中原与南粤都在这同样的虚空里，闪着神秘的光芒。边地，隐藏于南方重重山脉间的边地，再不是现代的都市，而是湿溽瘴疠之地。一条道路曲折着，起伏着，慢悠悠延伸而来，什么人踏响了一块块石板？行路者是怎样荒凉的心情？

我想起了韩愈。我能想起的也只有他。当年被贬潮州，他走的就是这条古道。现在，我想的却是另一个人，一位青莲山上的隐士，他的悲壮人生留在了这条古道上。

那是一个风雨交加之夜，不知是秋雨还是冬雨。早晨醒来仍是风雨不止，天气格外地寒冷。向北驱车，我进入乳源大桥镇，从京广高速高架桥下穿过，一条新修的水泥路通向青莲山。窗外，山峰如笋如乳，不见树木，虽然连绵不绝，却全是孤峰耸立。青莲山是乳源与乐昌交界处的最高峰。上山的路窄得只容一车通行。

山上出现了一座荒寺，门边白墙黑字写着"野寺断人行明月过来佳客至，山僧无俗伴白云飞去法堂空"，横批："李秉中隐居"，隐者就是这位李秉中了，这是他三百多年前写的楹联。与程旼、李耿一样，他曾经在朝为官，官至明朝兵部左侍郎、南赣副都御史。不同的是，他没有家眷，更没有族人，这里找不到他的后人。他只身一人在此隐居。他没有像他们一样看到王朝将覆，匿迹荒野，他选择做了自己朝代的陪葬人，一个与王朝走到尽头的人。

穿过寺庙后的矮树林，我上山去墓地拜祭，一阵风把伞吹得反转，冷雨砸在脸上。青莲山顶一座孤零零的坟茔，圆拱形的墓门被人嵌上了橙色、褐色的瓷砖，坟前竟然插了好几面红旗，还有一面党旗，风雨里哗啦啦翻响。

满人入关，李家兄弟带着一队人马沿西京古道来这里屯兵储粮，对抗清兵。

在宜章与清军决战，因寡不敌众，全军覆没。李秉中只身脱险，隐于帽峰岭石室。他白天出山，了解当地民情，顺便找点吃食，晚上燃竹苦读。他的诗表露了他那时的心迹："龙鳞参参虎斑斑，龙困深潭虎困山；有日龙虎睁开眼，惊破五湖奔破山。"

时局稍有变化，他就隐姓埋名，来到大岭脚李家排村打工。据说，他的胃口奇大，一顿能吃三斤米，吃一顿山芋，光剥下来的山芋皮就有三斤重。主人眼看粮食不够吃了，不得不把他解雇。尽管他力气大，一人能干几个人的活儿，但这么大的食量，谁家也不敢雇他了。他沿着西京古道走到了天门峰，寄身一间又破又小的荒庙，决意削发为僧。现在的寺庙便是他带头鸠工扩建的。他仰慕李白，就以诗人的号改天门峰为青莲山，取山寺名为青莲山寺。

孤灯苦挨，一守便是二十余年，复国已经无望，他想着把自己的满腹诗文传于世人，于是下山还俗，帮村人代写对联和书信。村人见他为人厚道，又能吃苦耐劳，文武双全，聘请他为私塾先生。数年后，经他教育的门生，科场应试，大都取得了进士、举人、贡生、廪生不同的荣衔。

李秉中还懂得医术，梅辽四地的人都来找他看病。有一天，走在帽峰岭上，看到一位妇女抱尸痛哭，一打听，原来她无钱葬夫，李秉中当即脱下棉衣披到女人身上，又掏出了身上所有的钱。他做善事从不留名。人们只尊称他为"李大人"。

晚年，李秉中再次返回青莲山，他就死在这座野寺。人们把他葬于峰顶，至死也无人知道他的身世。

三百多年来，这个荒僻之地，前来烧香叩拜的人络绎不绝，人们来此求升学、排忧难、除病痛，青莲山公路就是信众集资刚刚修筑的。山上寺庙还雇有专人管理。有人为他写下："斯人何人？商之孤竹君，明之都御史；此地谁地？昔有首阳下，今有青莲山。"

我在李秉中的墓地远眺，石灰岩的山如列如阵，远处的山脉横亘天际，不见一处村落。突然想到自己每到一地，拜访的全是故人，几乎没有拜访过活着的人。每乡每地，人们说得最多的往往也是故人，行走山川，沉湎的是古村、山寺、古道、古木，它们唤起我时空的联想——虚空中布下的那张网。

由黛而蓝的群山，奔涌如涛，势若呐喊，天地却是喑哑一片，静默一片，大荒之野藏匿的秘密从无声息，隐蔽的、独自生存的人，乱世里的流民、难民，蛰伏的志士与枭雄，这片土地里的生与死，洪荒岁月，白云苍狗，都归于脚下蓬勃的野草，枯荣与共。

第二天走梅关古道，大雨如注。群山涌动如雾，两侧山崖树木老绿如翠似染。梅花一株株遍布山坡。十七年前我曾翻越大庾岭，记得是宋代黑卵石铺的路面，寻找记忆中的路，路面却是不规整的块石，偶有大的卵石，与我记忆中黑色的小卵石完全不符。记忆如此之深却与梅关古道全然不符，这种错位令人真假莫辨，恍惚迷离，我竟然不肯认同。

梅关古道由唐代张九龄修通，"坦坦而方五轨，阗阗而走四通"。苏东坡两过此岭，写下"问翁大庾岭头住，曾见南迁几个回？"，文天祥也写诗，同样是风雨天，他的心境最为凄凉。当年他带着八千客家子弟抗击蒙古兵，从梅关翻过南岭，回来时他已是元朝的囚徒，一路由南往北被押解去大都。他也是为自己的朝代而生为自己的朝代而死的人，从被俘之日开始，内心早已允诺了舍生取义——"烈士死如归"，任何劝降的许诺他都不为之动，其决绝常令后人浩叹。从《过零丁洋》开始，他一路写诗，5月到了南雄，他写："风雨羊肠道，飘零万死身"；梅岭南麓："倦来聊歇马，随分此青山"；梅关："梅花南北路，风雨湿征衣。出岭谁同出，归乡如不归"，他的归乡便是前面路途上的赣州，那里是他的故乡；到了章江："闭篷绝粒始南州""江水为笼海做樊"；赣江："惶恐滩头说惶恐""故园水月应无恙"，赣江水路上的黄金市、赣州、泰和都成了他的诗名。一条南北交通大动脉竟然写到了他的诗中。诗中的古道如此凄寂，古道上的诗却千古流传，一颗丹心照亮了生命与岁月的通途。

站在大庾岭关楼下，雨仍下个不停，听雨声四面哗哗啦啦彻响，我既无出关之心，就只是朝关外的山水凝望，恍然里，那个元代的囚徒独自走远了。雨中的山岭纷纷遁入时间深处，时空的界线倏然模糊，犹如山下赣南大余的连绵丘陵，全是雨水的迷离、湿漉、空蒙……

刊于《南方日报》2016年3月31日

多年以后

裘山山

近日去一个老友家做客，在聊到数十次进藏采访时，老友忽然说起一个我们都熟悉的领导。他说那个人真好，厚道。我心下暗暗诧异，因为我对那人印象可不好，感觉是个没啥能力只会说套话的人。老友回忆，90 年代他们去西藏边关拍一个大型纪录片，路很烂很危险，保障他们的吉普车一路走一路坏，几次险出车祸。他抱着试试看的心情，打电话给那个领导，他和领导也就见过一面。不想领导听了后马上说，用我的车保障你们，你们的安全很重要。说罢立即下令，把自己的丰田越野派给了摄制组。老友说他们当时惊喜不已，非常感动。

那我为什么对他印象不好呢？话说也是下部队采访，我在某个演习场地遇到他，一见面他就叫错我名字，把我叫成"袭山山"，而且当有人婉转提示是裘山山时，他居然很自负地摆手说，袭山山我还能不认识吗？我很尴尬，也不便当众纠正，心里却留下了没文化的印象。后来我又听人说，他的儿子本来不咋样，靠着他提拔很快。这下对他的坏印象就坐实了。

可是面对老友的感慨，我不好意思再吐槽了。作为一个经常去西藏采访的人，我知道那路有多险，更知道一辆好车有多重要。他能立即把自己的车给摄制组，说明他的确是个厚道人。他原本可以打个官腔，让其他人去处理的。而且老友还说，其他下属也反映说，他是个经常帮下面解决困难的领导。

由此可见，人绝不是单一的好或单一的不好，只是由于我们不能即时获得完整的信息，便容易作出不完整的判断，甚至以偏概全。也许，时间才是修正我们眼光的精密仪器。这样的经验，我估计每个人都有：多年以后，发现某个人并不像自己想的那么坏，或者，并不像自己想的那么好。甚至，曾粗暴地对待过某个人，心生愧疚。

记得是我 30 出头那年，当时孩子小，工作重，过得很辛苦。有个黄昏，我从幼儿园接回孩子，忙着做饭。正要炒菜的时候来了一对中年夫妻。他们说是经朋友的朋友介绍来找我的，我只好关了火请他们进屋坐。原来，他们的儿子马上要从军校毕业了，他们想托我帮他们把儿子分到成都，不要去偏远的部队。我一口回绝，我说我没这个能力。这是实话，同时以我当时非黑即白的性格，很厌恶这样的事。我说既然考了军校，就应该有吃苦的思想准备，去部队锻炼一下没什么不好。我一边说一边开始烦躁，锅里是炒了一半的菜，地下是正在玩水的儿子，真恨不能他们马上离开。可他们就是不走，反反复复说着那几句话，儿子身体不好，受不了太艰苦的生活。请我帮帮忙。我看不松口他们是不会走的，只好说我去问问。他们两个马上眉开眼笑，立即从地上拿起旅行袋往外拿东西，仿佛交订金一般。我一下就火了，估计脸都涨红了，大声说不要这样。可是大妈把我按在沙发上，大叔往外拿东西，我完全没有办法。其实，就是两瓶白酒，七八个砀山梨。他们走后，一个梨从茶几上滚了下来，我满腔怒火上去就是一脚，把梨踢得粉碎，把儿子吓哭了。故事还没完。第二天我去服务社看了下酒的价钱，然后按他们留下的地址写了封信，义正词严地说，我不会帮这个忙的，也希望他们的儿子勇敢一点，不要让父母出面做这样的事。然后连同钱一起寄了出去。

过了这么多年想起这事，真的是心生愧疚。不是说我当时应该帮忙，而是我的态度，我太不体恤他们了，那么生硬，轻蔑。我至少应该安抚他们一下，多给他们一些笑容。他们很可能是下了很大决心才来的，从很远的郊区坐公交车赶过来，东问西问问到我的家，拎着那么重的东西，厚着老脸来求一个年轻人。可我却"义正词严"地拒绝了他们，我对二十多年前那个"义正词严"的自己，实在是太不喜欢了。

为什么要过这么多年，我才能明白？

若干年前的秋天，我应邀去一个小城采风。采风结束时，主人家让大家留下"墨宝"，我连忙闪开。作为一个毛笔字很臭的人，遇到这种场合除了逃跑别无他法。可是，那位负责接待的先生，却三番五次来动员我，我一再说我不会写毛笔字，他就是不信。也许是我的钢笔字误导了他，我给他送书时写的那几笔，让他认为我的字不错。他说，你现在不愿写，那就回去写了寄给我。我以为是个台阶，连忙顺势而下，说好的好的。

哪知回到成都，他又是写信又是发短信，一再催问我写了没有。看来他不是客套，是真的想要。我看实在是躲不过了，就找出笔墨试着写了几个字，真不成样子。可他继续动员：我们就是想做个纪念，你随便写几个字吧，写什么都行。我便临时抱佛脚，练了三五天，然后找我们创作室的书法家要了两张好纸，并问清了应该怎样落款怎样盖章，总算勉强完成了任务，寄了出去。过了十天，他来短信问我寄出了吗？我说寄出了呀，寄出好多天了。他说怎么没收到呢？又过了一周，他告诉我还是没收到。我说也许是寄丢了吧？他说那太可惜了。好在，他没再让我写了。

过了好多年好多年，去年的某一天，我忽然想认真学写一下毛笔字，就找了个教学视频来看，一看才知道，我当初那个哪里是毛笔字，完全没有章法，就是在用毛笔写钢笔字。于是忽然明白：那年我寄去的"墨宝"肯定没丢，他肯定收到了，只是打开一看，出乎他的预料，根本拿不出手，为了维护我的面子，他只好说丢了。虽然我没去跟他确认，但心里已肯定无误了。

生活藏满了秘密，而答案，往往挂在我们去往未来的树上，你不走到那一天，就无法看到。

再说个长点儿的故事吧。

1983年夏天，一个17岁的女孩儿跑到我刚刚就职的教导队来找我，告诉我她考上大学了。她是我大学实习时教过的学生，教过四十天。1982年秋天，我到一所县中学实习，教高二。我当时24岁，说一口普通话，充满了80年代大学生的热情和浪漫。比如会利用晚自习时间，给全班学生朗读海伦的《假如给我三天光明》，希望他们珍惜生命珍惜青春；还比如晚自习时，发现教室外的晚霞非常美丽，就停下讲课让所有同学走出去，站在长廊上看晚霞，直到晚霞消失，然后让他们就此写一篇作文。我还以自己的经历告诉他们，一定要努力考上大学，一定要走出家乡去看看外面的世界。我的这些做派很对高中生的胃口，学生们因此都喜欢我。特别有几个女生，总围着我转，一下课就寸步不离地跟着我。

这个考上大学的女孩儿，就是其中一个。

据她后来告诉我，当时我看她穿了一身很破旧的衣服非常着急，问她你就穿这个去上大学吗？她说她只有这身衣服，家里四个孩子，父母务农，生活很困难。我便把她带回家，从自己不多的衣服里找了几件给她，有牛仔裤，有衬衣，有T恤，好像还有件毛衣。因为她个子比我略矮，都能穿。

这件事我完全忘了，只记得她来看过我。二十多年后的某一天，她突然打电话找到了我，她在电话里激动得语无伦次：裘老师我好想你啊，我一直在找你。裘老师你知道吗，我上大学时你送我的那几件衣服我一直穿到毕业。后来我们家情况好些了，我就把你送的衣服洗干净包起来，放在柜子里。每次搬家我妈妈都要说，这是裘老师送你的衣服，不能丢。我们搬了五次家，这包旧衣服还在我们家柜子里。

接到这样的电话，对我来说不啻是领到了上天的奖赏。

而这个当年的小姑娘，如今的高中数学老师，仍在源源不断地奖赏我：她亲手剥花生米寄给我，亲手灌香肠做腊肉寄给我，亲手绣十字绣寄给我，无论我怎么劝说，都挡不住她做这些事。

最让我感动的是 2013 年元旦，当时我正经历着一生中最寒冷的日子：父亲罹患重症，母亲身体也不好。一个在医院，一个在家。由于每日来回奔波，天气寒冷，我也病倒了，发烧，头痛。晚上躺在母亲身边，一边安抚母亲，一边忍受着感冒带来的折磨，心情实在是阴冷到了极点。

忽然叮咚一声，我接到了一条短信：裘老师：偌大的地球上能和您相遇，真的不容易。感谢上天让我们相识于 1982 。您让一个从未奢望上大学的穷孩子有了上大学的梦，并最终实现了梦。从此她的家有了前所未有的改变，她的弟妹也努力学习，一家四个娃都上了大学，而他们的父母几乎是一字不识，这是一个奇迹。感谢您裘老师！ 元旦来临，祝您身体健康，家庭幸福。您的学生罗花容。

我的眼泪瞬间涌出。我知道她并不了解我当时的情况，她只是在表达她的感情。而这份感情之于我，在那一刻实在是太重要了，是寒冷的冬夜里最温暖的一束火光，让我的心重新热起来，亮起来。我忽然明白，原来三十年前 20 多岁的我，给三十年后 50 多岁的我，留下了一根火柴。

很多感情和心境，我们总要在多年以后才能体验。有的，或许已转化成生活的礼物，有的，则铸成一生的遗憾。

1 月里的某一天，阳光明媚，气温却很低，有点儿北方冷冻的感觉。我参加完军区部队的转隶交接仪式，一个人穿过操场，走向办公大楼。四周很安静，我知道这安静里正孕育着风云激荡，中国军队将面临全新的格局，对这样的全新我们充满期待。但一个有六十一年历史的军区也将因此消失。而我，在这个军区里整整服役了四十年的老兵，也将面临转身离开。那种心情，真无法诉说。

我一个人走着，忽然想起了父亲，父亲是在 1982 年中国军队第七次大裁军中离开部队的：他所在的铁道兵被成建制撤销了，他因此提前离休脱下了军装。那个时候父亲曾无限感慨地对我说，我读的北洋大学没有了，我当了一辈子的铁道兵也没有了。今后我都没有老部队可回了。而我，只是随口安慰了他一句：提前退休不是更好吗？辛苦了一辈子，正好早点儿休息。

三十年后的今天，我忽然明白了当时父亲的心情。因为我此刻的境遇与父亲完全相同；而我此刻的年龄也与父亲当时的年龄，完全相同。虽然到了今天，我也没想出更熨帖的话来安慰父亲，我仍为自己当初的漫不经心感到内疚。

等我今天明白时，早已物是人非。对于已经去了另一个世界的父亲，我还能说什么呢？人生的很多遗憾，就是这样留下来的吧。这些日子我反复在想，我当时到底该怎样安慰父亲呢？老实说，将心比心，没有什么安慰能让他好受。也许，当父亲生发出那样的感慨时，我最应该做的，就是陪着他一起沉默。

因为多年以后我才明白，很多感情，难以言说。

也许人生就是一个不断失落和释然的过程。那些失落和伤怀让我们更能理解他人，而那些释然和感动，则让我们活得更加开阔。

2016 年 2 月于成都正好花园

刊于《文汇报·笔会》2016 年 2 月

重返故乡：一个旁观者的自白

锦　璐

　　我的脑海中常常会出现一幅迁徙路线图。先是 20 世纪 50 年代后期，两个圆点分别画出箭头。一条从广西出发，一条从北京启动。虽然起点不同，但它们自一南一北出发后，蜿蜒或笔直地向西划过大半个中国，前后抵达新疆乌鲁木齐。1970 年，这两个圆点合二为一，成为一个圆点。1992 年，圆点一分为二。再后来，这幅静止了很多年的路线图有了新的动静。一条向西南，到了广西；一条向华北，抵达山东。

　　请注意我的字眼，此处并无"回到广西"和"回到山东"这样的用词，虽然它们指向来处。世间总有很多解释不了的事情。解释不了，人们干脆就偷懒结归为四个字：冥冥之中。1995 年的这场迁徙，仿佛就是那个"冥冥之中"交换了父亲和母亲的去路。它让来自广西的父亲去了山东，而祖籍山东的母亲则跑到了广西。在此之前，他们两人谁也没去过对方的故乡；在此之后，他们却要在对方的故乡老去。

　　家里的黑白老照片里，有两张分别记录着父亲和母亲少年时的模样。

　　父亲穿着土布衣裤，黑色上衣黑色裤子肥肥大大，裤脚却很短，吊在没有穿鞋的光脚板上。五官清秀，神情却有些呆，还有些警惕，双手捏着衣角，那是他走了十几里山路，到县城拍的第一张照片，也是他少年时代唯一的照片。和他站在一起的，是他的弟弟。两个农家少年拍完这张照片，就踏上了去新疆的遥远路途。家里待不下去了，土改把这个因为父亲兄弟三人上学因而缺乏劳力、雇佣长工的家庭划为了地主。一家人因此受到政治歧视，"地主狗崽子"的谩骂和欺侮如影相随父亲的少年时代。父亲小腿上有一道长长的疤，那是他在山里砍柴被树藤绊倒，跌在砍柴刀上割伤的。这样的地主儿子，当得可真寒碜。好在父亲的兄长几年前已经到新疆参军，还当了个小军官。这使得父亲的逃生之路好歹有了一处明确的目标。

母亲的照片则完全是另一幅景象。她穿着长袖的紧身运动衣，宽缎带系成的蝴蝶结在她的头顶亭亭玉立。或许是一个大跳过后，也或许是一个旋转之后，紧接着竖劈叉，正身，塌腰，送手。母亲的造型被定格，她将双手抒情地打开，一只竖在耳边，一只从胸前送出去，好像心中有喜口中有歌，要顺着手势传递出来。这是20世纪60年代初，她的父亲还没有被"打倒"，没有成为"反动学术权威""走资派"，没有关进"牛棚"。作为新疆医学院教务长的小女儿，母亲被人宠爱和羡慕。她和兄弟姐妹们住在新疆医学院的苏式楼房。住在苏式楼房里的，都是内地援疆的专家和干部。那些苏式建筑，大尖顶、灰墙、木窗木地板、外凸阳台，回廊宽缓，墙壁厚实，还有苏式壁灯，钩着镂空花边的白纱窗帘在风中荡漾。每座楼前包括整个大院都有很多树，分别是松树、柏树和杨树。

1959年，18岁的父亲蹲在龟速般的火车中，从飞沙走石的暗夜穿过河西走廊，奔向前途未卜的命运时，9岁的母亲正一脸雀跃趴在万米高空的飞机舷窗前，和她的父母俯瞰连绵起伏的天山山脉。骄阳就在天边，仿佛永不落幕。

这是多么遥远的距离，不仅八竿子打不到，简直就是井水和河水，就是天上的飞鸟和海底的鱼。年少的父亲与年幼的母亲却并不知道，命运的颠覆、扭曲就在不远处等着他们。不光是他们，几乎所有中国人的命运，都被席卷进入十年的动乱，无法脱逃一场又一场残忍、狂暴的伤害。

"文革"开始后，父亲和母亲都成了"黑五类子女"。父亲从工厂实验室被丢到最脏最累的锅炉车间烧锅炉。高考的取消直接粉碎了母亲的大学梦，两年后的"上山下乡"则把她扔去北疆的农场，一去就是九年。命运的荒诞就在这一刻产生，在社会阶层的链条上，依赖于父辈的荣耀、原本排序很靠前的母亲现在成了最底层，她不仅连农民都不如，甚至还不如同是"黑五类子女"的父亲。毕竟，父亲的命运还有一张薄薄的城市户口托底。

到了婚嫁年龄。我的父亲和母亲，这两个被命运丢到谷底的人，谁也别嫌弃谁了。

但是，嫌弃很快就有了。从我懂事起，我就能够感觉到父亲和母亲的格格不入。我不止一次在母亲和姨妈聊天时，听到她对父亲的抱怨，包括性格懦弱，包括没有生活情趣，不懂浪漫，工人大老粗，农民。在姨妈做调停工作时，我又偷听到父亲控诉母亲贪图享受，虚荣，大小姐做派，完全是资产阶级那一套。这些新鲜的词汇仿佛为我打开一扇窗。反复琢磨直到最终理解这些词汇的过程，就是人生开蒙的过程。

在经历了多次纷争和冷战后，"离婚"亦然成为一家三口都无法回避的话题。十三四岁的我立刻表明态度：同意。我的冷静、认真，甚至还有几分急切让母亲吃惊，她以为我在怄气，或者憋大招。母亲委托同事对我左试右探，发现我智商正常，情商略高，尤其能站在父母各自的立场考量，分析问题的时候头头是道，甚至说出了"谁说人民内部的矛盾就一定可以调和"这样具有思辨性甚至离经叛道的句子。

我的父亲母亲，果真是对方眼里的那个形象吗？在我这个孩子的眼里，他们分别是多么好的父母啊。

父亲画得一手好画。他会画老虎下山，雄鹰搏击风雨，画齐白石的虾徐悲鸿的马，画金鱼牡丹漓江山水大漠风光。一个农家子弟，凭的是一点点天赋，走的是自学成才的路子。"文革"前父亲在新疆的文艺刊物上发表了好几幅歌颂"咱们工人有力量"的绘画作品，虽然不过巴掌大。20世纪80年代，他给玻璃厂画镜面上的马兰花，给搪瓷厂画脸盆底的公鸡报晓；90年代新疆旅游兴起，他画了好多戈壁骆驼在涉外宾馆寄售。

父亲喜欢摄影，一台海鸥120相机跟着他好些年，人在取景器里是倒过来的那种。我小时候有很多照片，远远超出同龄人，都是父亲给我照的。他在家里隔出一间小小的暗室，插一支瓦数很低的红灯泡。我常常跟着他在里面玩耍，看着我的"脑袋"慢慢从药水里浮现出来，多么神奇。

十年动乱结束后，各行各业都恢复了正常有序的生产工作。作为乌鲁木齐市属企业，父亲所在的工厂一次次成为上级调研、同级参考、下级学习的定点单位。厂区办公楼前迅速砌起了一条十米长的宣传长廊，琉璃瓦顶玻璃罩，很是气派。硬件有了，软件呢？谁有本事把十米长廊填满？

父亲就这样从车间调到了工会。他终于可以名正言顺、正大光明地施展他的才华了。

我对母亲抱怨父亲"没有生活情趣"持反对意见，还因为父亲当年四处翻录邓丽君的磁带。那时候很多人家都有了三洋录音机，一个砖头大小黑漆漆的盒子。到了晚上，要么有人拎着盒子来，要么父亲拎着盒子出去。他们把窗子关上，拉上窗帘，神秘兮兮地像特务在接头。然后，两个或者多个盒子并成一排，两盘或多盘磁带同时转动，声音不能开得太大。房间里的人静悄悄地猫着，谁要是忍不住清嗓子揉鼻子，会招来非常严厉的眼神。一首歌录完了，大家眼神沟通，手指同时按键，"咔嗒"一声按键弹起来，才能长长喘出一口气。在邓丽君的歌声还没有解禁，一度被批为靡靡之音的年代，父亲在短短两年内录了整整四盒"邓丽君"。这完全是一种自发、自觉的热爱，怎么能够下定义说他"没有生活情趣"呢？

或许，是我的母亲太热爱生活了？

我上小学一年级的时候，有一堂语文公开课。女老师提问："同学们，谁能告诉老师，什么是'年轻人'？'年轻人'是什么样？"

一群流鼻涕孩儿傻怔怔地看着她。1980年的孩子，肚子里消化的多半还是棒子面窝窝头，脑袋瓜的润滑程度自然不及现在粳米白面洋奶粉滋养的孩子。半晌，鸦雀无声。除了吸溜鼻涕，教室里再找不出第二种声音。女老师期盼的目光麻花一样，在同学的脸上拧来绕去。最后，沉痛而执拗地停留在我的脸上。难道我是她的救命稻草吗？在这个问题产生答案之前，有一个事实是明摆着的。那就是，女老师是我的母亲。谁都可以不出声，但是我不行。

就像成语所说"两肋插刀"那样，我毅然站起来，迎着母亲悬而未决的目光，勇敢而坚定地回答："年轻人，就是踩高跟鞋，穿花衣裳，烫卷头发的！"

静了两秒钟，课堂后排爆出老师们的笑声。她们笑得那样发自肺腑，那样舒畅开怀。我的母亲也一下子乐开了花，差点忘记了表扬我。当时她们一定互相打量着，确认着，感慨着。一个5岁小屁孩童真幼稚的答案，"踩、穿、烫"，"高、花、卷"，"鞋、衣、发"，多么掷地有声呀，从头到脚，动词、形容词、名词搭配得真好，真形象，真栩栩如生，真贴切到位！真的就是这样呀——我的母亲和1980年的女人们，就是这样热爱生活的！

母亲勤快周到，把时间分配得特别好，从不会因为爱逛街、爱打扮耽误了做家务。母亲总是大盆大盆地洗着衣服和被单。那时候没有洗衣机，父亲的劳动布工作服又厚又硬，母亲根本揉不动，干脆拿刷子刷。洗好的衣服、床单高高地挂在小院里的铁丝绳晾晒。新疆的太阳多大啊，只消一个上午，那些滴答滴答往下滴水的衣物，就干得透透的。洗完衣服就拖地，家里的红砖地拖得亮亮的，一丁点儿灰尘都没有。夏天，母亲切一盆又一盆豆角、西红柿、白菜、辣椒，要么爬上房顶摊开晾晒，要么埋进缸里做酸菜，以备冬天食用。到了春节前，母亲炸带鱼、炸馓子、炸丸子，满屋子都是过年的香气。

母亲还特别有上进心。30 多岁的时候考上新疆教育学院读书，后来又参加全市统考，从厂矿子校考进了新疆师范大学附中当老师。她的语文公开课拿过全市第一。

那么，父亲说的"资产阶级那一套"到底是哪一套呢？

到了 20 世纪 70 年代末期，中国的政治生活和社会生活发生了巨大的转变。露天电影、录音机、蛤蟆镜、电子手表、披肩发、喇叭裤、交谊舞、邓丽君、《霍元甲》《上海滩》，等等，层出不穷，目不暇接。这些色彩斑斓的事物，在太阳底下泛出黄金般的光芒，将人们的生活从物质到精神，带入一片新的天地。

这个时候，外公平反了，恢复了职务和待遇。母亲重新出入有松树、杨树、柏树簇拥的苏式小楼，被压抑已久的天性充分释放出来，那就是对自我和个性的追求。

这种追求，是将"上海"作为对象的。在母亲的感知里，上海是文明和进步的象征，是承载着浪漫情调的一个想象体，是一个通体闪光的水晶球。仅仅是打开口腔发出"上海"两个读音，都有一种轻微的令人欣喜的眩晕。这种想象，来自新疆医学院那些上海专家教授们儒雅温婉的气质，来自他们每天回家换拖鞋并且每天都要拖地的良好习惯，来自他们教育子女时所秉承的一种行为规范。以至于母亲在情窦初开的年龄，梦想着对方是一位上海人。

所以，当母亲有条件开始追求她的人生时，她把头发烫成卷，点名要烫成《第二次握手》里丁洁琼的发式；她托人从上海带来布料，照杂志做最时新的款式；她喜欢跳三步舞曲，主动邀请风度最好的上海男舞伴……谁要是在背后议论她，她才不理呢。她的口头禅是："说去呗，难道能少了我一根汗毛！"

母亲不仅自己爱穿爱戴，也非常爱打扮我。她时常托出差的同事从上海给我买新衣服，也把我的头发烫成秀兰·邓波儿的满头卷，带着我到鸿春园餐厅，用刀叉吃西餐，喝不加糖的清咖啡。

但我发现，我不太能够回忆起童年的乐趣，原因是我的童年不太有乐趣。我的童年里，是每天背唐诗、练书法、练小提琴。大院里的孩子玩捉迷藏大呼小叫，我却眼泪糊了一脸，歪着脖子，琴弓在琴弦上锯出叽叽嘎嘎的声音。今天，应试教育和素质教育两座大山下的独生子女们每天枯燥机械的生活，我提前几十年就尝到了滋味。

此外，我不准玩土、玩沙子、玩水，不准爬树、钻树林、钻草丛，不准疯跑疯跳疯笑。一切母亲认为不是淑女该做的事情都不能做。有一段时间，我特别喜欢跟着土生土长的新疆人说新疆话，满嘴"劳道得很"（很厉害）、"勺子"（傻瓜）、"你干撒去呢"（你干什么去）、"你佛撒呢"（你说什么呢）。新疆话鼻音重，舌头硬，尾音向下拽，透着一股子拓荒戍边的蛮横劲。母亲一听到我张嘴，上来就给我后脑勺一巴掌。不留神又溜出来一句，再来一巴掌。

我成了一个孤独的小女孩。唯一的好朋友是隔壁上海知青家的一个小姑娘。只有她来我家，我才能得到母亲的允许，少练一会儿琴，多玩一会儿。

若干年后，我读到美国人保罗·福赛尔写的《格调》，不禁哑然失笑。"一个人怎么说话，说什么话，当然毫无例外地显示等级和品位。主要不在于说的话是否粗俗和文雅，而更多地在于使用哪些语汇，这些语汇的社会根源和生活内容是什么。另外对自己的社会地位有没有自信，决定了一个人的说话习惯。"除了"一张口，我就能了解你"，保罗·福赛尔还列举了从好几个方面可以判断一个人的阶层，包括"以貌取人""住房""消费、休闲和摆设""精神生活"，等等。

不得不实话实说，母亲对我的教育投资、行为举止的规范、生活习惯甚至是饮食习惯的培养，实在是暴露了她对社会阶层的敏感与偏执。而她关注越多投入越多，就越说明她有这种优越感。

然而在我父亲眼中，这一切是多么令人痛恨和烦恼。母亲那种自命不凡在他眼中根本就是妄自尊大，附庸风雅。可是他越是痛恨，越说明这种等级存在的真实和严酷。

1980 年夏天，乌鲁木齐举办了第一届独生子女才艺大赛。具体是不是这个名称，我记得不是很清楚了。我只记得在人民公园的湖边，把小朋友划成不同年龄组，问几个问题，又让我们唱唱歌跳跳舞，就算是"比赛"了。周围好些人看着，有的小朋友蒙了，有的小朋友哭了。我一点儿不发怵，比画起小手唱"刘三姐"，扭着脖子跳"我们新疆好地方"，摊开胳膊"献哈达"，抖起肩膀学"赛马"。我还背了几首唐诗，既有"床前明月光"这种比较简单的，还有"渭城朝雨浥轻尘"这样有一些难度的。一个人又载歌又载舞，脚下有红地毯似的，欢天喜地。很轻松地，我就拿了 5 岁组的第一名。

父亲对此却没有多少喜悦。相反，他忧心忡忡地看着我，眼神充满了不安。他对我的母亲说，你把一个孩子整成这样干什么？母亲头一扬，我就是要她和别人家的孩子不一样。父亲说，要出风头你自己出，现在得意了，有你吃亏的时候。母亲说，像你那样？唯唯诺诺的，像不像个男人！父亲后槽牙磨得叽叽响，最终磨出一句话，再来场运动，你就等着哭吧。

很多年以后，我和母亲聊起往事。母亲说终于理解了当年的父亲，为什么那么小心翼翼，凡事不敢越雷池一步。即使是在生活条件好转之后，他也不肯穿得好一些吃得好一些；即使是市工业局发话要调他，他也不敢去厂领导那里为自己说话求情。

都是因为他的出身。父亲曾经只言片语地给母亲提起过，有两次造反派密谋当天夜里抓他，打断手或者打断腿。幸好有人通风报信。第一次来不及跑了，刚刚从后窗跳出去，翻上宿舍房顶，就听见造反派的脚步逼近，抢起棍棒劈开房门。第二次他跑远了，一口气跑出十几公里，在路边睡了一觉。每每厂里革委会出去外调，他就生怕去了广西。广西老家的村干部绝对不会说他半个好字，反而写黑材料，把新中国成立前才几岁的他诬陷为历史反革命。他担惊受怕，尽量藏在人堆里，最好别人看不见他，他才觉得安全。他惧怕平地惊雷，命运再次把他推进黑洞。为此，他宁愿把所有的要求压制到最低。

年轻时的母亲显然不能理解这一切。她和父亲不一样。她的"和别人不一样"是天生的，她原本就"和别人不一样"。大波浪、高跟鞋、口红、西餐、舞会，等等，不过是表面现象，更深远更深刻的变化发生在她的观念之中——她不仅要把时代亏欠她的找补回来，更要摆脱禁锢她的环境。她不属于这里，不属于烟筒高耸、废烟乱排的工厂区。从哪里来，她就要回到哪里去。她的底气又回来了！

有一幕情景给我和母亲留下了共同记忆。

独生子女才艺比赛之后，我去小树荫下领奖品，又给领奖处的阿姨们表演了一遍。她们很高兴，就跟我聊天。我落落大方，有问必答。她们好一番感慨，说得什么样的家庭才能教育出这样的小孩子。最后问我："你爸爸干什么的呀？"

我说："在车间烧锅炉。"

阿姨们鸦雀无声，面面相觑。我看了一眼母亲，她的脸很白，眼睛直直地瞪我。

我顿了顿，挺起胸膛说："我爸爸会画画，会写毛笔字，还会照相。"

阿姨们缓过一口气："难怪呢。"

本来她们已经一致同意了我的请求，将奖品一盒积木换成一台小电视机，那里面周而复始播放一部短短的动画片。小电视机是特等奖的奖品。但是什么水平才是特等奖，并没有明确规定。这段对话之后，有人说，我们要尊重比赛规则。小电视机离我只有一步之遥，可是我不可能把它抱在怀里了。

我永远也忘不了这个片段。这前后不到 5 分钟的一幕，蕴含了多少闪烁其词的潜台词。它道出了世间的某种真相，并且让一个 5 岁的孩子，对这世间的某种真相有了朦胧且深刻的认识。

母亲的严厉管教也不是没有好处的——训练了我能够安静独处的能力。只要给我手里塞一本书，我可以在小板凳上安安静静地坐半天。爱读书成了我的习惯。三年级的时候，母亲在教育学院读书的那些文学读物，我看得有滋有味。《班主任》《小二黑结婚》《大淖记事》《边城》《组织部来了个年轻人》《飘逝的花头巾》……这些文学读物是当作教材下发的，经过相关组织筛选确定，是多么的安全可靠啊。

但是母亲忽略了一个问题——那就是，读者是一个 8 岁的小女孩。我记得我最爱看的一篇小说，是张洁的《爱，是不能忘记的》。相比泥土气息浓郁的小二黑恋爱情景剧，相比翠翠与天保、傩送朦朦胧胧的情感，我对《爱，是不能忘记的》男女主人公之间那种隐忍却狂热的感情是多么着迷啊。小说中的"我"发誓，决不重复母亲那种"悲剧"，并警告人们说：把婚姻和爱情分离着的镣铐套到自己的脖子上，那是不堪忍受的。

我为什么独独喜欢这一篇？决绝、痛苦、拧巴的感情，就这么有吸引力吗？

一个 8 岁的小女孩，怎么会沉溺在这种对成人来说都相当残酷的故事里？说实话，在当时我也不是特别能读懂，但我就着了魔似的，久不久就去读一遍。

13 岁那一年，又有一本书严重影响了我。老鬼的《血色黄昏》。这本书当年在新疆很是热销。老鬼是著名作家杨沫的儿子，这本书老鬼以自己在内蒙古生产建设兵团的八年知青生活为原型。虽说是小说，但这部书里，除了真实还是真实！所以人们基本上将它视为传记。这本书我是提心吊胆看完的，实在是有些细节残忍到我没有胆量一行行地读下去。不能不说，当时是有些猎奇的心态。读完却心疼得要命。那是离我远在天边却又近在眼前的生活，我的父亲和母亲就是从那样的岁月走过来的。我近似于真的理解了父亲和母亲的差异，他们是来路不同的两类人。"谁说人民内部的矛盾就一定可以调和"，就是在此之后的我得出的结论。

到了 20 世纪 90 年代，中国社会经过了突破压抑、释放能量的十年，多少人从底层跃升到上面，从穷乡僻壤走进城市。政治运动的结束，社会经济的转型，使曾经让人们耿耿于怀的"家庭出身""阶级成分"和"政治面貌"（封闭社会先赋性规则），不再冻土一样封闭他们的命运。时代不同了，板结的社会从一点点的冰雪融化，到大面积的春潮涌来。开放性社会的后致性规则（即个人教育程度、个人专长等），为我的父辈们提供了改变个人命运的可能。只要你愿意奋斗，每个人都有上升到更高层次社会地位的可能。

中国的社会阶层开始有了加速并日益明显的形成与划分。社会阶层的出现，也就意味着人们的生活不再是"无差别"的。每个阶层都有自己对生活品位、价值观念、文化需求的一套标准。

文学作品是社会生活的放大镜。20 世纪 90 年代后期，池莉小说《来来往往》问世。它关注了成长背景、社会阶层的差异带给人生的困惑与不堪。时政下迫不得已的结合，不同社会阶层生活状态与思维逻辑的冲撞，社会转型期中国家庭和社会生活的变迁。特别是一些涉及审美情趣和生活情趣差异的细节，让我看得笑中带泪，大呼过瘾。

令人感慨的是，20 世纪 80 到 90 年代，社会底层通过接受教育、个人奋斗等向上流动的活跃，在近十年被打回"穷二代""蚁族"的冰冷现实。阶层分化已经被阶层固化、阶层板结所替代。不再有个人奋斗史，有了也是失败的。方方笔下《涂自强的个人悲伤》，从山区走来的品学兼优的大学生涂自强"从未松懈，却也从未得到"，最后，他只能"一步一步地走出这个世界的视线"。东西《篡改的命》里，农民汪长尺奋斗无门，为了改变命运，把亲骨肉送给仇人，连自己也投胎到仇人家。即便还有个人奋斗，地位的上升却伴随着精神的颓败。邵丽《我的生活质量》、阎真《沧浪之水》《活着之上》、王刚《月亮背面》、格非《春尽江南》……知识分子、官员、商人，他们在作家的笔下，肉身舒坦，精神疼痛。

很难在现实世界完成的事，在网络上则是另一番天地——穿越小说、悬幻小说让底层青年完成"屌丝逆袭"。在一个臆想出来的世界中制造乌托邦幻觉，抚慰他们在现实中无法愈合的精神伤痛。

文艺要让人"看到美好、看到希望、看到梦想就在前方"。在时代的困境面前，文学当如何书写？时代在寻找它的出路，文学在寻找它的出路。

从20岁离开乌鲁木齐，我总共回去过五次。其中有三次居然是出差。我像一个外地人那样，去了喀什，去了和田，去了乌鲁木齐之外的好几个地方。新疆太大了，面积近广西的七倍。而我一直生活在乌鲁木齐。这座城市以外的很多部分，包括这座城市的很多角落，我和那些第一次到新疆的人一样，新鲜而陌生。

对于父辈而言，新疆是一个充满矛盾情感的地方。他们被命运的朔风裹挟，无根的种子一样撒在160万平方公里的土地上。他们人生中最美好的时光，如芨芨草根部，深埋在1.5米的盐碱地下。风沙如刀割过。它们低伏挣扎。等父辈熬过那段不堪的岁月，很多人陆陆续续回到了内地。有些是落实知青政策回到了他们的故乡，有些是跟着在内地上学工作的孩子们离开了新疆。

在新疆的那些日子里，对于我的父辈和我们这些"新二代"来说，中秋节、清明节这两个节日，就是一个概念，没有谁家有兴师动众过节的实际行动。我们的父母出生地都十分遥远，都是从天南海北来的。我们的祖辈在远方。何处团圆？何处祭拜？在这样的时刻，新疆不是我们的故乡。

可是，你若问我的父亲和母亲，甚至包括我，新疆怎么样？我们会一致说，新疆是个好地方。怎么好？就像歌里唱得那么好，"我走过多少地方，最美的还是我们新疆"。

我们把新疆称为"我们新疆"。不是故乡的地方，成了我们的故乡。

到底什么是"故乡"？每个人都有自己的答案。

站在今天往回望，我是通过亲人间板结、僵化的关系认识这个世界的，是通过特定的一代人与命运的较量认识这个世界的，通过时代变迁之中社会阶层、个人生活震荡变化认识这个世界的，通过将我作为旁观者的观察纤毫毕见的文学作品认识这个世界的。

我把故乡视为命运的源头。在故乡，我旁观命运，收获经验。这里，是故事开始的地方。

刊于《广西文学》2016 年第 1 期

李陵案的一个意外事件

夏立君

不管投降及投降后的遭际多么曲折，李陵是叛徒这是历史事实。

吊诡的是，一代又一代后人一直同情乃至喜欢这个叛徒。历史的可畏与有趣，在李陵身上得到充分体现。

这份历史情感较大程度上是司马迁给奠定的，是他抚哭叛徒情怀的濡染和发酵。

司马迁或许自信已具备洞察历史的能力了，但对自己的命运却完全无能为力。他深知历史，在现实中却一派天真。

他要为自己的天真付出"意外"代价了。

司马迁在武帝面前开口为李陵辩解时，内心既有书生的正直天真，又有婢妾般的绝对忠诚。几句话惹出杀身之祸，令司马迁一下子明白：帝王心事与臣妾心事，实有天壤之别。司马迁当时大约连咬碎舌头的心都有了。可是，宫刑七年之后，在那封著名的《报任安书》里，仍情不自禁盛赞李陵。可以后悔当时那样说话，但一旦白纸黑字却还是要那样说话。

司马迁朋友很少。撰写《史记》这一浩大工程要求他必须心无旁骛，家族、职位亦决定他不会成为朝廷股肱之臣，无巴结权贵的必要。虽然如此，皇帝刘彻的身影却不能不深深地笼罩他。宫刑之前，他是这种心态："绝宾客之知，忘室家之业，日夜思竭其不肖之材力，务壹心营职，以求亲媚于主上。"（《报任安书》）谁都可以不必巴结，皇帝却是生存意义所在。青年郎官司马迁小心翼翼，紧手紧脸，让皇帝满意、讨皇帝欢心是最高行为准则。与皇权下的许多臣子近侍一样，司马迁亦具"臣妾心态"。

任安是他少数几个朋友之一。公元前 98 年司马迁入狱并受宫刑，次年出狱，且意外地尊崇任职——任中书令（皇室机要秘书）。七年后，朋友任安因"巫蛊案"下狱，论腰斩之罪。任安下狱前数年，曾致信已任中书令的司马迁，希望他"尽推贤进士之义",就是利用职务之便向刘彻推荐自己。司马迁竟数年未复此信,直至任安死到眼前才复信。两千年后一读再读《报任安书》,司马迁那颗流血的心仍会令人心惊胆战:老朋友任安你太不理解我的心事了。

刘彻对司马迁施以宫刑,皇帝心事依旧,司马迁心事已非。

司马迁对李陵家族的敬仰和同情由来已久,而他与这个家族向来毫无瓜葛。"夫仆与李陵俱居门下,素非相善也,趣舍异路,未尝衔杯酒接殷勤之欢。"(《报任安书》)与李陵连一杯酒的交情都没有,却为他蒙受奇耻大辱。

李陵像他的祖父李广一样急于立功。公元前 99 年秋天,李陵主动要求率五千步卒出击匈奴。进入漠北已是寒风吹彻的冬天。这注定是一个与他过不去的冬天。在浚稽山一带,李陵部众与单于三万骑兵展开了遭遇战。单于很快发现他这三万骑兵竟不能制服李陵五千步卒。单于又调集八万余骑,对李陵摆成合围之势。李陵部众的一百五十万支箭全飞向了匈奴人。部队损失惨重,且成了一支赤手张空弓的部队。他下令部众解散,各自突围。单于太想活捉李陵了。李陵未能冲出重围,最终为单于活捉。

李陵投降了。

李陵投降前二十年(公元前 119 年),其年过六十的祖父李广最后一次出击匈奴。他已转战疆场四十余载,匈奴人都惊呼他为"汉之飞将军"。时乖命蹇的李广始终未能封侯。他想用战功说话。可是,部队却因迷路而贻误战机。为向皇上谢罪,为本人和家族免遭羞辱,李广果断自杀于阵前。

李陵却陷入了复杂的选择。

李陵全军覆没的消息掀起轩然大波。刘彻一开始听说李陵阵亡了,接着又有消息说投降了。他便让相师给李陵母妻相面。相师说李陵母妻脸上皆无死丧之色。独裁者往往乐见他人的牺牲,牺牲愈壮烈,独裁者心境愈欣慰:这样是好的。一将功成万骨枯。为有牺牲多壮志。李陵阵亡或自杀,他这当皇帝的才有面子:李陵竟不肯为我一死,他至少应该和他祖父李广一样啊。

名将阵前降敌,深深刺激了朝廷心脏。事件中心不是李陵,而是皇帝。刘彻的心情,才是臣妾们最关心的。他们在揣度此时刘彻爱听什么话。从前赞扬李陵的人都说李陵坏话了。司马迁对无人为李陵说句公道话甚为不满,臣妾心态又使他惦念刘彻,希望皇上能把心放宽一些。适逢皇上召问,小臣司马迁发言了:

仆观其(指李陵)为人自奇士,事亲孝,与士信,临财廉,取予义,分别有让,恭俭下人,常思奋不顾身以徇国家之急。其素所蓄积也,仆以为有国士之风。……且李陵提步卒不满五千,深践戎马之地,足历王庭,垂饵虎口,横挑强胡,卬亿万之师,与单于连战十余日……转斗千里,矢尽道穷,救兵不至,士卒死伤如积。然陵一呼劳军,士无不起,躬流涕,沫血饮泣,张空拳,冒白刃,北向争死敌者。……身虽陷败,彼观其意,且欲得其当而报汉。事已无可奈何,其所摧败,功亦足以暴于天下。

——《报任安书》

司马迁对任安说,他就是用这些话去应对皇上。可是,秀才心事对帝王心事,真是南辕北辙。刘彻龙颜大怒:你这是攻击贰师将军李广利屡次劳师远征,却损兵折将! 李广利是谁? ——刘彻宠妃李夫人之兄。皇权政治必有强烈的裤裆味道。刘彻对自己的裤裆政治竟如此敏感如此精打细算。国家,国家,国就是人家刘彻的家呀。对多疑忌刻、心理又遭重创的刘彻这样说话,可视为司马迁之不智。

司马迁下狱。司马迁成了李陵事件中的又一个意外"事件"。

这完全出乎司马迁意料——微臣可是一片忠心啊!

更大的不幸还在后面。第二年,刘彻对李陵之事有所悔悟,派公孙敖深入匈奴,企图寻机接回李陵。公孙敖未能见到李陵,却传给刘彻如此消息:李陵正为匈奴练兵,准备与汉朝对垒。

刘彻心灵再次遭受重创。皇帝总有迁怒的办法:李陵被灭族;狱中司马迁论死罪。

司马迁的悲剧是偶然中的必然。驰骋疆场的将领,或胜或败或死或降,乃正常命运,因将领正常命运而致司马迁无妄之灾,又属非常事件,非常事件落在司马迁身上又有必然性。如他不在场,或在场不说话,或察言观色随大流说话,都可免祸。他在场了,他说话了,他说话必发自肺腑,发自肺腑就要惹祸,就要触犯宫廷丛林法则。这是性格决定命运的古代版本。彻底的恐怖效果来源于绝对的惩罚权力,需要不讲理就能做到绝不讲理。

按汉律,死罪可拿五十万钱赎罪,或以宫刑免死。司马迁家无余财,朝中也无人为他说话，他只能面临三种选择：自杀、处死、宫刑。自杀是最能保持一点尊严的死法，司马迁也最想自杀。读《史记》，你看到自杀是如此普遍，伍子胥、田横及五百士、李广、屈原、蒙恬，等等，皆自杀。自杀是有用的，或明志，或避辱，或解脱……可是，《史记》未完成，我司马迁不能死。是斩首还是去势，他竟然只能在身体的两头之间选择。——他选择了宫刑。当朝、当代不许他发自肺腑说话，他对历史、对后人发自肺腑说话的愿望就变得格外强烈。司马迁坚定地想：我必须活下去。他决定接受一具荒谬的身体，在荒谬中活下去。从此，他终生视自己为该自杀而未自杀的人。

人是唯一的为了自身利益而对同类或其他动物实施阉割术的动物。比身体阉割更加普遍的是精神阉割。决定现实秩序者，必能决定心理秩序。在宫刑之前，司马迁虽学识超人，却亦自觉走在精神阉割的路上了："以求亲媚于主上。"婢妾心态在皇权体制下是常态，而非异态。大环境足以使你自觉养成"婢妾自律"。宫廷之内，大约只有皇帝一人无"太监表情"。从阉者身体和精神里，皇权可以得到所需要的最"纯正"奴性。

敏感自尊、学识超人的四十八岁老男人司马迁被处以宫刑了。少小时遭阉割，会自然养成阉者人格，可司马迁已经做男人四十八年了。

宫刑，这真是一种令人发指的酷刑，一种最具中国特色的摧残术。文明进化的结果使男女性器成为最深忌讳最根本隐私，宫刑则把这一切一刀挑开。消逝的性器实际上可看作是被张挂在了受刑者脸上。司马迁将耻辱列为十等："最下腐刑极矣。"腐刑（宫刑）是生人耻辱之极。"仆以口语遇遭此祸……污辱先人，亦何面目复上父母之丘墓乎？虽累百世，垢弥甚耳！是以肠一日而九回……每念斯耻，汗未尝不发背沾衣也！"（《报任安书》）两千多个日夜亦未能使耻辱感稍有缓解。他时时感受着身体上的那片虚空。宦者，皇权体制里不可或缺的蛆虫。司马迁的残生里，时时有蛆虫在身的恶心。

司马迁的裤裆空空荡荡。一刀下去，他终于窥破帝王心事了。司马迁坚定地想：刘彻，这回我不跟你玩了，不给你为婢为妾了。

在与武帝刘彻的短兵相接中，司马迁看见刘彻并不高大，他看见了刘彻脸上的毛孔和眼中的血丝。匍匐的他站了起来，站立成大丈夫，站立成一心可对八荒的大丈夫。对司马迁来说，现世已成"荒原"。现在，《史记》成为他生命中第一位的东西。

中书令向来由宦官担任。对司马迁官刑后任此职，不断有人说这是刘彻羞辱司马迁，有意提醒他的宦竖身份。从前我亦认同这一说法。今日看来，这是高估了刘彻的情商。对下级，没什么奖赏比官帽更重要，这是皇帝和各级首长的共同思维。司马迁出狱时，李陵事件已尘埃落定。公孙敖传回的消息有误：为匈奴练兵者不是李陵，而是另一位降将李绪。李陵得知被灭族后，怒而杀掉李绪。"大势已去"的司马迁出狱后竟升了官，参与皇家机密，这很大程度上是刘彻的悔过表示。杀人不眨眼的皇帝，犯不上用一顶官帽子去羞辱一个人，也于情理不通。

对皇帝心事，司马迁已洞若观火。对司马迁心事，皇帝完全无知。刘彻完全不知眼前这个无根男人在精神上已走得多远。处司马迁官刑这年，刘彻是六十岁老人了。这个老英雄，这个把权力使用到极致的帝王，他不会意识到身边这个小人物的雄心壮志及情感风暴。

当世荣辱、皇帝恩宠对司马迁已完全无意义。他虽被置于权力系统中，但精神上绝对是"局外人"了。皇帝亦不过是"荒原"的组成部分而已。官刑无异于一场精神淬火。司马迁在精神上已彻底抛弃了当代，抛弃了皇帝。

司马迁要在历史里无所依傍地站着。

至莫(幕)府，广谓其麾下曰："广结发与匈奴大小七十余战，今幸从大将军(指卫青)出接单于兵，而大将军又徙广部行回远，而又迷失道，岂非天哉！且广年六十余矣，终不能复对刀笔之吏。"遂引刀自刭。广军士、大夫一军皆哭。百姓闻之，知与不知，无老壮皆为垂涕。

——《史记·李将军列传》

《史记·李将军列传》是唱给李陵祖父李广及李陵家族的深情挽歌。司马迁的深情，化为历史的深情。

李陵案改写了司马迁的命运，被改写命运的司马迁重写了中国古代历史。中国古代历史从此多了一种"意外"表情——司马迁表情。

节选自长篇散文《时间的压力》，刊于《钟山》2016年第3期

风雅颂

——书画四章

苏雪依

风流倾城

天下第一的浪子，当是玉树临风，星眸皓齿。走遍五湖四海，山河为之失色；所遇田畴路朋，无不为之倾倒。其才华绝代，以笔当剑，冠绝春秋；挥毫泼墨，风云见收。而其对女性，更是怜香惜玉，心细如发，可堪为红颜之真正知己。

张大千，便是这浪子之一。

且看这幅荷花屏风美女。姣姣荷花已开，如奶如雪，挺立于墨色淋漓之荷叶上，一枝微红，即将怒放。屏风处，一女子媚眼如丝，唇若樱桃，卷曲的秀发懒懒的散到腰间，彩纹的衣饰勾勒出玲珑的身段。端的是一绝美女子无疑。她眼波如水，似在轻轻诉说，又或只是惯常的微笑而已。

大千先生自称最能欣赏女子之美，他看女子，有俗常人看不到的细微处。他曰："女子不仅要长得美，而且气质要'娴静娟好，有林下风度，遗世而独立之姿，一涉轻荡，便为下乘'。"所以入得他画的女子，当是倾城。

大千，亦真真痴心男子。纵观其84岁一生，莫不拥红抱翠，快活风流，管他身家百万，抑或穷困潦倒。少年时，有表姐和那倪姓女子相伴，之后有曾黄二位夫人。29岁赴朝鲜时，那池春红温香软玉，为之研墨；北平艺人李怀玉的薄粉轻脂，又成为他画里梅花。生就一双玉手的杨宛君，在他36岁时走入其生命。晚年，他更是白发拥红装，老夫狂更狂，小他36岁的徐雯波陪他辗转世界。旅居日本时，俏美的山田喜美子自愿进驻偕乐园，日夜陪侍左右，更别提他引以为憾的上海小姐李秋君了，更是让他牵挂了一生，挚爱了一生。

无怪男子多情，只因女子，是那水做的骨肉，桃花流水，目里多的是涓涓情意；雪冷冰封，有那浓重的忧愁；一曲《如梦令》，唱不尽她哀哀的相思；一方罗帕，又擦不完她热热的清泪。

多情者如云，大街陋巷，携手而行者多是，但大部分却是伴作风流。因那男子少智少识，只不过见色留恋，便据为己有，有的甚至随手而弃，做了摧花辣手。

真正的多情者，上可摘星辰，下可扫天下。他有雄心大志，又有绵绵缜思。他才华风流，又懂得温言轻语。想那曹阿瞒一生征战少有失败，但在见到张绣的婶婶后便情愫陡生，不顾军机与其帐内同欢。美人如花，可伴腥风血雨；玉体温柔，可揾英雄沧桑之泪。于是，败北折戟也不在乎。那才华盖世的曹植，以洛水为赋，不过是为一朝思暮想的甄妃。轻云蔽月，流风回雪，得不到，便在梦中相见吧。美人零落之时，便是梦醒之时。虽无缘牵手，但那情意如星，时刻朗照二人。那枭雄吴三桂，原也可为红颜一怒，率军归顺大清，厮杀曾已投降的大顺政权。更别提唐伯虎假扮华安，赚得一美婢桂华的故事了。

李延年昔云："北方有佳人，绝世而独立；一顾倾人城，再顾倾人国。"端的不假。英雄美人的故事，越过历史的烟云稍嫌黯淡，明丽的笑容也有些隐约。而张大千，他却活生生拥有了一切，距离我们不远。日旦日暮，他奋笔作画，为她们置办华妆，红颜添彩，又将其风姿一一收入画作，《清商怨》《红拂女》《美人双蝶图》……便无一不晃动着她们的影子。隔海两望，他便年年涉海与池春红相见，感情长达十余年之久。当这女子1939年殒身后，他更痛不欲生，一纸碑文托人为其修坟立碑。世事苍茫的三十年后，他到首尔办画展，首先想到的便是去这女子坟前祭奠。而那红粉知己李秋君，虽与他无肌肤之亲，二人心灵却早已超越万水千山，糅合为一体，那方"秋迟"印，便是他肝肠寸断的血红心章。

一壁心房待明月，此生柔情为知音。张大千，他是做到了。

而被这五百年来第一人的画坛巨子所爱，无论其命运是顺是舛，都是一种幸福吧。

天生一种清高

大约是雨后初霁吧，几丛修竹挺立，经由水意滋润，愈显清秀峭拔。节节笔挺，叶子轻展飘逸，看得出蕴藏的生机，听得到生长的声息。画面中央一巨石，敦然整肃，而脚下几株兰花，业已含苞吐馨，与头顶之竹交相辉映。整个画面布局俨然，又不失活泼，设色淡恬，却自有清气溢出，让人见了神清气爽，久久不愿离去。

更抓人的，是右侧题诗，为赵松雪字体：娟娟嫩叶新梢，挺挺虚心直节；天生一种清高，宜雨宜风宜雪。署名仲姬。

仲姬？莫不是赵孟𫖯之妻、元代著名的书画家和诗人？

真的是。

也只有管道升，这风流才女，才画得出如此之竹，写得出如此之诗。

且其，当真是天生一种清高不假。

大约26岁的年纪，管道升在京都认识了赵孟𫖯，彼时，赵已是兵部郎中，总管全国兵事。大权在身，而其书画，已然冠绝一时，众人以千金求其一字为美。不知是一见钟情，抑或相知相惜，这两位旷世才人相爱了，并且走入了婚姻殿堂。得意处更出佳绩。管道升并未被丈夫的光环掩盖，她安静地在闺中读书，写字，绘画，吟诗。丰富且从容。书近松雪体而有所创新，诗词直追先贤，画亦工绝，首创晴竹新篁，上图《竹石图》便是其中之一，现珍藏于台湾"故宫博物院"。

文人画作，多是心性的反映。管道升酷爱写竹，其情操，气节与清雅，盖亦如此。

她的清高悠游首先表现在对家事的处理上。堂堂一大家，倘无能干慧德之女主人，便会方阵散乱，氛围幽悃。管道升是那么的随性，谦和，以身作则，深获家人的喜爱和尊敬。她像一个圆心，凡事有序地围她运转。有一竹，她题诗道："春晴今日又逢晴，闲与儿曹竹下行。春意近来浓几许，森森稚子日边生！"春意如许，携儿漫步竹下，望天低吟，听稚子嬉闹，而在不觉中氤氲竹之森然修为，高贵气节。就是这样的熏陶，她的儿孙赵雍、赵麟、赵彦正亦成为举世有名的大书画家。元仁宗不无得意地将赵孟𫖯、管道升和赵雍书法合装在一卷轴，藏于秘书监，说："使后世知我朝有一家夫妇父子皆善书，亦奇事也。"其言传身教超过中国绝大部分女子，悲悯之心亦不让人。谁家若有困难，她每每慷慨解囊，毫不吝啬。赵孟𫖯何其幸哉！背后有了这般女子，他才更加拔萃。

对待功名富贵上，她亦是清高之极。虽为朝廷命妇，享受着荣华富贵，她却看淡了一切，更加向往心灵的自由，和素朴、纯真的田园生活。金玉华服让人迷乱，一草一木，却总给人警醒和深思。她写过四首《渔父词》，规劝身为从一品的丈夫急流勇退，归隐故乡，而这，也是她内心的真实反映："南望吴兴路四千，几时闲去云水边？名与利，付之天，笑把鱼竿上画船。"……云水之间，你我品茗论道，吟诗作赋，岂不快哉？而赵孟頫，也真的听从了妻子的劝告，多次上书请求后，得遂心愿。

管赵二人，堪称天下绝配。红颜多薄命，李清照虽亦与夫琴瑟和谐，却中年孑然一身，未有后人。管道升终生与夫陪伴，赵孟頫看着她提前自己离开，并亲自为其写了墓志铭。夫妻之乐，天伦之乐，她已享尽。蔡文姬文章冠绝，却被匈奴所掳，虽由曹操赎回，而饱尝颠沛流离之苦。薛涛虽是女校书，然身世凄惨，没入妓籍，在道观冷清终了了残生。凡此种种，无不映衬出管道升的幸运与幸福。

但，男人多半为视觉动物。花颜玉貌，给他美的享受，花颜凋落之后，他的心也随之远走，去追蜂逐蝶了。赵孟頫亦不例外。一次，赵孟頫去江南任职，一去两年有余而不归，凭着女人的敏感，管道升嗅到了不祥。她画了一幅竹，寄给外出的郎君，题诗云："夫君去日竹新栽，竹子成林夫未来。容颜一衰难再好，不如花落与花开。"夫君呀，我人生已是花落时节，但请别忘记我亦有香浓色艳令君倾倒之时。所有的女子都躲不过岁月的风霜，包括你可能喜欢的其他佳丽。

赵孟頫50岁时，曾想效仿当时名士纳妾。她知道后，凄然作《我侬词》："你侬我侬，忒煞情多；情多处，热如火；把一块泥，捻一个你，塑一个我。将咱两个一齐打破，用水调和；再捻一个你，再塑一个我。我泥中有你，你泥中有我；我与你生同一个衾，死同一个椁。"情深意切，令人动容；爱意绵绵，让人感叹。果然，赵孟頫从此后断了纳妾的念头，专心守着他的好妻子，满足地过了一生，并在逝后与之同椁。

何等聪明之人！只有如此女子，才能将生活过得波澜不惊，有滋有味。

再看此图，仿佛真就见着了那秀目含情的才女，交握双手，依依而来。她走过风烟，走过岁月，却仍似这竹，新丽纯情，高洁飘逸。写竹即写人，正是如此。

留得残荷听雨声

清墨。没有一点杂色。叶子已由圆润变成残缺，有的已耷至茎下。茎也多有枯折。皮实的莲子已孕育成形，只待旋至清波，没入淤泥。红荷已经历了丰满的繁华，此刻清静如此。

这是徐枯石笔下的《留得残荷听雨声》，当是他在泰山所作。徐老早年追随齐白石、李苦禅等大师，颇受其青睐，其为之更名"枯石"，有沉静和蕴含的希望于此。枯石先生毕业后留校任教，与众多国画巨擘多有往来相和，想必繁华热闹，当似元月鱼龙之舞。但后来，却因为抗战及诸多原因，远离京城，回到了他的家乡泰安，在那一小小的县城落脚下来。

　　不知徐老是否月夜徘徊于山脚，想起青年时期红尘往事，发出一丝命运弄人的感叹。不，我想不会的。因为他生性恬静，素不喜也不擅张扬。月色静静地铺满了山石，爬上城墙，万物如笼着一层柔和的奶色。徐老挂着一根拐杖，慢慢悠悠地踱着步，如同走过一截截越浮越远的人生。

　　"留得残荷听雨声"，这恰是他心境的恰当表达。谁说残荷没有圆满？它经历过。且经历过太多。当它开在滟滟的池塘，莲叶田田，红蕖盈然，蜻蜓翩立上头，游人驻足观赏、欣叹。红荷听到了吗？听到了。它也曾追逐过如梦烟云，在它的袅香中沉醉。它有时甚至忘了自己。然而季节无息，时针的脚步匆匆走过大好年华，它终于意识到：该是沉淀和清修的时候了。它放下了众人的艳羡，转过身来，抚摸起那一轮它忽视的白月——它与炽热的阳光是多么的不同。它开始思索，总要完成这个轮回的——生与死的轮回。那么，人生的况味究竟何在？风抚过，它看到自己的身躯，也窥到了自己的心。

　　说到底，懂得放下，清静深思不失为人生的一种智慧。苏东坡经历了乌台诗案被贬黄州，也曾是这样的心境。幽人独往，鸿歌声邈，不需要太多的人关注，只要守住自己的内心。缺月疏桐，漏音残残，是一幅多么宁静安和的画面。诗人布造了这样的画面，又在此画面中安歇了。还有陶潜、张翰，这芳华绝代的才子们，不也是匆匆离了那喧嚣与诱惑，归至一江水，一田园。从此，菊花影里得清醉，五柳门前著佳书；从此，鲈鱼味美心更醇，两袖清风逐江畔。这是另一种销魂啊。

　　残荷不残。雨声泠泠，在寂寂的夜里，在落寞的黄昏。雨点敲在窗上，滴在心头，心下，便多了几分湿润。秋水一泓，眼眸清澈，春花夏月俱已成为生命的背景，自此，履踏朔风，身经严霜，亦不会有丝毫的慌措。那智慧的人们，他会告诉你很多，很多。

　　最美不过残荷。彼不是贵妃妖艳，不是西施凝妆上吴楼，彼是桑畔的罗敷，面对五花马千金裘，面对公子王孙的诱惑只浅浅一笑，回头，又走自己的路，为世界，留下一个绝美的背影。

你看，你看，月照残荷，雨过清蕖，又是一个多么静丽的禅境。

永醉梅花一缕魂

空气清洌，冷瘦了山林的腰肢。红粉，绿影俱已做了深泥的献祭，枝干露出苍茫灰白的质地。云朵悄悄地来，又悄悄地去。

一切，陷入庞大的阒寂。

就这样，在茅舍里，煮一盏茶，看炉火熊熊，等梅，等雪。

"梅花，就要开了吧。"说着，你翻到朱耷的一幅画。

只不过两株枯干，一枝斜伸，挂着寥寥的四朵花，尚未全开。大片的留白，突显花之倔强与孤傲。

惜墨如金。可是你瞧那白，似是满满的雪，已下过三日三夜，这梅之凌寒之姿，油然可敬。又似乎是洁白的泪水，充溢画者的心腔，任凭有心的观者品摩。

"'八大山人'往往将四字连写，仿佛'哭之''笑之'，以喻身世，及世事无奈。"

是啊，本是明朝皇族，理应坐于龙殿，指点江山，却被清军铁骑驱到青云谱，隐姓埋名，终了一生。胸中几多丘壑，亟待伸展，眼中多少泪水，擦不完亦流不尽。

你笑了：一段经历成全一段传奇，倘没有他的奇特身世，与伸张不能的青云之志，哪来那奇诡夸张鱼眼瞪人的瑰丽之作？更无大写意之绝顶。

"他把自己喻作梅花，凌寒独自开，自不乏高雅、嫉愤，可是，普天之下，又有谁能真正了解他的心呢？不过他的弟弟罢了。"

遂想起，兄弟二人均以画抒情，隐喻志向，其弟画作比之更加粗犷豪放，署名牛石慧。他们两人将朱姓拆为"牛"与"八"，可谓用心良苦。

一株梅，一段人生。梅，往往浸润着作者的清高与心声。陆游"何方可化身千亿，一树梅花一放翁"，直愿把自己化作冷梅一株与风雪恶势力搏斗。至于清照的"玉瘦香浓，檀深雪散"，则多了几许婉转柔情。李白王维是不喜梅的，他们爱酒如命，梅，只不过是眼中飞散而过的风景。他们虽亦有坎坷，却远未达层冰积雪，生活只不过为他们的命运添了几个曲折。而朱耷，他周遭的环境真的是冰天雪地！由此，他一生谨小慎微，不敢锦衣玉食，热闹喧哗，甚至有人慕名请他官舍做客，他也心生苦恼，假装疯癫，步行而回。这，是一种什么样的生活与痛楚！

他不及林逋，后者虽亦无妻子，却以梅为妻以鹤为子，过的是一种高士风雅的生活。他的身边多是同道之人，一起品酒论艺，谈笑风生。林逋一生，绝不乏颜色。而八大山人，真像隐居深山的清士，孤苦伶仃，黑无涯际的是夜晚，白得晃眼的是泪水。他，不是墙角的那株梅，又是什么？

"还有一个人，可称梅之知己。"你又笑了，抿了一口茶，将你唇边的霜色化去几分。

"梅妃——江采萍？"我亦推盏，心下一动。我曾画过她的形象，工笔，一笔一笔绘出她娟秀的眉，清澈的眼神，一袭红氅背后，是大片大片凋零的梅花。

"是的。"你轻叹一口气，霜色又重了起来。

东风驾到，她施施然而来，享尽帝宠。她在庭前窗下俱栽了梅。帝王宠时，也便宠了这孤傲之花。只是，梅花终于谢了，她也失去了最美丽的季节。

君王的恩宠，正如赏花。那严冬的梅，眼神亦是冷的，虽有清香入鼻，却总随着一股凛然的寒意。而那雍容的牡丹，却随风招摆，不去拒绝蜂围蝶舞，懂得怎样讨得君王的欢心。

梅妃曾作诗："柳叶双眉久不扫，残妆和泪污红绡。长门尽日无梳洗，何必珍珠慰寂寥。"将一斛珍珠与之退至唐明皇，唐明皇读后怅然若失。何等的果决。不爱了，便化作烟云吧，何必要在伤口上撒盐。想当初，檀郎笑意盈盈，一言一行总关情，今日却移情别恋，连这梅花，亦成了墙头的蚊子血。新欢旧颜，对比何等强烈，一颗桀骜的心，怎能受得？

清茶落肚，幽幽的苦涩泛在心头。望着这冷清清的梅花图，想着他们，皆是爱梅之人，虽殒落冰雪，却痴于梅花之魂，一颗高洁桀骜的心永留后世，不禁又升起一丝感佩。

也许梅花，明日就要开了吧。

刊于《青海湖》2016 年第 10 期

一树繁花为你芬芳

苗 莉

那已是多年前的一个春天，下午放学之后，我坐在那张极其简陋的课桌前，写完了老师布置的作业，便收拾书包，一溜小跑回到了家。进了家门找到那个熟悉的玻璃瓶子，走到外婆面前说："我去逮老鸹虫了，好让咱家的鸡多下蛋。"

门外已经有英子在等我，郊外那片果园子是我们的目的地。一路走着，就远远地闻到了花香。果园的围墙是黄土泥巴垒起来的，不高，很容易就能翻过去，就是这矮矮的土墙也被人扒了好几个豁口，更是来去自由。园子中央有棵巨大的桑葚树，桑葚树下是一口古井，井台上竖着一把古老的辘轳，辘轳的摇把已经被磨得十分光滑，井水清澈甘甜。那只拴着绳索的水桶里，总是放着一只水瓢，谁口渴了，都能够很方便地喝上几口。

果园一带的土质是沙土，很细致松软，每到春季，在这一片桃红柳绿中，都会有许多老鸹虫。有一种是黑色的，一种则是铜色的，我不知道它们从何处来向何处去，白天就只管在树林里飞来飞去。夜幕即将降临的时候，站在树下，用力摇动树枝，昏昏欲睡的它们就被摇落一地，黑乎乎一片，我们就赶忙动手把老鸹虫装进瓶子里，如果收获不多，还可以在沙土地里，寻找小小的洞眼，顺着虫洞一挖就又可以捉到一些。

在我的印象里，老鸹虫，最大的用处就是回家喂鸡。鸡吃了以后下的蛋又大又多，蛋黄会显现出橘红色，看上去很是诱人，营养也更加丰富。但是有一段时间，家里的鸡蛋都被外婆悄悄存在瓦罐里，很少能吃到了。外婆说，攒够了鸡蛋，就带你去邢台，你姐来信说她的工友得了肺结核需要营养。一听外婆说能去邢台，我真的好开心，那是我姐姐工作的城市，也是当时我们地区行署所在地，距我当时生活的广宗县城一百多华里。对当时的我来说，那里有宽广的马路，古香古色的清风楼，还有 5 分钱一支的奶油冰棍，更重要的是，在那里可以看到我亲爱的姐姐。

满载而归的时候，已是夕阳西下，忽然看见了一辆绿色的吉普车停在我家门口，心中疑惑，难道是姐姐回来了？急匆匆往家赶，却看见我的父母和两位干部模样的人一起上了车，车子启动之后，一路向西疾驰而去。

回到家里，我忙问外婆，外婆抹着眼泪说，你姐姐厂里来人把你爸妈接走了，说是你姐出了工伤事故。出了什么事故？我姐现在怎么样了？外婆摇头说不清楚。失神的我手里那个玻璃瓶没拿住，一下子就跌落在地上，老鸹虫撒了一地。院子里的老母鸡立刻扑棱棱围上去抢，我的心就像那一地黑黑的老鸹虫，顿时乱作了一团。

我的父母被吉普车接走之后，因为通讯的不畅，再无音讯，我的姐姐是死是活，究竟怎样，一无所知。外婆在失魂落魄中为我们做晚饭，有一搭无一搭地烧着火，心不在焉中饭已经开始煳了，她毫无察觉一把一把往灶膛里添着柴火，直到煳味窜满了整个房间，掀开那口铁锅，一家人的晚饭只剩下浓烈的烟。那股浓烟就像乌云一样，弥漫在每个家人的心间。

那是多么难挨的一夜啊。乍暖还寒时节的夜晚，风尚有几分寒，比风更寒的是我们的心。我和哥哥一次次去门外等候，又一次次失望地回还。父母走后，家里老的老小的小，六神无主。那一夜，遥远的天穹挂满了繁星，一眨一眨闪着神秘的光亮，奇怪地打量着夜深难眠的我们。我和哥哥坐在院子里的梯子上等，看着天上的星星，期望我亲爱的姐姐能够平安无事。在梯子上坐久了，又爬到房顶上眺望，盼望远处的公路上能有那辆亮着车灯的吉普车归来。上去又下来，转来又转去，父母一夜未归。一家老小，在凄惶的等待中，度过了那个极为漫长的夜晚。

第二天，期盼中的父母终于回来了，我的姐姐也回来了，然而，那个爱说爱笑温柔美丽的姐姐，她已然失去了生命。跟着父母回来的，是她那早已冰冷的遗体。

肝肠寸断的悲伤中，怎能忘记不久前姐姐回家过年时的欢喜场景。记得那天下着大雪，从邢台至广宗的班车很少，一天也就一两趟。天快黑的时候，我和母亲骑着自行车，去汽车站接姐姐，一路上其实不能骑行，母亲就推着自行车，顶风冒雪，深一脚浅一脚地走着，坐在自行车上的我，自然体会不到雪中行路的艰难，心里只有渴望见到姐姐的激动。

暮色中，一辆又破又旧的长途客车驶进了站。姐姐一下车，看见我和母亲非常高兴，抱住我转了一圈又一圈。微弱的灯光下，我看见母亲的脸上洋溢着幸福的笑容。

姐姐为我的外婆买了一顶帽子，是黑色平绒的，摸上去暖暖的软软的。帽子的中间镶着一颗绿色的圆玻璃，像翡翠一样，非常好看。姐姐为外婆戴上之后，外婆照着镜子，笑得像一朵花。

姐姐为我的母亲买了一条围巾，是蓝底白花的纱巾。姐姐为母亲围上去，又深情款款地绕来绕去，在母亲的胸前摆弄着。

姐姐为我买了许多彩色的橡皮筋，红的、绿的、黄的，一把一把地扎着，我细细地抚弄着，爱不释手。

姐姐又从包里拿出了她为家里带的年货，香香的黑瓜子，嫩黄的蒜苗……

那是一个多么幸福可餐的夜晚，外面风雪弥漫，家里炉火正旺，每个人都沉浸在姐姐归来的喜悦中，品尝着那浓浓亲情烩制的饕餮盛宴。

姐姐在兴奋中讲述着她在冶金厂的工作、学习和生活，甚至已经有年轻的工友喜欢上了她，有事没事就爱瞧上她几眼。母亲说，那你呢？你喜欢他吗？姐姐立刻绯红了脸，那嘴角的一抹浅笑，那一低头的娇羞，多像是含苞待放的花朵，笑起来花枝乱颤。

大年初二一大早，姐说带我去串门，我穿了过年的新衣服，欢天喜地地跟着。虽然很寒冷，但有姐姐的手牵着我就觉得好温暖。推开两扇吱吱呀呀的木门，我看见了一位老人家，她的年纪和外婆相近，却没有我外婆的腿脚利索，看见我和姐姐进来，又惊又喜，拉着姐姐的手左瞅瞅右看看，一个劲儿地说"妮你回来了，妮你回来了"，亲亲地说了好多话。姐姐把带来的一包点心打开，拣了一块到口酥递给老人，就走到院子里，开始扫院子里的积雪。老人蹒跚着跟在姐的身后喊，别扫了，不碍事，歇会儿……扫完了院子，姐姐又拿起墙角的扁担，去挑水。雪后的路上很滑，姐姐柔弱的双肩担不了太多，只接了两个多半桶，却依然打着晃，倒进了屋里的水缸里，就又出去挑了一趟。

我知道，这就是姐姐上中学时就照顾的那位老人，姐姐虽然已外出工作，却始终放心不下。

年后，假期结束回厂上班的时间到了，姐姐在依依不舍中挥手告别离开了家。谁又会想到，谁又能想到，姐姐这一去，竟再也没能踏进这个家，那一别，竟是生离死别。

其实，在她厂里的吉普车来接我父母的时候，姐姐就已经去了天国。只是他们怕太突然太刺激我们家人，就只说姐姐受伤出了事故。

出事那天一大早，姐姐像往常一样，把车间打扫得干干净净，坐在她的天车驾驶室里，准备开始一天的工作。然而，意想不到的事故发生了，究竟是怎样发生的意外，我不得而知。只听说在送姐姐去医院的路上，姐姐说的最后一句话是："我的胳膊太疼了，别拽着我的胳膊。"

没有人能够知晓，我亲爱的姐姐，最后是以怎样的心情去承受那突如其来的灾难。那一刻，疼痛和死亡的恐怖，一定紧紧地揪住了她那颗年轻的心。她一定挣扎过，想挣脱那死亡的威胁。然而，一切都已无法挽回，姐姐，我年仅16岁的姐姐，最终还是被死神带去了。

我不知道，那天夜里赶到邢台，看见自己的爱女躺在医院里，全身已经冰冷，父母心底的那份悲伤有多么沉重。

我看见我的父母双亲，面色苍白眼圈深陷，一夜之间就瘦了许多，父亲的两鬓平添的几许白发，更是刺痛我的视线。姐姐是被一辆大卡车拉回来的，上面放了许多的花圈。她没有再进我们的家门，就直接去了空旷的原野。

姐姐的葬礼，惊动了广宗县城的四街一关，记得来了许多人。或许是那个时候的人们太闲了，或者是姐姐太年轻了，在外地工作的人少之又少，人们觉得惋惜，觉得心疼。

那个空旷的场院上，姐姐的追悼会挤满了人。我的父亲是国家干部，我看见父亲哀伤的脸上，极力想保持平静的表情。在冶金厂的领导致完悼词之后，我的父亲也讲了几句话，他讲到了自己的女儿苗蔚，是怎样一个优秀的孩子，具备着怎样勇敢坚强、温柔善良的品质，是怎样的爱工厂，爱工友，孝顺父母，疼爱家人。情之所切爱之所深中，父亲的眼泪终于抑制不住地淌满了脸颊……

我的母亲只是失神地呆立着，巨大的悲伤中母亲早已经是欲哭无泪，她紧紧地抓着我的手。仿佛是怕一不留神，就会失去她另一个女儿。

而我只是没头没脑地哭，一场又一场地哭。泪眼迷离中，我一次又一次注视着姐姐的遗像，黑色镜框里已变成照片的姐姐，依然是微笑地看着我，看得我心痛。

姐姐的遗像其实是一幅画像，是照着姐姐的一张小照片画的，画得还真好、真像。画像上的姐姐一如既往地恬静、美丽，她那微微上翘的嘴角，总是带着天使般纯净的微笑，让人永远无法心生杂念。

最后诀别的时刻，母亲攥紧我的手，上前和姐姐做最后的告别，我看见的姐姐，她并没有外伤，很安静，就像睡着了一样。

姐姐的墓地，就选在一望无际的田野上，那个时候，麦苗正是郁郁葱葱地生长，放眼望去是一片又一片的葱绿。姐姐的墓前有一棵梨树，此时，洁白的梨花正在静静地开放。湛蓝的天空，万里无云，蓝天下映衬的梨花更是雪一样的洁、水一样的清。微风吹过，一树繁花落下了缤纷的花瓣，那洁白的花，顷刻间就像天空洒落的花雨，飘着袭人的花香，伴着那一锹又一锹飞扬的黄土，为姐姐这个早逝的红颜堆起了一座香丘。

葬礼完毕，坟茔堆起，昨天早晨还活生生的姐姐，就被掩埋在黄土之下。一家人回到家，相对无言，只有一场又一场承受着痛楚折磨的伤心和悲泣。我又看见了那只装鸡蛋的瓦罐，原本要给姐姐送去的鸡蛋已经装了大半。

可是如今，姐姐已撒手去了，就像一只断了线的风筝，再也难以复还。

安葬完姐姐处理完后事，冶金厂的领导来我们家慰问，给了300元的抚恤金。300元就为我姐姐年轻的生命画上了句号，做了了断。300元，在当时，大概能够买两辆自行车，在今天，不够一顿饭钱，倘若去吃重庆小店里148元的天价酸辣粉，也就只够两碗。然而，钱多钱少，又有何意义，多少钱能让我姐姐死而复生？那300元从进了我们家之后，就被母亲原封不动地交给了我的外婆，母亲在外工作，是外婆含辛茹苦把姐姐带大。那300元的抚恤金，就被外婆用两层手帕包了又包，揣在贴近胸口的衣兜里，一分都没有花过，就那样天天地贴着心暖着，暖着。外婆知道，这是孩子的命换来的。

墓地一别，从此阴阳两隔。多少个黑夜和白天，那份刻骨铭心的想念，常常让我泪流满面。但是我知道，在这个世界上，我再也见不到姐姐，听不到她的笑声，看不见她的容颜。只有在依稀的梦境里，纯净美丽的姐姐，她才会轻轻地走过来，满含微笑在我的面前闪现。

梦醒来，亲爱的姐姐，早已飘忽不见。

此去已是经年，又是春暖花盛开。姐姐，梨花虽无言，亦可寄相思，就让这年年盛开的一树繁花，永远陪伴着你，为你守候，为你芬芳。

刊于《散文百家》2016年第9期

鸡足山揽胜记

张昆华

  一位又一位高僧，脚印覆盖着脚印，袈裟连接着袈裟，披戴朝霞与暮霭，穿越森林与云海，春夏秋冬，岁岁年年，跋涉在鸡足山，苦苦地寻找着，寻找着灵奇的华首门……

  翻阅历史的日月星辰，在书页已经枯黄的《大唐西域记》里，依然闪耀着千多年前的悠久时光，玄奘大师去西天取经途中曾记下一则传说："迦叶承佛旨住持正法，结集至尽廿年，将入定灭，乃往鸡足山。"

  此鸡足山是云南宾川鸡足山，彼鸡足山是古印度今尼泊尔鸡足山。总而言之都是佛教圣地鸡足山。但是，释迦牟尼佛的大弟子迦叶尊者守衣待佛入定石壁的华首门，却为此鸡足山仅有，至今仍存迦叶道场……

  鸡足山与大理的苍山、丽江的玉龙雪山、香格里拉的哈巴雪山为邻；有洱海、泸沽湖、金沙江为伴；从古生代晚期到新生代喜马拉雅期的造山运动，把鸡足山隆起、断裂、切割成高山地貌景观。那真是：层层峰峦叠嶂，山山危崖陡峭，处处溶洞石窟，再被典型的季风高原气候拥抱，年分干湿两季，常年温暖润泽又时有寒潮侵袭，阳光充沛又雨雪交加，造就了植物动物的多种多样、共繁共荣的生态家园。如此奇特的自然生态，为禅寺庙宇提供了立足生存与发展延续的绝妙环境。宗教与鸡足山和谐相融而"佛土生光，山灵起色"，不但是佛教徒向往朝拜的圣地，同时也是旅客游览观光的胜境。因而有佛学家、史学家、文学家评述说：鸡足山与峨眉、五台、九华、普陀齐名享誉天下。

  灵山一会坊，天开佛国，合掌拱迎，请你初登云路，仰望天柱峰，金顶寺，楞严塔，华首门，朦朦胧胧的薄雾浓云，飘飘忽忽的溪流瀑布，闪闪烁烁的晨岚晚烟，让你忘却凡尘，心宁神静……

  传说，鸡足山山脉形似鸡足而得名。初为鸡足山大王领地。迦叶尊者闻金鸡报晓寻到此地，要将鸡足山收作佛教道场。鸡足大王与迦叶斗法后被降服，封为护法菩萨，供奉于山脚本主庙，至今仍有民众前来烧香跪拜。

沿着一级级石阶而上，烛光长明，香烟缭绕的迦叶殿上，坐在莲花宝座上的便是开创鸡足山佛国历史的迦叶。迦叶奉佛旨手持金缕衣入定华首门，等待弥勒，传位弥勒，因而在鸡足山享有尊者的地位。朝拜坐禅的迦叶尊者，历代高僧都必然要给弟子讲述迦叶的故事……

讲述拈花一笑的佛，画在墙壁上的经书，长满苔痕的莲花宝座；讲述寂静禅院回响的暮鼓晨钟；讲述幽深林中古树婆娑的身影游游移移在一位位法师的一座座灵塔上，让你轻声地吟诵出他们的法名：普通、本贴、儒全、读彻、大错、担当、虚云……

看那株空心树，学名高山栲，俗称栎树，树身和树干穿过 1700 多年时空，在明代就有记载的这株古树，身高 20 多米，根部直径为 47 米，树身要 8 个人才能合抱，树洞内可容数人，来自远方的那位无衣和尚曾经住在洞内念经修行数载，为空心树外围增添了一圈又一圈实实在在的年轮。空心树身旁的那座建于明代的悉檀寺被岁月沦为一片废墟，而古树依然郁郁葱葱，枝枝叶叶摇曳着春风秋雨，引人遐思。

看这座明代高僧静闻灵骨塔墓，见证着大旅行家徐霞客与鸡足山的不解情缘。崇祯九年(1636 年)徐霞客从江苏江阴故乡出发，到南京迎福寺与静闻和尚结伴，前往鸡足山朝拜。行至湖南湘江渡口，遭遇土匪抢劫，静闻和尚为掩护徐霞客和保护自己用指血抄写的《法华经》而被盗匪杀伤。但静闻和尚依然带着伤痛与徐霞客前行。到广西南宁崇善寺，静闻和尚伤痛交加，于 1637 年 9 月 24 日圆寂。临终前嘱托徐霞客把他的遗骨和血写的经书带到鸡足山。经过艰苦的长途奔波，徐霞客于崇祯十一年(1638 年)腊月二十二日终于到达鸡足山，在文笔峰下亲手将背负了一年多的静闻遗骨埋葬，将静闻用心血抄写的《法华经》供奉于悉檀寺藏经楼。可惜寺毁经书早已不存，如今只遗静闻和尚塔墓和徐霞客《哭静闻僧侣》六首诗供后人常拜常读。

在历朝历代的鸡足山众多的僧侣中，首先应当大书特书的是虚云和尚。虚云于清光绪十五年(1889 年)和清光绪二十八年(1902 年)两次上鸡足山朝拜迦叶尊者。但受子孙和尚排挤而未能在山上结一茅庵。直到清光绪二十九年(1903 年)

应大理提督张松林、李福兴盛情邀请，由宾川知州办理，方才寻得鸡足山上一破院钵盂庵即迎祥寺立足。虚云和尚从此发奋要扩建寺院，创立十方丛林，恢复迦叶道场。

虚云和尚始在当地化缘，继而又到缅甸和南洋各地，经吉隆坡到台湾再到日本筹募资金，回国后即上鸡足山开创扩建寺院工程，并亲自参加劳动。清光绪三十二年（1906年）寺院建成后，虚云和尚进京请领《藏经》，受到光绪皇帝封赐：钵盂庵迎祥寺加赐名为护国祝圣寺，钦赐《龙藏》銮驾全副，钦命方丈，御赐紫衣钵具，钦赐玉印、锡杖、如意，封赐虚云为佛慈宏法大师，奉旨回鸡足山传戒。

虚云大师迎护《藏经》运至上海转厦门，海运经泰国、缅甸，然后再由骡马驮运进云南上鸡足山。从此，护国祝圣寺成为鸡足山佛教十方丛林大寺，招来海内外国内外众多僧侣及游客，振兴了迦叶道场，使鸡足山佛教声望达到鼎盛。

虚云大师在鸡足山15年，住持护国祝圣寺12年，于民国七年（1918年）受云南都督唐继尧迎请至昆明西山依照祝圣寺形式及规模建造了华亭寺并住持12年，直到民国十九年（1930年）像一朵彩云离开了云南……

虚云大师1840年出生，1959年圆寂，享年119岁，经历了15座道场，中兴六大名刹，重建大小寺院庵堂80多座，成为一代佛教大师，深受广大僧侣香客敬仰爱戴，而在鸡足山建殿立亭塑像，永世供奉。

可以这么说，有虚云和尚，才有护国祝圣寺。当我们看那金炉香烟袅袅，听那铜钟声音悠长，总会在心里默诵着寺门的那副禅联：退后一步想，能有几回来？便会特别珍视这占地1.335万平方米的名寺古刹的重建与存在，听僧侣讲解寺院的每一寸土地，每一棵绿树，每一座殿堂，每一尊佛像，还有那庄严的天王宝殿，那宏伟的大雄宝殿，那高雅的《藏经楼》，那东廊的碑林、西廊的功德林；那孙中山"饮光俨然"、梁启超"灵岳重辉"、赵朴初"大雄宝殿"等名家的题字；那从明代开始游山的程立本、杨黼、杨升庵、李元阳、李贽、谢肇淛、高奣映、赵藩、袁嘉谷、徐悲鸿等文人的足印墨迹都在放射着光彩。

特别值得一提的是，那远离鸡足山的丽江木氏土司，几代人都信奉佛教，不但在丽江当地建造了福国寺，还在鸡足山修建了悉檀寺，并恭请徐霞客住在寺里修纂了有史以来第一部《鸡足山志》。当徐霞客病重临危，又是木土司派人用滑竿把徐霞客送回故乡江阴，留下一段土司与文人的传世真情……

鸡足山作为圣山佛地的自然的人文的佛教学问是太深厚太深奥了。匆匆一游，只不过是敞开心灵让佛光照耀。即便是在山上寺院常年修行的僧侣，也只是谦虚地说，他们只是在守护。那就让我们倾听这些守护者的讲经吧！

是的，正如这些高僧所说，迦叶尊者住持华首门，一直守护到弥勒成佛到来之时，才把佛祖的金衣、心意传承下去；又直到虚云大师来到这里安身、建寺、传戒，再到今天在鸡足山修行的僧侣以及前来朝拜鸡足山的香客游人，我们的心智和感言，都是在认识佛法，认识自己，认识人生，认识华首门，顶礼华首门……

常常会有来自梅里雪山那边，来自雅鲁藏布江的藏传佛教僧侣，在鸡足山上，下跪，俯卧，抬头，起身，合掌朝拜，就这么一次又一次磕着长头，把几千里几万里的漫漫风尘丢在身后，虔诚地用自己的身体和心灵，前来寻找华首门，朝拜华首门，这是为什么呢？唯一的答案就是：华首门是迦叶尊者守衣入定处，守护的是佛教之门，心智之门。

华首门位于天柱峰南侧，是一片神来之石壁，高约二三十丈，宽约四五丈，在这平整直立、灵光闪闪的石壁上，中间天生一条裂缝，把石壁分成两扇石门，而在门的中缝上，恰好是在门的上下中间，悬挂着一个石疙瘩，这就是石锁。门顶上方有巨石突出七八尺，宛若房檐。石檐石门生长着青苔碧草，壁上挂满一条条五彩斑斓的经幡，有的地方还搁置着六字真经石板以及来自千山万水的朝山石，可见无论哪个朝代，哪个民族，哪个年月，都有朝拜者前来华首门；也可见无论是藏传或南传佛教、大乘或小乘佛教的朝拜特征，都会在华首门交汇或显现。华首门真可以称为圣地中的圣地，佛门里的佛门。那些踏破古道，隐身石洞树洞的僧侣，在木鱼声中，在烛光下诵经；那些走过溪流，步行或跨马登山的游客，都是为着瞻仰华首门，向门前守护佛法的迦叶尊者敬献心香……

寻找华首门，是永远的寻找；朝拜华首门，是永远的朝拜；因为华首门是一种永远的宗教，永远的信仰！

站在华首门瞻仰鸡足山最高山巅天柱峰，那云霞中的楞严塔时隐时现，犹如佛在频频招手。

登上海拔 3240 米的金顶，顿觉心胸空阔，眼界开朗。山顶原有光明宝塔，据说是唐朝永徽年间(650—655 年)所建。到了明朝嘉靖年间，翰林李元阳依塔建普光殿，又到明朝崇祯十四年(1641 年)黔国公沐天波废普光殿，把昆明五华山上太和宫的金殿完整地迁移到普光殿废址，改名为金顶寺；再到民国二十一年至二十三年(1932—1934 年)，云南省政府主席龙云在光明宝塔原址修建了这座高42 米、13 级的方形密檐式的楞严塔并为之手书"法相庄严"的题词。楞严塔第二级四周装有铁栏杆，可供游人登塔欣赏徐霞客当年吟诗咏叹的四观奇景，即：东观日出，南望祥云，西看苍洱，北眺玉龙。那时你就会发出与徐霞客一样的感叹："鸡山一顶而萃天下之观！"

鸡足山佛寺林立，高僧辈出，文人荟萃，数百年来以其"佛教圣地，风景名胜"的自身经历，书写着一部书写不完的史志巨著，为我们展现着辉煌的佛光，敲响着慈悲的钟声，念诵着传世的《藏经》，指引着寻找华首门的路程……

刊于《云南日报》2016 年 8 月 13 日

玫瑰难掩

张大威

怨　气

怨气，是迷漫在人性深处的一种雾沼之气。

希梅内斯的散文《继女宝妮》，用最明晰、简洁、蕴藉的手法，写出了人在日常生活中，怨气是如何一点一滴在忍耐与暧昧的笑容下积聚而成的。

自从宝妮的父亲再娶，宝妮"就成为继母的女儿，继母成为她的母亲。她享有最好的房间，最好的家具，最好的衣服，餐桌旁最好的座位。热情的表情和宠爱对她是家常便饭：'男孩啊，要尊重你的姐姐！''女孩啊，跟你的姐姐一齐去！''要深爱你的姐姐！'"继母在不停地叮嘱。

事情的轨迹光滑得令人起疑。这种爱饱满得快要胀破了。可它还要继续饱满下去。宝妮结婚了。"有了孩子，她继母的家就成为她散步的目的地。她的孩子比其他人的孩子更受宠。"

所有的人都以为这是继母的爱在燃烧，谁也没料到是她的怨气在"爱"的幌子下燃烧。某种不能蛰伏的怨气，已经剑拔弩张。动荡不宁。渐渐胀满了气球，它非冲破气球，顶出来不可。

这一天终于到来。"当母亲（以及继母）要结束人生旅程时，所有的孩子都聚集在她那愁云密布的房间。整个下午，临死的女人沉默无言，自顾笑着。当宝妮走进房间时，继母张开眼睛，转向另一边，好像她忽然看着自己以前不曾看过的一个人。她以深沉的声音说：'你这个婊子养的！……'"

转折产生得太突兀、太峭立、太决绝，好像一个人在梦中平稳行走，突然被一双莫名的手推下万丈深渊，摔得碎片横飞。气球终于在最后一刻爆炸了，这种爆炸有着自我轰毁的味道，自我离弃的味道，继母的形象就此彻底颠覆。

宝妮——靶子——肯定也被崩伤了。继母的怨气消了吗？或许。反正她已经说完这句长久以来隐藏在心中，对宝妮不吐不快的最终裁定，就"神圣地、严肃地死去"。她的灵魂现在于黑暗的地底下，富足、骄傲而平静。可她泄出的怨气"你这个婊子养的！"却像一柄尖利的小刀子，带着"黑暗的旋律"，直抵宝妮的心。这可能是一种恶性循环，一直在爱与幸福之中飘着的宝妮，猛地跌了下来，她大梦初醒，醒了以后，肚子里胀满了怨气，她无法破解，继母为什么对她积怨如此之深？如此因成果，果成因造成的伤痛，难解难分。

像宝妮的继母一样，在日常生活中，我们也会见到，一个（或一群）平静的人，有着平静的情绪，在平静的轨道上，迈着平稳的步子，有板有眼地前行。他（他们）就像一条平静的河，太平静了，没有一点波痕，甚至比玻璃都平静。玻璃经过刮擦，还会留下道道划痕。可是这条"河"船行驶过去却没有痕迹，风刮过去也没有痕迹。一只手往这"河"里扔了一块大石头，"河"的皮肤一定是被砸出了一个大坑，"河"会很痛很痛，"河"却一声不吭，貌似伤口很快愈合了——没有愈合，因为世界上根本就不会有彻底愈合的伤口。说是愈合了，其实只是一种掩盖，或者是一种休眠。伤痛如水，在结痂的皮下日夜流淌，千万不要揭开它，虽然休眠是遗忘的假象，可生活中需要太多的假象来进行柔软了。事事追求真相，许多东西的盖子将会被揭开，难道盖子里的东西都是你想看到的吗？

大家，你、我、他，与这个（这群）平静的人一起，每天走在相同的轨道上，生活在一个相同的话语系统中，彼此会有过碰撞，有意的，无意的，好意的，恶意的。发生了，解决了，烟消云散了。没有觉得留下什么污垢，没有觉得哪儿有梗塞的症状。有的同行者，甚至为他（他们）提供了极善意的呵护，极宝贵的提携，极诚挚的抬举。一切都显得心平气和，云淡风轻，静美的花儿朵朵开放。没有人发觉这个（这群）人的"静"是自我积压，自我胀满，是在像守财奴积攒金币一样，在一点一点积攒他（他们）的怨气。

所以"静"这种状态，内容太渊深，模样太混浊，一眼望不穿，两眼也望不穿。月球车可以去拍摄月球照片，人的灵魂深处所思所想，目前还没有一种精密仪器可以拍摄下来——当然最好永远也不要有这样的精密仪器。混沌确实是智慧的，也是美的。混沌七窍一开，混沌死了。

积攒怨气的人，日常呈现出的姿态，并不阴郁，并不灰色，甚至还有些明亮。但这种明亮会是一种幻象，当日后他们的怨气如暴风雨般狂泄出来，扫倒一片无辜者的时候，你再回味他们的那种"明亮"，是不是有点像名画《九级浪》的那种混浊明亮的颜色，它比真正的阴郁还要可怕呢！

平常的人，平常的日子，平常的工作，大家也就或平平淡淡或热热闹闹地相处，有时你还真就难以觉察，这怨气的种子是怎么种下的。可就是有怨气，在办公室的各个缝隙之间，在同事的电脑桌之间，在上下级之间，这股气流到处流转，时时涌动。有时，你往往栽下一丛花，却收获了一捧刺。你献出了一颗纯洁的心，人却往你的心上吐痰。你为人提供了善良的帮助，人却用污言秽语来作践你的善良。你力所能及地提携人，人却力所能及地报复你……

费解，真费解。当你还傻头傻脑地把人当作一个挚友，作静夜长思，牺牲睡眠时间，来抚摸往日的温暖时，人的口中喷出了一支支伤人的小箭，把你射得遍体鳞伤了。

不是农夫与蛇的故事，那样说伤口太过巨大。只是不够善良——善良其实是一种纯净。只是不够厚道——厚道其实是一种德行。只是以怨报德，只是太自我，太狭隘，太偏执，错误地理解了许多信息，自我重构了许多痛苦，于虚幻中承受了许多迫害，于猜忌中树立了许多假想敌。因而，便会常常凭着自己的臆想去怨恨别人，行动未免过火，言辞未免荒唐。被射的靶子往往一头雾水，惊讶而伤心地望着他（他们）泛着白沫的尖刻嘴巴，纳罕于昔日那张张平静的脸，原来是面具，在那面具的后面还藏着一座怒气腾腾的小火山。

办公室的怨气发泄需要这样的节点：比如"靶子"突然从某个位置上跌下来了，或者是由于调动，或者是由于年龄，他是要退出这个"场"了，他要远离了，他已经褪色了。反正是他对谁都无法造成压力了，他成了一个无足轻重的人，甚至是一个虚无的人。这时，以往积攒的怨气，将向他的背影与脚印通通泄出。

有一个即将卸任的人，在离开单位前，不知一种什么样奇怪的思维之花在他的脑袋中开放了，他想开一个座谈会（难道是让人对他的过往歌功颂德吗？），不要开！不要开！当然，他不是一个坏人，他甚至是一个好人。可人们对好人和坏人同样都有怨气，对坏人，怨他太坏；对好人，又怨他太好（因为好人一般对谁都好，这怎么能行？有的人是不配别人对他好的）。一个人走时，最好是隐而不彰地走，在一个宁静的早晨，阳光斜斜地洒进办公室，办公桌上传说中能够清除乌烟瘴气的一盆绿萝在静静地绿着——绿萝吗！没有人能够测量出它是否在尽职尽责，因为没有人能够测量出它的呼吸。一切都没有变，一切又都变了，因为已经没有了那个人的影子。大家不由自主地长长地出了一口气——绿萝也长长地出了一口气——并程度不同地感到喜悦和轻松（未免喜悦和轻松得太早，另一个人另一个影子，正向这办公室走来）。

窗外正在刮风，一株大树在风中摇摆，像一团云彩生了根，长了枝叶，蓊蓊郁郁的。一个酷似那个即将离任人的影子，站在他曾经的办公室窗前，望着那株大树下的真实的自我，他看到自己原来是那么的渺小，那么的平实。渺小得像一根羽毛，平实得像一块土坷垃。风，仍在刮。那朵奇怪的思维之花瞬间在风中凋落了。没有什么座谈会，无声无息地退出办公室，如果有怨气，那就让它像钟表的时针那样，慢慢腾腾地走，慢慢腾腾地泄，好了。物体前行时，是加速度还是减速度，造成的结果相当悬殊。

没有怨气的世界大概在天堂里。人世中不行，人世中每天都会产生怨气。大怨气需要的是体制与机制的变革来改变。我这里只说小怨气，解决小怨气的最好的办法是彼此都给对方留出一些气孔，让人出气。当然，自己也要想方设法给自己开个气孔，无论在多么烦闷的环境中，都要学着徐徐出气。否则，你又能怎么样呢？

误　解

误解，是飘荡在人际交往中的一种灰色疑云。

这种疑云常常会掠过人的头顶。你误解他人，他人误解你，世界上从未误解他人，也从未被他人误解的人，概率为零或几乎为零。由误解造成的伤，在人际关系的链条中，渗出点点血珠。有时，你与一件事情根本不搭界，可能远隔十万八千里，你在梦中都不会想到世界上已经发生了这么一件事。可弹指之间，那件事像强力的灰色蜘蛛网一样，将你紧紧地缠住了。世界上的人都说这件事与你有关，误解的黑雨滴滴答答地在你的头上淋个不停。你成了那件事的“核”“初始”“发源地”。你根本无法知道到底是谁的手中，拿了一面哈哈镜，将你完全照变了形，将一个完全不是你的形象公示于大众面前。

本来是镜子在说话，不是真相在说话，可人们却往往愿意相信镜子，不愿意相信真相。镜子歪曲真相，镜子使真相变得卑微。人性的弱点乐见他人卑微，不乐见他人崇高。特别是不乐见自己身边的人崇高。距离越近，越容易产生嫉妒。罗伯-格里耶的小说《嫉妒》认为，"嫉妒"是可以用距离来度量的，这是对的。偶像一般不会产生在身边，他或远在天边，或深在历史。在身边的人，都是平庸的人，没有光彩的人，互不服气的人，互揭老底的人。一提起名字来，只会用鼻子哼一声，说一句"他呀！"的人。

一个清白无辜的人，身上如何发出了被误解的信号？换言之，一个清白无辜的人，身上发出的正常信息是如何被哈哈镜扭曲的呢？一是握哈哈镜的那只手别有用心，故意为之。为了抹黑某人，歪曲某人，或泄私愤，或谋私利，用语言编织假象，制造误解。语言的鬼魅之处，就在于它像一股具有魔力的电流，它发出的波长，瞬间就可以把人正常的目光变成误解的目光。本来你以为和你相知很深的朋友，友谊之链一辈子都不会断裂，一天，他受到了这种语言的魅惑，没有多少犹疑，他就相信了这种"语言"，语言之风把他吹晕了，他依照语言的指引，对你产生了厌恶，他看你的眼神变了，疏离如看不见的水，在你与他的脚下一点一点积聚起来，汪洋起来，他嘴唇上的笑，是按照某个规格做好挂上去的，不再是从心里开出的灿烂花朵了。一切都无法回到从前了，友谊之链就这样慢慢断裂。这不得不让你感叹，友谊就像出水的鲥鱼一样，难以保鲜。误解之水漫过之后，留下的滩涂已经荒凉，它渐渐地会变成一片永远不能耕种的不毛之地。

我的一位朋友，是个正直忠厚与人为善的人，一次她参加编撰一本书，编委们辛辛苦苦动员了不少作者，稿子一篇一篇地组来了，校样也一篇一篇地看完了。可突然书因故不能出了。空洞出现了，怎样走出这个空洞呢？就是说让谁来背这个黑锅呢？其实，完全不必拎出这么一口黑锅让人背，就实话实说告诉作者们，书为什么不能出。谅解与不谅解，埋怨与不埋怨，那都是真相，这不胜似让某人背黑锅，让作者对这个人产生误解好上百倍吗？

有的人天生就喜欢肢解真相，制造些小事端，把别人脚下的路弄得曲里拐弯崎岖不平。一个并没有参与编撰这本书，也算与这本书间接有点关系的人，踊跃地给几位作者打电话，说是我的朋友从中作梗，才使这本书胎死腹中。消息一传开，许多人都对朋友产生了误解。气话、狠话，像七月里垃圾场上的苍蝇，黑乎乎地飞向她，完全遮盖了她的清白无辜。她顿时变得人不人鬼不鬼的。误解歪曲了她原来的形象，在谎言中，人们已经记不起她原来是个正直忠厚与人为善的人了。

误解，是一种情绪化之物，而非理性。理性倾向于理解，倾向于辨明真相，而情绪化之物则逃离真相，逃离理解，最终是非不分。

当那个人正在享受自己搅起的灰色迷雾所带来的快乐时，朋友打电话找到了他，问他为什么要把黑锅扣到她的头上。那个人的回答荒诞得只能让人苦笑，他说，我掂量了一下你们编委那几个人，就属你一没官职，二没名气，所以只能把黑锅扣到你的头上了，这事总得有个人负责吧？

没有辩白，也无法辩白。因为没有澄清这种小事情的法庭。它只是给一个人的人格抹点脏，够不上多么严重的诽谤，就像有人在你饭碗里放了一只死苍蝇，构不成投毒罪一样。然而因为这件事，误解的迷雾一直缭绕在朋友的身边，她的形象始终有点歪。她在这个群体中的信任度与美誉度都遭受到了一定程度的损失，她已经无法完整回归了。

这种生活中的"伤"，都是不起眼的小伤，它不是仁人志士天地洪荒唱大风的寂寞，也不是前驱者含冤屈死于断头台上的悲哀。它只是从黑色的管道中涌出来的已经污染了的脏水，莫名其妙地流进了你平静清洁的生活河流中。可这种小伤擦过，却是玫瑰难掩。它对人的伤害很苦，很烦，很缭乱，很缠绕。

除了这种故意为之的误解，误解还可能产生于沟通的欠缺，信息的不透明，认识的盲点，心胸的狭隘，自以为是的愚顽，等等。只要生活还在继续，误解的疑云就会继续飘荡在人的头顶上。一个人的一生，不管你是多么的大度，就是大度到海纳百川的那个境界了，早早晚晚都会被人误解几次（也包括你误解别人），这真使人迷惘，但又是人无法躲开的宿命。因为这是人性的局限，事物的概率。只要子弹一射出，哪怕是在荒野上，也会有人被击中。如何给思维去魅，让人性日益清明起来，这是一道待解的难题。

刊于《鸭绿江》2016 年第 5 期

翦伯赞前辈与家父的友情

李 啸

> 逆风而行是要冒风险的,有时可能遭到灭顶之灾,但是在真理问题上,不能让步。
> ——翦伯赞

然而在真理面前不让步的坚持中,翦伯伯付出的是生命的代价。一位闻名于世的史学家、我国马克思主义理论的奠基人之一,在 1968 年 12 月 18 日北京大学燕南园自己的家中,与爱妻戴淑婉女士吃下过量的安眠药,双双离世。

在杏花洒泪的清明时节,想起了翦伯赞伯伯的铮铮名言。追思的帷幕被拉开,随着窗外纷飞的细雨洒落在家中留存的翦伯伯那一封封与父亲的书信中。家父生前津津乐道的与翦先生书信交往的情景,又一幕幕浮现出来。

书房中,陈旧而厚重的书架上摆着翦伯赞先生独著的《中国简明历史论丛》,打开扉页,夹着的一张信笺上,翦伯赞先生那遒劲的笔迹跃然纸上,上写着"党若平同志指教,翦伯赞敬赠,一九六四年十二月六日"。

翦伯赞先生与家父的友谊始于 1955 年。时任商丘地委书记的家父党若平到中央高级党校学习。在中央党校,家父结识了翦伯赞先生。翦先生是中国著名历史学家、社会活动家,是我国马列主义新史学"五名家"(郭沫若、范文澜、翦伯赞、吕振羽、侯外庐)之一。从 1952 年起,翦伯赞先生任北大历史系教授兼主任,后又兼任校党委委员、副校长,并兼任中央民族学院研究部主任、中国科学院专门委员、哲学社会科学部委员、民族历史指导委员会副主任委员等职。

翦先生比父亲大十多岁。可能因为家父对史书的酷爱,二人性情相投,一见如故,结为莫逆之交,最令人乐道的就是翦先生向家父赠书的故事。

1957 年，东京大学出版社出版了翦先生所编的日文版《中国史的时代区分》一书，翦先生赠家父一本，书中有翦先生到日本东京大学进行学术交流的照片，照片上的翦先生风度翩翩，一派儒雅的学者风范。那一时期，翦先生事业顺达，作为史学顾问，时常被周总理等中央领导请为座上宾。

翦先生虽为大家，但对朋友总是慷慨大方。他与家父也有一些"童趣"故事。1958 年外文出版社出版了翦先生的《中国历史概要》法文版，出版社仅赠翦先生精装本两册。翦先生立即寄一本给家父，在电话中亲切地说："出版社只给了两册，咱俩二一添作五，一人一本。不信，有出版社赠书公函做证。"之后，翦先生还真的把公函附寄。公函称："《中国历史概要》法文本已由我社出版。兹特检奉该书的精装本两册，敬请就本书的编排、译文、印刷、装帧等方面惠于指示，以便改进我社外文书刊的出版工作。"以翦先生的名声、地位论，朋友之多，需要赠送的人之多可想而知，然而他把仅仅多出的一本送给家父，充分说明二人感情的笃厚。把出版社的公函一并寄来，一则表示翦先生的诚意，二来也隐含着让家父就"编排、译文、印刷、装帧等方面"提意见的意思。信中的"不信"二字毫无不信之意，而是信之愈深的标志。当然，这也与家父时任河南省委宣传部副部长及省文教部副部长，二人工作上有一定的关联有关。

大概是家父与先生缘分太深之故吧，机缘巧合，1964 年开展"社会主义教育运动"（亦称"四清运动"），家父被派到北京大学历史系担任工作组组长。此时翦先生是北京大学副校长兼历史系主任。挚友重逢，共同主持历史系的工作，自然倍加高兴，配合默契，共同度过了一年最美好的时光。他们平时促膝相谈，翦先生拿出多幅与毛主席、周总理的合影让家父看，屡屡称赞二人平易近人，礼贤下士。有一次，他二人曾同去参加灯谜会，去得晚了，现场只剩下一条挂在绳上的谜语。二人一看谜面："不出门日行千里。"就异口同声地喊出谜底："驴！"而后相视哈哈大笑，可谓同声相应。

家父在北大工作一年后，回到河南，任省委宣传部副部长，但与翦先生始终保持书信往来，每逢翦先生有新书出版，总是赠予家父赏读。1965 年，家父获宣纸折扇一把，让翦先生在上面题字。翦先生遂用流畅而又遒劲的书法将唐朝诗人张继的《枫桥夜泊》题于扇面。又写书信一封，一并捎回。书信全文是："若平同志：惠书及折扇收到。我的字写得不好，既承遵命，当勉力为之。翦伯赞　六月十八日。"可惜，那个珍贵的扇面只陪伴家父度过了两个夏天，"文化大革命"开始后，被红卫兵抄出焚烧。家父痛惜不已，经常念叨。庆幸的是，扇没了，那封信被巧妙地藏在书中，使之得以留存至今，成为一份珍贵的墨宝。

1965年1月14日，翦先生又将《中国史稿》《中国史纲要》和《中国通史参考资料》三种内部发行书赠予家父，并附信函。信中说："郭（沫若）编《中国史稿》和翦（伯赞）编《中国史纲要》及《中国通史参考资料》都是内部发行。《中国史稿》出了三本，第一册找到后寄上。《中国史纲要》只出第四册，二、三册已付排，一册尚在修改。"查史料得知，郭沫若主编的《中国史稿》从1958年开始编写，其中第一、二册曾于1962年作为大学文科试用教材印刷发行。翦先生的《中国史纲要》是1961年高等学校文科教材编选计划会议决定，委托翦先生组织编写，将来作为高校文科中国通史教材。我们没有见过家父给翦先生去信的内容，从回信中可以推测，家父的书信可能问及教材建设的事。

1966年，"文化大革命"开始，家父被罢官，被批斗为"三反分子"。此时的翦伯赞先生则作为"反动学术权威"被批斗。一对难兄难弟同病相怜。在"文化大革命"初期的书信往来中，互发牢骚，互吐衷肠，看完即毁，没有存留。1967年之后，就无法再联系了。

1968年8月，家父出任水利电力部第11工程局革命委员会主任，上任伊始，便百般打听翦先生的下落，均不得音讯。其时，除了经常被拉出去批斗审讯，备受肉体摧残、人格凌辱外，翦先生始终被拘禁在北大燕南园自家的小院里。四个多月后，有人告知家父，翦先生因不堪红卫兵的非人折磨，于1968年12月18日夜，夫妻双双吃下大量安眠药自杀身亡。一代宗师就这样悲怆地离开了人世。家父得知噩耗，两天茶饭不思，目光呆滞，悲痛欲绝。他将翦先生寄来的书信，赠予的书籍，拿在手里，翻来覆去，热泪凄然而下，仰天长叹："翦先生，你不值呀！"我们这些小辈无不为之动容。

家父与翦先生的这段笃厚交情，令我思绪万千。在中国的特定政治背景下，一个党委系统的官员能够得到一个全国知名的权威学者如此深厚的感情，建立如此密切的联系，没有共同的性格爱好，共同的情趣，共同的思维方式，共同的处事原则，没有双方互相吸引的人格魅力，这种关系无论如何都建立不起来。我为家父有翦先生这样的朋友，为翦先生和家父有这样的人格魅力而骄傲！

翦伯赞先生的故居位于桃源县枫树乡回维新村翦家岗。2010年，经中共湖南省委办公厅报中共中央办公厅同意，桃源县政府对其故居在原址按原貌进行了修复，由祖居、伯赞大道、广场三个部分组成，占地面积十八亩，展出了翦伯赞先生的珍贵遗物和大量图片资料，展现了翦伯赞光辉而又坎坷的一生。2011年1月，翦伯赞故居被确定为省级文物保护单位。2013年被确定为省级爱国主义教育基地和省级红色旅游景区(点)。

魂归故里，在家乡的绿荫下，在清明节前，翦伯伯，您的生前好友党若平的子女以此文向您献上最隆重的祭奠！ 也是我们献给父母的最隆重的祭奠！

(注:作者为党若平之儿媳。)

刊于《大河报》2016年1月3日

探寻大汶河

夏海涛

子在川上曰:"逝者如斯夫。"那么,是哪一条大川,引起了中国最伟大的思想家孔子的感叹呢? 2500 年前,孔子诞生在山东曲阜的一个小山村,他周游列国,他"登泰山而小天下",泰山前面的那条大汶河,是他不能不跨越的大川了。

从孔子时代再往前推 2500 年,当人类还处于新石器时期,这条河边就活动着一支人类的祖先,他们用泰山石打造石斧、石锛,他们用汶河的泥土捏制陶器,他们用勤劳的双手捕鱼、猎兽,这条河因此成为中华文明的摇篮之一。后人以河的名字命名了这个文化遗址——大汶口文化遗址。

是的,这是一条名垂史册的河流,千百年来,这条河日夜流淌,从远古到如今,还将不停地流向未来。它的名字就叫大汶河。

寻找源头

《泰山大全》记载:"大汶河是我国名川之一,古称汶水,简称汶河,是自东向西流经整个泰山山脉之阳的大河……它源于莱芜市黄庄镇旋崮山南麓,注入东平湖,全长 208 公里……"

《山东省志·泰山志》曰:"大汶河,又名汶水,为黄河下游最大支流。……上游牟汶河源于沂源县沙崖子村一带。"

那么,汶河的源头到底在哪里?

在向导的带领下,我们向莱芜市黄庄镇进发。当地人都说,汶河的源头就在这里的旋崮山里。

旋崮山高 729 米,号称是沂蒙七十二崮之首。传说它当年是从海水中打着旋儿长起来的,故而得名。

逆河而上，汽车在一个叫台子村的地方停了下来。《莱城文史》中说：牟汶河发源于黄庄镇台子村。如果说这里就是源头，那未免太令人失望了。

我们下车察看地势，发现小河在这里有了分叉，一条沿旋崮山山势直插山腹，而另一条则绵绵不断，在东面隐入山峦之中。

我们决定继续驱车向东。"一江春水向东流"是我国大江大河的基本走向，汶河却是山东境内唯一一条向西流的大河。向东寻找，也许能找到它的起点。

在路的尽头，我们弃车下到河里，沿河床上行。河水若有若无，时而隐入乱石中，时而又露出峥嵘，河床内茂盛的水草告诉我们，这是一条有生命的河。据当地老乡讲，这里叫老龙脖子沟，附近有个地方叫龙巩峪。说是站在旋崮山上向下看，这条河就像龙拱出来的一样。

对了，应该是这样的！作为历经千万年的名川大汶河，它的源头只有与龙的传说结合在一起，才能体现出真正的中国特色。

经过四五里路的追寻，小河被一条横岭截断了，在岭下我们找到了一汪浅浅的清泉！

这就是史书中没有详细记载的汶河头了！向当地老乡一打听，原来我们已出了莱芜市，进入到沂源县的北宅村了！岭是分水岭，岭对面叫南宅村，又叫保安村，岭上的水全部注入了沂河，岭这面的水则流向了汶河。

终于找到源头了！

为了俯瞰一眼老龙脖子沟的风采，我们又一鼓作气从台子村登上了大汶河的另一个小小源头——旋崮山。虽然层峦叠嶂，我们没有看清老龙拱地的景象，但站在高高的山上，我有了一种深深的感悟：

我们是为寻找大汶河而来的，可又不得不进入了高山，从石缝中、山泉中寻找河的源头。看来山与水真是一对孪生兄弟，在充满灵气的大地上完美地相依在一起。"仁者近山，智者乐水"，其实山水又岂能分开！

走进春秋

大汶河上游的一条主要支流叫牟汶河，而牟汶河因流经牟城而得名。今天我们踏上了探寻牟子国及长勺之战遗址的征途。

《中国地方大辞典》载："牟，周国名，子爵。故城在今山东省莱芜县东二十里。"也就是现在莱芜市的赵家泉村。西周距今已有2700年的历史了，由此推测，牟汶河这个称谓不会早于2700年，可牟汶河在此前已不知流淌了多少春秋！几经周折，我们终于找到了去赵家泉村的路。

汽车向西行驶，宽广的玉米地强烈地冲进视线，使人不容忽视它所具有的那份雍容和大度，就好像是经过天安门广场进入故宫的感觉。

这一定是牟子国的遗址！是那个消失的国度透出的全部信息。

经人指点，我们找到了故城遗址。

在一片刚刚收获的土地上，残存的土台子在远处兀立着。以它的无言与存在，向人们展现着时光的斑驳与沧桑。

同行的崔作家奔到土墙根上，看到的是树根与荒草缠绕的老土；谭诗人绕到了城墙的后面，同村民谈起这段故城的保护与开发；我则对三四米宽的古墙上，那一大片的庄稼地表现出了极大的兴趣。出现在镜头中的玉米、棉花及大豆，如果没有人点破，谁也不能想象竟然是生长在城墙上，2700年前的城墙！

岁月似乎在开着这样一个玩笑：古老的城墙因为岁月的厚重而肥沃无比，以至于墙头上都能结出丰硕的果实；而现代的人们却因为浅薄而更加无知，竟然一次次毁城取土，用巨大的代价（牺牲着人类文明的成果）去收获那三五百斤的粮食！

在精神与物质的天平上，精神只能被生存的压力挤进了某个小小的角落。

牟国故城遗址南北长620米，宽320米，墙城高12米，底宽15米，顶宽4米。其西面和北面邻汶水，并以其作为天然屏障——由此可以想象当年的汶水是何等宽大与湍急！

我们依次背临牟汶河留影，因为这是纯净得没有任何污染的水，它流自古老的牟子国。

随后，我们又快马加鞭，直奔见马乡，去寻找长勺之战的遗址。

一进见马乡，手机就失去信号。也难怪，我们这是走向春秋时代，现代化的通信工具自然会失去功效的！

北枸山下，一位热心的王姓村民，带我们来到了长勺之战的纪念碑下。这里位于西枸村小学旁边的高台之上，俯瞰枸山河，所有景色一览无余，是个指挥千军万马的好地方。站在这里，耳边自然会响起战马的嘶鸣声，响起战士的吼叫声，以及那追人魂魄的大鼓声。是的，在 2684 年前的春天，鼓声是这里最嘹亮的声音。

有时候，文人的一支秃笔，竟能够使名不见经传的凡人名垂青史。比方说曹刿，比方说长勺之战。如果没有《左传》，谁会知道曹刿，谁又能知道这场"一鼓作气"、以少胜多的经典战例呢？！

尽管 1983 年才确定了长勺之战的准确地址，但民间似乎对此早就烂熟于心。公路边，当我们向一卖肉的中年屠夫打听长勺之战遗址时，他挥了挥手中的剔骨刀，很精确地告诉我们："顺路走 4 公里，北拐！"

传说许多年前这里有人挖出过一把 20 余厘米的青铜剑，卖到供销社后只给了 4 块 3 毛 7，他们担心受骗，又拿回来到潍坊去卖，居然还是卖了 4 块 3 毛7——是按废铜的价格收购的！

马上就要返城了，向导突然告诉我们，他盖新房挖地基时挖出了许多罐子、陶片还有骨头，并带我们去看。罐子的年代并不久远，可那骨头碎片却使我们浮想联翩。根据我们的提议，他在自家的排水沟里，用镐头很随意地又挖出一根 35厘米长的骨头。这会是谁的骨头？2600 年前齐鲁士兵的骨头？马的遗骸？还是后来某次战争的遗迹？我们不是考古学家，我们只是面对这森森白骨充满了不尽的想象。

徂徕山中

"朝闻道，夕死足矣。"看完徂徕山，此话不妨应验吧！

如果不是泰山的光辉过于耀目，放在别处任何一个地方，徂徕山都是一座名头很响的大山。它位于牟汶河与柴汶河的中间地带，是汶河两条主要支流的灵气孕育了它的灵秀与壮美。

《诗经·鲁颂》有云："徂徕之松，新甫之柏。"可见早在 2000 多年前，徂徕山就以其浓密茂盛的松柏引起了歌者的关注。即使今天，车辆行进在徂徕山中，首先也是被这茂密的松林所震撼。

如果说泰山中藏个三五千人十分不易，那么在徂徕山中藏个千军万马却易如反掌。徂徕山优越的自然条件要超过泰山许多，也许"略输文采"吧，这里的人文景观逊于泰山，但并不缺少，据说，如今尚存寺庙 3 处，碑碣 54 块，摩崖刻石 113 处，古树名木千余株。其中不乏像李白题写的"独秀峰"等墨宝，也不乏徂徕山起义的大寺遗址。看来，缺乏总体的策划、宣传与包装，是徂徕山始终不能走上前台的根本原因。

中午时分，我们驱车来到了徂徕山的最高峰——太平顶。这里海拔 1027 米，离泰山极顶的直线距离仅为 30 公里。我突然产生一个荒诞的想法：要是在两个山顶修一条索道，岂不妙哉！同行的梁庄镇文化站站长张纯岭讲了一个异曲同工的民间传说：早年碧霞元君曾在徂徕山修炼，得道后在不远处的秋千峰上荡秋千上了泰山顶，成为泰山的住持。

下午 1 点，我们在徂徕山深处的卧尧农家小院吃自带的煎饼、咸菜，又请房东卞大嫂烧了一个大北瓜。席间，卞大嫂竟从声音上认出了"张疯子"张纯岭。作为民间艺术家的张纯岭，近年来一心致力于徂徕山民间文学的收集与发掘，由于过于投入与痴迷，几乎被家人当作疯子送到精神病院去。省、市、区电台多次邀请他做嘉宾，并演唱他收集的民谣。目不识丁的卞大嫂就是这样认识了他。

干涸的竹溪

唐开元年间，流寓山东的大诗人李白同名士孔巢父、韩淮、裴政、张叔明、陶沔隐居徂徕山南，喝酒谈天，修身养性，史称"竹溪六逸"。

今天我们就要去找竹溪。

沿蜿蜒的土路蛇行上山，汽车在一块刻有"竹溪佳境"的大石头前停了下来。向导指着悬崖下面突出的石床说："这就是竹溪。"

这就是竹溪？为何四周没有一棵竹子？向导介绍说，因为石床上石结突出，犹如一个又一个粗大的竹节，又有清水石上流过，故而得名。

是啊，这里确实没有成片的竹林，可是哪一片竹林又能获得这样的殊运！可惜我们来得不是时候，这里已经没有了溪水。为了修盘山公路，山上的流水已被截住，乖乖地沿河道另寻下山之路了。石竹尚在，而溪水早已不知去向！找不到的，还有唐朝的六位隐士。

沿竹溪而下，去看二圣宫。一圣为老子，一圣为孔子，不知这两位老先生如何被供在了一起。

资料上记载：二圣宫始建于元朝，但我们去看时，早已墙倾石坍，只剩下前后两个条形巨石垒起的古堡，有人说是过去传教所用的教室，而我看则像是闭关修炼时的场所：一扇很小的石门，还有一个小小的天窗，似乎是通气孔。

这里风景十分秀丽。背依高山面临竹溪，溪边一片北方很少见的水杉林。整个宫殿隐在山坳里，远远看去，除了感觉地势不凡外，外人很难看到它的全貌。

联想到昨天下午，我们参观磙石峪的隐仙观，也是隐在深山中。在三四块天然巨石垒起的洞穴中，我看到了清朝两部尚书、文渊阁大学士赵同麟题写的"炼丹炉"三个大字。可以想见，古代的道士在信仰的支持下，踏遍三山五岳，在人迹罕至的地方修身养性，采日月精华，汲天地灵气，意志不可谓不坚也。

可以说，整个徂徕山笼罩在道教的辉映下，除了光华寺，我看到的几乎全部都是道教文化的遗迹。"白云堆里道人家，木食草衣度岁华……不挂市朝名与利，且赢高枕卧烟霞。"石头上，不知何朝何代何位仙人写给云露山水的诗，不巧被我等凡夫俗子碰见，并记了下来。

感觉大汶河

从大汶口镇向上追溯，统称为汶河上游，由众多支流组成，比较主要的有牟汶河、柴汶河、石汶河、泮汶河、瀛汶河等五大支流，在泰安市大汶口镇以上完成了汇合，俗称五汶汇流。

从大汶口到东平县戴村坝，这一段河水是大汶河的中游，俗称大汶河。而到了这里，就不得不看文姜台、古渡口和大汶口文化遗址。

相传齐国公主文姜与她的同父异母兄弟私通，后远嫁鲁桓公。山水迢迢、两人相见何其难！为此，在古驿道旁边，文姜劝其丈夫为自己修筑了行宫。而齐襄公也以打猎名义，涉过汶水，与其妹相会。文姜台便成全了一对男女。

后来，鲁桓公随文姜去齐国省亲时，发现了两人的隐情。情急之下，齐襄公竟杀死了鲁桓公。文姜已无脸再回鲁国国都曲阜，只好回到文姜台郁郁而死。随后行宫渐毁，至今仅剩一个高 1.8 米的大土台突兀在水边，仿佛向人们述说着什么。

这是我听到的一个很特别的故事，我从司马先生的《史记》中也查到了有关记载。《诗经·齐风》中有三首写到了文姜及文姜回齐："汶水汤汤,行人彭彭。鲁道有荡,齐子翱翔。汶水滔滔,行人儦儦。鲁道有荡,齐子游敖。"在文姜回齐的路上，人是那样地拥挤，而汶水是那样地湍急。

在文姜台遗址上，我捡到了一块陶瓶残片和一块带有花纹的青砖。我不知道夜深人静之时，这残缺的陶瓶是否会漾出汶水的浪花；这深深的砖纹，是否会映出历史的图像。

在汶河古渡，我们看到了已有260年历史的姜公桥。

1730年汶河桥被大水冲毁，两岸人民生活极为不便。清朝石匠姜桂松发誓要修此桥，造福后人。他通过承包皇家工程——修复泰山盘道挣了一笔钱，然后于1741年自行设计、自行施工，用了不到一年的时间建造了这座大石桥。至今，这桥仍是两岸人民生活交往的唯一通道。看到这么多的人在桥上走来走去，几个洗衣的农妇便喊："做吗的？是修桥的吗？这桥真该修了！"听到喊声，我们面面相觑无法回答，于是更怀念那个200多年前的建筑个体户姜桂松。

在古渡口，同行的作家殷培文、齐欣讲述了他们与姜桂松的一段奇缘。

住在大河棉纺厂的作家殷培文，对古碑颇有研究，2000年春天，他偶然在深山中发现了一块姜氏后代立的石碑，上面刻有其祖先姜桂松修建大汶河石桥的功德，他立即通知了祖籍大汶口镇的作家齐欣。古道热肠的齐欣数次与有关方面联系，终于雇人将这块石碑从深山中抬到了路边，并运回了镇政府大院。

如果姜桂松在天有灵，定会对二位作家含笑致谢的。

随后我们去了"大汶口文化遗址"。除了一大片玉米地，谁也无法看到更多的什么。这是所有文化遗址的共同特点。

大汶口文化遗址总面积80余万平方米，距今4500—6400年，为新石器时代遗址，早期属于母系社会末期，中晚已进入父系氏族社会，跨度达2000年。在133座墓葬中，出土了2.1万件随葬品，其晚期的骨针、石镞等物品已相当精致，并出现了贫富差别，但至今没有发现村落遗址。

祖先们已经远远地走去，只把背影留给我们，孑然独行，默默无语。

拦汶济运

从大汶口镇沿河堤西行不久，便是土罡城大坝了。它同戴村坝一起，成为汶河上两道著名的水利工程。

土墾城坝最初建于元朝，我们去寻找时，已无处可寻。在一个用水泥石块砌起的大堆边，散落着别处不常见的巨大石头。旁边干农活的老乡指点我们，这就是老坝！

原先的土坝每年都要冲毁。后来发现原址下行 8 里，有一个平坦的地方，河床下石床平整，适宜建石坝。于是便于明成化九年迁于此地。它拦截汶水，自洸河注入运河以提高水位，至今已有 500 多年的历史了。

土塝城坝到底有多深，听当地人的一句咒语就知道了："我要说瞎话，就让我跳土塝城坝！"每年汛期，上游各支流落水者的家人，都要跑几十里路，到这里来寻找尸首。

戴村坝的修建年代大概要晚一点，约在明永乐九年（公元 1411 年），为此还专门开挖了小汶河，使蓄坝拦截的汶河水能沿小汶河而注入南旺，从而达到提高运河水位的目的。

京杭大运河是一条举世闻名的人工河，也是重要要塞之一。自元代开通东平至临清的会通河后，京杭大运河全线贯通，对于促进南北经济的交流功不可没。东平也因此而成为漕运要枢，历时 600 余年。江淮一带漕粮每年 400 万石皆取道于此运往京都。明朝，对运河进行了大规模的疏淤工程，并接受民间修河工的建议，筑戴村坝，遏汶水接济会通河。该坝被称为中国的第二都江堰。

据说，当年马可·波罗在他的游记中，曾经对繁华的东平作过描述。

9 月 26 日上午，就在我们参观戴村坝准备返程时，一阵乒乒乓乓的鞭炮声吸引了我们——原来是两位渔民正在坝下祭祀河神。

都知道东平湖有渔民，想不到大汶河也有渔民，看来戴村坝拦水功能的确非凡。

渔民们燃起一炷香，然后烧起了纸钱。袅袅青烟中，他们把随身带来的烧酒浇在火上。这时，一个人从篮子里拿出了一只缚好的大红公鸡，看来要杀牲了！他走向泊在水面的铁皮船，菜刀一挥，鸡血便涌了出来。船老大握住公鸡，沿船走了一圈，将血洒在了船身。做完这一切后，两人回到岸边，对着船头虔诚地叩了三叩，整个仪式才算完成。这其间，渔民的妻子一直远远地站在一边，问她为何不参加时，她笑答："不让。"看来，这个神秘的仪式还不允许女性参加，怕是大汶口文化晚期——父系社会的特征吧！

高高的山与古老的城

东平州城始建于公元 1000 年的宋咸平三年，是从东平湖埠子村移建到这里的。据说，这座古城是一座龟城，北门朝西，南关设计成龟头，龟的双眼及肚脐是幽幽的水井，城墙是黑油油的青砖包皮，内里由三合土夯起。直到 1964 年以前，这里的城墙仍保存完好。

由于地势低洼，早年间城内有许多水塘，盛产鱼、苇、蒲、莲，旧称"夏秋之交，荷花半城，渔舟唱晚，风景清幽，不亚于江南"。建成龟形，是取其"万年寿"之意。也许还考虑离湖太近，取其不被淹没之意？这里出过"建安七子"之一的刘桢，宋朝父子双状元梁灏、梁固，元代戏曲家高文秀等名流，真可谓人杰地灵。而今，当我们千年之后再到此地时，却发现古城不在，历史上的种种美景，在这里都化为了无。

千年古城其实在活过 966 年后就完全消失了，彻底的，没有丝毫的留恋，在那场"文化的革命"中。

州城在宋、金时为东平州、东平府；

在元朝时为东平路；

在明、清时为东平州；

民国至 1982 年为东平县；

1982 年后东平县由州城迁往新城，这里变成了一个镇。

千年古城就这样一步步没落了，在失去它的建制的同时，它失去了最后的、值得记忆的外貌。

不可否认，环境的改变对经济的发展会有着意想不到的打击。1855 年，黄河夺清河入海，致使东平经济受挫，特别是运河淤塞，漕运停止，渐渐失去交通要塞之功能，州城也逐渐走下了聚光灯追逐的舞台。

除此之外，是不是还有其他的原因？

我们驱车到州城时，途经了一座高山，远远望去林中隐隐透出了红墙青瓦，颇有点深山藏古寺的味道。一打听，原来叫白佛山。山上仍有三窟石佛像，依山而凿，最早始建于隋朝，是齐鲁第一大佛。登山远望，颇有一览众山小的感觉。我们的向导告诉大家，白佛山海拔 370 米，从东平向南直达徐州，它都是一座最高的山！

这是真的吗？我们是从汶河的源头一路寻来的，来寻找汶河的归宿，我们知道东平湖其实并不是汶河的尽头，东平湖与黄河相连，而黄河最终是要流向大海的！

探寻途中，我们登上了729米高的旋崮山，也爬上了1027米的徂徕山太平顶，我们更是从1545米的泰山脚下起程的，因此，我们知道山有多高，也知道多高的山都有。可白佛山竟然是最高的，这一点出乎每个人的意料。

相传白佛山原来也是同泰山一样生长的大山，由于同泰山争雄，惹恼了玉帝，于是派来二郎神摆平此事。二郎神来后一鞭子抽掉了山头，从此白佛山便停止了长高。不过，这个高度相对于海拔只有38米的州城来说，已经是最高的了！

也许正是这样的高度，挡住了东平的视线。至此，我们从文化的意义上，找到了州城衰变的一个重要原因。

雨中腊山

车沿东平湖堤岸绕行，使我们真切地感受到了山蒙蒙、水蒙蒙的雨中风光。只是湖中的景色令人有些遗憾，远远望去，养鱼用的网箱把湖面分成了大大小小的筛网，像水墨画中的一个个墨点。

来到220国道收费站时，向导郭云策下车，指着一个大闸门告诉我们，这里叫陈口闸，是东平湖的泄水闸。

您知道这句话的含义吗？他是说，这里就是咽喉，是东平湖与黄河相连接的要塞。只要愿意，大闸提起，注入东平湖的汶河水就从这里流向黄河，流向大海！

这就是我们此行的终点。

也许是黄河的泥土太厚重了，在陈口闸大堤，充当摄影师的我一脚陷进了深深的黄泥中，就像同行的这批作家们，早已深陷历史、深陷在汶河的涛声里……

由于雨大、风急，出于安全考虑，终于没能登船进湖，成为一大憾事。到东平湖是不能不上船的，宋代大文豪苏轼这样说过："更须月出波光净，卧听渔家荡桨歌。行到平湖意自宽，繁花仍得就船看。"看来，只能日后另寻月圆之夜来此荡舟赏花了。

山是一定要登的。腊山位于东平湖畔，是一座有着众多文化古迹的名山。这里佛道遗迹遍布，山水景色紧凑灵秀，较著名的有祥龙宫，又叫"三清宫"，是著名道人邱处机修身布道之处。邱是哲学家王重阳的七大弟子之一，又是道教全真龙门派的创始人。王重阳死后，他坚持师传以道为主，兼收儒、释精华的全真学说潜心修炼，后被金朝征用赴京。在他 66 岁时，山东杨安儿起义，征伐未平，邱道士请旨来山东招安，"所到之处皆投戈拜命"，于是名噪一时。

他 71 岁高龄时，率弟子 18 人前往西域大雪山，面见成吉思汗，历时四年方才到达，劝说他不要嗜杀人命，要敬天爱命，长生久视，清心寡欲。受到了成吉思汗的厚待，视为神仙。

公元 1224 年，邱处机带领蒙古兵攻占了北京太极宫，三年后，太祖成吉思汗下旨，将太极宫改为长春宫，并赐给他金虎牌，道家的事情全部交由他来处置。

一时间，道教达到鼎盛。我们从大汶河一路走来，沿途所见的道观，几乎全部都是全真龙门派的。看来，只有为统治者服务，宗教才能得以发展。

据说在腊山玉皇顶可以眺望黄河，不过我们来得不是时候，秋雨潇潇，云雾茫茫，不远处的黄河只隐在一片虚幻的云雾中……

汶河经过 200 多公里的流淌，消失了，融进了 600 平方公里浩渺的东平湖；但她又时时刻刻存在着，她在积蓄能量，期待着与另一条大河的相逢。

神龙不见首尾！尽管我们看不见黄河的真面目，但我们想象得出，两条大河交汇时，一定会撞击出壮美的景观！

明天就回到泰山了，探寻就要结束，2000 多公里的行程，十多天的奔波，我们的行走究竟探寻到了什么？

哲人说：一个人不可能两次踏入同一条河里。那么，我们看过的这条河：从汩汩细流到浩浩荡荡，从石缝山隙到汇入湖海，它还是那条远古流来的大汶河吗？是，又不是。大汶河以生生不息的流动，诠释着生命的更新与嬗变，文明的延续与发展。

刊于《海燕》2016 年第 6 期

与父亲相约在春天

廖华歌

一

寂静的山野上，天空被群峰分割出神秘而不规则的图案。夜来细雨，嫩阳初照，世界清新洁美得只剩下此起彼伏的鸟鸣。

永远都严慈挚爱着我的父亲，像每次一样早早等候在老家大门外的柿树旁，见到我满眼含笑，平静温和地道：回来了，走累了吧？我边回答着不累边快步上前挽起父亲的胳膊向院里走去。即使走在这段如掌心纹路般再熟悉不过的道上，父亲也总是不忘时时提醒："慢点，这儿有个小水坑。""小心，别踩空了台阶。""地上有点湿，防着脚滑。"……哪怕在我要走过的地方有一张纸片或一根细棍儿什么的，父亲也都会抢前几步弯腰捡起，他永远都在竭尽全力为我清除前行道路上的障碍，让岁月的尘埃涤尽，用他伟大而具体的父爱为我铺展坦途，铺展整个春天……

父亲，很多人终生都弄不明白，以默默无闻的方式深爱着我、爱着所有亲邻及这个世界的您，为什么竟能像开到深处的地毯般的油菜花一样，金黄得惊天动地！

二

这是山花烂漫的三月，是我与父亲很久很久以前就相约的春天。自从离开家乡后，我从未在繁花似锦的春日回来过，我与家乡的春天已相别太久，甚至对千绿万红的盛景和气息亦遥远得有些恍惚。

你必须做一件事，在春天里回老家看看。父亲不止一次很郑重认真地跟我说。我诺诺应答，却直到三十年后的今天才得以兑现。父亲，我让您等待得太过漫长，您的头发已经等白了，眼睛也等得昏花了，一颗心更是等得花开叶落岁岁年年，一直以来都那么清俊消瘦的您更加清瘦了，但您的骨力，您铺天盖地的父爱却更坚韧更有力量，再大的风也无法将其减弱半分，纵使坚硬的时光面对您至真至深的大爱也望而生畏掉头而逃。父亲，因了您我可以傲视一切财富和权势，因为我比他们谁都富有和幸福；因为我必须承认在我见到的所有父亲中，没有哪个能和您相比，一如眼前这无边的春天，您以北方农民特有的泥土般的质朴深厚，以为计之久远对女儿无微不至的深爱，使那些原本做得也很不错的父亲们都低矮下去……

花开才是春的见证。父亲，此刻的我心潮起伏，意绪难平，我想跳，想闹，想哭，想喊，我和春天一起匍匐下来，向您致以深深的敬意！父亲，向来灵魂向上、姿态很低的您，一生都无意成为未来，但您却永远与时光相伴，以爱和美、光与热而恒存于时间之中！

三

桃花开了，杏花开了，梨花、苹果花、梅子花、山茱萸花全都开了，开了的，还有父亲层层叠叠的心花……这是父亲亲手栽下的果树，栽下一个个丰硕的秋天！眼前这片红红、白白、粉粉、黄黄的花海，与满山遍野灿黄的连翘花、蓝灯笼花、紫大碗花、白玉兰花……相接相映，一波波直漫向天际！村子被五彩缤纷的花海所掩，一座座房屋成了结在高高低低不同花枝上的鸟巢，阳光下，宁静统领的大山，仿佛在做着比一生一世还长的梦。

阵阵香风中，雨一样飘落的花瓣纷扬着安详和幸福。父亲和我站在老家房后的竹园旁，看春天怎样走向深处，直到闻见新谷徐来的气息……我指着房屋四周、沟谷河旁、坡边堰前那一棵棵蔚然成林的树木向父亲确证：那是爷爷种下的柿子树、核桃树、枣树、栗子树、石榴树……那是父亲您栽下的杏树、桃树、苹果树、梨树、樱桃树、山茱萸树……从我记事起，我就知道我们家从爷爷到您都特别喜欢栽种果树及各种树木，而且精准的嫁接技术全村无人能比。然而，人们最为盛赞父亲的是比栽种果树更为重要的对人的全力栽培。父亲，您在村小学教过的那些至今对您念念不忘的学生、您对儿女一贯的严管厚爱、您对亲朋乡邻的宽厚仁慈细语润心、您对修鞋补锅拉车子等一应陌生的底层人的亲近关爱和乐善好施……父亲，您虽然是一个普通的人，但却普通出了意蕴惊人的哲学和令人由衷敬仰的高贵品质！在您光芒的暖照下，女儿虽然平凡庸浅，但却善良正直，尽管生活得很不成功，但已尽力，父亲您应稍感安慰。

父亲不说话，就那样定定地笑望着我，我听见千山万壑的草木全都屏住呼吸，向父亲行注目礼。

四

风行竹枝，洒一地清音。

母亲、姐姐、先生、我、弟弟、弟媳、侄子，以及堂弟、表妹、表弟媳……我们都一同回到老家来了，专程回来看望父亲。父亲显得比任何时候都快乐开心，看看我们这个，再看看那个，满脸慈祥的父亲用他全部的爱温暖并支起我们的每一个日子。

学着父亲的样子，我们齐动手，也开始在竹园旁父亲的房前屋后栽树。仅仅四棵树，我们大家足足忙活了大半天才算栽下。望着父亲去年一个人栽活的三棵松树以及死去的还在挣扎中的那几棵树，我们无不唏嘘感叹，真不知道年迈体弱的父亲，是以怎样的意志来对付这盘根错节顽固坚硬的竹根的，听母亲说他为此专门跑几十里山路，请外村一位铁匠给打了个下边带刀的铁钎，然后用锤子打钎来一点点挖坑，再然后小心将树栽下，浇水，封土，整整劳累了一星期……父亲，像这样的重活您完全可以吩咐我们这些儿女们来做，怎能以八十高龄的病体再如此苦苦劳累自己？

父亲爱意深深地低声道：这可不算啥，我闲着，你们都忙啊……

拉过一根竹枝，我赶紧背过身去，装作去看山坡上的一处什么，不让父亲看见我汹涌奔流的泪水……

父亲，就在这一刻，有什么声音突然清脆响起，一波波荡向浩渺的远方。

五

天蓝蓝的，阳光暖暖的，可以听见一寸又一寸不断加深的时间脉搏的跳动。

屋角右边的半坡上，有父亲亲手砍倒的一棵椵树，除掉这棵不成材的树，是为了让更多成材的树能够很好生长。一抱粗的树桩裸露在时光中，静寂出强力提示：父亲去年砍掉此树时，该是多么不易！其实用电锯也就十几分钟即可将其锯倒，可父亲为不让儿女操心受累，宁肯自己拼尽全力砍了两整天。这棵树如果不砍去没有任何人会说什么，更不影响父亲丝毫的生活，因为除了父亲关心着那些树们，担心这棵椴树不除去将会影响别的树木生长外，根本就没人去注意和操心这种事情！父亲您总是这样，永远心怀万物，唯独没有自己……

竹园左边那棵呈罐状的大核桃树，曾被誉为全村的"核桃树王"。秋夜风劲，高中毕业滞留在山乡的我，清晨在树下捡拾那被摇落的核桃，很多回，望着手里的核桃心头发哽，为自己前路茫茫而无限伤悲。那时候年轻的父亲英俊潇洒，很像电影里新四军的一位首长。对我关爱有加的父亲，却绝不允许我急功近利贪图安逸，父亲您要我诚实、宽怀、正直、纯朴、勤俭、健康，与人为善，要我必须先做到吃得起苦中苦、受得起累中累，本色做人，然后再言及其他！父亲您无数次跟我说，做人就像这棵大核桃树，倘若根不深、叶不茂、不经历冰雪严寒、没有长得足够高大，那是无论如何也结不出这一树个大、仁白、皮薄、味香的优质核桃的。

现在，这棵大核桃树在领尽风华之后也老了，特别是前年一场大风，刮断了西南边的两根粗枝，整棵树显得瘦小苍老，了无生气，甚至与先前相比丑陋了许多。父亲曾为此心生疑虑，暗叹是不祥之兆，心一直悬浮着。果然，后来，后来父亲生病的事情真的应验得有些说不清……

父亲一世清明，挺拔站立，向着天空和阳光，坚实地行走在大地上。他是懂树的，他深懂树的肢体、眼神、声音、呼吸和思想……

父亲分明就是一棵崇高正直披阅人世的树，他竭尽全力抗严寒化冰雪遮风挡雨，为儿女撑起一片灿烂的天！

六

等所有同来的人都一一离开，这儿只剩下父亲和我时，我含泪将不久前写了整整一天的给父亲的长信念给他听。信里有我对父亲永远的铭记和深深感恩，有我字字血声声泪的自我检讨和向父亲的真诚忏悔，有我肝肠寸断的伤悲、疼痛和思念，有我因愧疚不安而永无了时的自我折磨与惩罚，有我……

父亲无比慈爱地跟我说：孩子，不要这样，我从来就没有真正生过你的气，你有嘴无心，是个直性人，很阳光，自小到大我都是把你当男孩子来养的……

父亲，也只有您才会如此理解并宽谅我！我悔恨不已的心声声敲击着灵魂，一遍遍疼痛得难受难忍，再深的岁月也无法将其掩埋。

我举起一朵半开的山桃花庄严地跟父亲说：让我们相约在春天，只要没有极特殊的无法克服的情况，以后的每个春天我都会回来看望您的，因为您永远比春天更令我期待！

我跟父亲说：今天以后，无论是风霜雨雪，还是泥泞沼泽，有您父爱光芒的时时暖照，我定会不辜负您的期望，一直沿着春天走……

我跟父亲说：在我心目中，您不仅俯仰无愧天地，而且还把父亲这一角色做到了极致，说好了，来世我们还做父女，我将在"孝顺"的"顺"上努力修为，以弥补今生的过错和缺失。

我长跪叩拜，愿活在时间之中的父亲安息！

刊于《南阳日报》(白河副刊)2016 年 4 月 29 日

他乡遇故知 [节选]

施晓宇

　　2014 年 11 月 29 日,我第一次造访北京通州。在零下八度低温的西海子公园,我漫步其间,眼前是各地可见的儿童游乐设施和老人健身器械;耳畔回旋的是头戴御寒护耳老人拉响的二胡声和京剧唱腔;从这些充满顽强生命力老人吐着白气嘴里送出的高亢激越抑或婉转悠扬的京剧之声,给寒流滚滚、周遭压抑的氛围带来了些许令人昂扬向上的律动。就在这时,我不经意地发现公园东北角一处小小坡地,上竖一座高大的砖砌墓碑。遂快步上前探望,居然是明代思想家李贽的墓碑——上书"李卓吾先生墓"六个大字。墓碑六字为李贽老友焦竑遵李贽生前遗嘱所书。嘱曰:

　　"墓前立一石碑,题曰:'李卓吾先生之墓。'字四尺大,可托焦漪园书之,想彼亦必无吝。"

　　1570 年秋,李贽(字宏甫,号卓吾)在南京与南京人焦竑相识相知,算几十年的老友了。焦竑是历经嘉靖、隆庆、万历三朝的明代著名思想家、文学家和史学家,还是状元郎,由焦竑受托为李贽题写墓碑,可谓名副其实。

　　在李贽墓碑的背面,为詹轸光于 1612 年所书《李卓吾碑记》和《吊李卓吾先生墓二首》。安徽人詹轸光是李贽生前另一好友,曾任安徽亳州教谕,后擢广西平乐知府。一生为官清廉,革除积弊有政声。

　　李贽是明代著名思想家,泰州学派的一代宗师。他是福建省泉州市晋江市人,他的墓地居然在北京通州西海子公园里——位于著名的燃灯佛塔和佑胜寺西侧,这,无论如何让我没有想到! 而且,李贽的墓地处在热闹的公园之中,不远处就有聚集的老人在这里引吭高歌,弦乐不断,地下的李贽大概是不会寂寞的。这一点,令我十分感动。因为,李贽生前是寂寞的,他的思想,他的学说,他的代表作《焚书》及《续焚书》虽然在当代 40 种"最能代表中国文化的书籍"中仍然占据一席之地，但在当年，是被封杀的。这一点不影响李贽对朝廷提倡的所谓虚伪"道学"进行无情抨击，将"道学先生"的丑恶嘴脸揭露无遗：

"（他们）阳为道学，阴为富贵被服儒雅，行若狗彘。"

李贽自然不为统治阶级所见容——否则李贽也不会在晚年以病羸之躯冤枉入狱并在牢里自杀身亡。为此，我感谢通州人马经纶，感谢通州的老百姓，是他们用博大的胸怀和一颗仁慈的心收留了李贽的肉身，也收留了李贽的灵魂。

1527年农历十月二十六日，李贽出生在闽南泉州府南门外一个回教徒的商人家庭。今有面积窄小精致的"李贽故居"修葺一新，位于市区不断扩大车水马龙的泉州闹市之中——距离著名的泉州开元寺以南不远处。

李贽，原名李载贽（亦名林载贽）。祖上最早姓林，河南省固始县回族人家，元末迁至福建行省泉州府，开始经商。因李贽的三世祖叔被官府所杀，林家为避祸而改姓李。林家世袭传承为：

一世林闾，号睦斋。二世林驽，字景顺。三世李允诚。四世李乾学。五世李端阳。六世李宗洁，号竹轩。七世李廷□（后一字无从查考），字钟秀，号白斋。八世李载贽，字宏甫，号卓吾。

1547年，李载贽20岁，与闽南姑娘黄氏结婚。后生有四子三女，不幸，除长女外余皆夭亡。

1551年，李载贽24岁，中福建乡试举人。次年，身为举人，李载贽不应会试，不考进士。历任河南共城（今辉县）教谕、国子监博士、刑部郎中、户部员外郎等。

1566年12月，39岁的李载贽为避明穆宗朱载垕（垕，厚的古字）的名讳，改名李贽。

1577年，50岁的李贽以南京刑部尚书郎衔升任云南姚安知府，五品官职——好歹算"高干"了，而且官声很好。可是李贽三年后弃之如敝屣，寄寓湖北黄安、麻城讲学。在麻城讲学时，李贽"从者数千人，中杂妇女"。

1588年，61岁的李贽剃去头发，以示和鄙俗断绝，但不住庙当和尚。晚年，李贽往来南京北京等地，读书会友。

1601年，牛年，74岁的李贽被挚友马经纶接到通州居住。住下不到一年，李贽因反对儒家经典而遭迫害。

1602年春，礼部给事中张问达秉承阁僚首辅沈一贯的旨意，上奏明神宗朱翊钓，诬告曰：

> 李贽壮岁为官，晚岁削发，近又刻《藏书》《焚书》《卓吾大德》等书，流行海内，惑乱人心。

晚年长期不上朝的明神宗，即万历皇帝朱翊钧（明穆宗朱载垕第三子）以"敢倡乱道、惑世诬民"罪名，令五城兵马司严拿治罪，由通州逮捕李贽入镇抚司狱，并下令全国焚毁李贽的著作。在狱中，不怕死的李贽早早写下绝命诗《系中八绝》。其一《老病始苏》曰：

> 名山大壑登临遍，独此垣中未入门。
> 病间始知身在系，几回白日几黄昏。

其八《不是好汉》曰：

> 志士不忘在沟壑，勇士不忘丧其元。
> 我今不死更何待，愿早一命归黄泉。

但在听说朝廷要将自己押解回福建泉州原籍时，李贽十分不满，认为自己年事已高，如何经受得起长途颠簸："我年七十有六，死耳，何以归为？"

1602年农历三月十六日，李贽在狱中要狱卒给他剃头。趁狱卒不备，李贽用剃刀割喉自刎，气不绝者两日才断气。

76岁（虚岁）的李贽死时，挚友马经纶遵李贽遗嘱，葬李贽于通州北门外马氏庄迎福寺侧。

1953年10月，李贽墓迁至通州城北通惠河北岸大悲林村南。

1983年10月，李贽墓再迁至今天的通州西海子公园内。

以上两次迁墓，有李贽墓前的两方《初迁碑记》和《重迁碑记》石碑证实。

李贽显然是一个真人、奇人、怪人，但他是一个思想家无疑。举一个例子说明。李贽在读《水浒传》读到鲁智深三拳打死恶霸镇关西时，心情无比激动地在书上眉批道："仁人、圣人、勇人、神人、罗汉、菩萨、佛。"一下子把人世间几乎所有最崇高的评价都赠予了花和尚鲁智深。而且，把鲁智深夸作"勇人"，我还是第一次听说，其爱憎分明可见一斑。难怪李贽死后，一度被老家泉州老百姓奉为神明，称作"温陵先师"。

我知道李贽这个名字是在 1974 年上半年，我在福州一中上高中二年级的最后一个学期，处于"文革"后期的全国上下突然像"打摆子"一样掀起了"评法批儒"运动。因为临近毕业，课程不多，我就记住了李贽——李卓吾先生的名字，其时他被作为明代"法家"的代表人物之一，满世界宣传得家喻户晓。虽然我当时并不了解李贽的生平事迹和学术观点，但我很喜欢他的一句话，说秦始皇是"千古一帝"。李贽在《藏书》中的原话是这样的：

"始皇帝，自是千古一帝也。"

这就跟毛泽东的观点不谋而合。于是，李贽在"文革"期间属于惊世骇俗的"狂言"也就成了领袖号召全国人民学习的"真理"，我也才对"法家"李贽先生早早有了稀里糊涂的印象。

奇怪的是，尽管李贽毕生苦读儒书，深研佛学，并早在 1588 年夏天就剃光头发以示和鄙俗断绝，但在临终遗嘱中李贽却不厌其烦地要求按照伊斯兰的教规安葬他。这明显是李贽不忘自己回民出身的缘故。

> 倘一旦死，急择城外高阜，向南开作一坑，长一丈，阔五尺，深至六尺即止。既如是深，如是阔，如是长矣，然复就中复掘二尺五寸深土，长不过六尺有半，阔不过二尺五寸，以安予魄……未入坑时，且搁我魄于板上，用余在身衣服即止，不可换新衣等，使我体魄不安……

当然，说李贽是思想家，应该少有人表示异议。因为李贽提出了"至道无为、至治无声、至教无言"的政治理想。他觉得人类社会之所以动乱不断，都是统治阶级对黎民百姓、社会生活强制干涉的结果。他主张顺乎自然，顺乎世俗民情，就是"因其政不易其俗，顺其性不拂其能"。

有趣的是，虽然李贽首先是一个儒家，却不以孔子的观点为观点。李贽对《论语》《孟子》公开表示极大的蔑视，认为这些著作大半非圣人之言，即使是圣人之言，也只是一时所发观点，不能成为"万事之言论"。而李贽是具有民本思想的人。他大胆提出自己的观点：

"天之立君，本以为民。"

这里，李贽勇敢表现出对明朝专制皇权的不满，一不小心就成了明末清初启蒙思想家以及民本思想的先驱。以至明代汪本钶在《续刻李氏书序》中这样称赞李贽：

> 盖言语真切至到，文辞惊天动地。能令聋者聪，愦者明，梦者觉，睡者醒，病者起，死者活，躁者静，联者结，肠冰者热，心炎者冷，柴栅其中者自拔，倔强不降者亦无不意顺而心折焉。

正因为民心所向——我指的是李贽特立独行的思想后来被越来越多的人所认可，而不再是孤家寡人，李贽的观点必然要被统治者与"假道学"视为异端邪说，不断打击。对此，李贽心知肚明，明白自己的见解不为官家与世俗见容，因此预先将自己的著作取名为《焚书》《续焚书》，意思就是我的书写出来是要准备被焚毁的。很不幸，李贽的《焚书》《续焚书》及《藏书》等果然于明清两代多次遭到焚烧。大幸的是，《焚书》《续焚书》及《藏书》虽屡遭焚烧，却是屡焚屡刻，不绝如缕——在民间广为流传。李贽地下有知，当会笑出声来。

意大利传教士利玛窦在华时与李贽多有交往，惺惺相惜。这位洋人传教士后来在《利玛窦中国札记》中高度肯定李贽的人品：

> 一些不知姓名的官员向皇帝上章控告李卓吾，谴责他写的书。因此皇帝下诏把他的书全部焚毁，并把他投入囹圄。李卓吾不能忍受公开地遭到贬抑，以致他的名字成为他的敌人的笑谈。作为中国人中罕见的典例，他要向他的弟子证明，如他平常告诉他们那样，他完全不因畏死而动容，并且这样一死来使他的敌人失望，他们想要看到他受辱而死。

1984 年 5 月 24 日，李贽墓被公布为第三批北京市文物保护单位。

需要补充的是，作为李贽生前心有灵犀一点通的挚友，马经纶乃 1589 年（万历十七年）进士，一开始任山东肥城知县，后升任监察御史，以敢于为民请命被同道詹轸光赞为：

"侍御立朝，直声动天下，天下望而震焉！"

我们是不是可以这么说，如果没有仗义正直、真诚忠厚的马经纶，也许李贽将死无葬身之地？这完全可能——这也是我将标题定为"他乡遇故知"的意思。所以，我想再次感谢通州人马经纶，感谢厚道的通州老百姓，使老家远在福建泉州的李贽的墓地得以在通州保存至今。

刊于《泉州文学》2016 年 6 月号

踮起脚尖,就能碰到阳光

冻凤秋

一

纯净的蓝天下,阳光清透灼人。

我侧过脸问他:在墨脱的五年,印象最深的经历是什么?

他想了一下,忽然呵呵地笑了起来。我有些意外,也因此更加好奇。

我说,是很有趣的事情吗,或者是感情故事?他使劲儿摇头,接着又呵呵地笑,直到大笑不止。

终于,他平静下来,说,在你们走之前,找个时间,我讲给你听。

那时,我们站在派镇索松村的公路边,不远处,是海拔 7783 米的南迦巴瓦峰。

山顶是经年不化的积雪,雪峰之上是更加洁白的云朵;山腰,郁郁苍翠的松林,浑然天成;山脚下,成片的藏红柳,各具姿态。

终于,也没能等到这样的时刻,仔细聆听他的传奇。他忙碌着,联络,安排,接待,招呼着来自全国各地的记者,一身的疲惫,但脸上总带着笑意。

十七年,周海涛把最好的年华留在林芝这片土地上。不是不想念家乡,父母都还在河南周口老家,过年也总是回来。但他已经不习惯平原上温和的风,充足的氧气,如潮的人群。

当年,去陕西读大学,他选了哲学专业。大学毕业后,他便义无反顾地到了藏区。

挺拔的身影在林芝地区的山山水水间穿梭,徒步走遍墨脱的每一个村庄,于清晨与黑夜的边界目睹少有人看过的奇景,在泥石流和雪崩等随时可能带来的生死考验间默然前行。

不习惯倾诉,不轻易开口。多少精彩的故事,在时间的流逝中凝结成霜。

也不需要过多解释，是最初的选择和无憾的归宿。因为这充实的人生，所有的过往想起来都是微笑，欢笑，大笑。

那一天，不知是怎样的幸运，总是被云雾缭绕，从不轻易露真容的南迦巴瓦峰三角形的峰体倏然揭开了面纱。

最美的时刻，要么如雷电般燃烧，要么似长矛直刺天空。

二

那么多野生桃花，像是约好了似的，要在此地隐居，一住就是百年。

遒劲的枝干自在伸展，粉白的花朵带着淡然的表情，不骄不媚。

尼洋河与雅鲁藏布江在此地交汇，或碧蓝或黛青或浅黄的流水，带来温润和滋养。

整个世界不过桃花盛放的背景，我们也是。嘎拉村，一年一度的林芝桃花节开幕式，人群熙熙攘攘。

刘振坤站在桃花树下，戴着墨镜，背着单肩包，一只手揣在裤兜里，另一只拿着手机。

黑黑的面庞，沧桑的面容带着温厚的神情，极有耐心，说得最多的话便是：你看看，不好，再照。

从种种繁杂的事物中抽身，他特地选了这样一个上午，要尽地主之谊，陪陪远道而来的我。

此地，河南人不少，来来往往的家乡人应该也不少，不是非要这般热情、周到。

但他念旧。他不停念叨着某年某月与某些报人同行的相聚，那些情谊都在他心里，他说着，激动起来，顺手拿起电话就打给其中的一个。

那个人在日常的生活中忙碌中，忽然接到这样的电话，大概会有些欣喜，又有些陌生。他却是不管不顾地热情倾诉，仿佛美好的相聚就在昨日。

镜头里，各色的丝巾裙裾，比桃花还要鲜艳。他看着我们欢天喜地，便开心地笑。

没有不好看的照片，只是要留住这瞬间。日后说起，也曾来高原看过这野生的桃花，也曾有这样的欢喜。

桃花不语，它开给自己看。

二十七年前，他青涩年少，当兵来到林芝八一镇。桃花是否见证了他曾经的岁月？得多久，才能遇到一个可以说得上话的人，往事会被点亮。

他说起，两年前，他被调到《西藏日报》。在拉萨，他住不惯。

在成都，也有房子，每年能待上个把月。

但心里想的还是中原一个叫中牟的地方。

他年少时的记忆和我话语中新鲜的中牟交织，在心上氤氲着一个盼归的梦。

三

沿途，山坡上，树枝上，房顶上，目之所及，到处都是经幡，又称隆达，也叫风马旗。

心事悠悠，写在白色、黄色、红色、绿色、蓝色的旗子上，以风为马，去往远方的远方，天边的天边。

想起在巴松措的那个午后，我们在纯净深邃如宝石般迷人的湖边流连。登上湖心小岛，迎面看到建于唐代的措宗贡巴寺。穿越千年风霜，土木结构的建筑寺庙依然稳固。

当地人用藏语讲述寺庙的历史，听翻译，也不大懂，但生出一种敬畏感。不知怎么，就脱了鞋，跟着走进寺庙里。人们在黑暗中祈祷。撤下来的青稞窝窝头等祭品，在一边摆放着，允许品尝。我拿起一个，吃了几口，把剩下的放在背包里。

出来后，绕湖一周，被一些神奇的事物指引着前行：一棵名曰桃抱松的连理树。六百多年的古桃树，盘根错节，树中间一棵松树，枝干上布满了青苔，生长出迷人的传说。

顺着转经筒走过去，层层叠叠的经幡系在高大的松树枝上，一直延伸到湖面。湖边一棵千年青冈树，据说，它的树叶上有天然形成的动物图像和藏文字母。我们仰望着，试图寻找着一片带字的叶子，像是等待奇迹的发生。

湖的另一边，一只不知从哪里走来的小狗跟着我，眼神温柔，似乎通灵。我蹲下，忽然想起包里的青稞窝窝头，拿出来，它仿佛早知道似的，心满意足地叼走了。

在这片土地上，奇迹和美景一样无处不在。就像曾经，这里不过是零零散散的几十户人家，因为一批批解放军部队来到八一镇，和当地藏民一起开垦荒地，艰苦创业；因为全国各地持续热情的援建，因为太多如我的两位老乡般把青春奉献给这片土地的人，才有了林芝这座明珠般璀璨的高原城市。

后来，其实一直到今天，人们还是习惯称林芝为"八一"。

林芝，藏语的意思是：太阳的宝座。

在这里，每个人的心事都如此清晰，密密地写在经幡上，怎么也写不完。于是，一些旗子旧了，换上新的，人们把对美好生活的祈愿挂在阳光里，世世代代，成为永恒的风景。

刊于《河南日报》2016 年 5 月 26 日

草根文学的先驱——王梵志

李木生

被胡适称为中国第一位白话诗人的王梵志，至今仍是中国古代文学史上的一个没有被真正解开的谜。

也许因为他自别于主流文学之外的另类，也许因为他浓郁的"劳动人民"色彩，这个草根文学的先驱、唐初的白话诗人，六十多年来却被"劳动人民当家做主"时代的中国文学史及文学史家们一再地忽略。

不管这些，我喜欢王梵志，并走到谜的后面看到了许多。

胡适与王梵志

三百多首王梵志诗，《全唐诗》一首未收。等到《宋史·艺文志》列入了一卷《王梵志诗集》，也因其太过草根气，而"零落成泥"，迅速被堂庙埋没而失传。好在有敦煌宝库，为其珍藏，终于等到重见天日的一天。

幸有"五四"新文化运动的兴起，1928年胡适《白话文学史》，专节推出"白话诗人王梵志"，这才引起郑振铎、刘大杰的关注。

后来，胡适编辑出版了《每天一首诗》，选了一百首绝句，第一首就是王梵志的《梵志翻着袜》。这首诗有趣得很："梵志翻着袜，人皆道是错。乍可刺你眼，不可隐我脚。"你们大伙都笑话我也没啥，我王梵志就好翻着穿袜子。宁可让你们看了不舒服，也不能委屈了我的脚。

这是一个追求自由独立的王梵志。

我真羡慕王梵志，羡慕他心性的率真坦然，就为了自己的臭脚丫子舒服一点，竟然不怕别人的闲言碎语。但是回过头来寻思寻思我的"羡慕"，倒显得有些可怜。你想想，一个大活人，连怎样穿袜子都不自由，那可真叫活得太累了。

只是大家累惯了，见惯不怪罢了。真要挑出这个"累"字，细细琢磨琢磨，倒有点触目惊心的味儿。

按说，唐朝也算个改革开放的朝代了，儒释道兼容并蓄，唐都长安几乎成了世界之都，集合着各国来朝的商人、学者、使者。就连西域的各种舞蹈，都可在长安"生根开花"，这有白居易的诗《胡旋女》为证："胡旋女，胡旋女，心应弦，手应鼓。弦鼓一声双袖举，回雪飘摇转蓬舞。"可是改革开放的唐朝，竟也笑话一个人穿袜子不守规矩，其他朝代就可想而知了。一块裹脚布，就裹残了半数中国人的脚，一两千年间，活天足被拘成了死玩具。到了"留发不留头"、全国上下钦定为一种发型的时候，清王朝的江山又坐得稳稳当当了。

中国就喜"一律"律。"一律"律确也让牧羊人吃了不少甜头，所以老调子总也唱不完。谁又能说二十世纪六七十年代的一律戴领袖像章、一律学习"红宝书"、一律喊万岁，没有往日社会的影子呢？

胡适固然受密尔《论自由》的影响很大，但是，这个王梵志的自由精神不也让他喜欢并对他发生着影响吗？显然，胡适读到这个唐初民间穷知识分子的心迹的时候，内心是充满喜爱与喜悦的。这个翻着袜的王梵志在诗中挺直了腰板说："我身若是我，死活应自由。"胡适便进一步说："争取你们的自由，便是为国家争自由。"别人骑马他骑驴的王梵志，不改本色："我本野外夫，不能恒礼则。"而博士的胡适，更是站在历史的高度告诫人们："自由平等的国家不是一群奴才建造起来的！"

一个卑微的乡村知识分子

王梵志的诗，正如他的名字，带有着佛家的气息。正是这样的一种气息里，透露出这位流落并挣扎在民间的读书人的信息：慈悲生发于连绵的苦难中，人性柔软在被污辱被损害的卑微中，反抗与批判的清醒，则如岩石下的青草、苍松，执拗地挺拔在压迫与黑暗里。

也许他没有经历过曹雪芹"金满箱，银满箱，转眼乞丐人皆谤"，但却一定有着鲁迅"从小康人家而坠入困顿"的人生。从殷实富有，到穷愁潦倒，这个沦落在乡野之中的知识分子，到底受过多少生活困苦的熬煎与精神屈辱的折磨，我们已经无从考察与还原。但是细细回味他留在敦煌窟洞里的诗行，还是可以窥见一二，甚至有血泪如火苗蹿跳。"唾面不须拭，从风自荫干"，其中隐藏着多少欺凌、多少羞辱、多少心上的痛楚？"逢人须敛手，避道莫前荡。忽若相冲着，他强必自伤。"——在官家横行如强梁的面前，在一个弱肉强食社会的掠夺与挤压下，一个小小的读书人，只能胆战心惊地"敛手"与"避道"。这个曾让中华儿女无比骄傲的唐朝，细细究察起来，也不过尔尔，最根本的原因还在一个专制制度上。"朱门酒肉臭，路有冻死骨。"这是唐朝的杜甫说的。"不入公门慵敛手，不看人面免低眉。"这是唐朝的白居易说的。无助，无路，还有恐惧，饥寒交迫里，唐朝的王梵志的呼吁如此无奈："人生一世里，能得几时活？回己审思量，何忍相劫夺。"在贫病里历经战乱，妻离子散后乞丐般地流浪，孑然一身时的孤苦，他都要一一承当。不仅有来自政权的压迫，还有来自周围乡邻的轻蔑、讥诮与诽谤。"我不畏恶名，恶名不须畏。"反复自我壮胆的后面，该有着多少辛酸与苦痛？一个遍体鳞伤（精神的与肉体的）的"阿Q"，是古已有之的。

谁知一千四百多年后，又有个大知识分子与他唱和。这个人叫梁漱溟，他写了首白话诗《咏"臭老九"》："九儒十丐古已有，而今又名臭老九。古之老九犹如人，今之老九不如狗。专政全凭知识无，反动皆因文化有。假若马列生今世，也要揪出满街走。"那时还是人，而今"不如狗"。

与自由几成孪生兄弟的，是平等。一个社会，没有基本的平等，谈何自由，谈何人的权利？与那些在朝廷与堂庙之中浮沉一生的仕者不同，这个终其一生都与朝廷与堂庙绝缘的王梵志，当然对人的平等，有着更为强烈的需求。"世间何物平？不过死一色。……纵使公王侯，用钱遮不得。"再是显赫的人，在死亡面前都要归于平等，所有的地位与金钱，全部失去效力。

如此想来，这个艰难在乡野间的卑微的读书人，却有着他的强大。那位没留下姓名的作序人，在《王梵志诗集序》里这样评价："具言时事，不浪虚谈。""不守经典，皆陈俗语。非但智士回意，实亦愚夫改容。"

人性的天籁

知识分子对于不良社会最有力的回应，便是坚守与发展人性。我们好说人文主义，人文主义的核心便是不被扭曲、"杂花生树，群莺乱飞"的人性（南朝丘迟《与陈伯之书》）。一个闪烁着生命之光的妙真的人性，便是一个与泯灭人性的独裁统治分庭抗礼的存在，它如镜子可以照见丑恶，如种子可以长出浸满人味的庄稼，如潜流可以改造精神的沙漠。

人性是适意，是鱼在水中自由地游走鸟在天上自在地飞翔。适意是"菩萨常梳发，如来不剃头"。瞧瞧这个王梵志，穷窘之中，却要与那个难得的好友王生"共喜歌三乐，同欣咏五柳。适意叙诗书，清谈杯渌酒"。王梵志的适意，可以直通孔子的适意——孔子：暮春者，春服既成，冠者五六人，童子六七人，浴乎沂，风乎舞雩，咏而归；王梵志：盏有十亩田，种在南山坡。青松四五树，绿豆两三窠。热即池中浴，凉便岸上歌。遨游自取足，谁能奈我何。

人性当然是爱，让适意涵养其生长，又反过来拓展适意的领域。"父子相怜爱，千金不肯博"，"世间何物亲？妻子贵于珍"，"男婚藉佳偶，女娉希好仇（求）"。读《圣经》，最感人处，就是一个爱字，"爱是永不止息"，"我怎样爱你们，你们也要怎样相爱"。爱不是空话，重在细节。"耶（爷）娘绝年迈，不得离旁边。晓夜专看待，仍须省睡眠。"啥叫"省睡眠"？孝顺父母身边，要一夜多醒，看被子是否盖好，内衣是否顺正，枕头高下如何，是否需要方便。

王梵志的诗，是王梵志的心，千曲百折，爱不止息。身受着不尽的轻蔑，更懂得尊重别人、约束自己："尊人嗔约束，共语莫江降。纵有些些理，无烦说矩长。"爱又是将心比心的体贴："坐见人来起，尊亲尽远迎。无论贫与富，一槩（概）惣（总）须平。"无论贫富，一律平等地尊重，"他贫不得笑，他弱不得欺"。客人进了院子，不要叱喝狗，还要喜笑颜开，"停客勿叱狗，对客莫频眉"。对待妇女与弱者，更要惜护有加，"骂妻早是恶，打妇更无知"；"贫亲须拯济，富眷不烦饶。雪中送炭情，何用更添膏"，雪中送炭之情，恻隐之心可鉴。爱当然还要感恩，"有恩须报上，得济莫孤恩"。常受冷遇与轻视，也便更加记得别人点点滴滴的好，珍藏起来，时时挂念，寻求涌泉相报的机会。让我想不到的，是王梵志早在唐初就本着人性的原则，在诗里提出了有计划的生育理念。"富儿少男女，穷汉生一群……积代不得富，号曰穷汉村"，"大皮裹大树，小皮裹小木。生儿不用多，了事一个足。省得分田宅，无人横煎爨。但行平等心，天亦念孤独"。理正，还形象生动，人情味十足，比我们"多养猪少生孩"的口号还先进。

这个衣食无着的人，坚守着自己的爱，并将爱延至动物。这不仅是佛家的不杀生，更是人性深处爱的烛照，并朦胧着人与自然平等与和谐相处的早期觉醒。"我肉众生肉，形殊性不殊。元同一性命，只是别形躯"——这里的"众生"，纯指动物，我们与动物都有着同一的生命，为了我们而杀害它们，就是不想着报应之类，只想想它们被杀时的哀痛，我们于心何忍？"伏肉虎不食，病鸟人不弹"，这样流动着体恤与哀怜的诗句，怎能不让人铭记与动容？

有的人，会屈服于苦难与压迫（何况中国的苦难与压迫太多太烈太久），让人性变异与死亡。有的人，却不，向着一切的庞然大物说不，只将柔软的温暖的人性，在坚硬的冷漠的寒冷里坚守不已，也让这个延续不已的吃人的历史与现实，不致成为埋葬中华儿女的坟墓。这样的人性里，流淌着自由的野性，响动着自由的天籁，还昂扬着不动声色却又绵韧无比的反抗。从王梵志的人性里，我看到了这样的野性、听到了这样的天籁、感到了这样的反抗。

只有揭露黑暗才能迎来曙光

萨义德对中国知识分子有几个评价："宫廷的知识分子"，"对有权势的人发言的知识分子"，"他们自己也成了有权势的知识分子"（林贤治《关于知识分子的札记》）。如此，附庸，附和，忠君（有时大化成爱国），民粹，享福，便成其基本特色。王梵志不入这个滔滔不绝了两千多年的主流，甚至反其道而行之：独立，揭露，反抗，批判，民间，受罪。

他的苦难与民间的苦难同属一个血脉。"重重被剥削，独苦自身知。……寄语冥路道，还我未生时"，"早死无差科，不愁怕里长"，"盘剥与差役，迫人猛如虎"，"儿大作兵夫，西征吐蕃贼。行后浑家死，回来觅不得"，"血流遍荒野，白骨在边庭"，战争的核心是少数人夺取权力，而战争的主体，则是百姓。赵钱孙李，皇帝换了无数。为了一个"换"字，尸横遍野，血流成河，到头来还是压迫如旧，盘剥如旧，怨声载道，生不如死，"天下浮逃人，不啻多一半"，"你道生胜死，我道死胜生"。

是诗，又是历史。

种种黑暗，无不指向统治者，王梵志便在黑暗里，点起一盏灯，给大家说：看看，黑暗在这里！"百姓被欺屈，三官须为申"，可是一个个为官者却大多尸位素餐，甚至助纣为虐，"断榆翻作柳，判鬼却为人"。说是有法律，可是哪条法律不都是泥捏的，任由官家根据私利需要，随意捏塑？"官喜律即喜，官嗔律即嗔。惣（总）由官断法，何须法断人。"厉害的王梵志，仿佛依然活在当下，有着前后眼，"三年做官二年半，修理厅馆老痴汉"，当官的竟然将大部分时光，花在了修建楼堂馆所之上。王梵志甚至有些心急地说："但知多少与梵志，头戴笠子雨里判。"我哪怕是当个小官，就是淋着大雨也会为冤民辩白清楚。那时的官吏，当然也是有钱能使鬼推磨，"官人应须物，当家皆具备"，"纵有重差科，有钱不怕你"。在梵志眼里，连皇帝都没有好货。"请看汉武帝，请看秦始皇。年年合仙药，处处求医方。结构千秋殿，经营万寿堂。"结局呢？"百年有一倒，自去遣谁当"，死亡同样在等着那些不可一世的皇帝，而且，"纵令万品食，终同一种屎"。

这种辛辣与透彻，被王梵志冷冷然和盘托出。

官场也是战场，厮杀咬噬，你死我活，腥风血雨，全在王梵志的诗里一一呈现——"死王羡活鼠，宁及寻常人"，"一朝囹圄里，方始忆清贫"，临到败死，甚至羡慕活着的老鼠。读王梵志，再读红楼梦《好了歌》，"因嫌纱帽小，致使锁枷扛"，方能体味鲁迅"悲凉之雾，遍被华林"的真谛。

这是末日的悲凉。

王梵志当然也不能免俗，他有一首诗挺有意思，《得言请莫说》："得言请莫说，有语不须传。见事如不见，终身无过愆。"他一定经受过由言论惹出的灾祸，才如此"语重心长"。看来说话与发表作品的没有自由，是有着悠久历史的。但他又是幸运的，生在那样的时代，毕竟能有三百多首诗歌写下并流布开来。

敬畏结局

康德的敬畏"我头上的星空和心中的道德定律"，换成王梵志的诗句便是："积善必余庆，积恶必余殃。"人类的进步，生命线在于文化的创造与积累、文明的开创与进步，而依赖武力往往要走到反面。王梵志坚定地说："世间何物贵？无价是诗书。"

草根的王梵志，心怀坦荡，其自信胜于一个盛唐："天公遣我生，地母收我死。生死不由我，我是长流水。"他对自己的诗，也有着真正的自信："家有梵志诗，生死免入狱。……白纸书屏风，客来即与读。"

善有善报，恶有恶报。个人如此，民族如此，政权如此。

能不敬畏？！

刊于《随笔》2016 年第 4 期

去乌镇,看望木心先生

李 娟

夏的乌镇,烟雨迷离,还有阵阵的凉意。踏上湿漉漉的青石板路,走进小巷深处,去看望木心先生。

13岁的木心,就是在枕水而居的院落,听着乌篷船吱呀的摇橹声,读完了手头所能读的书。白发如霜的时候,他回来了,叶落归根,像少年时一样,住在古朴的小院里。品一杯龙井茶,尝一块定胜糕,和学生们谈文学和艺术,看水边的桃花开了,听三月间的春雨声和杜鹃鸣。

他22岁,拒绝了杭州一家学校任教的聘书,雇人挑了一担的书和画画的工具,上莫干山读书、画画去了。他不要常人安逸、温暖、舒适的生活,青春年少的他,早已决定要和艺术相伴一生,为艺术甘愿忍受冷清和寂寞。

如今,他的著作一排排静静站在书柜里,我用目光一次次抚摸过它们,拂过他的《文学回忆录》,这本书横亘在岁月深处,坚如磐石。

他的学生陈丹青整理他的《文学回忆录》,我读了数遍,认真记了厚厚的读书笔记。有时,静夜里忍不住再一次翻开它,听他如数家珍。从《诗经》《唐诗》《宋词》先秦诸子,讲到希腊神话、罗马史诗,再到外国文学。他讲尼采、莎士比亚、卡夫卡、巴尔扎克、毛姆,谈凡·高、塞尚、高更,他也讲音乐,贝多芬、莫扎特、巴赫、肖邦——这是1989年木心先生在纽约为一群学生讲学,一开讲就是五年。他的学生中有画家陈丹青,作家阿城。对于五年的讲课,他笑着说:"这是一场文学的远征。"

纽约讲学时的内容,在木心仙逝后,由画家陈丹青用五年的时间整理、校对,而后编辑成书。送别先生时,陈丹青看着几本厚厚的笔记,他说:"我们真有过漫漫五年的纽约聚会?瞧着满纸木心讲的话,是我的笔记,也像是他的遗物。"恍然听见木心先生说,丹青最懂我。他们的师生情谊,山高水长。

如果说，文化是有经脉的，他仿佛一位习武之人，三言两语，举重若轻，就打通中西文化的脉络。他学贯中西，把中西文化信手拈来，融会贯通。木心从不仰望大师，不学院派，不说教，不迟疑，三言两语，斩钉截铁，如万马奔腾。他的语言如一幅素描，简洁明了，从容舒展，却掷地有声，充满了智慧和力量。他平视那些文学巨匠，平视一切现在和未来的读者，平视一切大家，解读他们的寻常人生。

他早年在上海美术专科学校学习绘画，19岁在杭州开个人画展。举办个人画展的照片挂在墙上，他穿一件毛衣，身材健硕，眉目如画，英气逼人。墙上有他在纽约的一张照片，中年的他穿着黑色的毛呢大衣，手里一根手杖，头上戴着一顶礼帽，目光如炬，潇洒而儒雅，脸上棱角分明，宛如一幅版画。一位民国文人穿越半个世纪的光阴站在我的面前。

我一直认为，只有几位大家，身上还保留着民国文人的气息，比如钱钟书、沈从文、杨绛、叶嘉莹。

站在乌镇西栅木心美术馆前，美术馆就立在水面上，蒙蒙烟雨中，倒影如画，宛如一座停泊水上的桥。美术馆的设计师是贝聿铭的弟子林兵，他的设计完成了木心最后的心愿。木心临终躺在病榻上，谈起他的美术馆，气息微弱地说："风啊，水啊，一顶桥。"可是木心先生走了，没有看见他的美术馆有多美。

来美术馆参观的游人不多，三三两两，门票只有15元。我站在他的画前，一弯晓月挂在夜空，群山默默，寂静无言，仿佛月亮的光芒都是清冷的。他的画如此空灵，缥缈，有云烟苍茫之感。这是画吗？仿佛是历史的云烟一不小心流淌在画布上。他的画，仿佛他自己内心，灵性，洁净，无比苍凉。

在馆中看见他在狱中的手稿。"文革"期间，他数次被捕入狱，三根手指惨遭折断。有一次，被关进积水的防空洞里，阴暗潮湿，不见天日，如同地狱。他把写检查材料的纸张悄悄节省下来，写满他的小说和散文。

我低下头静静看着陈列柜中的手稿，每一张都密密麻麻，字如小米粒大小，写在粗糙的纸上。那穿越半个世纪的手稿，岁月侵蚀，纸张发黄变脆，字迹已经模糊，一张纸两面写尽，不留天地。这些手稿共计66张，共计65万字。

后来，他将手稿缝在棉裤里，偷偷带出监狱，交给朋友妥善保存，直到1991年，友人将手稿完整无缺交给在纽约的木心。可是，纸张被光阴侵蚀，字迹模糊不清，先生耐心辨认，只录出几篇散文：《路人》《小流苏》《幸福》《谁能无所畏惧》等。

我站在一张张手稿面前，忍不住泪水盈眶。那段暗无天日的岁月，带给一位艺术家多少精神与肉体的折磨和苦痛？是这些小米粒一样的文字，支撑他走过那些屈辱苦难的岁月。也是这些文字，给予他暗淡的生命一点点幽微的光亮。

看着这些手稿，我恍然想起画家凡·高的画《星空》，凡·高生命最后的几年，一直被关进精神病院里，只有一扇小小的铁窗，能让他看见外面的朝阳和霞光，也是那一扇小窗，让他看见湛蓝的夜空里漫天繁星，他才创作出不朽的杰作——《星空》。

文学是什么？我问自己，也问镜框里的木心。他说，是星辰，无论黑夜多么漫长，总有几颗璀璨的星辰闪亮着，照亮着人们日渐蒙尘的眼睛和心灵。听他轻声读诗："你终于闪耀着了么？在我旅途的终点。"

木心的手杖，黑色的礼帽，读过的书籍，他喜欢的艺术大师的肖像，如今都静静安放在他的故居里。莎士比亚、尼采、伍尔芙、贝多芬——木质雕花的相框里有他们的照片。无论他走到哪里，从乌镇到纽约，他们一如芳邻，一直陪伴在先生身边。

电视中播放着他的录像，他坐在老屋里，谈笑风生，语声朗朗。他说话时，轻声细语，但是一出口就有惊世之语，醍醐灌顶，如大雪天遇太阳。

我喜欢他的诗歌和短句，那么干净而热烈，率真而明亮，睿智和风趣。他说："艺术是最好的梦；世上有多少墙壁呀，我曾到处碰壁，可是至今也还没画出我的伟大壁画。"

除了灾难，病痛，时时刻刻要快乐，尤其是眼睛的快乐。要看到一切快乐的事物，耳朵是听不到快乐，眼睛可以。

他说："一个人到世界上来，来做什么？爱最可爱的、最好听的、最好看的、最好吃的。"

听他在电视里幽默智慧的话语，忍不住拿出笔记本，细细记录。

他喜欢画家凡·高，他的诗："凡·高在博物馆，我在路上走。"这是1983年，大都会美术馆举办特展《凡·高在阿尔》，木心看画展后，写成此诗。1984年，木心在哈佛大学举办个人画展，2001年他在耶鲁大学美术馆举办画展。这距离他 19 岁第一次在杭州举办画展，已经过去了近半个世纪。

　　木心先生说："文学是可爱的，生活是好玩的，艺术是要有所牺牲的。"他的一生，历经磨难，孤独漂泊，孑然一身，无妻无子。只有和文学、绘画、艺术在一起，和世间的一切的美相濡以沫，相携到老。中国文学史怎能绕得过他？

　　他说：人们看我的画，我看人们的眼睛。平时，画沉睡着，有善意的人注视着它时，醒了。

　　醒着的不仅仅是木心的画，还有他的灵魂。

　　细雨如丝，思念如雨。

刊于《脊梁》2016 年第 3 期

打铁，打铁

宋长征

一

如果说粮食是村庄的命脉，那么铁在一段时间以内曾经是村庄坚固的龙骨。《天工开物》里的宋子，也就是我的一家子宋应星说："金木受攻而物象曲成。世无利器，即般、倕安所施其巧哉？"也就是说金属木材经过加工处理，造成各种器物，世界上如果没有得力的工具，即使鲁班、倕那样的巧匠，也不能施展技巧。

老梗叔的驴车赶着夕阳回家，黑驴打着响鼻，大概表示兴奋之意。在分工上，老梗叔是乡间的铁器经纪人，只赶集、走乡串户贩卖属于平常日子里的器物；而马老爹才是这些器物的制造者，决定器物的形状，大小，以及无形的质量与分量。马老爹的打铁手艺是家传，当年一家人从南乡拱着木牛车来到我们村，就算扎下根来。

铁匠铺建在十字路口，就像一个人的命运，逐风逐水始终要找到一个落脚的地方。从外面看，孤单的铁匠铺像一只栖落的大鸟，蓝瓦，土墙，一围低矮的院墙，长长的铁链拴着一条流浪狗。马老爹心善，喂了几次流浪狗就把铁匠铺当成了家，吃饱了自己找了一个犄角旮旯儿，就算是融进了这个曾经流浪的家。

屋，两间用于居住；一间面向官路，敞口，算是正规的铁匠铺。有炉床，用砖块和粗糙的黏土堆砌而成，一只高高的烟囱直通向房顶。一堆煤，散乱堆放在墙角，是唯一用来喂养火焰的燃料。煤堆的旁边是一只巨大的风箱，安静时像一条大鱼的鳃，偶有善入旁门左道的老鼠钻进去，一旦开始催火打铁就被一股强大的气流推进火炉里，吱吱两声便化成了一缕青烟。马三在旁边笑，说今天别走了我请你吃老鼠肉。

门第出身，不会懂三分。马三上到小学五年级，马老爹看实在也没啥培养价值，从老师办公室揪着耳朵领回家，说，别再那儿杵着，拉风箱。我看马三拉风箱，仿佛整个身子都在用力，前倾，后仰，把一只沉重的风箱拉出一股一股强劲的风。风助火势，火烧铁红，马老爹把一枚烧红的铁器快速放在砧子上用力敲打。

我喜欢铁匠铺里传来的打铁声，在沉寂的村庄上空传得很远，颤抖着空气，颤抖着树叶，颤抖着斑驳的土墙，能听见簌簌落下的墙皮。叮——当，叮——当！ 大锤落下的声音闷，小锤落下的声音脆，这时一般在锻打沉重的铁器，不用想，一边是马老爹，用小锤找眼、示意，一边是刚脱了公鸡嗓的马三抢起十几斤重的油锤，砸在马老爹示意的地方，大锤小锤交错往来，不留给时间半点空隙。叮当……叮当……一阵急促的敲击声传来，一般是在敲打诸如铲子、镰刀等小型器物。用不上马三，马老爹集中精神把力气灌注在薄薄的铁刃上，不出半个时辰，就能将一把镰刀打磨成吹毛利刃。

有关铁的来源，《天工开物》有较为详细的记载，锻造铁器，是用炒过的熟铁为原料。先用铸铁做成砧，作为承受捶打的底座。刚出炉的叫"毛铁"，锻打时损耗十分之三，变成铁花，渣滓。用过的废品还未锈烂的，叫"劳铁"，意即像人一样经历过艰苦的劳作，老了，锈了，只能再回炉重来。人不成，老了人回天乏术，只能一捧土埋了，来年坟头上野草青青。

我家的那口铡刀就是，父亲把打理好的一堆废旧铁器——锅铲子，马勺，烂锅，路上捡来的铁钉，马掌，驴掌，最好的是一面分队时分给我家的犁铧，归拢归拢，一股脑放在马老爹的铁匠铺。马老爹就笑，说宋老三，还差三钱，要不把你的铁烟袋锅也算上吧，就能打一口铡刀。

说归说笑归笑，马老爹的手艺从来不含糊。接下来的三天两夜，彤彤的炉火亮着，叮当的敲击声绵延不绝，已经长了毛茸茸胡须的马三甩开膀子，把一把油锤抢圆，每一下都刚好砸在马老爹敲击的地方，火花四溅，像是点亮了满天星辰。如此繁复的工艺，如此零散的材料，也只有乡村铁匠才能巧妙融合，马老爹嘱咐父亲抠些墙皮上的土，和泥。过了很多年，我才从一位将要作古的老人那里了解了墙皮土的用途。为了把要锻打的铁逐节黏合起来，需要在接口处涂上黄泥。墙皮为上，再放入火中烧红捶打，将泥滓打去。在这里黄泥作为结合的媒介必不可少，宋应星称之为"神气"，如此，锤合之后的铁器，除非烧红锻打，否则永远不会出现断裂的情况。

我家的那口铡刀用了很多年，每当夜晚来临的时候父亲喂草，二姐把铡刀落下，清脆的断裂声传进耳廓，有朴质的草木之暖。牛在等待，牛屋里的灯光摇曳，一头牛与一面铡刀相遇没有表现出恐惧与错愕的神情，那是村庄里的最后一头牛吧，或者那也是村庄的最后一口铡刀，从马老爹捧到父亲面前的那一刻起，时间被抽刀断水。

《打铁歌》也是马老爹带来的，教给马三，马三又教给了我们。"张打铁，李打铁，打把剪刀送姐姐。姐姐留我歇，我不歇，我要回去学打铁。"马三一边敲击铁片我们一边唱，稚嫩的歌谣中却并不理会其中的深意。据传说，歌谣中的张李另有所指，代指张献忠和李自成，而其中的姐姐暗指清朝。清朝想要招降张李，二人不肯，"我要回去学打铁"，再与清朝决一死战。这是潜藏于历史暗流中的风语者，矛头所指，是政权的霸蛮与更迭，与我们村的打铁铺子无关。

抽完一袋烟，炉床一头悬挂的铁壶里的水也烧开了，马老爹磕了磕烟袋锅说，三儿，冷上水，把老五家的犁铧打了就歇工。风箱响起，好像一个世上的风潮都集中在铁匠炉里，催动火焰，催动叮当的打铁声，火光映红了天空。

二

铁匠有两种划分方式，一种是形式上的，乡间打铁通称为打乡铁，意思就是打造只属于村庄的器物，耕耘事炊，皆与乡村日常息息相关。《水浒传》里的雷横便是打乡铁的典型代表。"那步兵都头姓雷，名横；身长七尺五寸，紫棠色面皮，有一部扇圈胡须……原是本县打铁匠人出身，后来开张碓房，杀牛放赌。"只是去了梁山之后，火炉一开，打造的尽是些刀枪剑戟，打铁的意向锋头一转指向了昏聩王朝。

铁匠炉分为坐炉与行炉，从字面上看一目了然。坐炉就是在庭院工棚内盘上一座七星八卦炉，利用砧子、锤子、铁钳组成一个生产单元。行炉更贴近打乡铁的本质，将一应打铁家什装上独轮车，风吹一炉火，锤打四方财。马老爹家的铁匠铺就是坐炉，坐落在平原驴粪蛋似稠密的村庄路口，支应乡村日常。

另一种划分是按一个地方的需求或者某些行业优势，铁匠也有分工与强项。美国学者霍梅尔在《手艺中国：中国手工业调查图录》中介绍：有的地方造船业繁荣，盛行打铁锚。在瓷都景德镇，铁匠多做处理陶坯的削刀。在浙江龙泉，数百年间，当地长于制剑，工匠有绝活。在安徽芜湖，工匠善于做剪子、钳子、铁锤、剃刀等小器物。这是乡土中国的打铁图谱，于八十年前由一位外国学者描绘，我不知道现在的民间还有多少传统工艺留存，单从某一层面上来讲我们做得确实太少。

马三学徒从 20 世纪 80 年代中期开始，那时身子尚且单薄。马老爹随手丢过来一段废铁，让马三在砧子上练手，不过炉火，锤一敲手一震，一天下来手腕变肿。马三哭，甩着肿成馒头似的手说不练了。练！只一个字，马老爹黑着脸，用一根细铁链拴住马三的脚脖子，像拴一条狗，马三只好眼巴巴地看我们去上学，眼神中略有悔意。

以行业优势看，乡间打铁大多是锻造有刃的器物，勾锄，铁镐，斧头，菜刀，马老爹近乎手把手将一身家传绝活传授给了马三。我上高中的时候，马三已经长成虎背熊腰的乡下汉子，胃口好，一顿能吃八个馒头；力量大，村前村后年纪大的小的掰手腕摔跤没人能赢得了他；手艺好，十里八乡的人来到铁匠铺指定要马三打的菜刀，马老爹戴着老花镜，一面在刀背上钉下马家字号，一面满意地瞅了一眼儿子马三。

这是骨血之间的传递，有时一枚生硬的铁只需要火与铁匠之间的交流与默契，就具备了一把器物的最高品质。这是制造者与消费者之间的信任，以最为淳朴的方式沟通，使得一门手艺得以千年传承。

而我要说到坚守的那一刻，手中的笔却蓦然停顿——还有什么是一脉传承下来的事物呢？城市建设的拆迁淹没了百年古巷，过度的旅游开发摧毁了大量古老村落，人与人之间的情义薄成一张透明的纸，各种虚幻、工于心计的影视作品掩盖了真正的文学艺术。这是一张长长的死亡账单，继续下来会让人更加失望与无力。

马老爹死了，马三从此接手了铁匠铺。不是因为一个人的死亡就改变了某些秩序，铁匠炉里的火依旧通红，马三身上的肌肉更加结实，手中的铁锤依旧挥舞得孔武有力，只是铁匠活儿越来越少，旧年时悬挂的那些铁器，有的锈迹斑斑在屋檐下、墙角，有的甚至到最后也没人来取。马三懒得理那些陈年旧账，从马老爹始到马三，铁匠铺的经营从来都是口头交易，乡里乡亲来打把铁锄，说等手头松快一点再给，时间久了也忘记了到底给还是没给；有人丢下锻打一口铡刀的钱，过后卖牛买了拖拉机，再也没有来过铁匠铺。

　　活儿是少了，一家人要吃饭穿衣，马三接手铁匠铺没干几年，就随着村里人去了大连。那一年我也是头一年出门，在一个建筑工地遇见马三，依旧是壮实的身骨，只是眉宇间少了一丝火的灵气。马三是钢筋工，在工地上算是好一些的工种，这也符合马三的身份，多年的打铁生涯让马三了解了铁的秉性，那些坚硬的钢筋在马三的手下弯来折去，将要作为一座高楼的筋骨，支撑起鸽子笼里的人们的日常生活。马三知道自己不属于某座城市，作为一个过客重要的是做好眼下的活计，才有可能支撑起一个乡村家庭的生活。

　　那是我最后一次与马三相遇，说起当年村庄里的种种，说起我们家的那口铡刀用了很多年依然锋利。说起家，大我几岁的马三眼睛通红，狠狠灌下一口烧酒，说，狗日的生活，真没意思。我没有特意追究这句话的深层含义，大略每一个漂泊在外的人都会有这样的一刻，苦闷，彷徨，看不到未来的曙光。

　　从那时起，马三开始酗酒。内心的炉火灭了，只剩下作为一个男人的担子或责任。淬火的含义是指将金属工件加热到某一适当温度并保持一段时间，随即浸入淬冷介质中快速冷却。用于打铁就是将烧红锻打的铁器快速浸入加盐的冷水，以提高铁器的硬度与韧度。延伸到生活本身，我和村庄里的马三们一样投入到冰冷的社会之水，期望在最短的时间内得到质的改变，从而身心坚强，即使再多摔打也能在罅隙中生存。

　　大雨在一个乡村之夜拉开序幕，这是一个再也平常不过的日子，也是一个值得欢庆的时刻。寒冷的冬夜，村子的人们像候鸟一样从城市归来，包工头也是本村的爷们儿，说喝一场酒把今年的账结了，就等着过年。推杯换盏，一年的劳苦好像就潜隐在一杯烈酒中，一口饮尽，说工地上做饭的安徽女子，那屁股喷喷——走起路来一摇三晃。说有一次老板不给钱找到老板的原配，引导与小三亲热的现场，那叫一个热闹。说来年不往北走了，南方的工钱行情看涨。

　　酒兴就来了，瞅瞅一桌子的空酒瓶问有没有人出去买酒。时值夜深，冷雨敲窗渐渐夹杂着雪花、霰粒。就算了，主人于是从床底下拿出一大玻璃缸药酒，有蛇，有人参，有鹿茸，有蜈蚣，有说不清道不明的宝贝物件。就继续喝，就倒下，就抽搐，就口吐白沫……

　　赶到乡村卫生室的时候，马三还算清醒，说让医生先给人事不省的那两个打针。医生不肯，说不清楚情况不能胡乱下针，三言两语不合，马三抽身去了厨房，对着医生的头部一刀劈下。

结局是，连同马三一共三人死亡，另外两个饮用药酒较少被及时送到县医院抢救过来。由于失重，马三的那一刀只造成医生皮肉开裂，侥幸躲过一命。

——刀背上，赫然打印着一个"马家"字号。暗黑的夜色中，流水所湮灭的不仅是彤彤的炉火，还带走了一个年代的回声。

刊于《青春》2016 年第 9 期

母性的绝美

凌 鹰

一

有两种女人让我特别地亲切与崇敬。

一种是怀孕期的女人。

一种是哺乳期的女人。

因此，无论在哪里，只要见到孕妇，不管她们的模样多么平凡甚至丑陋，我都觉得她们是人类最美的女人。没有理由，也不需要理由，就因为她们是孕妇，就因为她们那不同程度地隆起的肚子让我无法不想到我们任何一个人曾经都在这样的肚腹里睡过觉。这样的肚腹曾经是我们生命初期最温暖最精美的房子。

在我妻子怀孕期间，我就把自己彻底还原成了一个世俗品质的男人。我不要她做任何家务，我扶着她散步，回家时就从背后推着她上楼。我还非常笨拙地按照胎教方面的书本陪她听了许多西洋名典和中国的古典音乐。这个时候，我俨然就自以为是地把自己当作了一个建筑师，总想把妻子的肚子精心构筑成一座金碧辉煌的宫殿。

这期间，我还特别喜欢做的一件事就是抚摸妻子的肚子，并贴着她的肚皮去聆听。摸着、听着，我便感觉妻子的肚子又成了一口精致的、盛满了清水的池塘。这池塘里有朵莲花正在开放。这朵莲花也像自然界中的莲花一样，在历经了寒冬的寂寞之后，最初只是滋长了一片胚芽，然后这胚芽便一天一天长成了一个小小的莲花苞。清幽幽的池水里，这朵小小的莲花一听到外面美妙的风声、音乐声或别的什么声音，就会轻轻地摇摆，就想极力舒展自己娇嫩的花瓣。轻抚妻子日渐隆挺的腹部，我的手指有种在池水中舞动的清润。有时，妻子的肚皮被女儿拱得一起一伏，像清风吹皱一池碧水泛起的涟漪时，我便要贴着妻子的肚皮去听，果然便听到了池塘里溅起的一曲曲水波，听到了莲花开放的声音。

在欣赏波提切利的名画《维纳斯的诞生》时，我曾一度就听到过这样圣洁的声音。

在波提切利的这幅名画中，托起维纳斯浮出海面的本来是一只巨大的贝壳。可是，这只被古罗马喻为权力的象征的贝壳，却使我无论如何都觉得更像一朵盛开的莲花。

在佛教中，莲花是一种最经典的意象。因为未开放的莲花苞就类似于人的心。所以，莲花开放的过程就是一颗心开放的过程。我认为，佛像的底座都有一朵莲花，想来佛就是被一颗虔诚的心在托举着呵护着吧。

我不知道波提切利在创作这幅传世名作时是否了解中国的佛教，是否听说过比古希腊的种种传说更神奇绝妙的中国佛学。当然，这些都不重要，重要的是他用画笔将美神维纳斯从她的母体——贝壳里引出海面的时候，那只盛开的贝壳竟然与中国佛教中莲花盛开的过程是那样的不谋而合。这时，站在莲花深处的维纳斯只能遥望无边无涯的古希腊爱琴海跟随波提切利走入时空的云端，她的妩媚和妖娆委实就是那充满生命超度意味的佛座上的莲花瓣中的一滴水珠。

波提切利用他惯有的惊世骇俗的色彩向我们讲述的虽然是一个西方神话故事，但它的哲学指向还是人类生命这一坚韧而又脆弱的花朵的绽放过程。我们完全可以把这则神话分解还原为一个个生命从母腹里孕育而出的俗常过程。说得更具体点，爱琴海就是孕育维纳斯的巨大母腹，维纳斯就是从爱琴海渐渐绽放的一朵莲花。

当孕育的过程完成后，紧随其后的第二过程便是哺乳。这又是令我们不可逾越的一个生命事实。因此，达·芬奇似乎害怕人们终有一天会淡忘或忽略这个有关生命的伟大事实似的，早在 1490 年就迫不及待地将一幅《哺乳圣母》高高地挂在了宇宙的上空。

二

《哺乳圣母》的确无法不让我仰视。

这不仅仅因为这幅画是达·芬奇最早的一幅传世名画，更缘于此画那种由虚拟的神话所呈现出来的巨大的人文命题。

我们都知道，哺乳的另一种说法就是"喂奶"。

这似乎只是一个琐屑俗常的细节或行为。

可是，我要说的却是，整个人类的存在恰恰就是由这一俗常琐屑的细节或行为支撑起来的。

或者说，人类是由两种女人的存在而存在的，一种是孕妇，一种是产妇。当然，这两种女人又是由同一个女人分两个阶段分解出来的。

在14世纪，波提切利和达·芬奇尽管连面都没见过，但他们却在不经意之中达成了一种心灵的默契，分别在法国和意大利两个不同的国度，完成了有关人类的存在与延续这一天衣无缝的伟大合作。尽管两人选取的都是虚拟的神话，但他们都用"诞生"与"哺乳"这两个最温甜的场景勾起了我们对于生命初始的温甜回顾与怀想。也许，无论是波提切利创作《维纳斯的诞生》还是达·芬奇在创作《哺乳圣母》时，他们创作的本意并非像我们所理解的这样平庸具象，但我依然愿意一意孤行地认为，作为神话的维纳斯和圣母，不过是世俗意义上生命的构成与存在过程中的一种艺术形象的附丽而已。或许，为了顺应当时欧洲的绘画主流，无论是法国的波提切利还是意大利的达·芬奇，他们也像其他出名和不出名的西方画家一样热衷于画《圣经》，这无疑有些媚俗，但呈现在我们面前的《维纳斯的诞生》和《哺乳圣母》，却宛若两朵冰山雪莲，俗艳中透出一种宁静圣洁的甜润气息。

给孩子喂奶，这是我们生活空间中随处可见的一种景象。

无论是在乡村还是城市，当一个女人像捧一朵刚刚开放的娇嫩花朵一样，小心翼翼地将一个婴儿抱在怀里，或羞涩或坦然地掏出自己的乳房给自己的孩子喂奶时，在这一瞬间，时间会因为这对母子而显得格外的甜美和纯净。这个时候，对于这个正在哺乳的女人来说，那储满乳汁的乳房已然不再是一种女性的生理器官，而是一种朴素而又精美的容器，准确地说是两只饭碗。

三

令我非常惭愧的是，将女人的乳房比作碗的竟然是我今年才刚满8岁的女儿。

女儿第一次说出这句话时只有6岁。

那一天，女儿蜷缩在她母亲的怀里，欢快地撒着娇，仿佛一只刚刚会起飞的小画眉，飞累后又飞回了她温暖的小鸟窝一样。

当时是夏天，我看见女儿在她的"鸟窝"里一拱一拱地同她的母亲亲热地嬉闹说笑着一些可爱的傻语。然后，女儿就闹着要吃她妈妈的奶。我们完全有理由认定这是一个小女孩在向她妈妈撒娇，但女儿并不是这样，她是非常认真、非常诚恳地向她妈妈提出这个要求的。

我妻子当时当然不可能接受女儿的要求，她觉得我女儿是在无理取闹。女儿还不到1岁就断奶了，这时突然提出要吃她的奶，她就觉得有些荒唐，于是就有些生气。可女儿却并没因此而放弃自己的愿望，她依然非常诚恳非常执着地向她妈妈提出这个要求。

出于对女儿的疼爱，妻子让步了。

这句话就是在女儿用她的小手捧住她妈妈的乳房那一刹那说出来的。她说，妈妈，这是我小时候的饭碗！

这句话似乎不是太准确，当时才6岁的女儿本来就正处在她的"小时候"。但我却觉得女儿说得十分正确，她在这时所说的"小时候"，无疑是指她吃妈妈的奶的那个阶段。

女儿接着又对这句话重复了一遍，并陈述了她把她妈妈的乳房比作两只饭碗的理由。她说，妈妈，那时候，你这两只碗里装了好多好多的饭，我就是吃那些饭长大的。

我知道后面这句话是我女儿的想象。妻子在哺乳期的乳汁的确非常充足，但作为当时还只是个婴儿的女儿是不可能有这种记忆的。

但我还是为女儿的这番话而讶然。

她怎么会想到要用这么通俗形象而又玄奥逼真的比喻来形容她妈妈的乳房呢？

母亲的乳房就是我们的饭碗，这饭碗里盛着的是我们初来人世之后最早用来充饥的食物，整个人类就是由这两只饭碗喂大的。可说出这句能贯穿生命源头的话语的，却竟然是个6岁的小女孩，这个小女孩竟然是我女儿。而且，在说那句话时，她是那么的自然那么的由衷那么的不假思索，没有一丝一毫的矫情，完全是一个孩子对喂养她的母亲原生态的认定和依恋！

然后，我就看见我心爱的女儿捧着她妈妈的乳房津津有味地吮吸着，而且还有些夸张。我当然知道这个时候的女儿是不可能吸吮到她妈妈的乳汁的，她的这种夸张的吮吸更多的是一种顽皮也是一种对婴儿时期虚拟的回顾与玩味。这样的情景让我完全有理由想到达·芬奇的《哺乳圣母》，因为这种人间最美丽绝伦的温甜场景已与达·芬奇的《哺乳圣母》形成了时空上的对接，它让我无法不固执地得出一个结论：不仅仅是我的妻子，所有正在哺乳的女人都在以圣母的状态同达·芬奇的《哺乳圣母》形成人性上的紧密勾连。

四

如果说波提切利的《维纳斯的诞生》和达·芬奇的《哺乳圣母》，向我们传递的是一种有关生命的降生与哺育的人文理念的话，那么，意大利画家吉奥乔尼的《暴风雨》和佛罗伦萨画家皮埃洛·迪·科西莫的《先祖》，让我们看到的便是生命的另一种神圣与博大。

对吉奥乔尼的《暴风雨》，美术界一直视其为一幅风景画。对此，我并不认同。如果要说它是一幅风景画，我也只能将它看作是一道人性的风景，这是一种比任何自然风景都更旖旎更辽阔更深邃的风景。

我们当然必须承认这的确是一道我们俗常所见的自然景观。狂风暴雨中，树枝摇曳，雨点打在树叶上的声音似乎都清晰可闻。连接树林之间的那座残桥告诉我们，这是一片基本上无人出没的荒郊野岭。然而，就在这一暴风雨降临的时刻，一个男人和一个美貌的妇人出现了。我们无法知道这个男人和这个美妇来自哪里，又将去何方，但这里绝对不可能是他们的归宿，因为这里没有房子，因为那个美妇就坐在树林的一个土堆上为她的孩子喂奶。如果这附近有房子，这个年轻的母亲就不可能在这样恶劣的环境下为自己的孩子哺乳。

因此，关于他们的来历和他们的去向，就让我们有了许多的联想和猜测。

他们是一对逃亡者还是一对逃婚者？

他们已然没有自己栖身的家园了吗？

抑或，他们只是一对野外旅行的浪漫情侣？

我的这种猜测当然是缘于画面本身的，或者说是抛却了关于这幅画的许多争议因素的。如果追溯此画的源头，我的这样联想和猜测就多少显得有点无稽之谈了，因为关于这幅画的两种争论焦点就足以让我的这种联想和猜测不攻自破。

一种是说此画取材于一个叫弗朗切斯科·科隆纳的作家的小说《波利菲洛梦》的一个情节，画中正在哺乳的是仙女爱葳，而站在对面深情注视着爱葳的那个身着红绅士服的男子，便是众神使者墨丘利。

另一种说法是说这幅画是描绘暴风雨、士兵和吉卜赛女郎的风景画。

对这两种说法，我都认为是对此画相关的史料的图解。尽管到目前为止，关于这幅画的确切内容还都没有一个明确的界定，但这恰恰是吉奥乔尼的慧心所在。吉奥乔尼在1505年创作这幅画时，也许根本就没想过要画一幅风景还是画一幅神话，他只是想画出比大自然更博大的母爱的本能与坚韧。暴风雨只是一个母亲正在哺育自己的孩子的某个时刻所面临的一个社会符号，对于一个正处于哺乳中的母亲来说，那正被婴儿吮吸着的饱满而圣洁的乳房所放射出来的巨大的母性光芒，足可以照亮所有灰暗的空间！

这种伟大的光芒，我们从皮埃洛·迪·科西莫的名画《先祖》中同样可以感受到。

这幅画画的是亚当和夏娃这一众所周知的神话传说。亚当在偷吃了树上的禁果后被上帝逐出了伊甸园，夏娃被上帝惩罚承受怀孕和生育的痛苦，亚当则承受劳苦耕作的惩罚。

这样的一个司空见惯的神话故事固然是没什么意思的。皮埃洛·迪·科西莫在这幅画里让我们领悟到的深长意味却并不是这则神话，而是由神话剥离出来的俗世意义。

这是我在我的南方乡村经常见到的一种景象。亚当赤着上身穿着一条短裤正在挥汗劳作，他干的肯定是件非常辛苦的农活儿，但因为身边有自己的妻子夏娃正在给他们初生的婴儿喂奶，这个劳作的男人就情不自禁地时不时停下手中的活计，将锄地的铁锹插入脚下的泥土，抬头深情地凝视着哺乳中的妻子。

这样的情景让我们的视觉和思维自然而然就会与神话剥离。神话的色彩在这样的情景中就像一个玉米棒的外壳被我们剥去之后，就只剩下了纯粹的玉米。这样的情景是一种无论在南方还是北方农村都随处可见的劳作细节。劳作中的亚当和哺乳中的夏娃无法不让我们想起我们的父母兄嫂，想起那些在田野中辛勤耕作的农家夫妇。

因了这样一种非常民间化的劳作和哺乳，《先祖》中的亚当和夏娃便从远古中还俗了，还俗成一种超越时空的父性与母性的亲近与甜美，还俗成了我们的生活中真实的现实场景。《先祖》也印证了我那只有 8 岁的女儿那句稚嫩的哲语：母亲的乳房就是我们的饭碗，这两只碗里所盛载的，便是我们生命初期最精彩的食物。

刊于《奔流》2016 年第 2 期

日暮乡关何处是

——关于一座村庄的思考

徐 可

一

寒风凛冽，寒意刺骨。站在一大片沉睡的农田前，我思绪万千。

这里，曾经是我的老家，现在已夷为平地；这里，曾经是我的村庄，现在已不见踪影。

这是 2016 年 2 月 14 日，农历正月初七。我回到我出生的地方，去寻找我的村庄。

我的老家，在江苏中部通海平原的乡村。四年前，在一场规模浩大的拆迁运动中，我老家房屋跟 6500 多户农屋一起变成残砖废瓦。一座建了两年多的两层小楼变成几十万元人民币；而我的父母和他们的邻居们一起，都搬到县城附近的一个大型小区，变成了准"城里人"。拆迁腾出的 8538 多亩农用地，8000 多亩建设用地，被政府用来建设"万顷良田"工程，采取承包的方式，发展规模化、集约化、高效化农业。

客观地说，拆迁之后，老家的居住条件、交通条件、生活条件都大为改善。政府给的拆迁补偿款还算充裕，买了一套两层 200 多平方米的单元后，还有一些盈余。小区紧邻一条国道、一条高速公路和多条公路，交通极为便利。但是我还是想念我生于斯长于斯的那个村庄。虽然我知道，那里除了大片大片的农田已无一户农家，但是我还是想去看看，它现在究竟变成什么样了。

那天早上，吃过早饭，侄子就开车带我出发了。我的村庄位于本市（县级市）的大西北，西北两个方向都与邻县接壤。从位于县城北郊的小区出来，沿着公路西行，一路房屋渐渐稀少，公路两侧是大片大片的农田。再向北是一条东西向的小河，过了河顺着河边的乡间简易公路继续西行，就离我家越来越近了。小河很窄，但由东向西绵延很长，直到我家门前截止。至今我们都不知道它叫什么名字，从何而来。小河在我家南面，姑且叫它南河吧。河面结着薄薄的冰，看得出水还是比较干净的。回想起拆迁之前回老家，看到的河水是污浊的。小河两岸，目力所及的范围内，已经见不到房屋，只有一望无际的农田，种着庄稼，估计应该是小麦。

汽车终于开到小河的尽头，一个丁字路口。这条路是本市通往邻县的一条乡间公路，从丁字路口向北继续前行就可以去往邻县。过去此处属于"交通要道"，白天黑夜有各种车辆不停地驶过。起初是自行车、拖拉机，然后是摩托车、卡车，后来有了面包车、小轿车，大多很旧，偶尔也有光鲜一点的。丁字路口的东北角，就是过去我家所在地了。我家的房屋，以及屋后的竹园，曾经是一个"路标"。现在，这一切已经荡然无存。

我们下车，冒着严寒，四处张望，一边感慨，一边拿出手机咔咔地照相。这里，全部变成了农田，一点都看不出当年的痕迹了。如果我是一个外来者，我完全想象不出这里曾经是密集的居住地。在我家东边，有一条南北向的小河（姑且称之为"东河"），与南河形成"T"字形。由东河到公路之间，顺着南河北岸，一字排开有四户人家。现在，我看着这短短的距离，无论如何也想象不出当年何以能够装下四户人家。

寒风呼啸着直往领子里钻，厚厚的羽绒服也挡不住袭人的寒意，拿着手机的手冻得发僵。我们匆匆拍了几张照片，便赶紧上车，顺着河南岸的马路返回。河中停着一艘船，相对于这样的小河，算是一条大船，船上有集装箱房。侄子告诉我，这条河已经被人承包用来养鱼了，承包人家就住在这艘"船房"上。想到这条河里的水曾经被污染得不能饮用，水里的鱼当地百姓都不敢吃，真的很有感慨！然后又看到当年村委会所在地的两座小石桥，仍然完好无损地立在河面上，下来照了几张相。又开了一段，河南农田里出现了一群劳作的农民，大概有20多个。这是我们这一路以来唯一一次看到的农人，估计是承包商雇佣的农民。我们摇下车窗照相。农民们一点也不怯生。他们大声地问我们是不是记者？是从哪儿来的？我如实地回答了他们，然后挥手再见。很惭愧，北风呼啸，我实在鼓不起勇气走进严寒里，只是在车里跟他们聊了几句就匆匆离开。与家乡的父老乡亲相比，我实在是太娇贵了。

一路上，我的脑海里不断回想起鲁迅的《故乡》，回想起《故乡》里描述的情景。同样是深冬，同样是阴晦的天气，同样是呜呜的冷风，同样是苍黄的天，同样是萧索的荒村——不，连萧索的荒村都没有，干脆就没有村庄；可是很奇怪，我并没有产生想象中应该出现的那种悲凉的情绪，我也没有人们千呼万唤的最时髦的"乡愁"。我记得，若干年前，当我的村庄还在的时候，每年冬天回来，我的心情都很悲凉。可是今天我没有。当然我也没有特别的欣喜。我的心情很平静，一点波澜也没有。

可是，在我的内心深处，总是隐隐约约觉得有哪里不对劲，或者说，有一点隐痛。可是当我使劲寻找，它却不知藏身何处。

我的故乡，田园犹在，只是，村庄消失了。我是该庆幸还是该惋惜？

二

其实，说村庄消失了，未免有点矫情。因为，在我的故乡，我从来就没有过村庄的感觉。

我的故乡，地少人多。记得幼时，河汊密布，出门就是水，人们多逐水而居。后来大概是大办农业的结果，很多小河小沟被填了，主要的河流只剩下了南河和东河，另外还有一些不长的小河。可能是统一规划的缘故，所有的人家都住在河边。南河、东河两岸，一幢房子接着一幢房子，一字排开，每家之间几乎紧挨着。最早多是三间或四间草房，后来是瓦房、楼房。几乎没有人家有院子，当然也就没有围墙。

当人民公社还在的时候，每个大队分成若干个生产队，各个生产队相对集中居住在一个区域。比如我家所在的四队，就在南河东河西北这一块；河东是九队；河南是一队、三队。至于有没有别的生产队，如果有的话它们在哪里，我是一点也想不起来了。每个生产队有一个仓库，仓库旁边有牛圈，有值班室，仓库前面则是一个大的麦场，这是队里唯一的公共活动场所，队里的开会、文艺演出都在这里举行。等到公社解散了，连这个场地也没有了。也许是多年的习惯使然，大家还是叫着"大队"，很少有人叫"村"，我的脑子里也没有村的概念。

等我后来从小说里，从电影里，看到北方的农村时，我非常惊讶，原来所谓的村子是这样的！那边的村庄，就像城堡一样，是相对封闭的，各家各户都聚居在一起。村庄有"村口"，外人要进村，就得从村口进来。如果适当防卫，外人是很难进来的。所以，在电影《地道战》中，有那句流传至今的台词："鬼子进村喽！——"村庄里，有巷子，还有街道。前街后街，东街西街，就像城里一样。每家每户都有院子，家境好一点的有院墙和院门，差一点的也有篱笆墙。那里的孩子们，还可以利用这样的建筑和地形结构捉迷藏，多了一份乐趣。反过来看我们，哪有什么村庄啊，完全是开放式的，四通八达，外人可以从任何一个方向进来——不，不是"进来"，而是"过来"，因为根本就无村可进。我们也无法"躲猫猫"，因为根本就无处可藏，除非躲到人家屋里。这不免让我对自己的家乡产生了一丝失望，对北方乡村充满羡慕。

到得后来，当我有机会看到全国各地风格各异、时间或长或短的古村落时，我对家乡的所谓"村庄"更加绝望了。与那些古色古香、历史悠久、文化积淀深厚的古村落相比，我们那儿连村庄都算不上！那些千篇一律的房屋，毫无特色，没有过任何美感。

当然，幼时的我们并没有想得这么多，我们自有我们的乐趣。家乡是一马平川的平原，小学旁边的一个小土丘就成了我们眼里的小山。我们在小土丘上钻树林，玩打仗，不亦乐乎。生产队里的小河也是我们的"战场"。我们几个小伙伴分属敌我两个阵营，分别趴在小河两岸，向对方"开火"；当一方指挥员发出"冲啊！——"的号令后，双方就发起冲锋，展开肉搏战，直至一方认输为止。

门前的小河更是小伙伴们的乐园。每到夏天，我们就脱得光光的，跳到河里游水玩耍。河水清清，可以看到河底的沙土，看到水中漂浮的水草，游来游去的小鱼小虾，有一次还与一条小蛇不期而遇。小河不宽，我们可以从南岸到北岸连游好几个来回。有时憋一口长气，潜入水下，从河底"爬"到对岸。玩累了，用自制的鱼钩钓几条小鱼小虾，拿回家就是一顿美味的佐餐小菜。

小孩子的心总是很容易满足的。虽然没有北方那样城堡似的村庄，但是我们在田野里、在小河里也能找到自己的乐趣。

这么多年来，最让我留恋的，还是乡亲们的单纯、淳朴、真诚、善良，是他们的吃苦耐劳、幽默知足，是那种亲如一家的邻里关系。我对其他地方的人民没有深入的了解，我始终认为，我的乡亲是天下最好的人。除了极个别公认的恶人外，我真想不出还有第二个坏人。我的家乡曾经遍布刺槐。我的乡亲们就像刺槐一样淳朴，像刺槐一样笨拙，像刺槐一样憨厚，像刺槐一样本分。他们没有文化，不善言辞，胆小怕事，但是他们的心地是那么善良！小的时候，家家都穷，但凡谁家做点好吃的，一定会先送给左邻右舍尝尝。我还记得有一次，一位大婶家炸了麻团（一种用糯米粉做的油炸品），恰巧我从她家门前经过，大婶非拉我去家里吃；我不肯，她便用筷子穿了一串送给我。我在前面跑，她在后面追，一直追到我家里，躲无可躲，我才在母亲的劝说下接过来。他们对别人的好，是那种掏心窝子的好。谁家有事，邻居会自发上门帮忙；要是哪家有人"老了"，那些多年的老伙计会上门来默默地坐着，陪着逝者，一句话也不说，只是那么沉默地坐着，偶尔叹一口气；妇女们则会陪着家里的女人们流泪，安慰，帮着折纸钱，干活。他们是那么勤劳，从来也不把劳作视为苦事。那些特别勤快的，简直一秒也闲不住。我的二姑父就是这样一个勤快人。他有一手扎笤帚、编簸箕的手艺。每次来我家，除了吃饭的工夫，他都在不停地干活，给我家一年的笤帚、簸箕都做好了。我的父亲也是出名的勤快，他生前曾到北京来住过几年，劳作了一辈子，我想让他享几年清福，可是一旦闲下来，他浑身难受，家里的那点家务活简直不够他"塞牙缝"。回到那片土地上后，他才找到了感觉。

多年以后，当我在远离家乡的异地回想起我在家乡的童年生活时，想起那些质朴而善良的乡亲，我的心里还是无限温暖，以至于一次次双眸湿润。

三

如果我按照前面的思路写下去的话，很容易写出一篇充满温馨回忆的美文来，把我的家乡描绘得如同人间乐园一般。这正是很多人乐此不疲的事情。然而事实上，我的童年远非这么美好，这些童年回忆只是苦难岁月中的一点点微弱亮色而已。我的童年是在饥饿和贫穷中度过的，即使经过岁月的沉淀，即使我努力过滤掉童年的苦日子，我还是无法忘记当年挨饿的感觉，无法忘记贫穷的耻辱。我努力不去回忆痛苦，并不代表我已经忘记了痛苦。现在很多人在呼唤乡愁的时候，动辄把过去的乡村描绘得像世外桃源一般美好和幸福，我不知道是他们所处的乡村确实如此，还是他们的记忆短路。

在相当长时期中，贫穷和饥饿是中国人民特别是中国农民共同的记忆。回顾历史，似乎没有哪个朝代的农村是富庶的。即使是在被称为"鱼米之乡"的我的家乡，也是如此；即使是在"文革"结束之后好多年内，也是如此。我从考上县城的重点中学，此后上大学、参加工作，最盼的是回家，最怕的也是回家。每次回家，看到家乡的破败，家乡的贫穷落后，看到一家一家破旧的草屋，听着父母哀叹生活的艰难，我的心就一下一下地往下沉。尤其是冬天回家，那种感觉就跟鲁迅《故乡》里写的一模一样，无限悲凉。

如果这就是一些人呼唤的乡村的话，我宁可不要这种乡村；如果这就是一些人念念不忘的"乡愁"的话，我宁可不要这么愁！我坚信绝大多数中国农民更不需要这种愁！

当然，这样的状况在慢慢改变，我的心境也在慢慢改变。农民的生活慢慢变好了，一家一家的草房慢慢变成瓦房了。到后来，一家一家的瓦房又变成了楼房。

大概在十几年前，故乡的面貌终于有了很大的变化，农民的生活有了很大的改善。当地政府在发展经济、改善民生方面确实功不可没。此后每次回家，看到家乡的变化，心中就异常欣喜。我衷心地感谢当地政府，终于带领家乡父老改变了贫穷落后的面貌。

然而，家乡人民为这来之不易的温饱，也付出了巨大的代价。这也是全国农村出现的共同问题，并非我家乡所独有。

最严重的是污染。并不是工业污染，而是农民们自己污染。我的村子地处偏僻，没有受到企业的污染；但是富裕起来的农民普遍没有环保意识，他们把自己家的垃圾、脏水随意往河边倒，污染了土地，污染了河水。没有人去教育他们，也没有人去管理他们。我小时候那么喜欢的清清的小河变成了臭河，没有人敢下河游泳了，河水、井水不能喝了，河里的鱼没人敢吃了。因为滥用农药和化肥，土地也被污染了，农民们不敢吃自己种的粮食。他们有自己专用的地，用来给自己家人种粮食。他们专门养两头猪，供自己家人吃肉。

还有乡村伦理的沦丧。在漫长的农耕时代，家乡形成了一整套不成文的乡村伦理，成为村民们共同遵守的道德准则。比如孝顺、诚实、友善、勤劳、节俭，等等。忤逆长辈，好吃懒做，欺骗他人，挥霍浪费，以强凌弱，这些行为会遭到普遍的唾弃。然而近十几年来，这些道德规范已经基本土崩瓦解。不孝顺长辈的多了，游手好闲的多了，赌博的多了，骗子也比过去多了。有虐待老母者，待之不如猪狗，不给她饭吃，动辄打骂，污言秽语不堪入耳。村人皆怜之，却爱莫能助，村干部则完全放任不管。我的母亲心善，有时会偷偷地叫她到我们家吃饭，还不敢让那个孽子知道。

刚刚解决温饱的乡村，又陷入了另一种贫困，我不知道我心目中的村庄在哪里。

四

现在，原本就模模糊糊的村庄，干脆彻底消失了。

我们现在居住的这个小区，是当地的拆迁安置示范区。小区规模很大，据说有一万多居民，配套设施齐全，绿化面积大，环境还算不错，是当地政府对外宣传的窗口，曾有国家领导人来此视察。

长期与土地打交道的农民，很快就习惯了"城里人"的生活，虽然他们身上免不了还有农民的习气。年轻人出去打工，有的去了远方的大城市，扔下老婆孩子和老人在家里，一年回来一两次。不愿出远门的，在附近的企业、公司总能找到一份工作。他们早出晚归，开着小汽车，穿着时髦，拿着最新款的手机，几乎与城里人毫无二致。小区里还是老人们居多，他们在楼下晒着太阳，打打牌，聊聊天，一天天消磨着时光。那些过去勤快得闲不下来的老人，在自家屋前草地上种点花，种点树，种点蔬菜，莳弄着它们，给无所事事的双手一点点安慰。这样的生活，对于穷了几十年的乡人们来说，是再幸福不过了。

那些腾出来的大片大片土地，被有钱的老板承包下来了。他们享受着政府给予的优惠政策，雇佣一些农民为他们种地，把过去一家一户的个体生产变成了规模化、集约化的大生产。这也正是我们过去梦寐以求的生产方式。不过听说，有的老板承包了土地，用完了两年优惠政策后就跑了，扔下的农田没人种。这只是听说，我并没有亲见抛荒的土地。

无论如何，不管出现什么情况，我相信消失的村庄不会再回来了，进了城的农民们大多不会再回到土地上去了。诗人们怀念的"阡陌相通，鸡犬之声相闻"的农家景象不会再回来了。这毕竟是时代进步的标志，是多少代人企盼的生活啊！

现在，"乡愁"成了一个时髦的词汇。确实，在推进城镇化的进程中，一座一座村庄消失了。这的确是一件令人遗憾的事情。在提高农民生活水平和保护村庄之间，怎么找到一个平衡点，确实考验领导者的智慧。如何才能做到"望得见山，看得见水，记得住乡愁"？

记得住乡愁，首先要保住我们美丽的乡村，要留得住青山，存得住绿水。这些年来，在"新农村建设"的名义下，那些承载着历史和文化记忆的古村落急剧消失，让人痛心！如果在建设的同时再来一次新的破坏和污染，那将与其目标背道而驰。从我的观察看，家乡在农村环境保护方面做得是好的。家乡没有古村落，政府在农民大规模拆迁后，并没有用换来的土地建设工业企业，而是用来发展大农业，使原本面临抛荒的土地有人耕种。这无疑是一条正确的道路。农民集中居住了，农村并没有消失。这不但保护了耕地，也保证了粮食安全。

在开发过程中，不但没有出现新的污染，而且农村环境还有所好转，河水的变清就是一个明证。现在我担心的是在种植中是否还在滥用化肥和农药，如果这一点能杜绝的话，真是善莫大焉！

与有形的村庄相比，我更怀念的是无形的"村庄"——那种流传数千载、蕴含在乡民们身上的乡村文化和乡村精神。恐怕这才是乡愁的核心。

什么是"乡村文化""乡村精神"？我没有看到过现成答案，我也给不出标准答案。对于我来说，乡愁，就是对于过往乡村生活的依恋，对于乡民们特有品质的怀想。在新农村建设中，怎样让乡村文化、乡村精神重新回到人们心中，让乡愁"诗意地栖居"，这是比保护物质的村庄艰难百倍的难题。

数千年的农耕文明时代，在以儒家文化为代表的传统文化影响下，中国乡村形成了独特的乡村文化和乡村精神。这种文化和精神不是写在纸上的，而是融入乡民们骨髓中，体现在他们的行动上。比如，对于儒家所提倡的"仁义礼智信，温良恭俭让，忠孝勇恭廉"，乡民们也许讲不出什么大道理，但是他们绝对是忠实的、自觉或不自觉的实践者。就以"孝"来说，"百善孝为先"，古人把"孝"视为百善之首。孝道文化是中国优秀传统文化的核心。孝顺为荣，不孝为耻，这是乡民根深蒂固的观念。他们也许没有听说过"老吾老以及人之老"的祖训，但是孝敬自家的长辈、尊重所有的长辈，是一种天经地义、理所当然、不用任何道理的行为，不孝之子、忤逆之子受到普遍的唾弃。这些包含许多积极健康内容的乡村文化和乡村精神，是几千年来维护乡村秩序和乡村伦理的无形规则。当然，其中也有糟粕，这是我们应该剔除的。然而，随着市场经济的发展，这些为乡民们所自觉遵循的规则早已失去效力，乡村秩序早已不复存在。如何涵养乡村文化，培育乡村精神，重构乡村秩序，确实是一件艰巨任务，也是一个不容回避的话题。

乡愁是我们精神世界中，永远都不能够抹去的一块暖色。我们呼唤乡愁，绝对不是要再回到过去那种贫穷的生活中去。与保护古村落同等重要或者比前者更重要的，是涵养乡村文化、培育乡村精神，让乡愁"诗意地栖居"。我们不能死守着历史抱残守缺，而是要从现实中寻找答案，让乡愁长驻在我们的心灵深处。

我仍然怀念我的村庄。

我的村庄，你还能回来吗？

刊于《四川文学》2016 年第 8 期

收脚印的人

田 鑫

人总有一天会空缺

玉米秧子被牛踩了一脚之后，它站过的地方就陷了下去，空出一棵玉米秧的位置。我盯着那个不大不小的坑，那棵玉米秧子紧贴着地面，没有一点要站起来的意思。我看着它，想不通怎么能这样，一株玉米秧子怎么会说死就死了。

我总觉得，指甲长了剪短又长上来，韭菜割了过些日子又是一茬，树叶黄了会绿，竟然有些东西空缺了就再也不回来了。越想越失落，并且有一种顿悟了的感觉，才明白这世界上有很多东西，就像被踩进土里的玉米秧一样，总有一天会突然空缺。并且这种空缺，谁都会遇得到，甚至还伴随一生。

我从童年开始，就在经历各种空缺，并记住它们所带来的滋味和创伤。

小时候寡言，怕到人群里去，路上遇见村庄里的人只是嘿嘿一笑，远远看到亲戚走过来，还会悄悄躲起来。去学校上学，看到老师黑黑的脸，就想把自己从教室里抽出来，倒回到家里。不过还是得面对，我整天闷不吭声，用老师的话说，半截子木头一样长在板凳上，看到就觉得别扭。

这种静态的别扭，直到遇到堆金才得以缓解。他和我相反，一上课就想说话，每一任同桌都受不了他，老师觉得我不说话，堆金要是坐我身边想说话也没得说，没想到弄巧成拙，堆金竟然打开了我这把生硬的锁。

他竟然成了我遇到的第一个突然消失了的人。他将一瓶劣质白酒灌进自己12岁的身体后，就再也没有醒来。从此，教室里那张课桌的一边就空出一个12岁孩子的位置，我坐在旁边，守着一个巨大的空洞。

堆金的离开让我明白了人有一天也是会突然空缺的，但是母亲的离开，却让我理解了空缺带来的痛到骨子里的悲伤。毫无征兆，我在放学回家的途中被截住了，来接我的人说你母亲出事了，得赶紧去看看。其实我对出事毫无概念，就跟在他身后。一路上没话，跑到山坡上的时候，一车土豆翻在路上，母亲躺在父亲怀里，软软的，看见我就流起眼泪。我别过头，想把泪水憋回去，可是无济于事。她被送到医院前眼睛还是睁的，送回来就一直闭着眼睛。那个傍晚，在——和亲人们告别之后，从此家里的院子里炕上饭桌上就空出母亲的位置。父亲和他的几个孩子守着母亲留下的空缺，度日如年。

三年前，祖父去世，这个四合院里又一次出现了让人悲伤的空缺。在过完一生闭上眼落了草之后，我们把祖父埋到了埋着母亲的那块地里，从此，他作为丈夫作为父亲作为祖父的身份，就永远地空缺了下来，我们用长久的悲伤也没能让他复原。我们在白纸上写上他的名字，把他的照片洗出来，装进相框里，端端正正地摆放在供桌中央。逢年过节，摆上贡品，点一炷香，然后抽出一根香烟点燃，像祖父活着一样递给他。事实上，我们就当他从来都没有离开，说话的时候大家尽量把悲伤收起来，装作没事人一样，吃饭的时候，先给爷爷盛一勺，放在供桌上，估摸着他动筷子了，我们才夹菜。祖父平素节约惯了，米粒掉在地上他捡起来吹吹放进嘴里，我们吃饭的时候，不敢剩饭，怕爷爷心疼。

这样的日子一直持续到父亲被我带进城。父亲走了，村庄里就空出了他的位置。四合院里进进出出的瘦小身影，突然就看不见了。留在村庄里的人，再也看不到父亲扛着铁锹把地里的粪土堆拍得瓷实又圆溜，门市部的土炕上打牌的人群里也看不到父亲粗糙的双手死死摁着牌的样子，五里外的集市上也看不到父亲躲在小饭馆里和他的酒友吆三喝四把一瓶瓶啤酒灌进肚子里。

看不到的太多了，我像移走一棵树一样，硬生生把父亲连根拔起，让他带着原土来到这座城市。村庄里空出来的部分，突然出现在城市的小区里，又变成了另一种风景。这个走路佝偻着腰的小个子男人，一张嘴就露出两排黄牙，不用说话就知道方言一定带着土味儿，滑稽的是，他怀里抱着的小姑娘，咿咿呀呀说一口普通话。父亲小心翼翼，怕露出破绽，这个在村庄里无比威严的父亲，没有了在田间地头的神气，没有喝酒打牌时的狡黠，面带怯色，悄悄地活着。

村庄里突然迁走一棵树，或许没有人操心它去了哪里，但是一个人的位置突然空了出来，会有很多人关心他的去处。刚来城里的时候，父亲的手机总是不闲着，不是他打给村庄，就是村庄里有人打给他。其实，电话接通也没啥说的，无非就是问问对方好着吗，然后就不知道说啥。每次放假前，父亲总会像马上放假的孩子一样，迫不及待，得到我的应允之后，他大半夜就爬起来去车站。我从来没教过他怎么买票，但是每一次他都会很顺利地返回故乡，用自己的方式去填补那个缺失了许久的空缺。

离开村庄多少年了，除春节之外的每一个节日，我都是一个缺席者，我在村庄里的位置空缺得实在太久了，以至于回乡时总有一些人是我所不认识的，我也成了很多人陌生的面孔。

今年清明节，陪父亲回趟村庄给先人们上坟。两个空缺者回到村庄，跪倒在坟地里，疯长的野草把每一个坟堆盖得严严实实的，父亲清理完他的父亲身边的草，又清理了我的母亲身边的草，然后在两座坟之间，清出一块空地。

我没明白父亲为何在一块空地上折腾半天，不过离开的时候，回了下头才看清楚，原来祖父和母亲的坟地之间，恰好留出一座坟的位置。父亲不说，我心里明白，这块空地，是他留给自己的，这时候把它空出来，是想着在村庄里早早选下一块空地方，安放这些年的空缺，以及多年后将永远空缺的自己。

风中的稻草人

它站在田里，潦草、破败，身上的旧衣服和草帽已经遮不住它的伪装。一条腿近乎优雅地站立着，双臂伸直，想要把过往的风抱住，其实它连自己都抱不住，只能在寒风里瑟瑟发抖。

我从山上下来的时候，见到的第一个人就是这个稻草人。它像是早就知道我要回来一样，一直等在那里。我出现之后，它却只能远远地望着，没办法给我一个像样的迎接。但是，可以确定的是，就在我们相遇的那一瞬间，它却把我带回到了过去。

刚开始的时候，稻草人是被隐喻的。村庄里有人得了怪病，久治不愈又找不出病因，通灵者就会抓一把草，照着这个人的样子扎一个小人，然后在患病的相应位置扎针。这个方法很灵验，我就曾见过卧病的人在扎了小人之后又重新回到田里干活。

不过按照老一辈人的说法，如果有人背地里照着谁的模样扎个小人藏起来诅咒的话，被诅咒者就会中邪，严重的甚至会因此丢了性命。说是这么说，但是村里没有一个人是被诅咒而死的。倒是有了这个说法之后，很多人对这小小的稻草人敬而远之。直到鸟雀来捣乱，这稻草人儿才有了新的用途。

村庄里的鸟雀野惯了，想吃啥就吃啥，想怎么吃就怎么吃。人起早贪黑种下的糜子，还不等收割就被鸟雀吃掉了一大半。地少人多粮食薄的年月，填饱人肚子的粮食怎么能让鸟雀偷吃。于是，人们就开始收拾捣乱的鸟雀。

跟鸟雀讲道理是不可能的，最简单的方法就是驱赶。我曾经跟着父亲守在糜子地里，看到有馋嘴的鸟雀落下来，就大声喊，用土坷垃扔。很多人都这么干，闲的时候，地垄上就会守着一堆人，鸟雀们看着乌压压的人，远远地躲起来。人散去了，鸟雀就又重新聚拢过来。

是稻草人解决了这个麻烦。不知道是谁的主意，扎一个稻草人，让它穿着旧衣服戴着破帽子，然后替人站在糜子地里，鸟雀飞过来的时候，看见有人站着就乖乖躲起来。

我穿过的一件宽大的深色外衣，就曾被穿在那个站在我家地里的稻草人身上。夜里，我就梦见我站在麦田里，单腿站立，双臂伸直，不吃饭不睡觉不走动。我从糜子还是嫩芽站到糜子三月怀胎，等待收割，纹丝不动。

有一些捺不住性子的糜子，没有任何征兆就掉在了地上，我为此着急。鸟雀们偏偏在这时候成群地飞过来了，它们专找那些秆上有很多糜子的，两只爪子死死攥住，小脑袋不停地晃动。

看着它们这么肆无忌惮地吃糜子，我想大喊一声，嘴里却发不出声来，胳膊也使不上劲，不管怎么用力都没办法让那些讨厌的鸟雀知道我在吓唬它们。一着急，我就想起用尿来冲它们的主意。我朝着鸟雀最多的地方浇过去，它们"哗啦"一下子就不见了，可那些尿却并没有落在糜子上，全浇到了土炕上，梦就这样被尿惊醒了。

小时候喜欢吃甜食，如果闹到一块糖，我会先忍着不吃，而是一直把玩它。忍不住撕开糖纸，就舔一舔，再舔一舔。放进嘴里后，不搅动舌头，也不咀嚼牙齿，让它混在津液里慢慢融化，吃完还要舔了手指头和糖纸。

这样的机会一年只有少有的几次，甜菜的出现，某种程度上替代了我对糖的巨大渴望。可惜在我的父亲眼里，甜菜却并不能算作粮食，家里仅有的几亩地里，麦子糜子玉米土豆挤得满满当当，甜菜自然是没有位置的。为了让家里能多出一些地来，父亲闲了就经常扛着铁锹去地垄上开荒，他垦荒的时候，有一种恨不得把整个村庄都变成自家地的野心，而我一心只想着吃甜菜。

在这里，我要坦白一件藏在心里许久的事。等不到父亲在自家地里种甜菜的那段时间，我曾趁着中午山上没人，一个人去别人家的地里挖甜菜。此前，我在山上转了好几天，才盯上那块夹在糜子和玉米之间的甜菜地。

五月的糜子和玉米都长得不高，一个人大中午钻到甜菜地里很容易暴露，但是为了吃到甜菜，我已经顾不上这些了。我猫着腰，从玉米地的地垄上慢慢挪到甜菜地里，用几棵稍微高点的玉米当掩护，蹲下去，扒拉起甜菜宽大的叶片后就是一顿挖。你不知道，我紧张到竟然忘了拿铲子，一手提着叶子，一手卖力地挖。

挖到就剩半截，有个声音喊了一声。坏了，肯定是被发现了，我怔在那里，一动不动，其实是不知道该动还是该不动。想着把那还剩半截的甜菜埋起来，这样就不会留下任何证据，可是手却不听使唤，我也只能定定地蹲着，等那个声音靠近了再说。

可是，被我挖出来的土都要晒干了，甜菜的叶子眼看着蔫了，那个声音却一直没有走过来。我慢慢地把头拧向玉米地，那里没人；再把头拧向糜子地，妈呀！原来喊了一声的那个人在糜子地里。

我不敢再看了，可是奇怪的是，我明明就在他眼皮子底下，那个人就是不过来，也不吭声。做贼心虚，我就这样白白在甜菜地里蹲了大半个中午，当我看清楚那里根本就不是一个人而是穿了衣服戴着草帽的稻草时，整个人就像个泄了气的气球一样，一下子就瘪了，瘫在地上，手里还攥着甜菜宽大的叶子。后来才发现，那一声原来是放羊的人喊的。

从此之后，我再也不嚷着让父亲种甜菜，见到放羊的人也躲得远远的，更别说稻草人。我以为我再也不会想起这些事，但是说来也巧，我再一次回到村庄的时候，竟然是一个稻草人迎接了我。

就在我被稻草人带回过去而沉迷其中时，还是一个放羊人将我喊了回来。他赶着一群羊往山上走，看见我走下来，远远地就扔出一句话来："回来了？"我回过神来，连声应着："回来了，回来了！"

羊群走远，地上只留下一串羊粪疙瘩。我继续想稻草人，没在意就踩到了羊粪上去。哦！对啊，不在意的事情多了去了。比如现在，谁会在意一个稻草人在寒风里有着这样的心情。或许鸟雀会吧？也只有那些已经识破了稻草人伎俩的鸟雀，还会时不时回到稻草人身边。这一定不是依赖，仅仅是出于习惯。

收脚印的人

麦黄六月，村子空荡荡的，大人们到地里收麦子，牲畜们关在圈里避暑，巷道里没有其他人，我蹲在树荫下，看蚂蚁从一堆虚土里爬出来又钻进去。观察蚂蚁是一件很有意思的事情，你看有一只蚂蚁先把小触角伸出来，还来不及看清楚外面的情况，排在后面的伙伴就捺不住性子，一头把它顶出洞口，随后一大批蚂蚁像水从泉眼里冒出来，四散离开。

我想看看它们的足迹，结果土上没留下任何痕迹。这让我很是沮丧，站起来脱下裤子，朝蚂蚁冒出来的地方一顿猛浇。这突如其来的水，把另一些水一样冒的东西挡了回去，看着湿漉漉的地面和正在泥里翻身的蚂蚁，我有些报了仇的兴奋，生活在土之上，怎么会没有足迹呢？就不信收拾不了你们。

很快，我的快感就被太阳和风瓦解了。地面上的水变成了一摊水渍，没一会儿，土又变成了原来的样子。几只没来得及爬出来的蚂蚁，身后留下一条浅浅的痕，在水里爬时滚到身上的泥像个小坟包，把它埋在那里。水消失了，洞里又有蚂蚁冒出来，它们还是一个顶着一个出来，然后四散而去，对于此前发生的一切毫无兴趣。

多年以后，看到蚂蚁，我总会想起这个画面。在街上遇到蚂蚁，我还有坐下来看看的冲动，不过再也没有浇的冲动，对于蚂蚁是不是留下足迹这事，也不再那么认真。在这城市的钢筋水泥上，人都留不下痕迹，何况一只小小的蚂蚁。

其实，在到处都是土的村庄里，也是留不下任何脚印的。弯弯曲曲的路，我走了一条又一条，每一次回头，只看见路看不见脚印。我曾经把脚印留在刚犁过的地里，等着它长出来，春天里所有的植物都长出叶子，脚印却没有任何动静。我曾经把脚印留在厚厚的雪里，看着它在身后留下一长串，就像很多个我排队一样，太阳一晒，地面上什么都没留下，那几十个排队的我也跟从来就没出现过似的。

我怀疑，村庄里一定有一个收脚印的人，他躲在我们看不到的地方，有人走过去，他就悄悄地跟在身后把留在地上的脚印收起来，让走路的人找不到任何痕迹。他跟风一样，把路舔得干干净净，就像从来没有人走一样。

村庄里也有能留下脚印的时候。有一年，我和小伙伴趁着夜色翻到别人家的果园里，借月光摘下十几个苹果。你要知道，在一个只有杏树和梨树的村庄，像是突然之间就长出来的苹果树，对于我们的诱惑有多大。发现园子里的苹果挂果后，我们每隔一段时间就会去看看，看着它们从指头蛋大长到拳头一样，看着它们退掉青色开始红润，就有些忍不住了，蹑手蹑脚翻过院墙，让它们以一种见不得人的方式结束生长。我把它们藏在麦草垛里，每天吃一个，苹果被牙齿咬碎的瞬间，除了咀嚼果肉和吞咽的快感之外，还有一种说不清的味道。

苹果吃着香，心里一直忐忑着。从翻过院墙的那一刻起，我就处于一种恐慌之中。翻墙的时候我们尽量不发出声音，跳下去的瞬间，却已经暴露了。布鞋留下的痕迹，从落地到离开果园就一直显得很慌张的样子，东一脚，西一脚；深一脚，浅一脚。很快这些脚印和半夜消失的苹果一起，开始在村庄里流传。苹果还没吃完我就更加担心了，生怕人家寻着那些脚印发现藏在麦草垛里的苹果，然后顺藤摸瓜抓住我。我多么希望收脚印的人已经收走了那些脚印，我的嫌疑被排除。不过越希望，惶恐就越大，以至于不敢再吃那些苹果，好几个苹果就这样被遗忘在麦草里，半年后被发现时，它们水分尽失，只留下苹果的样子，人们还为它们的来历做过好多的猜测。

我没有等到那个收脚印的人，却在不久之后做起了他应该做的事情。10岁那年秋天，母亲出车祸长眠于自己劳作了一生的土地，我的童年就这样被硬生生撕开一个洞。早上醒来，母亲睡过的地方空着，我就当她去了地里，可是等一天也不见她回来，我跑到地里，看不到她的影子，就想着找她留下来的脚印。阳洼梁上的地刚犁过，虚土有规则地排列着，只留着一些牛走过后的蹄印。滚牛坡上的地里长着苜蓿，秋风萧瑟，苜蓿干枯，一地的苜蓿叶子根本看不清地的样子，更不用说找到脚印。我把自家的地走了个遍，没找到一个母亲留下来的脚印，它们就像被抽空了一样，毫无痕迹。我想着在母亲停止呼吸后，那个收脚印的人肯定出现过，他一一将脚印收回去，不留任何痕迹，好让我断了念想？

这念想就真的断了，在随后的日子里，我再也没有找过脚印，也不再做母亲突然回来的梦。我甚至把脚印这事和收脚印的人给忘了，在我离开村庄的时候，我没有刻意留心身后是否有脚印。多年以后，再回到村庄的时候，物是人非，当年和我一起翻墙的小伙伴已经看不到小时候的样子，斑驳的院墙里苹果树早不见踪影，陈旧的麦草垛里有没有苹果我不得而知，不过可以肯定的是，我偷苹果时留下的脚印早已经被收走，不仅如此，我在村庄里生活了二十年所留下的所有脚印都早已经不知所踪。

　　这让我更加坚信，肯定有个人在我走后，将我留在村庄里的脚印一一收走。

刊于《散文》2016 年第 8 期

一次别离

向 迅

那个让我至今记忆犹新的十三年前的上午，该是个阴天。不仅因为那是一个告别的上午，还因为母亲出门时，确确实实带了两把雨伞。一大早，父亲和母亲一道，步行七八里山路把我送到了镇街上。父亲背着我的行李走在前面。这幅画面，在我的记忆里倒是少见，极有可能是头一遭。

这是我到县城念书的第三个年头。第一年开学报到时，父亲远在千里之外的北京，是从未出过远门的母亲把从未出过远门的我送到了县城。连续两个春季学期，都是即将外出前的父亲独自送我。

我们三人，各怀心事，一路无话。许多年来，都是这个样子。父亲独自送我时也一个样，一路上说不了几句话。谁也不愿意开口打破沉默。我们对此都已习以为常。我以为这是父子之间多年来形成的某种默契。

这一天的镇街还很冷清，行人寥寥无几，许多店铺尚未开张营业，加上风雨欲来，便露出了几分萧条迹象。这都归功于镇子上春节的气氛还未散尽。用母亲的话说，都初八了，怎么好像还没有开市。

我们在略显空旷的街道上焦急而失落地行走着——到县城的车倒是不少，但都已载满了客，不是学生，就是打工客。司机见我们招呼，都只是在车窗里朝我们摆摆手。

父亲偶尔会小声地嘀咕一句：怎么半天都找不到一辆车呢？

母亲说，学生上学的日子就是这么忙。

我们从西街走到东街，又从东街走到西街，再返回去时，才在东街尽头的转盘处逮到一辆吉普车。

父亲向司机招了招手，那车便停到了我们面前。他把手中的行李放到了车上，旋即转到正驾驶的视窗，解开外套扣子，从里层衣服的口袋里掏出一沓钱提前支付车费。他给司机递过去一张红票子，司机对着光线仔细地察看了一番，给他找了一沓面值十元的零钞。

父亲接过那沓零钞，也不点数，就慌忙地往口袋里装，仿佛得了什么便宜似的。司机见此起了疑心，以为给父亲多找了，忙让父亲清点一下。父亲见此打趣道："几十块钱，未必你还数不清楚呀？"一边清点起那沓还未装进口袋的钞票来。司机目不转睛地盯着，父亲翻一张，他就跟着数一张，结果他少找父亲十块钱。

司机带着几分揶揄的口吻对父亲说："还好点一下嘛，不然吃亏的不是我。"

父亲也不辩解，只是哈哈一笑。

我知道，那是因为母亲站在他身旁的缘故。这个跟他生活了一辈子的女人，简直太了解他了。他经常因粗心大意或以为自己多得了一分钱便宜的心理而吃亏上当。母亲没少埋怨过他不识数。而他每次不仅不知道道歉，而是坚称自己是可以算得清楚几分钱的。没想到这一次，被母亲抓了个现行。

司机给父亲补上了钱，就启动了车。

我情不自禁地转过身隔着车窗望了他们一眼，却只是一刹那，我就狠心地把头收了回来，再也不曾回顾——一切来得是那么猝不及防！望着他们，鼻子忽地一酸，豆大的泪珠子就在眼眶里打起转来。我怕他们看见已年满十八岁的儿子的脆弱与窘迫，赶紧转过头来，紧盯着自车窗外一晃而逝的萧条街景。其实我什么也没有看清。眼里弥漫着一团浓雾。

我一生都将记得那个画面：他们像两个陌生人一样并肩站在一起向我挥手告别。那被生活磨得如同松树皮的手，并没有大大方方地举起来，更像是贴在胸前，机械地摆动。他们的脸上挂着一副怅然若失的神情，好像接下来并不知道何去何从。母亲的嘴角似乎还在嚷嚷着什么，可我一个字也没有听见。

这个画面，只是无数个告别画面中的一个，但它最让我不忍。

画面里的父亲，时年四十七岁，再过两个多月，就四十八了。虽已近知天命之年，但他还是一个健步如飞的父亲，一个对未来生活踌躇满志的父亲。就在春节前夕，刚刚从外省回来不久的他带领全家人加班加点地砌好了一方水池，解决了将我们困扰了多年的吃水问题。他还计划在新的一年大干一番，以振兴家业。

可天不遂人愿，一个突然而至的事故将雄心勃勃的他放倒在乌鲁木齐的一处无人知晓的工地上，从此在那异地他乡度过了一年几近于下落不明的悲惨生活。等他再度出现在我的眼前时，其形象已与画面上的那个顶天立地的中年男子相去甚远。彼时的他，拄着两根拐杖，竟让我一时不敢相认。

虽然经过几番治疗，经过两年休养，最终扔掉了那一对拐杖，但那场事故还是在他身上留下了不可磨灭的印迹——因为手术的原因，他的右腿比左腿短了两寸，他的右脚踝被固定为一个直角，从此不能灵活转动，也就不能健步如飞了。更重要的是，他再也没有逃脱过那只受过伤的脚给他带来的痛苦。多年来，他一直靠止痛药来镇压身体内如刀绞般的隐痛。

时间一长，肉体之痛就演化为精神之痛了。那是最残酷的事情。那是命运对一个人的迫害。

每当看见被生活与命运迫害得走路时一瘸一拐不堪重负的父亲，我就想起了印在我脑海里的那个画面。我想起父亲扬起的手臂。我忽然意识到，当我们举起手来告别亲人时，其实也是在向那一刻的自己挥手告别。那一年的父亲，举起他粗糙如松树皮的右手，告别了过去的自己。

我怀念那个像站在一幅时代肖像画里的父亲。正是那个走起路来健步如飞的父亲，带着我认识了那条他送别过我的镇街。

父亲是一个相信命运的人。他经常在谈天中表达过同一观点：命运早已安排了一切。也就是在他带着我去会见算命先生的那些上午或那些下午，我知道了我们的生活，被难以捉摸的命运左右着。但是我永远无从知道，父亲一次次照顾算命先生的生意，是否看清了这一生如同马匹四处奔波的命运。

在我看来，无常的命运其实自我们出生之日起，就已暴露了行踪，只是我们的眼睛被琐碎的日常生活所遮蔽，被蒙上了一层灰。

记得过去家徒四壁之时，父亲一年又一年地急于知道好运何时才能到来，恨不得将那运气不好的年份从日历上一把撕掉，以提前迎来好运，可那算命先生只是一年又一年地安慰他：再过两年，运就要转了。再过两年……可不知过了多少个两年，那传说中的好运也不曾降临在父亲头上，反而安排了一场意外事故，让他落难他乡，几经生死。

不过，凭借他的天赋异禀，他很有可能一早就知道了自己这一生多灾多难。花五个铜板，只不过是为了寻个安慰。毕竟好运是个值得期待的事情。倘若没有了期待，那苦日子过得还有个什么劲。

父亲带我去寻找过一位黄姓算命先生。那先生把摊子支在离镇政府大门不远的一角屋檐下。说是摊子，其实也不过一条板凳。那是个长相酷似普京的中年男人，据说有些真功夫。随着时间的流逝，我已把他们会见时如打机锋般的话语抛到了九霄云外，但依然记得父亲在听说自己的命运时所表现出的不安神情。

可没过几年，我再也没有在镇街上看见那位先生的影子。后来才得知，他已驾鹤西去。不知道他在生前为自己算过一卦没有。虽然，据说干他们这一行的，从来不给自己算。那是大忌。但是他们忍受得住那种煎熬么？

镇街上还有两位算命先生，一位是个瘫子，一位是个瞎子。那位瘫子先生经年累月躺卧在一个搭有遮篷的活动轮椅上。大脸，络腮胡，蓬头，似乎还戴着一副深色眼镜。他常年出没在西街的人群中，像个孤独的隐士。说不清缘由，每每望见他，我都感到有些害怕，甚至绕道而行。

他是唯一一位后来又出现于新镇上的先生。我在街角见过他的身影，依然是那身行头，似乎也未见比先前衰老许多。只是现在见他一面已是不易，得看运气，价格也涨了，抽一签，得花十个铜板。听母亲说，夏天的时候，他就去隔壁的一个高山镇了，那里凉快。直到天气转凉之时，他才重回镇上。

那位瞎子先生大概是一位老前辈。我对他毫无记忆，也不知道他口碑如何，只记得人们在议论时一度怀疑过他身份的真实性，以为他只是乔装打扮成瞎子而已。他们的证据在于，他在数钱时一点也看不出是个瞎子。一个瞎子，怎么能认识钱呢？在给主顾找钱时，怎么会分毫不差呢？

父亲似乎说过，瞎子是这个世界上眼睛最亮的人，聋子是这个世界上耳朵最灵的人，哑巴是这个世界上舌头最敏感的人。

那家位于西街与东街结合部的露天理发店，也是父亲常带我去的地方。师傅眼光好，将店面选在一棵枝繁叶茂的大树下。夏天遮太阳，冬天挡风雪。两条街的人都能照顾到。

那个师傅常年留个板寸，只是他的行头不像他发福的身材那样烦冗，简单得很。差不多就是一把旧椅子，两条被理发者的屁股磨得光亮的长凳，一把老式推剪，一块被洗黑了的围巾，一把刷子而已。

师傅生意好，每天忙不赢。等待理发的人，坐在长凳上胡乱谈着天，偶尔与从医院场坝前的那条马路上下来的熟人打个招呼。

我坐在凳子上，想起更早的时候，聪明过人的父亲不知从哪里偷学了理发的手艺——其实呢，他可能是在等待理发的时候，为了打发寂寞难挨的时间，便认真观摩了两回，然后想当然地认为理发这么个事，实在是太简单了，于是心血来潮，购置了一把老式推剪，并在我们的头上做起了实验，竟也无师自通，一时得意起来。后来名声传开了，连邻村的人都领着孩子来找他理发——我猜想，他们是懒得领着孩子往镇上跑，孩子么，也不知道乖丑——酬劳往往是一两包纸烟。

到了镇上念书后，我开始嫌弃他粗糙的手艺。总觉得他给我们设计的发型，过于土鳖，像个锅盔，羞于示人。好在没过两年，他就出门打工去了，再也无暇顾及我的头发，我这才开始享受到镇上理发的待遇。其实细想起来，那个露天理发店的师傅未必比父亲剪得好。

记得有一次，父亲理完发了，在挂于树上的一面镜子里照了照，用手随意地摸了摸头发——那动作，就像他抚了一下地里的麦苗——结果只给师傅付了八毛钱，把人家气了个半死，以至于几年之后我到他那理发时，他还提起过这件事。

我也记得跟着父亲往返于牲口市场的日子。那个专门用来交易牲口的市场，位于那条从招待所门口直奔入江的深涧的下游。一条羊肠小道自那条从镇街通往河岸的马路上像一条绳索一甩而下，沿途勾了几个来回。政府在那深涧里的一块平地上修了几个简易围栏。农民以及牲口贩子将要出售的牲口拴在围栏里。

那也是个热闹地方，除了买主和卖主讨价还价的声音，还有猪叫马鸣牛哞。就差几声驴叫了。尤其是当生意谈成后，那些小猪崽发自肺腑的歇斯底里的尖叫声，真叫人心烦意乱。

父亲有时是去打听行情，有时是去买一头猪崽，有时也去贩卖自家喂的小猪崽。卖小猪崽是个苦差。天不亮就得起床给小猪崽准备吃食。等它们吃饱喝足了捉将起来装到尼龙口袋里。然后披星戴月地用扁担挑到市场上去卖，等待主顾。一路上，失去了自由的小猪崽都不安分，一个劲儿地挣扎，喊叫……

那真是百无聊赖的时光。有时候在那里候上半晌也无人问津，有时候因为价格谈不拢而作罢——绝不能将之贱卖掉。所以就会出现这种情况，在那深涧中忍饥挨饿苦等了一整天，直至太阳偏西，熬尽了最后一丝耐心，才失望地将那些饿得奄奄一息再无力哼哼唧唧的小家伙们沿原路挑回去。往返一趟，十几里山路呢。

我的一位表爷爷那时尚在位于东街尽头的兽医站工作。在牲口市场也见得着他忙碌的身影。他挎在肩上的黑皮包里放着印泥和印章。每当一笔生意谈成，他就负责往猪屁股上盖一个蓝色的类似于邮戳的印章。

可不要小瞧了那个蓝色的"圆巴巴"，它像身份证一样标明那只猪崽身世清白，是被政府编号入册了的，可以放心喂养，将来也可以放心食用。

有一年，我们家宰了一只羊，刚尝了一点鲜，父亲就决定将羊侉子卖掉。羊肉比猪肉要金贵得多。他自信满满地对母亲说，那些单位里的人就爱吃这个，保准儿一到街上就被人抢完了。仿佛这是他的经验之谈——实际上我们家以前从未卖过羊肉——他背上两只羊侉子，带着我和哥哥去了镇上。

路过那所中学时，他带着一下子将羊侉子卖个精光的好心情，兴冲冲地跑进教育站的院子里吆喝了几声，却无人理会。我们又跑到一个单位的院子吆喝，同样没有人打开窗子询问一下价格。空旷的院子里没有一点声音。

我们这才心有不甘地来到镇街上，却也没有当街摆开架势。他托了一位有门路的熟人帮忙联系主顾。

此人是个货郎，常年挑着货担，走村串户，兜售日常生活用品。由于他一脸络腮胡，下颚突出，眼睛细小，我们都叫他夜蚊子。童年时，但凡一听见他的吆喝声，我们就兴奋地喊叫道：夜蚊子来啦！夜蚊子来啦！然后一哄而散。然而等他把货担一放好，我们又从四面八方围上去，远远地打量他挂在货担上的新凉鞋，新衣裳……眼馋不已。

现在看来，此人无异于马尔克斯笔下周游世界以兜售新奇发明的吉卜赛人，虽然他对马其顿冶金大师和阿姆斯特丹犹太人一无所知。

父亲没看错，他确实有些门道，出去转了一圈儿，两只羊侉子就被卖出去了。

想起来，这些事情大约都发生我十五岁之前，因为自公元一九九八年春天开始，四十四岁的父亲开始了他在这个国家颠沛流离的生活，直到公元二〇一四年春天才宣告结束。而这一年，他已至花甲之年。

也就是从一九九八年春天开始，这条镇街开始充满了离愁别绪。父亲一次次背着简陋的行李从街上搭车离开，又一次次从外省风尘仆仆地归来。去的时候满面尘灰，归来之时仍然是满面尘灰，只是岁月催人老。

我永远记得一九九八年冬天我们在家苦苦等待父亲归来的往事。

　　那是一个无比漫长的冬天，再也没有比那更漫长的冬天了。一挨冬天的边儿，我们就开始讨论父亲何时归来的事了。那是一件大事。但到了寒冬腊月，大雪都下了好几场，眼看就要过年了，父亲既没有寄来一封家书，也不曾捎来一个口信。真是急坏了人！

　　在我们家院子，望得见蜿蜒在江北崇山峻岭间的白花花的马路，望得见马路上像甲壳虫一样蠕动的汽车。那时，不管白天还是月夜，每望见一辆班车模样的甲壳虫，我们都会像收到了一份突然而至的礼物似的冲家人兴奋地嚷道：父亲是否坐在那辆车里呢？他应该坐在那辆车里吧？他一定坐在那辆车里！

　　可没有一次猜中，没有一人猜中。

　　到了腊月二十边上，母亲实在熬不住了，终于决定在二十二这天去镇街上置办年货，不等父亲了！可到了街上，但凡看见从县城开过来的班车停靠在西街上，母亲就叮嘱我们仔细盯着从车门口跳下来的归客，随时准备把他喊到我们的身边来，好与我们一道回家。

　　我留意过母亲在人群里搜索父亲时的焦急眼神，最开始是希望，然后是失望，来了多少辆车，那眼神里的内容就经历了多少次转换，直至最后一辆班车开过来，最后一个旅客从车门口钻出来，闪烁在她眼里的希望之光才彻底熄灭。

　　有一次，我看见她差点就喊出了父亲的名字——父亲的名字被她咬在唇齿间，已吐出了第一个音节，第二个音节呼之欲出，却又急促地收住了，就像是一只准备挥动的手，忽然尴尬地僵在了空气中——原来，她在赶场的人群中望见了一个有些像父亲的背影。

　　多年后，我才明白母亲为什么把赶集的日子定在那一天。因为那一天恰好是她的生日。她一定料定了她的丈夫会在这一天赶回来。

　　果不其然，父亲在这一天如赴一个重要的约会一样，如践行一个千金诺言一样，赶了水路再赶旱路，不远千里地回来了。只不过，他坐的车没有在镇街上停靠，他比我们早回到家。害得我们白白等了一天。

　　然而，无论是我记忆中父亲和母亲向我挥手告别的场景，还是我们在人群里等待父亲归来的场景，都只是发生在镇街上的司空见惯的一幕。不知道有多少悲欢离合曾在这条坑坑洼洼的街道上上演。包括牲口市场的猪马牛羊，也无不经历着和人一样的阵痛。它们在那条深涧里与原主人分道扬镳，然后跟着新主人踏过熙熙攘攘吵吵闹闹的镇街，走向未知的命运。

这条镇街，就像是一个人来人往的车站。因为承载了太多的离别，才一年比一年沧桑，一年比一年破旧。

刊于《芒种》2016 年第 3 期

万缘同镜象

——说不尽的弘一法师

老　城

一

"一法不当情，万缘同镜象"，这是《二十世纪书法经典·李叔同卷》里的一副楹榜。是它让我走进了一个陌生的世界，了解了一点禅宗的玄妙，也因此走近了一个人，这个人就是弘一法师。我不是诗人，我想，你即使是诗人，也不要随意解释这两句诗，它要靠心释。你体会到了什么，你就在心里念诵什么。和佛家参禅一样，不是靠解释通什么，就可以理解什么是禅的。所谓"渐修顿悟"，要经过相当长的时间苦思冥想，才能了悟其中的玄妙。

那部四开本的《李叔同卷》在我的书架上已经沉睡数年。一套二十几本的书，刚刚到手的时候，总是要浏览一下。慎重之下，我选择了吴昌硕和齐白石，认真地研究了他们书法的走向。我喜欢他们的尺牍，还有那些题跋款式，那些近于朴实的、原生态的书法状态，是写出来的，不是画出来的，也不是勒出来的。实话说，我并不喜欢李叔同的书法，那种没有任何人间烟火气，没有棱角，没有大的波澜起伏，悠闲几近于懒散的状态，是我等俗界所不能理解的。

与释家相关的书法家很多，颜真卿晚年就曾经接近佛家，黄庭坚也曾在禅宗里找到了书法要"渐修顿悟"的灵感，苏轼为"东坡居士"，而董其昌更将自己的书斋命名为"画禅室"，其书法理论就在《画禅室随笔》之中。智永是书法家，也还有人间的生气。最为张狂的是怀素和尚，气势开张，一派云卷云舒，书法是没有佛家气息的。

近来寒暑不常，希自珍慰，也就将各卷再翻阅一遍，眼光便停留在了"一法不当情，万缘同镜象"那副对联上，久久不能离去。初看也没有什么稀奇，越看越不能走了。那股佛家的安详，那种佛眼看世界的透辟，那置身于香火中，没有被熏晕的清晰，那笔画的随意入境，那布局的舒坦，深深吸引着我。于是，我开始搜集有关李叔同的资料。中国历史上有名望的大文化人，就缓步向你走来——赵朴初、柳亚子、曹聚仁、叶圣陶、丰子恺、朱光潜、刘质平、夏丏尊、马一浮……这名字还可以再添下去。他们或称师或称友，都对这位中国佛家大师尊敬有加，崇敬之余，继之以颂扬。

公元1918年，中华民国七年，岁在戊午，属马。三十九岁的李叔同在事业蒸蒸日上之际，从容离开职位，出家当了和尚。这引起了一定的轰动，也让种种猜测口耳相传，这猜测与轰动是不难理解的，他的出家让人不能不感到极其意外。已经享誉世间，家庭也没有变故的迹象，周围也没有发生恶性事件要他负责，何以出家？时至今日，依然没有确切的说法。在李叔同的所有文献中，几乎找不到他何以离开俗界的任何线索。后人的说法，仅仅限于猜测而已。就是与他最亲近的师友、学生，也无法真正了解他的内心世界。

马年的正月初八，李叔同已经在虎跑寺皈依了悟上人，直到农历七月十三日，才正式剃度，法名演音，号弘一。他在离校前，将一生所积之艺术珍品、金钱、衣物全部分散。金表、诗词、书法卷轴、贵重纪念物全部留给夏丏尊；音乐、绘画、剧照，按学生兴趣，分别留给丰子恺、刘质平、王平陵、李鸿梁等；衣物、用物，分散给校中的工友；金石作品，全部埋于西泠印社印冢中；油画作品，赠给国立北京美术专科学校；上海家中的钢琴、字画、珍贵饰物、金钱，全数留给日籍夫人。

这一举动使得李叔同成了以后的弘一法师。我们试着接近他的内心世界，解释他的书法的所以然。

二

第一次鸦片战争已经过去了四十年，中国正处于极度衰退时期。公元1880年，大清光绪六年，岁在庚辰，属龙。这年的十月二十三日，李叔同生于天津。父亲李筱楼进士出身，曾经当过吏部尚书，家里经营盐道，后又开银行，家境优越。

虽然李叔同为侧室所生，如果这样继续下去，未必不能保持优越的家庭生活，在平静而无忧无虑的环境中长大。然而，好事情不能都在一个人身上。父亲六十八岁那年他降生，在他五岁那年，父亲去世。李叔同母子处境发生了质的变化，对于他们母子来说，失去了家庭的依靠。没有任何材料表明，在李筱楼去世之后，他们母子受到了虐待，但他们在家中的地位可想而知，侧室子女难以被视为正出。

五岁的李叔同目睹了一个重要的场面。据说他父亲的葬礼是做了道场的，请了和尚唱经，超度亡灵。李叔同对和尚念经颇为敏感，他觉得那是另一种美妙的音乐，像是基督教的唱诗班，给人以超然物外的暗示，完全忘了悲痛与神伤。这给弘一法师幼小的心灵种下了一颗种子，等待着佛的雨露与甘霖而发芽。然而，幼年丧父，那唱经的旋律过去，便还是悲怆，这隐痛，对李叔同孤僻性格的形成有重要的影响。

我在很多文章里说过，书法这门古老的艺术，半路出家是没有太大出息的。你可以不想当书法家，如鲁迅，如茅盾，或者郭沫若，但是，从小就靠毛笔写字，书法家必备的经幼年启蒙的素质。混迹于书法家行列的半路出家的书家，往往自己不觉得什么，作品一经放在读者面前，便会露出破绽。没有这个幼年启蒙，没有童子功，终究会被识破。

公元1892年，李叔同十三岁，即为书法所包围，开始临摹籀文猎碣，其后没几年，就学习篆刻。也是从这年，开始临摹经典法书，与他兴趣相近的，大概是魏碑了，一经浸染，便一生再也没有离开过。以猎碣为发蒙，篆刻为底气，魏碑为基础，书法这大厦的底座，就坚如磐石了。

李筱楼的离世，使得这个大家庭失去了重心，步履摇晃，家族已成涣散之势。我们的猜测得到了证实。公元1899年，李叔同与母亲、妻子举家移居上海城南草堂。从这年起，到他渡海东瀛的1905年，这五六年的时间，是他各种才华茁壮成长的时期，诗歌、书画、音乐等方面的杰出才华均有张狂的展示。虽然在十八岁就结了婚，也有了儿子，但他没有摆脱一般浮浪子弟的习气，频频与上海名妓交往，作了大量的诗歌相赠。在我们初次接触这方面资料的时候，的确难以理解李叔同的放浪形骸，但我们了解历史背景的惨淡，才会明白，作为才子的李叔同，作为惨淡历史中的才子，一定会有佳人，才会走"才子佳人"的老路，而这老路，向来被当作美谈，为文人津津乐道。

如果说父亲的去世，使幼小的弘一法师的孤僻性格开始形成，那么，母亲的去世，却让他彻底摆脱了"才子佳人"的模式。他脱离了佳人，只当才子了。毫无疑问，母亲的去世让他哀痛难耐。也许，在他的心底，早已经没有了父亲的概念，母亲就是他全部的亲人。我也常常偏执地想，母亲替代父亲的教育，可能使得被教育者更能发愤，但是，缺乏男性"性质"固有的精神支撑，终究是孤僻性格的催化剂。

三

艺术家成就之后以字行者居多。如吴昌硕之昌硕。叔同即为字，名字所用颇多，罗列无益。刘质平所著《弘一上人史略》最为详细，其名号有两百左右，是经过弘一法师本人认定过的。

现在，我们要关注他渡海东瀛了。

"披发佯狂走。莽中原、暮鸦啼彻，几行衰柳。破碎河山谁收拾？零落西风依旧。便惹得、离人消瘦。"这是李叔同《金缕曲·别友好东渡》中离别时的心情，其爱国情怀了然不惑。到日本干什么去？求学！到了日本，很快入学上野美专学习油画，旋即在音乐学校学钢琴，还在剧作家藤泽浅二郎处学习戏剧，相约同好友人组织春柳剧社，这一系列的文艺活动几乎在同一时期。这是怎样的天才呢，又是有多大的精力呢！

多年以后，当弘一法师坐在寺院道场弘扬佛法的时候，当僧众向他致敬的时候，当他披着袈裟行走在大寺小庙的时候，谁也不会想到，在日本留学的李叔同，曾有让人吃惊不小的举动！事情完全是一场灾难引起的，当时两淮水灾泛滥，在日本的留学生们，为了筹集赈灾款，决定演出话剧《茶花女》和《黑奴吁天录》。谁也想不到，扮演女主角玛格丽特和爱米丽夫人的竟是后来的弘一法师，据说演出非常轰动。这是中国人演出话剧的发端，李叔同也是话剧中男扮女装的第一人。李叔同后来在多方面取得骄人的成就，与他的天才分不开，更与他的用功紧密相连。对李叔同印象不十分好的戏剧家欧阳予倩说："老实说，那时候对于艺术有见解的，只有息霜（叔同）。他于中国辞章很有根底，会画，会弹钢琴，字也写得好。他非常用功，除了约定的时间以外，决不会客。"

用如饥似渴来形容留学时的李叔同，一点也不过分。

公元 1912 年，民国元年，干支壬子，属鼠。三十二岁的李叔同已经在前一年回国，这年到上海，参加了柳亚子主持的南社，在《太平洋报》任美术编辑，与苏曼殊、柳亚子等是同事。同年受聘浙江省立第一师范，与夏丏尊成为莫逆之交。丰子恺、刘质平为入室弟子。他创作的歌词也达到很高境界，如广为传唱的《送别》：

> 长亭外，古道边，芳草碧连天。
>
> 晚风拂柳笛声残，夕阳山外山。
>
> 天之涯，地之角，知交半零落。
>
> 一壶浊酒尽余欢，今宵别梦寒。

"二十文章惊海内"虽然不够谦虚，可也不算夸张。被丰子恺称为"文艺的园地，差不多被他走遍了"的李叔同，集诗、词、书画、篆刻、音乐、戏剧、文学于一身，在多个领域展示出杰出的才华。这样的文艺天才、文艺通才，在中国历史上是极其少见的。丰子恺就说："他博学多能，其国文比国文先生更高，其英文比英文先生更高，其历史比历史先生更高，其常识比博物先生更富，又是书法金石的专家，中国话剧的鼻祖。"他教的却是美术和音乐。

少年得志，事业顺畅无阻，除了结发妻子外，又有日籍继室，虽然他名下的三十万财产在经济大潮中化为乌有，毕竟他还不是穷人。这等人物，突然发愿出家，如何让人不惋惜，怎么能够接受呢？

四

公元 1916 年寒假，李叔同到虎跑寺实行断食，决定更新自我，取老子"能婴儿乎"，改名李婴。这是他在俗家改的最后一个名字，也没有叫起来。李叔同皈依佛门，后人对他的称呼是"弘一法师"或"李叔同李先生"，"息霜"等也偶尔提起过，其他名字则很少见诸文字。

李叔同出家，当时即已轰动。就是与他交往密切的人，也难以理解。而李先生从来也不解释，至于大家怎么样猜测，他就不管了。曹聚仁不无感慨地说："他心底的谜，我们是猜不透的。"他的得意弟子丰子恺先生有一次应厦门佛学会邀请演讲，题目是"我与弘一法师"。他将人生的生活分为三层，即物质、精神、灵魂。物质就是衣食，精神就是学术文艺，灵魂就是宗教。他说："他怎么由艺术升华到宗教了呢？当时人都诧异，以为李先生受了什么刺激，忽然遁入空门了。"他将人生的三层次比喻成三个楼层，脚力大的，就上三层了。我倒觉得，这说法迄今为止，是解释得最好的，也比较接近真实的弘一法师。丰子恺给南普陀养正院书联云："须知诸相皆非相，能使无情尽有情。"毫无疑问，李叔同受到了禅宗的吸引，认为世间的一切都可能消失。父母的去世，尤其将他抚养教育长大的母亲离开他，让他受到了空前的刺激。他完全依赖的人、亲爱的人，也会不跟他商量就永远离开人世，再不会见面。艺术也许会在斗转星移中逐渐消失，而灵魂到天国，是永远存在了。

禅宗的魅力于李叔同固然大得超过了一切，但是，我们不免怀疑，这仍然不是事情的全部。信仰宗教的人多的是，何以不顾一切地要出家？我想，一定有他性格上的问题。以平常人的眼光看，他抛妻弃子，在东洋娶了姨太太，出演《茶花女》反串旦角，这在当时的年代，是极端的举动。

据夏丏尊说，他们在做同事的时候，宿舍遭小偷，查不到偷窃者，夏丏尊很是郁闷，就请教李叔同。李叔同先生给他出主意，让他发个布告。布告的内容也草拟停当，说是做贼者速来自首，如果三日内不来自首，足以说明我的诚信没有得到大家的认可，"誓以一死以殉教育"。他还嘱咐夏丏尊："果能这样，一定可以感动人，一定会有人来自首。"夏丏尊问了，如果三日后没有人自首，该当如何？李叔同先生说，当然得守信用，就得自杀，"否则便无效力"。

如果这事情轮到李先生自己，很有可能对小偷不予理睬，如果真的要理睬的话，就会有惊世骇俗的举动，以采信于人。不过，我倒愿意将这个故事看成是李叔同先生的幽默，或者是后人敬仰先生，夸大其词。何以为真，何以为虚，则无从证实了。如果这一段故事夹杂了后人的敬仰成分，也夹杂了夸张与渲染，那么，他在世俗生活中的不近人情，则是确凿无疑了。戏剧家刘半梅给他下结论说："其脾气之怪，实在无出其右。在社会上是此路不通的，所以只好去当和尚。"

其脾气怪到什么程度？

他所娶日本姨太太的母亲，到女儿家看望，正值下雨，要借雨伞一把，李叔同就是不答应，他的理由是"当初你女儿嫁给我的时候，并没有说过将来有一个丈母娘要来借雨伞的"。这故事有点幽默，或许也是开玩笑，也许是后人编派。但是，据欧阳予倩说："自从他演过《茶花女》以后，许多人以为他是个很风流蕴藉的人，谁知道他的脾气，却是异常孤僻。"欧阳予倩说的孤僻，是他们相约八点见面，仅仅迟到了五分钟，李叔同就是不给开门，只打开窗户说："我和你约的是八点，可是你已经过了五分钟，我现在没有工夫了，我们改天再约吧！"这伎俩不是一次，据说应用到很多人身上。人本来在家，就是不给客人开门，逼迫别人打道回府，无论如何让人难以接受。

让我们常常感叹，李叔同这样的不近人情，这样的怪僻，怎么还有那么多铁杆朋友，怎么还有那么多门生敬仰他？以我们知道的故事论，还不把人得罪光么？这就是人生的玄妙，这就是中国人的心理，这里也包含了中国文化、不为外人理解的中国人的心理结构。我们常常看到这样的现象，一个人对人客气无比，掸衣展领，无微不至，却没有人缘，别人视同饭店门口女郎的"欢迎再来"，或壁上"宾至如归"。商人说我们是上帝，我们从来也没有相信过。

李叔同的个别，他的怪僻，是真实的，不是作秀。尽管不近人情，但那些接近过他的人，并没有受到过他的任何伤害。

世间已无李叔同，我们后人景仰弘一法师，找出这些故事，并非要编派我们景仰的人。苏轼为艺术全才，然则，若说方面之广，还要让给李叔同。音乐、诗词不说，仅仅绘画、书法、金石方面，《李叔同谈艺》一书，就囊括了西方绘画简史、中国绘画简史、中国书法简史和中国篆刻简史。这么多项目做起来，其超凡的学识不说，就是罗列一番，也颇费时日，他是无法应酬更多的闲杂事务的。据说林散之晚年，索取其书法的，也到了巧取豪夺的程度，不给人家要出人命，如果都应，自己要出人命，逼得林散之几度想自杀。

将李叔同的出家，仅仅归纳为他要到第三层楼，无法说服人；仅仅归纳为他的怪僻，在"社会上是此路不通的，所以只好去当和尚"，也只是半解。若是将两个方面放在一起，再行考量，与事实就相去不远了。禅宗召唤这一代大师。世间的喧闹让他无法专心于要研究的新的领域。以他干什么都要专心，干什么都要彻底追究，达到顶端的性格，他的出家是别无选择了。这样，"一法不当情，万缘同镜象"，也就不用解释了。

五

公元 1937 年，抗日战争爆发。弘一法师在厦门，发愿与危城共存亡。"祖国"这个概念，在他的心中占据着首位，也从另一个角度证实了我们的判断，他的出家，乃是受到了禅宗的召唤，并非要完全抛弃我们这个世界。他要专心于他选择的信仰，不受到任何不必要的干扰。数十载苦心向佛，深入研究，修炼最难修炼的律宗，终究被佛门弟子奉为律宗第十一代世祖，功德圆满。公元 1942 年，像他从容出家一样，立下遗嘱，侧卧圆寂于养老院晚晴室。

实际上，弘一法师的书法，可以分为四个形态，它们完全不一样。以"一法不当情，万缘同镜象"为代表的，是佛门与俗界交接的形态，蕴藉有味，带一股佛门的感悟，还没有完全脱离俗界的气息；以"絜矩可为喻，妙义能顿彰"为代表的，是在佛门中，眼望俗界之作，只是身在佛门而已。毫无疑问，这些书作得自《张猛龙碑》的神髓，将魏碑行书化；以函札尺牍为代表的，则是心灵的不经意的外迹，是李叔同甚或是所有书家最为可观的书法，那一番自然流露，将书家的性格、情趣、功底、品格，一股脑地献给读者，最具内涵；还有抄写经卷的楷书和大量佛门之内的对联与其他形制的法书，或纯粹是禅宗所需要，或完全是玄妙禅宗的云游，抖落了尘世的一切欲望与缠绕，忘却了人间的龌龊与辉煌，一双法眼再也不看世间的峥嵘岁月，也不再看那千古都在演绎的悲欢离合，一心向佛，纯粹的、非狂飚所能动摇丝毫的定力，非俗界所能解也。

对一个书法家的评价，可能要比体育裁判难得多。因为裁判是有统一标准的，那标准往往是不容置喙的。评判艺术品的不同在于，它也有标准，而那标准是不明确的，甚至还要受到评判者好恶的影响。尽管如此，历史终究显示出了它的权威，显示了它的不讲情面，显示了它的公正。全面看李叔同的书法，是具有一般书家所不具备的文化素质，尤其他的生命体验与生命质量，那一番"功夫在诗外"，你就只好望尘莫及。于书尤其可贵的是，他一经浸染，便一生没有放弃，到临终还写下"悲欣交集"四字，以书法终结了人世，让那四个大字，默默为他饯行，一直送他到极乐世界。

欧阳修云："自少年所喜事多矣，中年以来，渐已废去，或厌而不为，或好之未厌，力有不能而止者。其愈久益深而尤不厌者，书也。"这情状在李叔同亦然。李叔同出家后，音乐、戏剧等"诸艺皆废，唯书法不辍"。诸艺俱疏，唯有书法一事未能割舍，这也是他的书法能够自成一格，在 20 世纪的书法史册上占一席之地的缘由所在。在李叔同六十余年的生命历程中，至少有五十年的翰墨活动，最后禅心迹化：和颜悦色，从容论道，毫不矜才使气。他自己说书法，可见其独到处超过常人："朽人写字时皆依西洋画图案之原则，竭力配置调和全纸面之形状。于常人所注意之字画、笔法、笔力、结构、神韵，乃至某碑、某帖、某派，皆一致屏除，决不用心揣摩。"他自己多次讲书法首要是章法，占一半的份额。这就讲通了很多书家不明白的事情：为什么笔笔自足，字字自足，行行自足，却不能整体成气候，难以达到品高如神之作。

在我写的书法经典系列文章中，以经典书家为主人公的将近五十名，还旁及了几百名相关的书家。每次都是陪伴，都是游历，都是在研究中学习和领悟。我还没有陪伴过像弘一法师这样的人物，写到现在，我仔细想，我为什么写他？他在什么地方感动了我？我现在明白更多的已经不是他的书法了，似乎是他的人生，他的传奇人生与他的艺术成就密不可分。

弘一法师一生中，最明白的，最具智慧的，就是他特别懂得句号怎么样画，在人生的什么地方画，什么时候画，画得圆不圆。他在该专心的时候，及时将"才子佳人"画了句号；在他失去唯一的长辈亲人的时候，他画上了"父母在不远游"那句古训的句号；在他学成归国后，画上了游学的句号；在他完成了人生能完成的事业，到达他能够到达的顶端的时候，他画上了俗界的句号；他在终成正果的时候而圆寂，让灵魂追随释迦牟尼而去。

人，要知道什么是句号，写文章不能一逗到底，做人也不能一逗到底。我们常常看到这样的现象，官当得够大，也还在追寻逗号；财富积累得已经够多，也还不知道句号的意义。这逗号与句号的颠倒，往往会让我们看到高官和富贾的极度烦恼与痛苦。人生像一幅经典的书法作品，不斤斤计较一笔一画的模仿与追随，不计较世间的品藻讥讽，不计较一字一行的得失，整体布局得当，才是重要的。

弘一上人圆寂了，完成了他一生这部"作品"的整体布局，章法精妙绝伦，疏密相间，紧健有致，让我们徜徉在似懂非懂之间，久久不愿意离去。

刊于《长城》2016 年第 4 期

一世房奴

肖灿先

　　父母说，我出生的时候，家里只有两间破旧的矮屋。原是一栋祖上传下来的房子，年代久了，无力维修，不断垮塌，最后只剩下两间了。

　　起先，一家人或许还能勉强住下，奶奶住一间，父母带着我住一间，煮饭、炒菜在哪里就不清楚了。可随着我的年岁增长，加之妹妹又出生了，住房一下子紧张起来了。怎么办呢？父母的劳作只能勉强维持一家人的温饱，哪有能力盖房子？这事让奶奶娘家的侄子们着了急，他们既出钱又出力，帮助把两间破屋推倒了，利用老屋的旧材料，又买了一些新材料，就在原来的基脚上盖了厅堂和左边的三间房子，右边留着以后再说。房子虽然简陋狭窄，但一家人终于有了安身之所。那时我年幼无知，没有留下什么记忆。

　　时间推移到60年代中期，家里的小孩增加到四个，住房又紧张起来了。于是父母考虑要把厅堂右边三间房建起来。农家建房不是有了钱后指手画脚，全靠自己劳作。请人做好了砖坯和瓦坯，又利用农闲时间砍了几万斤茅柴晒干，然后装窑、烧窑，烧出了漂亮的青砖青瓦。又在大山上买了杉树，砍了晒干，一根根背回来准备做建房的木料。经过几年的准备，父母终于请了泥水匠，自己做木工，利用秋收后的农闲时间正式动工建房。

　　其时我已十一二岁，正读小学高年级，每天早晚和假日时间为建房出力。父亲派给我两项任务，第一项任务是早上踩泥浆。每天天一亮，我就在大堆的红土中加上水，然后用双脚使劲踩，并不时用铁锹翻动。水少了，红泥还是红泥，浆没有出来，没黏性；水多了，变成了稀泥巴，无法使用。标准的泥浆应该是又稠又黏，粘在脚上不下来。我拼尽全身的力气，使劲把脚踩下去，又使劲提起来。如此反反复复，筋疲力尽，还生怕师傅说不合格。看看时间不早了，泥工师傅说可以了，我就赶紧洗脚吃饭，背了书包去上学。

第二项任务是下午放学回来浸砖头。父亲给我准备了两个旧的大酒盆，放了大约三分之二的水，让我把干燥的青砖放进去，浸透了水搬出来再放新的进去。据说用浸透水的砖头砌的墙才会牢固。窑里新烧的砖棱角分明，表面粗糙，我吃力地将砖头放进去又搬出来，盆里的水很快就吸干了，赶紧添水。十个手指头都磨破了，血渗了出来，用破布缠一下，忍着痛再干。假日里一天到晚浸砖头，痛得龇牙咧嘴，师傅们都夸我能吃苦，想到以后可以住新房子，觉得吃点苦也应该。

在这栋一边新一边旧的房子里住到二十岁，我背上简单的行囊外出求学，以后回县工作就住单位的房子，从单间到几间，娶妻生子，随遇而安。

时间进入 90 年代，县城兴起了建房热潮，许多人都想方设法在县城买一块地皮建一栋房子。于是县城边郊，雨后春笋般涌现出一栋栋新民房，其中就有我亲戚的，我单位同事的。其时我家收入低，老家还要关照，根本无积蓄，因此只把建房看作有钱人的事，虽然不时为亲朋好友的乔迁之喜捧场，自己连羡慕都不敢。

可我的亲朋好友却不时游说，认为我也应该在县城建房，一是县城的地皮有限，机不可失，时不再来，不抓住机遇，以后想买都买不到；二是单位的房子条件差，而且不可能一直住着，将来退休总得有个归宿。他们愿意借钱还愿意出力。拳拳之心，让人感动。于是向他们借了钱，买了一块小小的地皮，请了几位泥工师傅，加上亲朋好友做小工，把房子的基脚打好了。

没有能力接着把房子建起来，我得把借款逐步还清。结果四五年过去了，比我家打基脚晚几年的都把房子建好了，都搬进去住了，我那块屋基上的杂草长得有人头高了，我还没有准备材料。有时去看看，新房的主人们问我何时跟他们做邻居，我只能摇摇头，表示遥遥无期。

不过事情开了头总得做下去，于是在还清了亲戚朋友的借款后，继续节衣缩食，今年买砖，明年买瓦，后年买木料，最后是钢筋，水泥，直到 90 年代后期，才好不容易把房子建起来。过去连做梦都没有想过在县城建房的人，如今居然也有了自己的三层小楼，尽管简陋，我已知足。于是在那一年腊月的一个黄道吉日，也来了一次乔迁之喜，请单位的小伙子们把坛坛罐罐搬了过去，只想从此安居乐业。

谁知好景不长，进入新世纪，在新房里享受不过三年多，传来了晴天霹雳般的消息：县政府要在这里开发一条新街道，九十多栋民房必须全部拆除！ 我家的房子也在其中！没有召集会议，没有征求意见，只有一纸通知，一个月内自行拆除，否则开推土机来摧毁！按房产局登记的面积，每平方米补偿两百余元，自己去银行取存折。我的三层小楼补偿不到五万元，地皮按原面积在指定的地点重新划给。补偿款远远低于造价，可以申诉吗？谁会理你？大家都做出了牺牲，凭什么你不能？

容不得生气，容不得犹豫，赶紧搬家，周围都拆房，你还能安睡？往哪里搬呢？单位见我走投无路，腾出了几间房子，于是，前面给我搬家的那群小伙子给我找来一辆车，又帮我把坛坛罐罐搬回单位。

建房的师傅好请，拆房的师傅难找，很累又没几个钱。几位曾经在我单位做过工的师傅同情我的遭遇，愿意替我拆房。八磅锤沉重地敲在屋面上，就像敲在脑袋上，有一种眩晕的感觉。环视四周，一场拆房大赛隆重举行，大都是才建三四年或五六年的新房，房龄最长的也就十年左右。当初唯恐房屋不牢，钢筋要好，水泥要足，如今只恨当初没有建成豆腐渣工程。九十多栋房屋同时开拆，犹如正在进行一场激烈的战争，场面蔚为壮观。铁锤敲击水泥板的声音，墙体倒塌的声音，装运废料的汽车马达声，人们的喊叫声，混杂在一起，让人的耳朵整天嗡嗡响。工地上扬起的尘灰遮天蔽日，让人睁不开眼睛。

时值初夏，我和妻子汗流浃背，灰头土脸，蹲在屋前的路上，手拿旧菜刀，削去拆下来的砖头上的水泥砂浆。乡下人看准了这个机会，原来五六毛钱一块的砖头，如今只要二三毛。不完整的不要，水泥砂浆没削干净的不要。大家都想自己的砖头尽快卖掉，不然连堆放的地方都没有，能收回几个钱算几个，或许能卖到拆房师傅的工钱。

突然，一堵拆松了的隔墙摇摇欲坠，拆墙师傅赶紧一跳，人到了对面的楼面上，"轰——"墙体倒塌，砸断了两根木头。天哪！如果他反应不快，势必砸成肉饼，我那不足五万的补偿款全给他都无济于事呀！

经过师傅们近一个星期的紧张施工，房屋拆完了，有人要的砖瓦门窗都卖了，没人要的暂时存放在附近一家单位的院子里。付完了拆房师傅们的工钱，感谢他们的辛勤劳动。我和妻子又借来一辆板车，把从水泥板中敲打出来的弯弯曲曲的钢筋装上去，准备拉到废品收购站去。回头望望那堆高高的建筑垃圾，泪水在心里流。

补偿款给了，当然哪家得到的都低于造价；地皮给了，当然相对偏远，许多拆迁户又在新地方轰轰烈烈地建房，我佩服他们的决心。第一次建和拆让我伤透了心，实在不想再建了，可又禁不住新房的诱惑，补偿的那点钱不建房可能不久就消费光了，补偿地皮不建房也闲置在那里，既然家家户户都吃得了这个苦，我又为何不行。于是第二次建房又摆上了议事日程。钱不够，又向亲戚借钱。地皮嫌小，要求增加一点，当然要高价缴费。于是又买石头，买砖块，买钢筋，买水泥，请了泥工师傅，打基脚，砌砖墙，浇楼面，轰轰烈烈干了起来。好在此时建房不要一天到晚守着，师傅们负责到底，我们只要每天下了班去看看就行。如果材料没了，打好电话，让人第二天送过来。

从打基脚到正式建造再装修，将近两年的时间过去，新房子又建好了，面积比原来的大些，装修比过去稍好些，于是又选了一个腊月的黄道吉日，打了一挂长长的鞭炮，我的那些年轻的同事不厌其烦，又帮助我把那些搬来搬去的家具从单位搬了过去。此时我已年过半百，只想以后不再发生变故，从此就在这屋子里过日子。

岂料人在江湖，身不由己，在这座房子里刚刚住了半年，意想不到的大事又发生了——工作单位下马了！ 我被安排到市里工作。接到调令的那一天，我依依不舍地走出这座房子，去市里的新单位报到，留下妻子一人守护。

其时新单位的房改已经结束，大家花三四万元就买到了一套一百平方米以上的住房。我去迟了，这个政策已经终止了。单位房管部门的负责人好不容易给我找了一套小房子，每月给单位交点租金，让我有了吃饭、住宿的地方。我也没有更高的要求，因为只有我一个人住，仍在县城上班的妻子有时会来看看我。

我原工作单位的同事多数到市里工作了，他们的新单位不能给他们安排住房，于是他们一边租房住，一边就迫不及待买房子，不过两年时间，几乎全部住进了新房。他们怂恿我也在市里买房，我说县里的房子刚做好，借款还没还清，哪有钱再买房？

这样过了七八年，我快要退休了，正打算站完最后一班岗，然后告老还乡。忽一日，一家房产公司到单位来开展团购宣传，广告铺天盖地，摆满了大会堂前面的空地，吸引了许多职工围着观看。这家公司准备在距我们单位不太远的河边上新建一个住宅小区，规模不小，环境不错，四周都是树木。交通也很便利，不仅上街方便，离汽车站、火车站也不远。因是团购，均价较市价便宜。公司的宣传很有诱惑力，看那规划图，简单是童话世界。职工们不管有房没房的，排着长队预付订金，有的还把亲戚朋友邀过来了。

看到这个阵势，原来不想买房的我也动了心，想想原单位的同事早就在市里买了房，有的准备买第二套了，现在单位的同事积极性也很高，好像只有我买不起，退休了还得回县城，感觉自己特别可怜。再说，各地的房价都在不断飙升，说不定这里也会如此，在虚荣心和投机心的共同作用下，我也打肿脸装胖子，交了预金。

谁知上了贼船鼻子就被牵着走，河边上还杂草丛生，开发商就通知大家将房款交到百分之七十，我只好倾其所有。事情还没了结，只过了半年，建房的土地刚刚推平，又通知交清剩余的百分之三十，而房子还在图纸上，两年后才能交房。此时，开发商很牛，不交余款可退出，但必须从已交钱款中扣除一定比例的违约金，这数字不小，果真如此，等于白白送给开发商一笔数目不菲的"礼金"，谁也不愿意。

可我在交完百分之七十后就身无分文了，怎么办呢？借钱？不好意思，你县城有房还要在市里买，应该自己有钱，没钱摆什么阔气？看来只有去银行贷款了。于是去找市里的住房公积金管理部门申请贷款，不料人家先看看你脸上的皱纹，再打开电脑看看储存的资料，然后说，你快退休了，不能贷款了，到时会给你一次性结算全部住房公积金。这我知道，以前扣款不多，结算时肯定没几个钱，买半个卫生间都不够。再说，那还得半年时间呀！

火烧眉毛救眼前，只好去找商业银行，利率明显高于公积金贷款，本金加利息，总共几十万，退休后五年内还清。顾不了那么多了，贷了再说吧。但愿老天爷保佑，身体健康，保证活到65岁，还清全部贷款，不给家人留下债务。这样，从贷款的第一个月起，每月月初，我都会收到银行的还贷短信，在规定的还款日当天17点前确定存款足额。我就在收到短信后立即把上月退休金的大部分存到专门用于还贷的银行卡上，剩余的只够日常开支。

烟酒不沾，新衣不添，麻将不打，钓鱼不去，朋友相邀去旅游，更是不敢出门。

终于，房子建好了，钥匙给了，房产证办了。同时，个人信息也被人出卖了，每天都有两三个电话：

我是装修公司的，你的新房应该装修吧？

我是建材公司的，你装修新房不买材料？

我是家具城的，买了新房不添家具？

起先，我都耐心解释：没钱，以后有钱了再找你们。谁知这样的电话无休无止，没完没了，仿佛全市的人都在搞装修、卖建材、卖家具。一年以后，每当看到此类电话(一般是 157 打头)我就立即掐掉。

最让人不安的是，女儿在沿海一座城市成家买房，我都无力支援。看看周围的人，不仅自己有房子，还买好房子给子女，至少先把首付交了，有的还外加一辆小汽车。也不知人家哪里会有那么多的钱，而我只能让他们自己去借钱、贷款，面对生活中的一切。

如今，退休几年了，我仍然占着单位的公房，闲来无事，也到买房的小区去看看，绿树婆娑，花枝招展，新房排排，墙美窗亮，不少住户已乔迁新居，没住进去的也在叮叮当当装修房子。看看自己的毛坯房，不知何时才能装修，想想自己这一辈子，少年时为家里建房出力，中年自己建房，而后拆房，又建房，老年再买房，一辈子都做房奴，总是囊中羞涩，两手空空，从来没有潇洒过……

刊于《百花洲》2016 年第 4 期

越来越轻

朝 颜

眼望岁月与流水汇成的长河
回想时间是另一条河，
要知道我们就像河流一去不复返
一张张脸孔水一样掠过。
——博尔赫斯

一

　　第三次走近这座新坟，已是清明。所有人都在静默，忧伤弥漫在空气里。原
是春和景明的日子，天空却似乎越降越低。我的婆母，她一向活得很认真。可是
谁知道呢，活着活着，她就把自己活成了一个住在水晶岭上的"中华显妣"。

　　我们跪在坟前，为她烧一个装满"巨款"的箱笼。火势渐旺，先生的舅母提
醒道："喊啊，快喊你妈妈出来接啊。"先生嗫嚅了嘴唇，却终是没能喊出口，倒
把眼泪给逼了出来，在鼻腔里隐忍地抽着。风越刮越大，漫卷起一团一团的灰
烬，在我们头顶上旋舞着，像一群怎么也散不去的黑蝴蝶。我望着跪在我左边的
兄弟俩，蓦地想到，他们都是没有妈妈的孩子了，突然间满是凄凉。

　　我承认，她活着的时候我并不见得有多么喜欢她，可是她死亡，我却的的确
确抽心抽肺地痛过。在与她成为家人的十二年间，我们龃龉不断。天知道中年守
寡的她有多么爱她的儿子，而且爱得毫无技巧。作为一个夺爱者，入侵者，我竟
然丝毫没有意识到自己身处险境。用瑞金人惯用的笑谈说，就是"初次结婚，没
经验"。于是，还未交手，碰个头破血流便已成定局。

　　那时候，她多么健壮，多么具有把控力。整个家庭，完全运行在她多年建立
的秩序之中。每一个齿轮的咬合都显得至关重要，容不得半点松懈。从农村进入

城市，我像一个闯进大观园的刘姥姥，平生第一次将一个人的意见看得如此之重：剪掉长头发，是因为她担心堵塞下水道；说话轻声细语，是因为她多次说过我吹喇叭放广播；甚至散步快到家时，我必须立即将先生拉着我的手甩掉，因为她郑重地与我谈过，那样会丢她的脸……

真的，我曾经以为她可以活一百岁。学过几年中医的她极其讲究养生，每日清淡规律的饮食，早睡早起，还坚持锻炼，出门永远步行。在我印象中，她连感冒都很少患。记得一年去叶坪红军广场参加红博会开幕式，我们都去了。我是和单位同事一起去当观众，婆母则是老年腰鼓队成员，在大太阳底下打了几个小时的腰鼓。最后，我和办公室的好几个年轻人都中暑了，她却金刚不坏。

我们家中极少来客，但每个人用的碗筷杯子仍严格区分，各用各的，各洗各的，不得逾越雷池半步。我用了很长的时间才渐渐适应过来，从此乖乖地遵循。心想这是有多么科学多么卫生啊，这才是真正的文明人，而我从前所过的生活，都显得那样粗鄙不堪。我自惭形秽，甚至不太敢把父母和亲戚带进家中，生怕破坏了她的规矩。我还怕父母那麦菜岭人招牌式的高声说笑被她诟病，又来上一句"山旯旮里人"。我受不得这样的鄙夷，我要尽量努力地把自己炼成一枚正宗合格的城里人。

和先生建立恋爱关系之后，他很认真地和我说，要带我去体检。"你看你老是感冒，去检查一下吧，正常人每年都要体检的。"我知道，我丝毫没有怀疑过他对我的好。"妈妈带你去，找她熟悉的医生。"他又说。

那时已是秋凉时节，她握着我的手臂，拉着我往检查室走。她热乎乎的手心触在我的皮肤上，与我的冰凉形成鲜明的对比。我很容易便被那种热乎感动得一塌糊涂，暗自思忖，未来能有这样一个好婆母，真够幸运的。几乎不经任何思考，我便伸出手去，任医生在我手臂上抽了满满一试管的血。至于查什么，怎么查，我却一概不知。直到最后，检查的结果，我依然一无所知。只记得从医院出来，先生悄悄从怀里掏出一枝被报纸包得严严实实的玫瑰花，叮嘱我别让他妈妈看见了。

经年以后，我渐谙世事，有一次突然想起这事，方才悟出其中玄机：亏得我当年身体健康，单纯如一张白纸。否则，踏进那个家门，叫她婆母的人还会是我吗？我忍不住追问先生，他一言不发。

二

那些张牙舞爪的细胞是怎样潜伏在她的体内，渐渐肆虐的呢？谁也不知道。

她那么爱干净，皮肤白嫩，肌肉紧实，声音清亮甜润，曾数次被打电话到我家的朋友误以为是个少女，令我这个被职业损害了嗓子的年轻人羡慕至极。吵架的时候，她还能发出比我高八度的吼声。她生气时用手指着我的时候，常常令我望而生畏，脑海里总要浮现出"力拔山兮气盖世"这样的词句。

可是后来，她开始喊疼，说话细若蚊蝇，比任何时候都要温柔，都要和蔼可亲。从来没想过会有一天，她开始需要并接受我的伺候，但这一天还是来了。我蹲在卫生间里，安顿她坐在一张结实的椅子上，为她擦洗身体。水是用艾梗煮沸过的，热气腾腾、香气四溢，弥散着一股迎接新生婴儿般的气息。在她的内心里，做完一次大手术后回到家中，无异于一场新生。只有我们知道，接她回来，是已经明白住院没有多大意义了。

我洗得很小心，敷完一条手臂，再敷另一边。一遍，又一遍。然后是腿，还有脚。我搓着它们，比任何一次对任何人都要仔细，都要耐心。我期盼着那些流水可以带走一些痛，那些香气可以让她暂时忘了体内的暗疾。我听她絮叨着："我说了不要做骨扫描的，他们非说要排除下才放心。那东西放射性真强，做完就开始疼了。你看，扫描结果不是正常吗？白花钱买罪受。"她轻轻地叹气，责怪着子女们的太过周全。我能说些什么呢？我能告诉她看到的那张结果图与她无关，而真正的遍布阴影的扫描图被封存在每一个知情者的喉腔以下吗？

热热的水汽润湿了我的眼眶，安慰的话语从我的唇边出来，却是轻描淡写："是啊，现代的仪器，很多都有副作用呢。恢复总有个过程，慢慢就好了。"我知道，她心里一定也是这么想的。就在上午，她还唠叨着要看好院子里的那几畦菜地，别让人给占去了。她说好在交代了几个老姐妹，这地方好，可是寸土必争呢。先生生气了："你给我好好养病，别老操心着那些无关紧要的事，我们不差那点买菜的钱。"她据理力争着："我总有好的时候，我还要自己种呢。自己种的菜多好，没有农药化肥，环保着呢，坨坨（我女儿小名）就最爱吃我种的小白菜。"

我知道，内心里有个念想，其实是件好事。可是先生却急火攻心，眼睛里只看得见那魔鬼般摧毁一切的病。那可是癌细胞啊，它们像一条毒蛇，盘踞在骨头缝里嗞嗞地吐着信子和冷气，一点一点地吞食着人的肉体和生命。只要一想到有千军万马的敌兵正在亲人的身体里步步推进，寒意和绝望就从脚底一直上升到头顶。每一时，每一刻，邪恶之花都在隐秘的地方开得疯狂，而你无力铲除，无计可施。

起初只是血尿，时好时坏地纠缠着。她知道，有一个肾脏年轻时动过手术，她一直小心翼翼地哄着它，对它好，不让它受半点委屈。可它还是背叛了她，不再老老实实地坚守岗位，鼓捣出那么多令人不舒服的状况来。各种常规性的检查都做过，没有发现个中原因。或许，还是老毛病吧。于是找了熟悉的医生输液，吃下许多的消炎药片。她谨遵医嘱，温顺地配合一切。那一边厢，她养的几只母鸡都下蛋了，她种的草莓也在结果了。一切都欣欣然生长着希望的样子，她怎么能想到会有更猛烈的潮水正在以覆盖一切之势朝她涌来呢？

终于有医生提出做癌细胞的检查了。她犹豫了很久，她是无论如何也不相信这种东西会与她沾上关系的。而且从肾部抽取细胞，亦是一个损伤性不小的手术。先生与弟妹们反复地商量和论证，然后是轮番地劝说，直到她点头同意。

我们期待的那一场虚惊没有到来，血尿的背后原本是潜隐着一只凶猛的老虎啊。她只好丢下她所操持的一切，住进一个更远更大的医院。在那座城市里，她成了一个处处需要别人照顾的病人。从此，她园子里的菜再也没有得到过她的照顾，兀自凋零。

三

冬天了，我还在乡下驻村，做着貌似无比重要的工作，却疏离了真正需要我的亲人。我内心愧疚，又无可奈何。

那天晚上，山风呼呼地掠过耳际，像一场席卷一切的忧伤，令人无处躲藏。先生从那座城市打来电话："妈妈要动大手术了，风险很大，你必须请假过来，带上女儿。"尽量压低的声音里，夹带着难以抑制的哽咽。我猜，他一定是躲在病房外面打的电话。几分钟后，他必将又一次整理好脸上的笑容，重新轻松地出现在她的面前。

在确认了肾部周边的器官没有被癌细胞侵入之后，医生认为摘除那个肾是最佳的方案了。把病根拔除，只要后期保养得当，癌细胞不再扩散，完全可以再活很多年。婆母一向相信医生，相信科学。她是知道的，我们家对面那栋楼里住着的杨老头，多年前就没有了膀胱，腰间挂着一个尿袋子，到现在还活得好好的。所以，这次的劝说几乎没费多大的劲。

我带着女儿匆匆地赶赴那座城市，彼时婆母人已消瘦，但仍行动自如。先生带着我们去饭店吃饭。她和她的小儿子并排走在前面，高与矮，胖和瘦，年轻跟衰老像黑白两面旗帜那样鲜明触目。她的头就靠在他的肩膀上，那个用宽大的臂膀揽着她往前走的人，曾经是她像护鸡雏那样守护着长大的小孩。北风翻动她花白的头发，满目的苍凉。那是我第一次看到她的弱，那是一种怎样令人心疼的弱，我感觉到自己眼睛里泛起一股热热的东西，刹那间就把多年郁积下的前嫌给尽释了。

先生拿着照相机，叫我们轮流与她合影。每一个人都心照不宣地笑着，默契地配合着。我们坐在饭店里，多么像其乐融融的一家子。风平浪静的下面深藏着多少波涛汹涌，沟壑暗礁，有谁知道呢？她翻动着菜谱，每挑一个，都是儿子的最爱。当然，她还会用心地计算着价格，不动声色地达到俭省的目的。这对于一个做了半辈子优秀会计的人来说，并非难事。她吃得很少，嘴里吞吐的全是唠叨："广，你胃不好，少吃点辣椒。文，这块鱼是大骨头的，你吃。"这些年来，她一直致力于向我示范一种爱的方式，对象是她的儿子。而我笨拙、任性、不管不顾地向先生索取宠爱，让她失望至极。我就坐在她的对面，我知道她不会关心我喜欢吃什么，吃了多少。但我再也无心计较。多少年过去，习惯都可以成为自然。

就要上手术台了，我挥着手和她告别："妈，顺哦。""嗯。"她表情安详自然，眼睛里含着即将上战场奋力杀敌的那种英勇。女儿走过去，怯怯地叫了一声奶奶。她说："坨坨啊，等奶奶好了，还帮你提琴，送你去弹琴的地方。那么重，上次我们都走了好久才到哦。"我知道，那是唯一的一次，因此她记得那么牢。因为我的下乡驻村，孩子与她发生了相对更多的关联。如果这样的理由可以成为一个鼓胀的风帆，扬起一种叫作希望的东西，我真愿意它多些，再多些。

而希望是一回事，生命的暗流朝向哪一方奔跑又是另一回事。那一台手术像一场没有退路的赌局，我们是疯狂的赌徒，为之押上了所有，只为等一个明朗的结局。

再过几天，就要立春了。一切似乎都朝着光明的方向前行，手术成功了，她如期地苏醒了，她顺利地放屁了，她开始说话了，她能够进食了。一个万木复苏的春天就这样呈现在我们的面前，我们甚至欢喜地预计着，再过一段时间，等伤口恢复好，就接她回家。儿女们还谋划着物色一幢带个小花园的房子，好搬过去住，让她自由自在地种菜养鸡，不再为了方寸之地与别人争执怄气。

她亦满心欢喜，对每一个前来探望的老姐妹诉说病情，抱怨住院的日子多么憋闷。她多么想早日好起来，可以继续去跳广场舞，去打腰鼓，去种一大堆自己喜欢的菜。

那时候，谁会想到，器官之外，还有骨头。那邪恶的触手无孔不入，早已伸向更加致命的地方。直到骨扫描确认癌细胞已经转移到了骨头上，她仍然相信自己正在一天天地好转。可不是么，伤口一日日地在愈合，她也开始渐渐能坐能站能走动。未来还有一大片的日子在等着她去过，她怎么能怀疑死亡的脚步正在一步一步朝她逼近呢？

四

那是我平生第一次目击一个人的离去。

她躺在专用的护理床上，薄得像一页纸。彼时她的身上已经没有肉了，唯有那双脚板顽强地向上昂着，显得特别大。一天一夜的发烧和昏迷，已经让我们预知了某种结局正在无可避免地到来。请来的医生还在作最后的努力，扎针、输液，试图缓解病人的痛苦。先生的舅母流着泪，用湿毛巾一遍遍地敷着她的额头、腋下、腹股沟，一遍遍地叫着："姐姐哎，现在给你打退烧针了哦。姐姐哎，你要挺住哦，你好不容易把孩子们都拉扯大了，该是你享福的时候了。"

一滴泪从她的眼角滑落。

大家围在床边乱乱地喊着："妈妈，姐姐，奶奶，嫂子……"可是她再也不会回答了，连点个头也不能够。她开始剧烈地喘息，然后是一口痰吊在喉腔呼噜呼噜地响，越来越急促，越来越像一支即将崩断的弩……泪水一下子从所有人的眼里奔涌而出。

谁知道她有多的不舍，有多少的不舍？就在过完年不久，我去街上买宁都肉丸给她换换口味。她尝过后，还问我多少钱一碗，然后捞起来一个一个地数，最后很是不满地说："就这么小一粒，差不多平均两毛钱一个，这也太贵了。"是的，我买的东西很少有称她心的。从嫁过去那天起，她就开始了对我的培训："瘦肉要去华塘路买，那个卖猪肉的女人蛮善良的。青菜要一大早去农贸市场，很多乡下的菜农挑担来卖的，新鲜，便宜。买了鱼最好到满叔的摊位上过下秤，那些鱼贩子，都奸猾着呢。还有，油炸糕必须是绵塘市场的才好吃，买米不能上超市，应该去机米的店里。"诸如此类，不一而足。好吧，我都记住了，直到今天还记在心里，可是我有多少次真正执行过呢？我知道她不放心我，她从来不认为她的儿子和我生活在一起会非常幸福。

可是后来，她所重视的所有规律和秩序都在土崩瓦解。她用了大半辈子的破沙发、旧电视柜，还有简陋的防盗门，都被儿女们强行换了新的。她坚守了一生的厨房重地，也被他人占领。她只能躺在床上，等着别人将寡淡的稀饭、素面，或者清汤喂进她的嘴里。她看着自己的阵地在一点一点地沦陷，身体在一点一点地萎缩。她常常由儿女们抱在怀里，翻身、便溺，越来越轻。在逐渐捕获真相以后，她终于不再为了担心依赖而拒用止痛药。其实她已经吃了很久，只是一直被告知是消炎药。子女在背叛她，身体在背叛她，整个世界都在与她背道而驰。

那天我给她喂食，几口之后，她摇摇头就停下了。我反复地劝着："你要吃下去，肠胃才能蠕动，才不会便秘呀。""大肉都落了，反正是挨时间了。"她轻轻地说。我退出房间，一股悲凉涌上心头。总有一个暗夜等在生命的那一端，可是我们都未能学会从容淡定地接受。

四月，正是连枯草都不得不萌芽的春天。可是我的婆母，却被殡仪馆的人从床上抬下来，像一片被风刮落的树叶，轻飘飘的。一个黄色的大袋子将她套住，拉链唰地合上。从此，好与不好，都不会再见。我只是想，一直在想：一个人，怎么就变成了一件物体呢？大街上，化妆品店传出劲爆的流行音乐，一辆急救车鸣着尖锐的笛音呼啸而过，许多的小摊小贩高声地叫卖……这个世界上，每天都有人欢笑，有人啼哭。除了死亡，没有什么可以让人停下奔忙的脚步。

我们在殡仪馆等了很久。她出来的时候，已经把整个身子都蜷进了一个雕花的骨灰盒里。一块红布遮盖了她一生的秘密，一生的重量，以及一生的爱与恨，幸福和痛苦。先生抱着她，庄重地走着，走上一辆车，然后，轻轻地将她放在膝盖上。风掀动路边的树叶，和任何时候都没有两样。只是对于我们，世界从此不一样了。因为有一个至亲的人，从我们的生活中退场了。

她将自己退到一座山上，越来越轻，最后化为一抔土，与大地融为一体。来年春天，会有一群黑蝴蝶，没心没肺地覆盖一座旧坟。

刊于《长安文学》2016 年第 3 期

低到尘埃里

彦 妮

一

天上还有几颗残星，我的报摊已摆好。有一位顾客开一辆宝马车过来，跳下车就问："有报纸吗？"我说有。他像吃了定心丸似的，释然地掏出餐巾纸，开始擦脸上的汗。我就问啥报？他有些疑惑地说："报纸还分种类？……《人民日报》吧。"我摇了摇头。他急忙停下擦汗的动作，着急地问："没有了吗？"我凭经验猜测："你是不是丢了东西，在报上登了挂失声明？"他一下子遇到了知音似的，笑呵呵地说："对！我就需要那张报纸！"

我帮忙从报纸中缝中找到了他要的那则启事，他感激地从钱夹里抽出十元钱给我。我摆摆手，说报纸只卖五毛钱。他大为惊讶，忙换了一块钱给我，并且郑重地把登启事的那一张报纸，从整沓报纸里抽了出来。我说都拿上吧，那十几张报纸算一份。他更不解了，说："要这么多干啥子？我只要这张就够了。现在都用手机上网，啥子天下大事不晓得？那些破报纸就权当送给你了。"然后，笑眯眯地上了车。

过来一个穿着相当前卫的女人，领着十岁左右的女孩。孩子要买一本《男生女生》。她马上说这里的书太贵，要书就去书店买。孩子说书店没有这样的书。我也附和着说，书店不经销期刊。她便两手抱在胸前，有些不屑地看着旁边的槐树，极为自负地说："进不了书店的书，证明都不是什么好书！"然后，顺势拽着女儿的手，噔噔噔地朝着服装店的方向去了。

中午，买饮料的多了起来。过来一位大嫂，远远就飘过一股难闻的脂粉气，她人未到声先至："过期了吗？"我心里不舒服，嘴上还是诺诺地解释着。她看看这瓶，又摸摸那瓶，像是珠宝商人见了翡翠，非要从中找出暗藏的瑕疵来。她一会儿对着太阳瞧瞧，一会儿又把眼睛的焦距调一下，再度贴近饮料瓶，似乎要用肉眼化验我的饮料里有无埃博拉病毒。我真金不怕火炼，再不吭声，看着她就像海关警察一般在那儿安检。但她挑过来选过去，终究还是没有拿定主意，最后放下饮料，一句话也不说，毅然决然地走了。

下午的斜阳钻进云朵里，我正要打个盹儿，过来两个六岁左右的孩子。男孩指着手里的棒棒糖说这是从我这里买的，味道不好，给他再换一个。我一看包装纸都撕掉了，就说不能换。男孩好像有些意外，旁边的女孩赶紧补充道："他又没吃。"我说："你们把包装纸撕了，让我怎么给你们换？"若是乡下孩子，这时十有八九都会悄然离开，而这两个孩子却并不走。男孩稚气未脱，却用棒棒糖直指着我问："为什么不换？你这个老板太不像话了！"女孩则忽然想起什么似的，直接问男孩子："你知道投诉电话是多少？"……

受网络和其他方面的影响，报亭的生意日渐衰微，但换钱找零的顾客并不因此减少。遇到客气点的会问："师傅给换点零钱吧？"不客气的则直接把钱递进来说："把钱给我破开！"我若痛快给换了，对方可能不吭声也就走了，我若打个推辞，哼！俨然我就是那个当众摔死女童的北京恶男，必会招致冷笑或嘲讽，有的甚至会恶狠狠地指着我的报亭说："你给我等着！"

问路也是。我就是一张活地图。人家问啥我都得知道，我要不知道，对方就会认为我是懒得说。而且不管我有多忙，都得给人家仔仔细细说清楚了，包括那地方的标志、方向、距离，等等。最为可气的是，有时我刚端上饭碗，忽然就冲进一位大老爷们，急赤白脸地问我："厕所在哪儿？"我忙用手往前一指，人家也不管我的面汤都快要洒出来了，仍旧一个劲地问："哪儿？左边还是右边？离这儿有多少米？"

"哎哟，今天这是咋了？我等了半个多小时，就是不见这路车！"一位充满喜悦的老太太站到了我的报亭前。我接茬道："阿姨，这里没有你等的车。"她先还是乐呵呵的，一听我说这话，立马白了我一眼，转身就走，一边还嘟嘟囔囔地说："现在真是人鬼不分了。我明明是从对面坐车过来的，他就能睁着眼睛说没车！有过去的车就没过来的车？它能从天上飞过去？当我是老庄户呢！"我只好出门，讪讪地说："阿姨，这是单行道。"她理也不理我，好像我不存在。而且，她还当着几个人的面，指着树杈上的一只喜鹊说："真不是个东西！"

又过来一个二十多岁的女青年问我："大哥，你知道晚报社在哪儿吗？"我就说往北走，十字路口东拐。她说了声谢谢走了。不一会儿她又回来说："大哥，不好意思，我是路痴，没找到。"我于是走出门，更为详细地对她说："往前一百多米右拐，左手方向就是。"她摇摇头说："没有，我在那边前后左右都找了，只有日报社，没有晚报社！"我就说日报社跟晚报社在一个楼上办公，现在都用的是日报社的牌子。

她走了。不一会儿复又回来。这时她已控制不住自己的愤怒，冷冷地跟我说："我这么大人你都敢忽悠？我的导航明明指示你这里就是报社的位置，你怎么能指使我往北走？"我明白了，便笑着说："这里是报社的原址，已经搬迁三年多了。"她瞪了我一眼，边看手机边说："咋可能呢？搬迁三年我的导航能不更新？"听到这里，我再也懒得说一句话。

林子大了，啥鸟儿都有。每天面对如斯的顾客，我也没了脾气。但凡是顾客，都是我的上帝。我不能跟上帝去较真。只是，我常常提醒自己，勿要因此变得势力和麻木起来。我始终相信：再坚硬的花朵，都有凋零的那一天。

二

在卖报的行当里，我也有几个谈得来的朋友。先说小贾。

因为是西海固老乡，年龄又差不多，因此很容易就认识了。别看那家伙个子瘦小，一嘴黄板牙，句句不离方言，卖报纸却是元老级人物。因为能吃苦，脑子又灵活，所以他轻易地在某个早市站稳了脚跟。

风里来雨里去，差不多十年时间的磨炼，使小贾积累了许多卖报的经验，也使他间接明白了一些人生的道理。"上早市的一般都是贪便宜的人，你如果还是老老实实按原价卖东西，销路肯定不行。你得抓住他们的心理。别人卖一块钱一份的报纸，我三份一块。有人说我脑子有问题，其实我配的都是白送或者低价批发的报纸。听起来我一分钱不赚，但你到早市一看就明白了。在我还没有把报纸送到地点的时候，早就有人在我的报摊前等着呢！"小贾抽着三块钱的红金龙香烟，是个打开话匣子就难以收口的人。"石油城你知道吗？为了省两毛钱，一个老爷子每天骑上自行车，都要到南门买我的报纸！世上还是穷人多。刚开始我看着别人两三块钱的报纸卖得不错，就也批发了一些，结果拿到早市上，让人把我骂了个狗血喷头！你猜人家咋说着呢？人家说你宰人也不是这么个宰法么，一个饼子才多少钱？以后我就学会了，价格高的报纸我一张都不拿。我还从一个老乡那里批发了一些旧周报，一份一毛钱。因为那种报纸时效性不是很强，所以我还是三份一块钱地给卖了，还卖得快得很！有人说你咋卖的是旧报纸？我说啥报都能看，还非得要新报纸呢，新报纸能这么低的价给你吗？"一盒烟快要抽空了，我说你就少抽点吧，这个东西对身体不好。他说："你不抽烟你不知道，人有时候泼烦了，抽一根烟顶大事哩！有一回城管把我说了一顿，嫌我占道经营，要缴两块钱的税。我当时气不过，想追过去和那家伙理论，结果抽了一根烟，气就消了。幸亏没有理论，要不，我现在早滚蛋回家了！一个卖报纸的，你牛气啥呢？"

我试着套问他的收入，他说每天也就五六十块钱左右吧。"旱涝保收？你想得太美了，我受的罪你想都想不到！刮风下雨就不说了，每天背着一摞子报纸，有时候把胳膊都抱肿了。报纸拿少了不够卖，拿多了卖不掉，为一张报纸，我可能要跑三条巷子。遇上客气的买主，咱挣两毛钱，遇上不三不四的人，不但亏钱，说不定还要干仗，还是要早早计划呢。万一早市撤了，或是报纸卖不下去了，就要早做打算。回老家去？这几年天干火着的，回去干啥呢？啥都涨价，啥都有个变化，就是种地没个变化。我二伯的儿子跟我同岁，一年到头在田里忙着哩，头发都枯干了，现在连肚子都混不饱。一有时间我也瞎琢磨，为啥有的人富得流油，有的人连锅都揭不开？都长着一双手，为啥就有那么大的差距？看来看去，我觉得还是要有文化、有关系哩。咱们要有个有名堂的亲戚，他肯定不会看着咱们这么风里来雨里去的，你说是不是？不谝了，天也不早了，我要买些面条回去下着吃去哩。这是我刚印的名片，给你发一张，以后有啥事跟我联系。我准备明年买个三轮车，到市场批发点东西，看能不能赚个差价……"我接过他递上的名片，看着上面清清楚楚地印着"××公司"和"××代表"的字样。

我笑着，说他能准确地摆正自己的位置；又握着他的手，提前祝福他生意一天比一天好——可是，等到小贾骑着丁零当啷的车子走远的时候，一股酸楚，还是涌满了我的心头！

三

在卖报的行当里，老肖也算得上元老级人物。他五十多岁，个子不大，胡子拉碴，说话鼻音重。我十年前认识他时，他每天能卖二百份报纸。那时物价低，房租也不高，所以他的收入使我们这些刚入道的报翁都很眼热。他一般上午出门，一直要卖到很晚才回家，有时都快凌晨了，有人还看见他在步行街上卖报。都说这老家伙能卖，有恒心、能吃苦——因为长期背着大包、怀里每天还要抱着一尺多厚的报纸的缘故，他的肩头便变得一高一低，连走路都有些趔趄。

他不讲究穿着，但抽烟却是十几块钱的标准。在我为一两毛钱和菜贩子讨价还价时，老肖常会提着一只烧鸡或一瓶白酒，从我的报摊前径自走过。有段时间，甚至还传出了他的一些绯闻，说别看老家伙报纸卖得多，并不是过日子的人，自从以前上班的厂子倒闭，老婆就跟他离婚了，有一个女儿，也跟奶奶过，不跟他。所以，他偶尔还会去洗头房打一头呢⋯⋯

我一面羡慕人家滋润的生活，一面又为自己打不开销路而暗暗焦虑。好在后来我租了报亭，不再抱着报纸满街乱跑了，生活才渐渐有了起色。

但老肖却从此变得无精打采起来。最差的时候，他每天就拿五十份报纸，还常常剩。见面时，他的手里也没了烧鸡而换成了馒头，抽的烟也成了三块钱的猴王。说起来，他就会感慨地说报纸越来越难卖了，现在有了网络，都去上网了，谁还花钱买你的报纸？又说谁谁已经不卖报纸了，谁谁做生意又赚了多少钱⋯⋯看着他消极而悲观的样子，我就帮他出主意说他的报纸太单一，要增加种类，现在那种两块钱的周报卖得不错，而且卖不完还可以退，所以不愁剩报。他叹了口气，说："啥都不行了，金融危机已经把世界搞乱了，钱不好挣，物价也涨了。你看这么小的馒头，一个就是五毛钱！以前两个才五毛钱哩。"

前年秋天，改造城中村，所有城乡接合部的打工者都被赶了出来。老肖也不例外。听说他在哪个郊区租了一间民房，一百多块钱，走到市中心需一个半小时。可他并不因此急躁，还是趔趔趄趄往回走，手里提着几个馒头。我说太晚了，花一块钱坐个公交回吧。他摇摇头说没事，反正回去也是他一个人，不着急，就苦笑着走开了。走了两步又折回来说今年快结束了，明年吧，明年他也批些别的报纸卖。

但到了明年，他还是没有卖别的报纸，依旧背着几十份老报纸，从这条街转到那条街，再从那条街转到这条街。我就觉得这家伙惰性太重，固执，没有开拓性，有点一根筋。

前几天他又来了，胡子没刮，头发也没理，脸瘦得只有二指宽。我说过年也不回？他说回哪儿去呢？去看看女儿和母亲呀。他说他妈不让回，她在他姐夫家住着，怕他姐夫闹事。我问女儿也不看他？他说他又没家。我见他裤带上拴着手机，就说有联系方式，还怕找不到他？他有些难为情，还是辩解："有啥看的呢？我一个人挺好的。"

我就琢磨，像老肖这样的人，在这个街头不知有多少。他们在社会的最底层，像一只土里刨食的鸡，过着野生放养的生活。很难想象，在不远的将来，当他们走不动路的时候，他们要靠什么维持生存？

四

刚进环球批发部，我就听见几声响亮的耳光。

那时我还不认识小马，不知道该劝老板住手，还是将他拉开。我只是有些发蒙地立在一旁，看着事态的变化。他并不生气，也未还击，我甚至见他脸上还带着微笑。待老板一边挥拳一边说出"我让你再偷"时，我才明白，眼前的这个家伙原来有顺手牵羊的毛病。

小马三十多岁，高颧骨，红脸，留有稀稀的几根胡子。他时常背着报社发的包，怀里抱着一大摞报纸。可能喊习惯了，一旦从发行部把报纸批出来，他就会不由自主地喊道："晚报，消息报！"似乎那几个字已经憋了很久，不管有人没人，他都要稀里哗啦给吐出来。

批发《参考消息》的车不远，他走到跟前，就要一份。时间长了，批发报纸的师傅嫌烦，就不愿批给他。他便转过来转过去，想从卖报纸的同伙手里批一张。可是，也许大家都知道他手脚不干净，都懒得搭理他。他就笑呵呵地走到我跟前，像老熟人那样跟我打招呼："张哥！把你的《参考消息》给我批一张。"那个批字还特地加重了语气，为的是让我明白，他要的只是批发价的报纸。其实我们彼此没有说过几句话，我连他的名字都叫不全。看着他胡子拉碴的样子，觉得拒绝那样一张卑微的笑脸真是一件残酷的事情。我就从包里抽出一份报纸给他，他蘸着唾沫，一张一张将六角毛票数给我，然后大咧咧地敬个礼，转身就走。时间长了，我也没义务帮他。他就跟我认真地讲，说他订了一个老客户，钱都收了，让我给他匀一张。我被缠磨不过，只得又给他。他便亲热地拍着我的肩膀说："狼不吃野狐子，都是个跑山的。多谢张哥了！"

看着他的背影，我想笑，又觉得心酸。

为了多卖几张报纸，听说小马还有一套忽悠读者的本领。他能在最平淡的日子里，制造最血腥的卖点。有一回我去华联商场买东西，碰见他正在公交车旁喊："杀人了，放火了，北京路上撞车了！"其实那天除了中东有些暴乱，其他地方都还算是和谐的。看到他喊得一本正经的样子，我觉得在喧嚣的都市，卖报人真是能低到尘埃里。

没有节假日，没有补贴和福利，小马和所有卖报纸的人一样，日复一日地穿行在银川的大街小巷。最远的时候，他们要步行到金三角或石油城，就只为把怀里抱着的报纸都能卖掉。

早出晚归的卖报生涯，并没有改变这些人的生活现状。相反，随着网络的异军突起，许多卖报的同伙都不得不改行或做兼职。终于有一天，听说小马也在街道居委会谋了一份差事。替他高兴的同时，正见其手里拿着小红旗，颈上挂着哨子，在民族街监督行人过马路。我停下自行车，像原先那样跟他打招呼："好呀，换工作了！"原以为小马会像以前那样给我一个大咧咧的笑，结果问了两声，人家把嘴抿得紧紧的，权当我是空气。我再靠近一些，人家居然把头都昂了起来，眼里尽是眼白。

我尴尬地笑笑，骑上车子，只得往前走了。

五

那天，我照例去批发部进货。

就在我低头找书的同时，忽听门外一声断喝。跑出门一看，竟是某同事被老板叫住了。那同事站在当院，手里提着一捆书，在她身后不远的地方，散乱地放着两本杂志。见我们出来，老板指着那女人愤愤地说："你们看看！都是老顾客了，经常见面哩，她还能干出这种事情！要不是从她的裤腿里掉出来，谁能想到她会把书藏进裤裆里……"我一时愣住了，不知道要怎样去面对这样的场景。

天气跟平时一样，依旧是干巴巴、雾蒙蒙的，但那女人的脸色一下子红得像喝了烧酒似的。她看上去三十多岁，穿着高跟皮鞋。这样的女人，若不是出现在如此场合，谁都会觉得她是个时尚青年，可是……所有人都停下手里的活计看着她，那时那刻，时光就像凝固了一样。看着她在众目睽睽之下，那种不知所措和尴尬的样子，我真的不明白她为什么要这么做。我悄悄向后退了几步，再也不敢直视她的眼睛。我怕四目相对时，她会觉察到我的不安。因为干着同样的工作，好像我也与她有着什么瓜葛似的，所以感觉内心总有些发虚。有人过来劝和，有人跑去捡回那两本掉在地上的书。趁着这个空当，那女人迅速走出大门，只将如瀑的长发和飘逸的背影留给了我们。

在报刊亭谋生七八年，我常常要花几个小时到这里来批发杂志。以前也风闻有手脚不干净的人，但从未上过心，以为都是成人了，谁还会为几个碎银子丢人现眼呢？等到真的碰上了，亲眼看着一个时髦的女子被老板逮住了，我才大为惊异。这些来自五湖四海的同行，既非鸿儒也非白丁，他们是这个城市间接的文化传播者，也是最直接的参与者。不知道的，以为他们每日坐拥书城，守在小亭子里就是喝喝茶或看看报；知道的，也明白他们披星戴月挣钱不容易。可是，再不容易，也不至于将自己的裤裆变成书包啊！

听着老板说着这些年他遇到过的类似情况，我越发感到难过，仿佛那些掩耳盗铃式的错误我都犯过。他说这些年来，他逮住过好几个顺手牵羊的家伙：有买一本书夹带一本的，有直接把书揣在怀里的，有浑水摸鱼放在自己包包里的，但像今天这样直接把书藏进裤裆里的，还是头一次遇见！

看着老板有些无奈和痛心的神情，我暗暗在想：那么小的空间，那么硬的书本，一个人究竟要怎样小心翼翼，才能将两本长方形的厚书塞进裤裆，而不会让书的棱角擦伤肌肤？尤其在她迈步的时候，她要怎样地夹着两腿，才能均衡和协调书的位置，不让它们从裤腿里掉出来？

一个三十多岁的女人，遭遇了如此羞辱，估计她再也不会来拿书了。我甚至断定，她可能永远要离开这个行业了。然而没过三天，就在我去拿书的时候，又清清楚楚地看见，那个穿着高跟鞋的女人，正披着长发，俨然什么都没发生过似的，在批发部里正旁若无人地挑书呢。

六

　　我生性腼腆，怕张口，即使每天都起得很早，也卖不了多少报纸。而大胡子像是成心气我，一抱就一大摞，不管迟早，只要人家把报纸拿到大街上，就像张飞吃豆芽，三下五除二就解决了。那时他不过四十多岁，中等个头，留着圈脸胡，说话语速快，句句铿锵有力。虽然他对衣着不怎么讲究，常年套件灰色夹克衫，可他推销报纸的能力，的确使许多报社的发行人员都自愧弗如。

　　某年报社为了拓展报纸发行量，决定奖励那些卖报最多的人，他便顺顺当当得了一等奖，领了辆崭新的自行车笑呵呵地走了。

　　凭着自己的能力，大胡子逐渐发展了好多稳定的客户。按理说，在卖报的行当里，他应该是第一个改变窘迫生活的人。可是，每次见他，他似乎还是那副行头，一点儿也不张扬。我就想，这家伙能干大事，有城府、拿得稳。

　　但有段时间却不见他了。问起报友，说是他因为卖报的地盘问题被人打了，现在可能回了老家。

　　我一面为他的不幸扼腕，一面又为他的离去感到惋惜。

　　有一天，我正整理报纸，感觉有人拍了我一下，回头看时，竟是大胡子。不过，此时的他已剃光了胡须，满脸都是青楂。他笑着对我说："还是你有耐心！可也得早点想办法，别在一棵树上快吊死了，才喊救命！"我笑了，附和说也一直在想办法，就是碰不到适合自己干的。他听了我的话，露出哀其不幸、怒其不争的神情说："碰？你这是等天上掉馅饼呢，工作能等来吗？你看，我如今在一家保险公司上班，光保底工资就一千多！"

　　那是七八年前，一千多的工资就不算低了。我看着他整脚的西装、廉价的皮鞋，有些担心地提醒他："这个行当，怕是需要一些人脉资源才行呢。"他胸有成竹地说："看看，这就是现代人的麻木和惰性！你没干咋知道没有资源？像我，我就不跟那些耍嘴头子的业务员比能力，我只跟他们比体力。要是有一个客户想修下水道或是搬家具，你说是我去合适还是他们合适？"我张了张口，觉得他的话也不无道理，便看着他信心十足地走了。

　　后来，我便很少再见他了。即便相见，也觉得他的精神面貌非但没有改变，反而愈加邋遢和落魄了。再后来，就在我忙于生计差不多忘了他时，有人却对我说："大胡子现在发达了，傍了一个富婆！"我权当开玩笑，回敬他道："哪有那么多的富婆让他去傍?"可是,某次他就真的带一个老女人从我的报亭门口经过了,看其恩爱有加地挽着一个老态臃肿的女人胳膊的样子,我不禁哑然。人家倒没不好意思,指着女人身上的裘皮大衣说:"穿一件短的,还要一件长的,逛了三个商场还没买到!"

我于是常常疑惑,不知道一个人究竟怎样努力才能时来运转?我也在冬天想着春天的事情,不知道那些被深埋的草根,究竟什么时候才能生长发芽?

刊于《朔方》2016 年第 2 期

编后记

今年的雪来得比较早，知道其他地方有下，但没见到雪在中原这样恣意的。净洁的琼花满世界飘舞，直把大地覆得一片银白。那是一种悠然与散漫，也是一种坚毅与自信。环绕一圈的商代古城，白得更加突兀，高处看去，一定宛如一条银蛇腾舞。

在这样的雪景中，散文年选的选编也已近尾声。满桌满地铺展着各种杂志报纸，同这雪的覆盖倒是有些类似。立于窗前，心中释然于雪花飞舞之中。

散文自20世纪80年代末至90年代的热潮以后，渐渐归于平复，还原其本。每年的散文写作，没有了大轰大烈的热闹或炒作。报章杂志所发，也当是日常随感随记。因于散文的特性，作家的写作更为自由，凡思想所及，阅读所感，生活所涉，体察所悟，无不入文。当然不乏优秀作品，其中也见出个人性情及人格魅力。因此尽力选来。

从创作队伍来看，作者分为多个年龄段，来自不同地域。尤其一些新面孔的出现，让人眼亮。

现在选本多出，个人当为尽力，不足之处，还望诸位指正。

王剑冰
2016年岁末于郑州形散庐

图书在版编目(CIP)数据

2016中国年度散文 / 王剑冰选编. — 桂林：漓江出版社,2017.1
ISBN 978-7-5407-8001-2

Ⅰ.①2… Ⅱ.①王… Ⅲ.①散文集－中国－当代
Ⅳ.①I267
中国版本图书馆CIP数据核字(2016)第317827号

2016 ZHONGGUO NIANDU SANWEN

2016中国年度散文

选编者：王剑冰

责任编辑：孙精精
书籍设计：石绍康
责任监印：杨东

出版人：刘迪才
漓江出版社有限公司出版发行
广西桂林市南环路22号　邮政编码：541002
网址：http://www.lijiangbook.com
全国新华书店经销
销售热线：010-85893190
大厂聚鑫印刷有限责任公司印刷
[河北省廊坊市大厂回族自治县西大街　邮政编码：065300]
开本：710mm×960mm　1/16
印张：19.75　字数：314千字
2017年1月第1版　2017年1月第1次印刷
定价：45.00元

如发现印装质量问题，影响阅读，请与承印单位联系调换
[电话：0316－8836866]